Nichts wie es war

Zur Autorin:

Kathrin Heinrichs wurde 1970 im Sauerland geboren, studierte in Köln Germanistik und Anglistik und arbeitet seit 1999 als Autorin und Kabarettistin. Bekannt wurde sie mit ihrer Krimireihe um Hauptfigur Vincent Jakobs.
Kathrin Heinrichs hat drei erwachsene Kinder und lebt mit ihrem Mann in Menden.

Mehr zur Autorin unter www.kathrin-heinrichs.de

Kathrin Heinrichs

Nichts wie es war

Kriminalroman

Blatt-Verlag, Menden

2016 by Kathrin Heinrichs

Alle Rechte vorbehalten

Umschlaggestaltung & Satz: Olaf Warburg

Umschlagfoto: istockphoto, sreenath_k

Druck: cpi books – Clausen & Bosse, Leck

Zweite Auflage 2016

ISBN 978-3-934327-27-6

Ein Buch vom

Blatt-Verlag

Im Tiefen Winkel 22
DE-58706 Menden
kontakt@blattverlag.de

Für Zofia
in großer Dankbarkeit

Er kam, als es windstill war. Er kam immer, wenn es windstill war. Dann hörte man sie atmen. Vorsichtig hob er das Gartentor an, damit es nicht quietschte, und ging den Weg am Haus vorbei Richtung Garten. Streifte den Rhododendron, als er die Garage passierte, umrundete die Terrasse. Manchmal, im Sommer, hatte er sich auf einen der Gartenstühle gesetzt, mitten in der Nacht, hatte nur dagesessen und es genossen, in ihrer Nähe zu sein, während sie schlief. Heute allerdings ging er zu ihrem Fenster. Es stand eine Handbreit offen, er mochte diese Arglosigkeit. Die letzten zwei Schritte machte er in Zeitlupe, vermied jedes Geräusch, drückte sich dann sachte an die Wand neben ihrem Fenster und versuchte zur Ruhe zu kommen. Es brauchte immer eine Weile, bis er sie hatte. Bis er ihren Atem vernahm, im Einklang mit ihr war. Irgendwo im Garten knackte es. Ein Vogel. Oder ein Eichhörnchen. Er lauschte, meinte ihren Atem zu hören, schloss die Augen. Sah ihr blondes Haar auf dem Kissen, ihre helle Haut, die langen Wimpern, die sich im Schlaf zur Ruhe gelegt hatten. Wie gern würde er sie streicheln, ihr Haar durch seine Finger gleiten lassen, mit der Hand auf ihrer Wange verharren. Dann – plötzlich – von drinnen ein Schnauben. Er hielt den Atem an. Ein Rascheln, das Knistern der Bettdecke, sie drehte sich um. Schließlich ein sanftes Schnarchen. Er musste lächeln. Dann beugte er sich vor, um das Fenster weiter zu öffnen.

1

Man fand die Leiche an einem Montagmorgen um Viertel vor acht. Man fand sie, weil die Leerung der Gelben Tonne anstand. Der Müllmann kannte die Straße, er machte die Leerung dort seit über fünf Jahren. Die Tonne stand rechts vom Haus, neben dem Regenauffangbehälter. Er hatte schon die Hand am Griff, als er ein Wimmern wahrnahm. Eine Katze, war sein erster Gedanke. Dann aber bekam das Wimmern eine andere Färbung. Man konnte einzelne Worte verstehen. Das Wimmern wurde lauter, als er ein paar Schritte am Haus entlangging. Er erreichte die Hausecke, zögerte kurz, traute sich dann weiter, an einer Terrassentür vorbei. Es war jetzt klar, woher das Geräusch kam. Das übernächste Fenster im Erdgeschoss stand auf Kippe.

„Hallo?", rief der Müllmann. Er fand das Ganze etwas unheimlich. „Hallo?"

Jetzt hatte er das Fenster erreicht und blickte hinein. Er musste sich an die Scheibe drücken, um innen etwas erkennen zu können. Was er dann sah, ließ seinen Atem stocken.

Später sollte er sich immer wieder an den Anblick erinnern – an die leblose Gestalt auf dem Bett. An ihr wächsernes Gesicht. An das Blut. Aber auch an den alten Mann, der da auf dem Fußboden gesessen hatte, mit wirrem Haar, den Pyjama rot verschmiert. Er war es, der da gewimmert hatte wie ein kleiner Hund.

2

Anton Wieneke war 77 Jahre alt und er hatte Angst. Schon seit Minuten saß er auf dem Klo und kam nicht wieder hoch. Wenn ich mir nie wieder selbst den Hintern abputzen kann, schwor er sich, dann bringe ich mich um!

Er packte den Haltegriff fester, verlagerte sein Gewicht auf das gesunde Bein und zog sich mit aller Macht hoch. Jetzt stand er, er stand, Gott sei Dank, das gesunde Bein trug ihn, der gesunde Arm hielt ihn. Das Problem war nur, wie man sich jetzt noch den Hintern abputzen sollte.

„Herr Wieneke?" Die Stimme der Pflegerin durch die Badezimmertür. „Ihre Tochter ist zu Besuch."

Anton brach der Schweiß aus. Seine Tochter vor der Tür. Die Schwester vor der Tür. Wie sollte man da in Ruhe zurechtkommen?

„Ich kann nicht!", bölkte er nach draußen. „Ich bin gerade beschäftigt!"

Beschäftigt war eine interessante Umschreibung für seinen Zustand. Er war damit beschäftigt stehen zu bleiben.

„Papa?", hörte er jetzt Sabines Stimme. „Ich warte auf dem Balkon. Lange wird's ja nicht dauern!"

Anton schnaubte. Woher wollte sie das wissen? Dann testete er seine Standfestigkeit, indem er kurz den Haltegriff losließ. Sofort schwankte er gefährlich und griff wieder zu. Dieser verdammte Schlaganfall hatte ihm die halbe Seite weggerissen. Natürlich sagten ihm alle, dass er noch

Glück gehabt hatte, weil er ja denken konnte wie vorher und sprechen konnte wie vorher. Anton fühlte aber kein Glück. Er fühlte sich wie ein halber Mensch. Seine ganze Fröhlichkeit war offenbar in der anderen Hälfte gewesen.

„Herr Wieneke?" Wieder die Stimme der Schwester. „Darf ich hineinkommen und Ihnen helfen?"

Anton schloss die Augen. „Bitte!", sagte er leise.

Zehn Minuten später saß Anton in seinem Rollstuhl auf dem Balkon und schämte sich, weil er so barsch gewesen war. Seine Tochter war zu Besuch – kein Anlass, sich zu ärgern. Sabine stand mit einem Plastikbecher in der Hand an das Balkongeländer gelehnt und schaute in die Ferne. „Ist das nicht schön?"

Anton folgte ihrem Blick. Der Klinikparkplatz, dahinter ein paar Verwaltungsgebäude, dazwischen zumindest ein Kirchturm.

„Ich weiß schon", kam Sabine ihm zuvor, „zu Hause ist es schöner."

Anton wurde verlegen, es stimmte. Er hatte Heimweh.

„Ich möchte gern zurück", traute er sich deshalb zu sagen, schaute dann aber schnell auf den Parkplatz hinunter. Ein Mann ging zu seinem Auto, den Blick fest auf sein Handy gerichtet. Er schrieb etwas, möglicherweise lief er gleich vor eine Laterne.

„Papa, dein Schlaganfall liegt noch keine sechs Wochen zurück. Falls die Reha weiter gut läuft und du wieder der Alte wirst –"

Anton zuckte. *Falls!* Was war, *falls nicht?*

„Ich habe vier Wochen Reha hinter mir", entgegnete er. „Ich kann den Rest der Anwendungen zu Hause wahrnehmen, hat mir die Schwester gesagt."

Sabine runzelte die Stirn. „Wie stellst du dir das vor? Meinst du, die Therapeuten kommen zu dir nach Hause?"

„Ich werde hingebracht. Und abgeholt – mit einem Taxi."

„Und zu Hause? Da versorgt dich der Taxifahrer?"

„Zu Hause – da komm ich schon zurecht."

„Papa!" Sabine drückte ungeduldig an ihrem Plastikbecher herum. „Wenn ich nicht irre, hast du gerade auf der Toilette Hilfe gebraucht. Du brauchst überall Hilfe. Wie soll das gehen?"

Anton atmete tief durch. Er hatte nicht erwartet, dass er dieses Gespräch schon jetzt führen musste. Das kam sehr abrupt.

„Ich habe mir überlegt, es so zu machen wie Hannes."

Hannes war Antons Freund. Er war drei Jahre älter und er hatte Alzheimer von der übelsten Sorte. Aber er lebte zu Hause. Er hatte eine Polin.

„Hannes?" Sabine schaute ihn erschrocken an. „Wie kommst du jetzt auf den?"

„Hannes ist viel kränker als ich. Und trotzdem lebt er zu Hause. Wenn das bei Hannes klappt, dann klappt es auch bei mir."

Sabine starrte ihn immer noch an. Offenbar gingen ihr die Argumente aus. Anton freute das ein bisschen.

„Papa", Sabine fing sich jetzt wieder. „Zu Hause ist es nicht mehr wie früher."

„Das weiß ich!" Anton streckte sein gesundes Bein aus. Natürlich war es nicht mehr wie früher! Theres war tot, seine Frau, nach 48 Jahren Ehe. Die Kinder lebten weit weg. Hannes war dement und dann hatte auch noch der Laden im Dorf zugemacht. Natürlich war es nicht mehr wie früher.

„Weißt du – Hannes –", Sabine wirkte plötzlich verkrampft und Anton beschlich ein ungutes Gefühl. Seine Tochter war nicht zufällig zu Besuch gekommen. Sie war gekommen, um ihm etwas zu sagen!

„Es ist so, mit Hannes hat es einen Vorfall gegeben",

Sabine hatte sich gesammelt und sprach jetzt mit ihm wie mit einem Kind. „Du weißt ja, diese Demenzkranken können aggressiv werden. Und Hannes ist immer noch ein kräftiger Kerl. Auf jeden Fall wurde seine Pflegerin –", Sabine bemühte sich krampfhaft um die richtigen Worte, „– also, angeblich hat er sie – mit einem Messer erstochen."

„Er hat was?", hörte Anton sich fragen.

Sabine schwieg. Als wüsste sie, dass er sie richtig verstanden hatte. Dass es nur brauchte, bis diese Information vollständig in sein Bewusstsein eingedrungen war.

Antons Blick suchte fahrig auf dem Balkon umher, als könnte er dort irgendeinen Halt finden, eine Erklärung für den Satz, den er gerade gehört hatte.

Das Bild seines Freundes trat ihm vor Augen. Seine hochgewachsene Gestalt, das immer noch dunkle, schüttere Haar, die grüne Kleidung, die er nach wie vor jeden Tag trug, obwohl er schon ewig als Förster pensioniert war.

„Es ist wirklich unfassbar", gab Sabine zu, „und natürlich geht die Polizei allen Möglichkeiten nach. Aber zunächst mal scheint alles eindeutig. Hannes saß vor dem Bett, als man ihn am Morgen entdeckte. Und das Messer lag nur zwei Meter entfernt."

„Aber er hat sie gemocht", sprudelte es aus Anton heraus. „Er hat Frau Gabriela gemocht! Warum hätte er ihr etwas antun sollen?"

„Papa!", beschwor ihn Sabine. „Es ist diese Krankheit. Menschen verändern sich unter der Demenz. Sie haben Halluzinationen. Wer weiß, wen Hannes in dieser Nacht gesehen hat? Einen Einbrecher, ein Ungeheuer, was weiß ich?"

„Aber –", Anton fehlten die Worte. Er hätte gerne zum Ausdruck gebracht, wie sehr ihm diese Nachricht den Boden unter den Füßen wegzog. Dass soeben eine weitere

Säule seines Lebens zusammengebrochen war – und dass da jetzt nicht mehr viel war, das ihn noch hielt!

„Wo ist er jetzt?", kam es ihm plötzlich in den Sinn.

„In der Psychiatrie. Geschlossene Abteilung."

„Geschlossene Abteilung", wiederholte Anton monoton.

„Und da soll er jetzt bleiben?"

„So genau weiß ich das nicht", Sabine zuckte die Achseln. „Ich habe zwar mit Beate gesprochen, aber die wusste noch nichts. Offenbar hängt das von verschiedenen Gutachten ab."

Beate, das war Hannes' Tochter. Sie wohnte ebenfalls weit weg. Verdorri, wie sollte das Leben auch funktionieren, wenn alle Kinder weit weg wohnten, anstatt sich um ihre Eltern zu kümmern?

Anton verfiel ins Grübeln. Er bemerkte, dass Sabine nach drinnen ging, um ihren Becher in den Papierkorb zu werfen. Er blickte vom Balkon hinunter, über den Parkplatz, über die Häuser, wo irgendwo in weiter Ferne endlich die herbstliche Landschaft begann. Er dachte an die Trauerbuche, die er zu Hause von seinem Fenster aus sah. Und an den Apfelbaum in seinem Garten. Er dachte an die Kirche im Dorf, an die Gaststätte, die es noch gab, und an alle, die jetzt dort sein konnten, während er in dieser Reha-Klinik saß. Dann fasste er einen Entschluss.

Sabine hatte noch telefoniert, sie steckte gerade ihr Handy weg, als sie wieder zu ihm auf den Balkon trat.

„Es wird kühl", stellte sie fest, „willst du nicht reingehen?"

Er sah ihr einen Moment in die Augen, um zu zeigen, dass es ihm ernst war.

„Was ich wirklich will", sagte er dann, bemüht, seine Stimme klar und fest klingen zu lassen, „ist nach Hause zu gehen."

3

Himmel noch mal, dachte Thomas, als er vor seinem Elternhaus stand, was genau mache ich hier? Sie steckten mitten in einer Ermittlung. Sie waren dabei, einen Crystal Meth-Ring auszuheben. Und er drückte sich hier in seinem Heimatdorf herum! Aber Sabine hatte ihm diesmal keinen Spielraum gegeben: „Thomas, ich habe mir den Arsch aufgerissen, um diese Polin herzuzaubern. Normalerweise dauert es Wochen, bis man so etwas eingestielt hat. Ich habe es innerhalb weniger Tage geschafft. Es ist nicht zu viel verlangt, wenn du auch mal was tust!"

Da hatten ihm dann ein bisschen die Argumente gefehlt.

Nun stand er hier und starrte auf eine hölzerne Rampe, die die drei Treppenstufen ins Haus überbrückte. Hatte bestimmt Martin gebaut, Papas Ersatzsohn. Warum war er dann nicht auch hier, um einzukaufen, nach dem Rechten zu sehen und die Polin abzuholen?

Im Haus roch es muffig. Wahrscheinlich normal bei acht Wochen Leerstand. Thomas ging deshalb in der Küche gleich zum Fenster und riss es auf. Ein Geräusch drang herein, das ihn mit einem Schlag in seine Kindheit versetzte: eine Kreissäge – da machte jemand Holz. Die Erinnerungen überwältigten ihn – die Samstagsschufterei auf dem Land bis zur Vorabendmesse. Leute, die sich auf der Straße grüßten. Hannes, der vorbeikam, um ein Feierabendbier mit Papa zu trinken. Hannes – verdammt!

Thomas verdrängte das Bild und nahm stattdessen die Küche unter die Lupe. Zwar roch es muffig, aber zweifellos hatte Sabine jemanden zum Putzen engagiert. Die Ablagen waren sauber, der Kühlschrank leer, aber frisch ausgewischt. In den Schränken das alte Geschirr, ein paar Konserven, eine unversehrte Packung Kaffee. Beim oberen Schrank zuckte Thomas zurück. Ein Foto von Mama, innen an die Schranktür geklebt, fransig und vergilbt. Sie saß im Garten unter dem Apfelbaum und lachte dem Fotografen ausgelassen zu. Die Ähnlichkeit mit Sabine war unverkennbar. Er selbst glich seinem Vater. Konnte man sich nun mal nicht aussuchen.

Esszimmer, Flur, gutes Wohnzimmer. *Gutes Wohnzimmer* – auch so ein Name. Ein Ausstellungszimmer, in dem es immer eiskalt war. Auch das Schlafzimmer lag ebenerdig. Zum Glück, mit einer Halbseitenlähmung kam man sicher nicht die Treppe hinauf.

Thomas checkte das Badezimmer. Die grünen 70er Jahre-Fliesen glänzten, behindertengerecht war das Bad allerdings nicht – wenn man von den Haltegriffen absah, die während Mamas Krankheit angebracht worden waren. Man konnte nur hoffen, dass da nicht so ein Püppchen aus Polen kam. Es musste schon jemand sein, der anpacken konnte.

Wenn man Sabine glauben durfte, konnte sie das. „Die hat ihren Vater gepflegt mit allem Drum und Dran. Aber lange wird sie nicht bleiben. Die ist 33! Die ist nur hier, um einen deutschen Mann abzugraben. Pass auf dich auf!"

Thomas hatte die Augen verdreht. Er stand nicht auf rosa Polyesterdecken, zu blond gefärbte Haare und polnischen Kitsch. Und mit Heiraten hatte er sowieso abgeschlossen.

Als er die Treppe hinaufstieg, fragte er sich, wie lange er nicht mehr oben gewesen war. Selbst bei der Beerdigung seiner Mutter war er abends noch nach Hause gefahren.

Sabines Zimmer lag nach vorne zur Straße. Thomas entdeckte den alten Plattenspieler, auf dem er früher seine Märchenplatten gehört hatte. In seinem eigenen Zimmer standen Enid-Blyton-Bände im Bücherregal. An der Wand trashige Bilder von London und Paris. Großstadtträume eines Dorfjugendlichen. Dumm gelaufen. Thomas hatte es nur bis nach Bielefeld geschafft.

Sein alter Schreibtisch war noch da. Naja, kein richtiger Schreibtisch, es war ein einfacher Tisch. Selbstgemacht natürlich, in diesem Haus gab es nichts anderes. Vielleicht lebte er deshalb heute in Möbeln von der Stange.

Erst jetzt bemerkte Thomas, dass das Bett frisch bezogen war. Hier sollte also die Polin schlafen? In *seinem* Zimmer? Gut, der Raum war größer als der von Sabine, auch heller und nach hinten raus, aber trotzdem: Warum hatte man ihn nicht gefragt?

Sein Handy surrte. Eine Nachricht von Matthes, seinem Kollegen. *„Wir haben ihn. Ist heute Morgen in der Wohnung aufgetaucht.“*

Es musste sich um den Junkie handeln, der aussagen wollte – Matthes hatte ein Bild mitgeschickt, das sie auf dem Präsidium gemacht hatten. Thomas überkam ein Schauder. Der Knabe war 23, wenn er es richtig im Kopf hatte. Auf den Fotos aber sah er einen Fünfzigjährigen. Entzündete Haut, verfaulte Zähne, Haarausfall. Crystal Meth in seiner übelsten Ausprägung. Thomas klickte es weg, aber sofort summte sein Handy erneut. Diesmal eine SMS von Sabine. *„Du denkst doch an die Polin? Ankunft 9:45 Uhr.“*

Thomas sah auf die Uhr. Mist!

———

Berge, viele Berge. Und Wald, viel Wald! Zofia hatte ihre Nase an die Scheibe der Regionalbahn gedrückt und schaute hinaus. Jetzt allerdings lehnte sie sich zurück und griff nach dem Wörterbuch. Den Ausdruck *Sauerland* fand sie nicht, so hieß die Gegend, in die sie jetzt fuhr. Aber sie fand *Land* und sie fand *sauer*. *Kwaśny kraj*, kein schöner Name. Dabei sah die Landschaft ganz hübsch aus. Keine großen Städte mehr, seitdem sie in Hagen vom Fernbus in die Bahn umgestiegen war. Nur noch Städtchen und Dörfer, manchmal nicht mehr als eine Ansammlung von Häusern. Alles sehr gepflegt.

Noch vierzehn Minuten bis zur Ankunft. Der Zug war ganz pünktlich. Ein deutscher Zug.

„In Deutschland ist alles pünktlich", hatte ihr ihre Tante gesagt. „Das Essen muss immer zur selben Zeit auf dem Tisch stehen. Das ist den Deutschen wichtig. Achte darauf!"

Zofia war nicht sicher, ob sie das alles hinkriegte. Ob sie das Richtige kochte. Und dann noch pünktlich. Der alte Mann aß bestimmt am liebsten Kartoffeln. Zumindest hatte das ihre Tante vermutet. Alle alten Leute in Deutschland äßen am liebsten Kartoffeln. Zofia aß am liebsten Spaghetti, aber sie hatte sich deutsche Rezepte kopiert. Die musste sie jetzt nur noch gekocht kriegen.

Elf Minuten. Die Tochter des alten Mannes würde sie am Bahnhof abholen, hatte die Agentur ihr gesagt. Ob die Tochter nett war? Ob sie so alt war wie sie? Ihre Tante hatte gesagt, die Deutschen wären *pyszni*, dabei hatte sie den Finger unter die Nase gelegt, um zu zeigen, *wie* hochnäsig sie waren. Aber es gäbe auch Deutsche, die wären *so* – und dann hatte sie die Hand aufs Herz gelegt, um zu demonstrieren, dass es tatsächlich Deutsche mit Herz gab. Demnach verfügten die Deutschen im Großen und Ganzen über zwei ausgeprägte Körperteile: entweder eine viel zu hoch getragene Nase oder ein Herz, das so laut pochte, dass man es durch den Brustkorb hören konnte.

Vier Minuten noch. Am nächsten Halt musste sie raus. Zofia zog ihre Winterjacke an. Sie war zu warm für einen milden Herbst. Aber sie wollte gerüstet sein, wenn der Winter kam. Sie kannte kalte Winter, in Śląsk hatte es oft minus zwanzig Grad. Zofia packte ihren Leinenbeutel links, die Reisetasche rechts. Ihr Puls stieg. Der Zug wurde langsamer, ein kleiner Bahnsteig tat sich auf. Durch das Türfensterchen warf Zofia einen Blick auf das Schild. Der Name stimmte, sie musste raus. Aufgeregt drückte sie den kleinen Knopf neben der Tür. Nichts tat sich und Zofia bekam sofort Panik: Was tun, wenn der Zug weiterfuhr, ohne dass sich die Tür geöffnet hatte? Schließlich schob die Tür sich zur Seite, eine Stufe senkte sich nach draußen. Zofia hastete hinunter, zog dann hektisch ihre Reisetasche hinter sich her und blickte sich um. Der Bahnhof war menschenleer.

———

Im Jahr zuvor – 29. November

Es stürmt an diesem Samstag wie Sau, es regnet in peitschenden Böen – ein Wetter, bei dem man eigentlich den ganzen Tag im Bett bleiben möchte. Sie allerdings ist unterwegs. Sie hat ihre beschissene Regenjacke an, die kein bisschen abhält, und zieht die Zeitungskarre hinter sich her. Es ist nur noch dieses eine bekloppte Haus, das sie versorgen muss, es liegt abseits, ein Riesenaufwand, die Zeitung dort abzuliefern. Aber sie weiß, dass die scheiß Firma ihre Leute kontrolliert, sie hat es selber erlebt. Einzelne Haushalte werden angerufen und gefragt, ob sie am vergangenen Samstag das Anzeigenblatt im Kasten hatten. Wenn nicht, gibt es Stress. Eine Verwarnung, dann ist man als Austrägerin raus. Sie muss also an jede Tür –

jede verfickte Zeitungsrolle füllen – es sei denn, da hängt ein Aufkleber, dass man Werbung und Anzeigenblätter nicht einwerfen darf. Der hängt am Gutshof leider nicht, deshalb muss sie dorthin.

Der Wind peitscht ihr ins Gesicht, der Schotterweg ist mit riesigen Pfützen übersät, sie kommt mit ihrer Karre nur mühsam voran. Irgendwann hält sie an, wischt sich mit klammen Fingern durchs nasse Gesicht, wippt auf ihren Chucks, die längst durchgeweicht sind. Bloß nicht den Stundenlohn ausrechnen, sagt sie sich, nicht nachrechnen, was mir das Austragen dieser einen beschissenen Zeitung bringt. Sonst kann ich mir sofort die Kugel geben.

Schließlich stellt sie die Karre am Wegrand ab, nimmt eine Zeitung heraus und macht sich ohne die blöde Karre auf den Weg. Um sich abzulenken, zählt sie ihre Schritte. Nur jeden zweiten: *zwei, vier, sechs.* Das macht sie auch bei anderen Gelegenheiten. Wenn ihr Vater ausrastet: Die Fliesen auf dem Boden zählen. Wenn der Unterricht nicht auszuhalten ist: Sekunden zählen. Total sinnlos, aber es hilft. *Achtunddreißig, vierzig.* Bei *vierundneunzig* ist sie am ersten Nebengebäude. Sie kommt von hinten, der Hauptweg geht über die Allee, da würde sie noch länger brauchen. Sie geht an der komischen Schreinerei vorbei, die in einem Nebengebäude untergebracht ist – alles tot, Wochenende. Bei *zweihundertachtzig* erreicht sie endlich das verdammte Haupthaus, in einigen Fenstern brennt gedämpftes Licht. Ihr läuft die Nase, sie bleibt stehen, wischt sich mit dem Jackenärmel durchs Gesicht, sieht, dass die Zeitung klitschnass geworden ist. Scheiße! Scheiße! Scheiße! Ihr kommen die Tränen, wie aus Trotz legt sie den Kopf in den Nacken und lässt den Regen aufs Gesicht prasseln, bis die Tränen weggespült sind – sowieso alles egal. Dann jedoch geht neben ihr im Fenster ein Licht an, sie tritt zurück, fühlt sich ertappt. Stolpert gleich noch ein paar Schritte zur Seite, erkennt aus der Entfernung eine orangefarbene Wand. Nein, nicht orange, ein sanfter, erdiger Farbton. Niemand erscheint am Fenster, sie traut sich etwas vor. Ihre Neugier ist geweckt, daher noch zwei vorsichtige Schritte. Von hier aus kann man ins Innere schauen. Das Wohnzimmer. Oder besser: ein Teil vom Wohnzimmer, dieser Raum geht in einen anderen über. Ganz hinten ein Ofen, ein schwarzer, gemütlicher Ofen, in dem ein Feuer brennt, daneben eine Bank mit ganz vielen Kissen. Die Wände in unterschiedlichen Farben. Eine in diesem karamellfarbenen Ton, eine andere in einem warmen Gelb, eine in Blau. Das Zimmer ist bunt und auch wieder nicht. Die Farbtöne harmonieren miteinander wie ein gutes Bild. Im hinteren Zimmer sitzen Personen an einem Tisch, offensichtlich zwei Frauen. Michelle kann nur die eine erkennen, die andere sitzt mit dem Rücken zu ihr. Sie scheint jünger zu sein, wahrscheinlich die erwachsene Tochter. Die beiden basteln etwas, die Ältere hat eine Schere in der Hand, aber keine normale Schere, eine Gartenschere. Sie haben Tannengrün vor sich, sie machen einen Adventskranz! Jetzt spricht die Frau jemanden an, Michelle erschrickt, denn sie schaut zu ihr herüber! Nein, doch nicht, das täuscht. Es ist nur so, hier im vorderen Teil des Zimmers ist eine weitere Person! Ein junger Typ liegt auf einem Sofa. Ein dunkelrotes Sofa, und er liest in einer Zeitschrift. Die Frau spricht immer noch mit ihm, aber Michelle kann nichts verstehen. Jetzt auf einmal lacht die Frau, lehnt sich nach hinten und lacht. Und die junge Frau genauso. Sie legt weg, was sie in den Händen hält, und schüttet sich aus vor Lachen. Und plötzlich spürt Michelle, dass sie mitlacht. Sie kennt diese Menschen nicht, sie versteht nicht, was sie sagen, aber die Atmosphäre in diesem Haus ist so warm und so frei und so schön, dass sie mitlachen muss. Verlegen fährt sie sich mit der Hand durchs Gesicht, als wolle sie das Lachen wegwischen oder zumindest betasten. In diesem Moment merkt sie, dass sie ihre Finger nicht mehr spürt. Sie sind eiskalt und unbeweglich. Sie sind nass und dunkelrot. Sie passen nicht zu dem Ofen im Innern, zu den lachenden Menschen, zu der Farbe der Wände. Sie passen bestenfalls zur triefnassen Zeitung und ihrer billigen Jacke. Abrupt dreht Michelle sich um. Sie muss endlich die verfickte Zeitung einwerfen.

———

Die Tochter war ein Sohn. Und das war noch nicht alles. Er war *nadąsany*, muffig, schlechtgelaunt. Und das Allerschlimmste: er nuschelte, Zofia hatte seinen Namen nicht richtig verstanden. Das einzige Wort, das sie sicher verstanden hatte, war *Sohn* gewesen. Und das war ein Schock. Wenn dieser *oblech* der Sohn war, dann musste sie immer wieder mit ihm sprechen – und würde immer wieder kein Wort verstehen!

Zofia hatte in den letzten Monaten alles getan, um Deutsch zu lernen, und man hatte ihr bescheinigt, dass sie das inzwischen gut konnte. Aber nun musste sie einsehen: Die Deutschen zu *verstehen*, war eine ganz andere Sache. Dieser Deutsche hier sprach kein bisschen wie die nette Stimme auf ihrer Lerncassette. Er sprach nicht mal wie die Leute im deutschen Fernsehen. Er sprach schnell und undeutlich. Und er sprach, als wäre es ihm furchtbar egal, ob sie ihn verstand. Klarer Fall von Nase hoch.

Jetzt gingen sie zu seinem Auto, das direkt vorm Bahnhof geparkt war. Ein sportliches Auto, das ganz bestimmt schnell fuhr. Dafür war es innen drinnen drin kein bisschen gepflegt. Auf dem Boden lag Papier herum, eine leere Dose, ein Stiel von einem Eis – und dann noch etwas. Zofia hielt den Atem an. Eine blaue Lampe, wie man sie auf dem Arztwagen hatte oder bei der Polizei. Dieser Mann war ein Polizist! Oder ein Arzt. Oder ein Betrüger! Jetzt sagte er wieder etwas, während Zofia ins Auto kletterte, und wieder verstand sie kein Wort.

Ihr Herz war inzwischen ganz klein geworden, aber dann nahm sie doch ihren ganzen Mut zusammen und sagte: „Entschuldigen Sie mich bitte vielmals sehr – ich verstehe Sie nicht!"

Der Sohn hatte gerade den Schlüssel ins Zündschloss gesteckt, aber ihre Worte hielten ihn ab, das Auto zu starten. Er wandte sich um und starrte sie an mit seinen stechend grünen Augen, als würde er sich schon jetzt fragen, wie das klappen sollte mit seinem Vater und ihr. Sie schwitzte unter seinem Blick, denn sie wusste ja selbst nicht, wie das gehen sollte, wenn sie die Deutschen nicht verstand.

„Bitte", schob sie noch hinterher und suchte krampfhaft nach weiteren Worten. „Bitte – etwas mehr langsam!"

Der Sohn atmete ebenfalls tief ein und dann sagte er langsam und sehr laut: „Mein Vater – ist noch nicht da. Noch nicht zu Hause. Wir könnten jetzt einkaufen fahren." Und als sie nicht sofort reagierte, wiederholte er noch lauter: „Einkaufen fahren!"

Zofia musste schlucken. Sie hätte sich gern frisch gemacht oder sogar ein wenig geschlafen, aber dann schob sie alle Wünsche beiseite.

„Sehr gerne", sagte sie. Und um zu beweisen, dass sie ihn verstanden hatte: „Würde ich einkaufen fahren sehr gerne."

Sie war froh, dass ihr jetzt die Grammatik wieder einfiel und noch froher war sie, dass er sie nicht mehr anstarrte, sondern stattdessen den Wagen startete.

Ihre Tante hatte ihr gesagt, dass es am Anfang schwer werden würde. Aber dass es *so* schwer werden würde, hatte Zofia nicht gedacht. Tief im Inneren hatte sie auf eine nette Tochter gehofft. Stattdessen nun dieser *oblech*, dieser Kotzbrocken, dem sie garantiert nichts recht machen konnte. Der da in seiner teuren Lederjacke saß, einer Lederjacke, die auf alt gemacht war, und der sich die Locken ins Gesicht hängen ließ, als wäre das cool.

Zofia zwang sich zum gleichmäßigen Atmen. Tatsächlich beruhigte sie sich nach einer Weile – so sehr, dass sie über einen neuen, korrekten Satz nachdenken konnte. Ehrlich gesagt war es ein Satz, den sie sich schon auf der Bahnfahrt ausgedacht hatte. Erneut nahm sie ihren ganzen Mut zusammen und sagte: „Es ist sehr schön bei Ihnen in Sauerland."

Der Sohn runzelte die Stirn, dann runzelte er den Bereich um die Lippen, was wie ein Grinsen aussah. „Das ist wohl Geschmackssache."

Geschmack war ein Wort, das Zofia aus der Lektion *Essen und Kochen* kannte. Sie nahm sich vor, erst einmal nichts mehr zu sagen. Stattdessen warf sie einen Blick aus dem Fenster. Sie fuhren durch ein Städtchen mit kleinen Geschäften. Keine Secondhand-Läden. Diese Geschäfte hier waren bestimmt alle sehr teuer.

„Dies hier ist, wo Ihr Vater wohnt?", fragte Zofia. Dann fiel ihr ein, dass sie eigentlich nichts mehr sagen wollte.

Der Sohn antwortete nicht sofort. „Nein, mein Vater wohnt auf dem Land", sagte er dann. „Dies hier – ist die nächstgelegene Stadt."

Er machte eine Handbewegung, um ihr zu zeigen, dass er diese Stadt meinte und nicht eine, die hundert Kilometer entfernt lag. „Hier kauft man ein, wenn man auf dem Dorf wohnt."

Zofia war froh. Jetzt wo der Arzt-Polizist-Betrüger laut und langsam sprach, konnte sie das meiste verstehen.

„Eine sehr schöne Stadt", sagte sie und bemerkte im selben Moment, wie oft sie *schön* sagte. Sie sollte mal ein anderes Wort nehmen. „Sehr ordentlich", sagte sie deshalb.

Bei dem Sohn zuckte es wieder um den Mund herum. „Finde ich auch."

Daraufhin beschloss Zofia zum zweiten Mal, nichts mehr zu sagen. Ins Gespräch kamen sie erst wieder, als sie mit einem Einkaufswagen bewaffnet den Supermarkt betraten.

„Im Haus ist nicht viel", brüllte der Sohn. „Sie müssen alles neu anschaffen – alles neu kaufen."

Zofia nickte mechanisch. Eigentlich brauchte sie jetzt ihre deutschen Rezepte, aber die lagen in ihrer Reisetasche. Jetzt musste sie gleich zu Anfang beweisen, dass sie eine gute Hausfrau war – auch wenn sie es in Wirklichkeit kein bisschen war.

„Was isst Ihr Vater am gernsten?" Noch während sie es aussprach, zuckte sie zurück. *Gernsten* hörte sich nicht richtig an, irgendetwas stimmte da nicht.

„Am gernsten?", fragte der Sohn und dachte nach. Zofia jubilierte – war also doch richtig.

„Ehrlich gesagt weiß ich das nicht."

Sie standen jetzt beim Obst. Eine Millionen Äpfel strahlten sie an.

„Vielleicht Äpfeln?", fragte Zofia.

„Äpfeln", sagte der Sohn und dachte wieder nach. „Bei meinem Vater steht ein Apfelbaum im Garten. Er muss im Sommer ordentlich Äpfel getragen haben, aber ich habe keine Ahnung, wo die alle sind."

Zofia war irritiert. Ordentliche Äpfel! Wollte der Sohn sich lustig machen über sie? Und mochte der alte Mann jetzt Äpfel oder nicht? Zofia entschied, dass der Sohn nicht zu gebrauchen war. Sie musste sich hier selbst durchwursteln und hoffen, dass sie ein paar richtige Dinge erwischte. Energisch griff sie eine abgepackte Tüte mit Äpfeln. Bananen waren auch gut. Vielleicht hatte der alte Mann Probleme mit dem Kauen. Blumenkohl, Kartoffeln, Zwiebeln. Dann sah sie Lauch. Lauch war gut für Suppen, wenn sie das richtig im Kopf hatte. Lauch klang außerdem sehr professionell. Wenn man Lauch einkaufte, hatte man als Hausfrau die Sache im Griff. Sie nahm sechs Stangen, der Sohn schaute ein wenig überrascht. Offenbar hatte er sie nicht für eine gute Hausfrau gehalten. *Warte ab!*, dachte Zofia.

Es schlossen sich Kühlregale an, eine ganze Kühlregallandschaft. Die Deutschen mochten es offenbar kühl.

„Welchen Joghurt mag dein Vater gern essen?" Zofia bemerkte den Fehler sofort. Nicht *dein* Vater, *Ihr* Vater.

Der Sohn zögerte nur minimal. „Keine Ahnung", nuschelte er. „Aber meine Freundin mag den hier am gernsten."

Er zeigte auf eine Palette mit knallbunten Joghurtbecherchen. Sie sahen wie Kinderjoghurts aus.

„Dann wir nehmen die."

Zofia packte vier Stück ein. Die arme Freundin, fügte sie in Gedanken hinzu. Offenbar reichte den deutschen Frauen ein schnelles Auto. Auch wenn darin ein Kotzbrocken saß.

———

Anton war so aufgeregt, dass er es nicht länger im Auto aushielt. Der Taxifahrer war bereits zur Haustür gegangen, „schauen, wer so da war". Anton wusste, wer da war: Thomas, sein Sohn. Schließlich stand sein Auto direkt vor der Tür. Vielleicht war aber auch seine Hilfskraft schon da – die Vorstellung machte ihn nervös. Die Angst, dass es nicht klappen könnte mit ihnen beiden, hatte ihn die letzten Nächte umgetrieben. Genauso wie die Sache mit Hannes ihn umgetrieben hatte. Da gab es nur eins: Auf in den Kampf!

Beim Aussteigen gab er sich alle Mühe. Er hatte in den letzten Tagen viel geübt. Immerhin, jetzt hatte er endlich beide Beine draußen, nun noch etwas drehen und dann in den Stand! Anton drückte sich mit der rechten Hand an der Rückenlehne hoch. Es kostete Kraft, außerdem stieß er mit dem Kopf an, aber wenn er es schaffte, etwas weiter nach vorn –

„Papa?"

Resigniert sank Anton zurück. Warum konnte man ihn nicht in Ruhe machen lassen?

Die Hände in einer abgenutzten Lederjacke stand Thomas neben dem Auto und sah ihn skeptisch an.

Einen Moment lang passierte gar nichts. Thomas sagte nichts. Anton sagte nichts.

„Ich nehm dann schon mal die Sachen hinten raus", hörte Anton den Taxifahrer sagen. Dann ging hinten die Klappe auf.

„Soll ich dir beim Aussteigen helfen?" Thomas zog jetzt die Hände aus der Jacke, nur um sich im nächsten Moment durch die Locken zu gehen.

Anton rutschte ein Stückchen nach vorn. „Ich möchte versuchen allein zurechtzukommen."

„Verstehe, na dann –" Thomas drehte ab. Anton seinerseits stemmte sich mit der Kraft seiner gesunden Seite hoch und kam tatsächlich in den Stand. Er umklammerte noch immer die Rückenlehne, aber – er stand! Freudig blickte er sich um. Suchte nach Thomas. Er war nirgends zu sehen.

Wer aber zu sehen war, war seine Hilfe. Sie kam zögernd vom Haus auf ihn zu. Natürlich hatte er vorher in den Bewerbungsbogen geschaut. Um genau zu sein, hatte er ihn an die fünfzig Mal gelesen. Das hier war Zofia Barto-irgendwas. Den Nachnamen konnte er nicht aussprechen.

Er fing einigermaßen normal an – Barto, aber dann kam die typisch polnische Mischung von Buchstaben, die nicht zusammenpassten: z – s – w und am Ende natürlich ein i. Anton hatte irgendwann aufgegeben, den Namen zu lernen – er hoffte, dass er Frau Zofia sagen durfte. Deshalb hatte er fleißig geübt, vorne das Z zu sprechen, das war schließlich im Deutschen nicht üblich.

Zofia Barto-irgendwas kam näher und lächelte freundlich. Im Bogen hatte gestanden, sie sei Anfang dreißig, und Anton hatte insgeheim befürchtet, dass sie auf Abenteuer aus war. Da durfte sie in seinem Dorf nicht viel erwarten. Die echte Zofia Barto-irgendwas sah allerdings nicht aus, als sei sie auf Abenteuer aus. Nicht, dass sie nicht hübsch gewesen wäre. Nicht, dass sie nicht eine weibliche Figur gehabt hätte. Aber ihr kurzes braunes Haar, ihre riesengroßen Augen und ihre rundlichen Bäckchen verliehen ihr etwas so Jugendliches, dass man sich eher fragte, ob sie gleich auf einem Mofa davonbrausen würde.

„Guten Tag", sie kam noch näher heran und streckte die Hand aus.

Anton mochte die Rückenlehne nicht loslassen, unhöflich wollte er aber auch nicht sein.

„Guten Tag", sagte er deshalb und bemühte sich, seinen kranken Arm in ihre Richtung zu schicken. Die Polin bemerkte das und griff nach seiner Linken. Er spürte ihre Hand in seiner und wusste nicht, worüber er sich mehr freuen sollte: darüber, dass seine kranke Hand etwas spürte, oder darüber, dass er ein gutes Gefühl hatte, was Frau Zofia anging.

„Habe ich gesehen Ihre Aussteig aus den Auto", sagte sie jetzt. „Sind Sie eine gute Sportler!"

Anton musste lächeln. Das hatte ihm lange keiner gesagt.

„Aber jetzt wir sollten gehen zum Haus, sonst wird kalt."

Sie bot ihm ihre rechte Seite, und er hakte sich mit der schlappen Linken ein, ohne mit der anderen die Rückenlehne loszulassen. Frau Zofia war fest und stark und griff nach seiner Hand, um ihn noch besser halten zu können. „Geht gut", sagte sie und wartete auf seinen ersten richtigen Schritt.

Anton war davon keineswegs überzeugt. Dann aber ließ er los und tatsächlich – er ging! – ein Glücksgefühl überkam ihn!

„Habe ich gedacht, Sie können nicht laufen", begeisterte sich die Polin an seiner Seite. „Aber sind Sie Weltmeister in Laufen. So können wir gehen überall hin."

„Das müssen wir auch", brachte Anton außer Atem heraus. „Das müssen wir für meinen Freund Hannes."

„Hannes?", wiederholte die Polin und sah ihn von der Seite aufmerksam an.

Anton nickte. „Dazu kommen wir später."

———

Thomas sah sich um – fast alles geregelt. Vom Sanitätshaus war ein Rollstuhl geliefert worden, von der Apotheke Medikamente. Sabine hatte vor ihrer Abreise alles telefonisch organisiert, sie war auf Zack, da gab es nichts. Jetzt mussten nur noch die Tabletten in Tagesportionierer einsortiert werden. Als sein Vater das mitbekam, orderte er alles zu sich: „Das mache ich selbst."

Die Polin hatte ihr Zimmer bezogen, sie schien ganz begeistert, dass sie eine Etage für sich hatte. Sogar am Bücherregal hatte sie sich zu schaffen gemacht. Offenbar waren kindliche Detektivgeschichten die passende Lektüre für sie. Thomas hatte sich die Bemerkung verkniffen, dass es *sein* Zimmer war, das sie da in Beschlag nahm.

Nach kurzer Zeit allerdings war die Polin unruhig geworden. Wenn der Vater unten schliefe, hatte sie gemeint, könne sie ihn dann nachts überhaupt hören, wenn etwas wäre?

„Der macht sich schon bemerkbar", hatte Thomas gemeint.

Sie war bereits einmal mit ihm zur Toilette gegangen, und da er weder Gezeter von Seiten seines Vaters noch Hilferufe von der Polin gehört hatte, schien das einigermaßen glattgelaufen zu sein. Die Lebensmittel waren verstaut – Zeit für den Abflug.

Sein Vater saß im Esszimmer und ordnete irgendwelche Papiere, während die Polin in der Küche mit dem Mittagessen herumwerkelte.

„Papa", versuchte es Thomas. Sein Vater blickte hoch. Er hatte noch erstaunlich volles Haar, komplett weiß, aber wellig und dicht. „Ich würde dann jetzt wieder verschwinden."

„Natürlich", sein Vater lehnte sich zurück. „Allerdings möchte ich vorher noch etwas mit dir besprechen. Schließt du bitte die Tür?"

Was kam jetzt? War ihm seine Polin nicht recht? Oder war es wegen Hannes? Thomas schloss die Tür und setzte sich seinem Vater gegenüber. Die Situation missfiel ihm, es hatte etwas von Antreten. Trotzig verschränkte er die Arme und versuchte sich nicht beeindrucken zu lassen.

„Es ist wegen Hannes."

Aha, Treffer versenkt.

„Du hast bestimmt gehört, was da passiert sein soll."

Thomas versuchte sich zu entspannen. Sein Vater war ein alter Mann, er hatte Schlimmes erlebt, man sollte nett zu ihm sein. Vor allem, wenn man in fünf Minuten sowieso aus dem Haus war.

„Hab ich", antwortete Thomas in sachlichem Ton.

„Sabine hat erzählt, dass Hannes seine Betreuerin erstochen haben soll."

Sein Vater faltete die Hände. Nein, er faltete sie nicht, er nahm mit der rechten die linke in die Hand. Es sah etwas unbeholfen aus. „So hat sie es mir auch erzählt, aber ich glaube das nicht."

„Was glaubst du denn?"

Sein Vater war sehr konzentriert. Man wurde den Eindruck nicht los, dass er sich auf dieses Gespräch gut vorbereitet hatte.

„Ich glaube, dass Hannes seine Pflegerin *nicht* erstochen hat. Wer das stattdessen getan hat, dazu kann ich nichts sagen."

Thomas lehnte sich zurück. Das war sein Vater! Der Ortsvorsteher. Der Unternehmer. Das Familienoberhaupt. Klare Ansage.

Er hätte seinem Vater am liebsten eine Standpauke gehalten. Das Problem war nur: Er konnte ihn verstehen! Thomas hatte auch gestutzt, als Sabine ihm die Sache erzählt hatte. Die Vorstellung, dass Hannes – eine Seele von Mensch – nachts aufgestanden war, um seine Pflegerin zu erstechen, war ihm absurd vorgekommen. Andererseits kannte er sich medizinisch zu wenig aus. Und deshalb hielt er sich mit einem Urteil zurück.

„Sabine sagt, die Beweislage sei recht eindeutig", sagte er vorsichtig. „Niemand anderes im Haus, keine Einbruchspuren, Hannes neben der Toten, die Tatwaffe nahbei."

Sein Vater nahm sich Zeit für eine Antwort und betrachtete dabei seine Hände. „Ich finde die Beweislage *zu* eindeutig", sagte er schließlich. „Einem Demenzkranken kann man alles Mögliche anhängen."

Thomas streckte die Beine aus. „Aber warum sollte jemand Hannes etwas anhängen wollen?"

„Es ging nicht um Hannes", sagte sein Vater bestimmt. „Es ging darum, die Polin zu ermorden. Und diesen Mord dann Hannes in die Schuhe zu schieben."

Thomas rieb sich das Gesicht. Er hätte jetzt sagen können, was Sabine vorgebracht hatte. Dass Demenzkranke häufig aggressiv wurden. Dass sie Psychopharmaka nahmen, deren Nebenwirkungen manchmal unberechenbar waren. Er konnte es aber auch lassen.

„Meinst du nicht, dass meine Kollegen diesen Fall in Betracht gezogen haben?", versuchte er es.

Sein Vater holte tief Luft. „Ich weiß es nicht. Vielleicht. Und deshalb möchte ich dich bitten, Einsicht in die Akten zu nehmen, um das zu prüfen. Das dürfte doch für dich kein Problem sein."

Thomas konnte ein Schnauben nicht unterdrücken. Das war nun wirklich ganz und gar sein Vater! Mal eben Einsicht in die Akten nehmen! Am besten brachte er die Sachen mit her, damit Anton Wieneke sie persönlich durchsehen konnte. Vorausgesetzt, das Medikamentesortieren ließ ihm ausreichend Zeit!

„Aber du weißt schon, dass ich in Bielefeld arbeite?", versuchte er ihn auf den Teppich zu holen. „Im Drogendezernat?"

„Natürlich weiß ich das, aber du wirst doch deine Kollegen in Dortmund kennen. Man hilft sich doch aus!"

Thomas musste grinsen. Was sich da offenbarte, war dörfliche Denke par excellence. Wenn man eine Spaltmaschine brauchte, fragte man eben den Nachbarn.

„Du stellst dir das einfacher vor, als es ist."

„Vielleicht", sagte sein Vater kleinlaut, was nichts anderes hieß, als dass er sich *verdammt gut* auf dieses Gespräch vorbereitet hatte. „Aber kannst du es nicht wenigstens versuchen?"

Thomas atmete tief durch und wog ab, welche Antwort jetzt klug war. „Mal sehen, ob ich dazu komme", sagte er schließlich und beendete das Gespräch, indem er einfach aufstand. „Da hilft es, wenn ich nicht unnötig Zeit verplempere."

―――――

Zofia hatte sich für Bratkartoffeln und Spiegelei entschieden. Ein einfaches Essen ohne Lauch. Sie hoffte, dass das okay war, aber heute zum Einstieg war ja sowieso alles ein bisschen speziell. Der alte Mann zumindest hatte freudig genickt, als sie das vorgeschlagen hatte. „Bratkartoffeln an Spiegeleier", hatte sie gesagt. So oder so ähnlich hatte es in ihrer Deutschlektion zum Thema *Essen und Kochen* gestanden. Sie hatte die Vokabeln ausgiebig gepaukt.

Die beiden Männer hatten sich zurückgezogen, offenbar hatten sie etwas zu besprechen. Jetzt aber sah sie sie in den Flur treten, erst den Sohn mit dem Autoschlüssel in der Hand, kurz darauf den alten Mann, der umständlich mit seinem Rollator um die Ecke bog.

Der Sohn blieb an der offenen Küchentür stehen. „Soo", sagte er. Offenbar war *soo* eine mögliche Einleitung, wenn man sich in Deutschland verabschieden wollte. Zofia suchte indes selbst nach den richtigen Worten. Sie musste dringend noch etwas klären.

„Entschuldigen Sie mich bitte sehr", begann sie, das war eine Wendung, die sie bis zum Abwinken geübt hatte, sie schien eigentlich immer zu passen. „Stelle ich mir noch eine Frage: Gibt das Haus ein Internet her?"

Der Sohn stutzte. „Internet? Bislang hat das hier niemand benutzt."

Zofia schluckte. Kein Internet! In der Agentur hatte man ihr gesagt, dass es hier Internet gab.

„Es gibt natürlich ein Telefon, drüben im Wohnzimmer", der Sohn zeigte hinüber, als hätte sie noch nicht verstanden, wo das Wohnzimmer war. „Aber Internet ..."

Zofia schrappte in den Bratkartoffeln herum. Dann nahm sie ihren ganzen Mut zusammen. „Hat Agentur nicht gesagt, dass Internet wichtig?"

„Da muss ich meine Schwester fragen. Sie ist geschäftlich für ihre Firma unterwegs, aber angeblich erreichbar." Der Sohn zog sein Handy aus der Tasche und quetschte sich an seinem Vater vorbei. Der wirkte irritiert. „Gibt es Probleme?"

„Nein, keine Probleme", sagte Zofia, „nur Frage – ist kein Internet da."

„Internet", wiederholte der alte Mann betreten, „das ist wahrscheinlich wichtig für Sie?"

„Ist für Telefonieren", erklärte Zofia. „Skypen", schob sie hinterher, auch wenn der alte Mann damit vermutlich nichts anfangen konnte. „Habe ich Kontakt nach Polen mit Internet."

„Und mein Sohn hat sich nicht darum gekümmert?", der alte Mann sah sich unwillig um. „Sie können natürlich telefonieren, aber das wäre dann ein teures Auslandsgespräch."

Zofia schabte weiter in den Bratkartoffeln herum. Sie waren inzwischen ziemlich bröselig geworden.

„Hallo?" Der Sohn rief. Zofia legte den Holzlöffel ab und schob sich am alten Mann vorbei in den Flur. „Meine Schwester sagt, ein Internetanschluss ist beantragt und wird zeitnah freigeschaltet. Wir müssen dann nur noch einen Router installieren."

Zofia konzentrierte sich. Der Sohn hatte sehr schnell gesprochen. *Beantragt* und *Router* und *freischalt*. Was musste sie tun?

„Entschuldigen Sie mich bitte sehr", begann sie. „Was muss ich – *freischalt*?"

Der Sohn zögerte, als wäre sie nicht ganz bei Trost.

„Schon gut", sagte er dann, langsamer jetzt. „Internet – kommt – bald." Dann sagte er noch etwas. Vielleicht entschuldigte er sich, denn er sagte etwas von Entschuldigung, aber richtig nett sagte er es nicht. Zofia konnte nicht länger abwarten. Aus der Küche roch es verbrannt.

———

Thomas überprüfte noch, ob der Fernseher funktionierte. Lief. Außerdem testete er die Waschmaschine im Keller. Ebenfalls in Ordnung. Mehr konnte er beim besten Willen nicht tun. Doch erstaunlicherweise – so sehr er den ganzen Tag weggewollt hatte – nun fiel ihm der Aufbruch plötzlich schwer. Zum ersten Mal spürte er, dass er Verantwortung hatte. Mit Sabine war nicht zu rechnen. Sie war für ihre Firma in Schweden, mindestens noch eine Woche. Sein Vater war alt und klapprig. Alleine kriegte er nicht viel auf die Reihe. Diese Polin war jung und unerfahren. Gerade eben war ihr das Essen angebrannt. Sie würde Fragen haben, vielleicht schon heute Abend, spätestens morgen. Wie ging das mit dem Müll? Was, wenn eine Sicherung raussprang? Und wo rief sie an, wenn sein Vater einen zweiten Schlaganfall bekam?

Thomas notierte 112 auf einem Zettel, schrieb *Notfall* daneben und hängte den Zettel an den Schrank in der Küche. Dann nahm er ihn wieder ab und schrieb seine eigene Handynummer mit auf den Zettel.

Die Polin entsorgte gerade einen Teil der Bratkartoffeln im Müll. Sie sah abgekämpft aus.

„Soo", sagte er.

Die Polin blickte hoch. „Entschuldigen Sie mich bitte

sehr", sagte sie. „Will ich mit dem Internet nicht viel Arbeit machen. Ich habe schon einen SMS nach Polen geschickt, dass ich gut angereist bin. Ist nicht eilig, das Internet. Es ist nur, diesen SMS sind mit meinen Handy sehr teuer –"

„Der Internetanschluss ist sowieso beantragt", erklärte er, „und bitte, entschuldigen Sie sich nicht dauernd."

Die Polin sah ihn fragend an.

„*Entschuldigen Sie mich bitte sehr!*", rief er. „Es ist nicht nötig, das dauernd zu sagen. Sie machen Ihren Job, Sie haben Fragen, das ist völlig normal. Haben Sie verstanden?"

Sie hatte verstanden, ihre Augen füllten sich mit Tränen. Er biss sich auf die Lippen. Das war unnötig gewesen, Mist! Sie kümmerte sich um seinen Vater, sie war wahrscheinlich seit Ewigkeiten auf den Beinen, und jetzt mühte sie sich ab, um es allen recht zu machen.

„Entschuldigen Sie bitte!", brachte er heraus.

„Nichts *Entschuldigen Sie bitte!*", fauchte sie ihn an. „Nicht nötig, dauernd das zu sagen." Dann schimpfte sie etwas auf Polnisch – *oblech* und so weiter. Nur ein deutsches Wort war dazwischen – *soo*.

Mist, dachte er erneut. Dann verließ er das Haus.

Da endlich zeigte sie sich! Er hatte eine ganze Stunde am Waldrand ausgeharrt, um sie zu sehen, fast die ganze Zeit in derselben Stellung. Jetzt wurde sein Warten belohnt. Da war sie, im oberen Zimmer, und blickte aus dem Fenster. Sie konnte ihn nicht sehen, da war er ganz sicher, er war sehr gut versteckt. Und er selbst sah sie ja auch nur mit seinem Fernglas. Ein Zeiss-Gerät, Spitzenqualität, 10 X 42.

Im Dorf hatte man von ihrem Kommen erzählt und da stand sie jetzt und schaute hinaus. Sie sah müde aus, das erkannte er durch seine Gläser, vielleicht wollte sie einen

Mittagsschlaf machen. Sie hatte Ränder unter den Augen, aber sie war schön und sie wirkte nett. Er würde öfter herkommen, das wusste er jetzt. Er würde öfter herkommen, ganz sicher.

Zofia fuhr mit einem Ruck hoch. Was war das für ein Geräusch? Und warum roch es hier anders? Eine Sekunde später wusste sie, wo sie sich befand. Dann der nächste Schreck: Wie spät war es? Sie warf einen Blick auf ihr Handy, es war aus, der Akku leer, deswegen hatte der Wecker nicht gesurrt. Hektisch kramte sie nach ihrer Armbanduhr, die sie beim Kochen in die Hosentasche gesteckt hatte. *O rany,* fast 17 Uhr!

„Zeit für einen Mittagsschlaf", hatte der alte Mann nach dem Essen gesagt. Aber bestimmt hatte er nicht an drei Stunden gedacht! Zofia sprang in ihre Jeans. Warum hatte der alte Mann nicht gerufen? War etwas passiert? Dringend hätte sie eine Dusche gebraucht, stattdessen zog sie den Pulli über, den sie die ganze Nacht über angehabt hatte, und stürzte auf den Flur.

Dort hielt sie inne, alles war ruhig, nur die dicke Standuhr unten im Flur tickte gleichmäßig vor sich hin. Vorsichtig tapste sie die Holzstufen nach unten, die vorletzte Stufe knarrte gewaltig. Ein Blick ins Wohnzimmer – nichts, natürlich, wie auch? Der alte Mann kam nicht allein aus dem Bett! Vor seinem Schlafzimmer hielt sie an und überlegte einen passenden Satz. *Entschuldigen Sie mich bitte sehr, aber ich habe lange geschlafen.* Nein, kein guter Satz. Der schreckliche Sohn war wütend geworden, weil sie ihre Sätze immer so anfing. Zofia konnte nicht länger überlegen, sie klopfte stattdessen vorsichtig an die Tür. Nichts war zu hören. Noch vorsichtiger öffnete sie.

Der alte Mann lag in seinem Bett und las. Als er sie bemerkte, legte er seine Lesebrille ab und sah sie an. Er schien nicht ganz schlimm zornig zu sein.

„Haben Sie gut geschlafen?", wollte er wissen. Er sprach wie immer sehr langsam und deutlich. Man konnte ihn sehr gut verstehen.

„Ja, vielen Dank", antwortete sie und ging schnell um das Bett herum. „Und tut es mir sehr herzlich leid, dass ich komme so spät –"

„Papperlapapp!", unterbrach er sie. „Ich lese zunächst noch das Kapitel zu Ende und Sie gehen nach oben und machen sich frisch. Danach kommen Sie wieder und wir machen uns eine schöne Kanne Tee."

Zofia stand einfach nur da. Sie war so gerührt, dass sie tatsächlich nur dastehen konnte. Dann wiederum strömte so viel Wärme durch ihren Körper, dass sie sich nicht zurückhalten konnte. Sie beugte sich zu dem alten Mann hinunter und gab ihm einen Kuss auf die Stirn. Als sie anschließend nach draußen schwebte, gingen ihr zwei Dinge durch den Kopf. Zum einen, was ihre Tante sagen würde, wenn sie gestand, dass sie ihren Patienten am ersten Tag geküsst hatte, zum anderen – was hieß eigentlich *Papperlapapp*?

———

„Thomas?"

Hauptkommissar Frank Schuhmacher kam auf ihn zu. Immerhin, er kannte ihn noch. Nichts wäre peinlicher gewesen, als wenn er sich erst hätte erklären müssen.

„Was treibt dich denn hierher?"

Thomas gab seinem Kollegen die Hand. „Ein paar Fragen. Hast du einen Augenblick Zeit?"

„Aber klar, komm in mein Büro!"

Thomas kannte das Dortmunder Polizeipräsidium nur flüchtig. Jetzt wurde er in den ersten Stock geführt, wo Frank sich mit einem Kollegen ein Büro teilte. Der nickte nur kurz, als Thomas hereinkam, und ergriff dann die Flucht.

„Setz dich, willst du einen Kaffee?"

„Lass mal, ich will dich nicht lange aufhalten."

„Schieß los!"

Thomas versuchte lässig zu klingen, nicht zu interessiert. „Es geht um ein Tötungsdelikt im Sauerland. Eine polnische Pflegekraft wurde niedergestochen, vermutlich von ihrem Patienten. Weißt du etwas darüber?"

„Ja, klar", Frank lehnte sich zurück. „Ging ja durch die Presse. Und war auch bei uns im Haus immer wieder ein Thema."

„*War?*"

„Naja, der Vorfall liegt ein paar Wochen zurück. Null Hinweise auf andere Beteiligte – die Ermittlung ist fast durch."

„Wer bearbeitet den Fall?"

Frank dachte nach. „Carsten Rickert, Sascha Kawinski, Cornelia Hannert –"

Thomas setzte sich aufrecht. „Conni? Also, kann ich sie ansprechen, wenn ich noch Fragen habe?"

„Ja, klar. Zimmer 320." Frank sah auf die Uhr. „Aber ich weiß nicht, ob sie noch da ist."

„Super, vielen Dank." Thomas war schon auf dem Sprung.

„Ach, Thomas?"

Er hielt inne. „Ja?"

„Warum interessiert dich der Fall?"

Thomas hatte auf der Fahrt überlegt, wie er auf die Frage reagieren sollte. Er hatte sich für die Wahrheit entschieden. „Ich komme selbst aus dem Dorf."

Die gute Nachricht war: Conni war noch da. Die schlechte: Als Thomas den Kopf zur Tür hineinsteckte, war sie gerade in einem Telefonat. Er hob nur kurz die Hand, nahm Connis überraschten Blick wahr und verzog sich dann auf den Flur.

Conni hatte an ihren Haaren etwas verändert, stellte er fest, sie waren jetzt dunkelbraun. Außerdem trug sie Pony. Lange dunkle Haare und Pony. Sah gut aus, musste Thomas einräumen. Dann begann er auf seinem Smartphone Nachrichten zu checken. Sein Kollege hatte ihm eine Sprachnachricht geschickt, einen Überblick, wie die heutigen Vernehmungen gelaufen waren. Sabine hatte ein „*Danke*" gepostet, ansonsten war nur Müll eingegangen. Kurzerhand ging Thomas ins Internet. Welches polnische Wort hatte ihm die Polin an den Kopf geworfen? Irgendwas mit *lech*. *Olech* oder so ähnlich. Thomas gab das Wort ein. ,Meinten Sie *oblech?*' fragte das System. Thomas klickte es an. Sein Smartphone arbeitete noch, als sich die Tür öffnete. Conni.

„Na, wenn das keine Überraschung ist!"

„Ich dachte, ich schau mal vorbei."

„Als ob du einfach so vorbeischauen würdest! Du willst doch etwas von mir." Conni nahm ihn in den Arm, drückte ihn an sich. Drückte ihn *fest* an sich. Hups!

So offensiv hatte er Conni nicht in Erinnerung gehabt. Sie hatten bei einer Fortbildung nebeneinander gesessen, abends mal ein Bier zusammen getrunken. Aber mehr dann auch nicht. Damals war sie mit einem Kollegen zusammen gewesen. Wetten, dass das jetzt nicht mehr der Fall war?

„Klar will ich was." Er grinste sein Lausbubengrinsen. Frauen flogen darauf, ein bestimmter Typus zumindest. Er hatte es schon viel zu lange nicht mehr benutzt.

„Na, dann komm rein." Ein Lächeln umspielte ihre Mundwinkel. Das Herfahren hatte sich auf jeden Fall gelohnt.

Conni legte ihm den Fall kurz und bündig dar. Die Spurensicherung hatte am Messer ausschließlich Fingerabdrücke von Johannes Mertens sichergestellt. Das Messer stammte aus der Küche und hatte hundertprozentig zu den Verletzungen im Brustraum gepasst – ein Stich ins Herz, das Opfer hatte nicht lange gelitten. Johannes Mertens hatte das Blut der Leiche am gesamten Pyjama gehabt. „Als hätte er sie in den Arm genommen", so formulierte es Conni. Am Fensterrahmen außen Fingerabdrücke von einer unbekannten Person, wahrscheinlich schon älter. Das Fenster war auf Kippe, man hätte es kinderleicht aufbekommen können – wofür es aber keinerlei Hinweise gab.

„Angeblich schlief das Opfer häufig mit offenem Fenster", erklärte Conni, nur um im nächsten Moment eine Grimasse zu ziehen. „Auf dem Dorf passiert ja nie was."

Am Griff der Haustür nur zwei unvollständige Fingerabdrücke, außerdem Wischspuren. Thomas runzelte die Stirn.

„Das hat uns natürlich schwer irritiert", bestätigte Conni, „und wir können bis heute nur Vermutungen anstellen. Entweder war tatsächlich ein fremder Täter mit Handschuhen im Haus und hat diese Wischspuren verursacht. Oder aber die Hausbewohner selber haben sie produziert."

„Wie meinst du das?"

„Die Polin hat viel geputzt, möglicherweise hat sie am Sonntag das schlechte Wetter zu einem Hausputz genutzt."

Thomas starrte in die Aufzeichnungen. „Aber wenn sie gründlich geputzt hätte, wären am Griff auch keine halben Fingerabdrücke sichtbar gewesen."

„Vielleicht hat aber auch der Alte dort herumgewischt. Angeblich hat er allen möglichen Unsinn getrieben. Laut Nachbarin ist er mal mit einem Tuch durch den Garten gelaufen und hat die Bäume geputzt."

Thomas schwieg betreten.

„Ganz zu klären ist diese Sache nicht, das gebe ich zu."

Conni rief am Bildschirm ein paar Aufnahmen auf. Viel Blut. Eine zerknautschte Bettdecke. Eine unschöne Leiche.

„Hatte sie viele Außenkontakte?", kam es Thomas in den Sinn.

„Im Dorf, meinst du jetzt?" Conni wiegte den Kopf. „Nicht wirklich. Am ehesten noch zum Nachbarn, der ein komischer Kauz ist."

Thomas sah hoch. „Meinst du Ludger?"

„Ludger Kissmer, du kennst ihn?"

„Ich kenne alle, ich komme aus dem Dorf."

„Ein Eigenbrötler, würde ich sagen. Kommt das hin?"

Thomas nickte. ‚Aber harmlos‘, wollte er hinzufügen, hielt sich aber zurück. „Wohnt da mit seiner Mutter", fügte er stattdessen hinzu.

„Ist uns auch schon aufgefallen", Conni grinste. „Ab und zu sind wohl Leute aus dem Dorf da gewesen und haben den Alten besucht. Die Polin selbst hat nur wenige Kontakte gehabt. Keine eigenen, wenn man so will. Trotzdem ist sie am Samstag vor dem Mord auf ein Dorffest gegangen."

Thomas wurde hellhörig. „Was für ein Dorffest?"

„Erntedank. Wurde am Samstagabend in der Schützenhalle gefeiert."

„Wer war zu der Zeit im Haus?"

„Die Tochter. Beate Mertens. Angeblich hat sich die Polin beschwert, weil sie nie aus dem Haus kam. Deshalb ist die Tochter am Wochenende gekommen und hat im Haus übernachtet."

Beate, Sabines Freundin. Das war alles ziemlich nah.

„Habt ihr die Leute auf dem Erntedankfest befragt? Mit wem ist sie zusammen gewesen? Ist doch komisch, da geht

41

die Frau einmal aus und wird am nächsten Abend erstochen."

„Hallo? Thomas?" Conni verzog beleidigt den Mund. „Hältst du uns für blöd? Meinst du, nur in Bielefeld wird ordentlich gearbeitet?"

„Sorry!" Thomas hob die Hände. „Es ist nur – das ist alles verdammt dicht an mir dran."

„Warum tust du es dir dann überhaupt an?"

„Weil –" Thomas suchte nach einer Antwort. Einer, die plausibel klang. „Weil mir das Opfer – nein, der Täter – also, Hannes – sehr nahestand. Im Grunde –", er ging jetzt aufs Ganze. „Im Grunde war er wie ein Vater für mich."

„Komisch", Conni schaute demonstrativ in die Akten. „Du wurdest als Besucher überhaupt nicht erwähnt."

Eins zu null für Dortmund! In seiner Verlegenheit versuchte Thomas es noch einmal mit dem Lausbubengrinsen, ging sich mit der Hand durchs Haar. „Du weißt doch, wie das ist. Ständig Dienst. Man kommt zu nix. Jetzt habe ich ein schlechtes Gewissen."

„Fakt ist", Conni schloss die Datei, „es gibt kein Motiv. Diese Polin hat auf dem Erntedankfest fröhlich geplaudert. Sie hat ihren Job gut gemacht. Sie hatte zu niemandem ein richtig enges Verhältnis. Wir haben einfach keinen Menschen gefunden, der sie hätte umbringen wollen."

„Kontakte in Polen?", versuchte Thomas es erneut.

„Natürlich, aber kein Chat, der auf Konflikt und Streitereien hindeutet. Es gibt einen Verlobten, jedenfalls nennt er sich so. Er hat uns die Bude eingerannt, weil er nicht glauben wollte, dass wir wirklich ermitteln. Der Typ war zur Tatzeit in Polen – wasserdichtes Alibi. Glaub mir, das war unsere heißeste Spur."

„Also war's Hannes", schloss Thomas.

„Sieht so aus, tut mir leid."

„Ihr schließt die Akten?"

„Sehr bald", antwortete Conni. Sie wurde jetzt weicher. „Insofern geht's mir nicht ganz so wie dir. Nicht immer im Stress. Ich komme schon noch zu was."

„Zu was denn?", schleimte Thomas. Er hatte das Gefühl, etwas gutmachen zu müssen.

„Ruf mich an", sagte Conni und schob ihm ihre Visitenkarte hin. „Heute kann ich nicht, aber ein andermal freue ich mich über deinen Anruf."

„Okay!", Thomas steckte das Kärtchen ein. Zum Abschied nahm er Conni wieder in den Arm. Noch einmal Hups. „Ich melde mich", flüsterte er. Kurz darauf war er draußen.

Im Flur griff er wie gewohnt nach seinem Handy. Einen Moment später wusste er, was *oblech* hieß. *Kotzbrocken. Ekel.* Na dann.

———

Als Zofia sich abends hinlegte, bekam sie Sehnsucht nach Zuhause. Nach den Flachsereien von Piotr und Andrej, nach der energischen Stimme ihrer Tante, und ja, nach ihrem verstorbenen Vater, nach den Abenden vor der Werkstatt, wenn alle zusammengekommen waren, um einen Wodka zu trinken und die Forellen zu grillen, die man aus dem Teich geholt hatte. Ein bisschen sehnte Zofia sich auch nach Hans-Uwe, der Stimme auf ihrer Deutsch-Lerncassette, zu der sie sich eine Geschichte ausgedacht hatte. Aber das war natürlich Quatsch, deshalb schob sie es weg.

Kurzerhand schrieb sie eine SMS an ihre Tante. *„Der alte Mann ist nett"*, schrieb sie auf Polnisch, *„ich fühle mich wohl."* Aber als sie auf *nadawać* drücken musste, auf *senden*, entschied sie sich dagegen. Zu teuer. Außerdem wusste sie, dass ihre Tante zurückschreiben würde. Dann würde es noch teurer werden. Lieber warten, bis es Internet gab.

Einen Moment lang überlegte sie, noch in ihre Grammatik zu schauen. Mit dem Satzbau hatte sie immer noch Probleme, dann merkte sie, dass sie zu müde war. Morgen, dachte sie, morgen!

Zofia war fast weggesunken, als ein Geräusch sie plötzlich aufschreckte. Ein Schaben oder Kratzen, von draußen. Sie hielt den Atem an. Ob da jemand war? Ein Tier – oder ein Mensch? Ängstlich zog sie die Decke weiter hoch, fast bis zur Nase. Es wäre jetzt klug gewesen, ans Fenster zu gehen und nach draußen zu schauen. Ja, das wäre klug – und mutig. Zofia war klug, zumindest hoffte sie das, aber mutig war sie nicht, das musste sie noch werden.

Sie blieb liegen und lauschte. Jetzt ein anderes Geräusch. Waren das Schritte? Vor lauter Panik biss Zofia in die Bettdecke. Im Grunde war sie allein im Haus! Wenn ein Einbrecher kam, würde der alte Mann nicht viel ausrichten können. Was sollte sie dann tun? Die Notrufnummer anrufen, die der schreckliche Sohn an den Schrank geklebt hatte? Den alten Mann wecken? Nach draußen gehen? Sie lauschte fieberhaft. Jetzt war nichts mehr zu hören. Abwarten, lauschen, abwarten ...

Nach ein paar Minuten entspannte sich Zofia ein wenig. Vielleicht war es nur eine Katze gewesen oder ein *szop pracz*, ein Waschbär. In Polen gab es viele Waschbären, vielleicht auch hier im sauren Land. Sie lauschte, lauschte weiter, dann endlich fiel sie in einen tiefen, tiefen Schlaf.

4

„Das hier ist mein kleines Handwerkerreich." Der alte Mann hatte sich auf die Sitzfläche seines Rollators gesetzt und deutete um sich herum.

Handwerkerreich? Ein Schuppen mit einer Werkbank und allem möglichen Werkzeug. Zofia musste an die Werkstatt ihres Vaters denken. Allerdings war es dort ölig und stinkig gewesen. In diesem Schuppen roch es kein bisschen ölig und stinkig, hier roch es nach Holz.

„Haben Sie hier alle Holzsachen gemacht, die da sind in Haus?" Zofia schaute sich um.

„Nein, nein", der alte Mann winkte ab. „Meine Schreinerei war anderswo untergebracht. Hier habe ich nur noch im Alter ein bisschen gebastelt."

„Gebastelt", sagte Zofia, allein um zu zeigen, dass sie im Bilde war, auch wenn sie es nicht wirklich war. Sie ging auf einen Schrank zu, in den unzählige Schublädchen eingelassen waren. An jedem Schublädchen war ein Pappschild mit Zahlen angebracht.

„Dadrin sind Nägel und Schrauben", erklärte der alte Mann stolz. „Alle ordentlich sortiert. Links unten ist ein Fach mit der Aufschrift *Sonstiges*. Wenn Sie mir den Kasten einmal anreichen würden."

Der alte Mann sprach heute sehr kompliziert, aber Zofia hatte *links unten* gehört und zog die passende Lade heraus. Darin war alles Mögliche. Das musste *Sonstiges* sein.

„Besten Dank", murmelte der alte Mann und suchte in der Lade herum. „Es ist nämlich so –", er nuschelte jetzt, ein bisschen klang er wie sein schrecklicher Sohn. Aber an den wollte Zofia eigentlich nicht denken.

Beim Frühstück hatte sie den alten Mann gefragt, ob sein Sohn Arzt war. „Nein, Polizist!", hatte der unwirsch gesagt. „Arzt wäre uns deutlich lieber gewesen!"

Am Vorabend hatte außerdem die Tochter angerufen, Sabine. Die schien nicht so schrecklich zu sein. Und auch nicht Polizistin.

„Schauen Sie mal!" Der alte Mann hielt Zofia jetzt einen Haken entgegen. „Nun brauche ich nur noch etwas Seil, dann baue ich mir eine schöne Bettaufstehhilfe!"

Bettaufstehhilfe. Ein seltsames Wort. Aber Zofia hatte etwas anderes entdeckt.

„Was ist das?" Sie zeigte auf ein kleines Möbelstück, das in einem Regal untergebracht war. Ein bisschen wie ein Setzkasten, aber mit einer Scheibe davor.

„Was meinen Sie?" Der alte Mann sah auf, dann wurde sein Blick plötzlich trübe. „Ach, die kleine Vitrine, die ist für meinen Freund Hannes, aber der ist jetzt nicht mehr da." Traurig hielt er inne. „Ist im Krankenhaus", erklärte er dann. „Vielleicht können wir ihn bald mal besuchen."

Zofia ging zu dem Schränkchen hinüber und strich mit den Fingern über das Holz. „Das ist der beste Schränkchen, den ich kenne", sagte sie betont munter.

Der alte Mann ließ sich nicht aufmuntern. „Es ist nichts Besonderes", brummte er. „Ich habe ganz andere Dinge gemacht. Aber jetzt ist mit mir nicht mehr viel los." Wie zum Beweis schlenkerte er mit seinem linken Arm, der tatsächlich nicht in ganz guter Form war.

„Welchen Holzstück haben denn Sie selber am gernsten?", versuchte Zofia abzulenken.

„Hmm", der alte Mann überlegte. Dann fiel es ihm offenbar ein. „Etwas, das ich für meine Frau gemacht habe. Ich werde es Ihnen bei Gelegenheit zeigen. Aber jetzt –", und nun erschien plötzlich ein Leuchten in seinen Augen, „– jetzt zeige ich Ihnen erst mal mein Auto."

———

Im Jahr zuvor – 24. Dezember

Es ist Weihnachten. Heiligabend. Naja, Abend ist es noch nicht. Nachmittag. Heilig Nachmittag. Was für ein Scheiß, denkt Michelle, während sie ihre Zeitungskarre zieht. Die anderen haben das Austragen garantiert am Vormittag gemacht, damit für sie am Mittag endlich der Heiligabend beginnt, bei ihr kommt es nicht so drauf an. Heiligabend ist ein Tag wie jeder andere. Ihr Vater war schon dicht, als sie eben losgegangen ist. Am Abend wird er nicht mehr ansprechbar sein. Was nicht schlimm ist. Es gibt niemanden, der ihn ansprechen will – am allerwenigsten sie selbst. Sie wird sich im Netz eine Serie anschauen, das Fernsehprogramm ist beschissen an Weihnachten. Vielleicht wird sie Marius was schicken, einen Gruß, einen Satz. Aber sie hat schon lange nichts mehr von ihm gehört. Bestimmt hat er sein Handy vertickt. Sie bleibt kurz stehen, ihre rechte Hand ist total durchgefroren, sie steckt sie in die Tasche und zieht jetzt mit links. Dieser bekloppte Gutshof – irgendwann fackelt sie ihn ab. Jedes Mal ein Kilometer extra, nur um diese beschissene Zeitung einzuwerfen. Bestimmt liest die dort sowieso kein Mensch. Sie geht an der Schreinerei vorbei, kein Licht, wie auch, ist ja Heiligabend – alle feiern, trallala.

Im Hauptgebäude brennt jede Menge Licht, in zwei Fenstern sind Lichterketten zu sehen. Michelle hält Abstand. Sie hat keinen Bock auf eine bastelnde Familie, auf singende Kinder, auf lesende Menschen, die vor einem Kaminfeuer sitzen. Hastig zieht sie ihre Karre über den Hof, aber dann sind da plötzlich zwei Leute. Die Frau, die letztens mit dem Adventskranz herumgemacht hat, und der Junge vom Sofa. Sie laufen keine fünf Meter vor ihr über den Hof, als spielten sie Fangen. Sie haben keine Jacken an, nur Pullover, sie lachen und schreien wegen der Kälte. Sie laufen hinüber zu einem Holzstoß, der unter dem Vordach eines Nebengebäudes untergebracht ist. Der Junge ist schon da. Er schreit „Erster", er hat tatsächlich mit seiner Mutter einen Wettlauf gemacht. Die Mutter lacht und dann guckt sie plötzlich zu ihr, Michelle, herüber. Sie schaut, bleibt stehen und stutzt. Michelle ist irritiert. Sie kommt sich wie ein Störenfried vor, sie will ja nur über den Hof. Nur zum Haupteingang, diese verfickte Zeitung einwerfen.

„Hallo!", sagt die Frau und kommt zu ihr herüber. Sie hat ganz kurzes, blondes Haar. Und sie sieht aus, als wüsste sie genau, was sie will.

„Hallo!", sagt Michelle. „Ich bring nur die Zeitung."

„An Heiligabend?", fragt die Frau. „Haben Sie denn niemals frei?"

Michelle antwortet nicht, sondern fängt an, in ihrer Karre zu kramen. Aber ihre Finger sind so steifgefroren, dass sie die Zeitung kaum festhalten kann. Die Frau bemerkt das.

„Sie sind ja völlig durchgefroren!", stellt sie fest. Michelle läuft die Nase und diese scheiß Zeitung lässt sich nicht greifen. Jetzt kommt auch noch der Sohn. Er hat den Arm voller Holzscheite. Endlich, Michelle hat die Zeitung zu fassen gekriegt. Jetzt schnell der Frau in die Hand drücken und weg.

„Danke", sagt die Frau. „Darf ich Ihnen noch eine Kleinigkeit geben?"

Michelle ist verwirrt. Eine Kleinigkeit geben? Sie hat noch nie Geld beim Zeitungaustragen bekommen. Das kriegen nur die richtigen Boten, die die Tageszeitung bringen. Jedenfalls stellt sich Michelle das so vor.

„Kommen Sie kurz mit herein?"

Reinkommen? Ins Haus? Eigentlich will sie das nicht, andererseits, wenn man ihr Geld geben will ...

„Kommen Sie doch!", sagt die Mutter erneut.

Am Ende ist es der Blick des Jungen, der sie reinlockt. Er lächelt sie an – ganz offen und freundlich und unkompliziert. Sein Blick sagt: Stell dich nicht an, komm einfach rein. Ich schleppe das Holz nicht umsonst in die Wohnung!

Sie tritt ins Haus, hinter dem Jungen und hinter der Frau, und sofort ist sie umhüllt von einem wunderbaren Duft. Da ist ein Braten im Ofen.

„Coq au Vin!", sagt die Frau, als müsste sie sich entschuldigen. „Das zieht durchs ganze Haus."

Der Junge bringt das Holz ins Wohnzimmer und seine Mutter geht hinterher. Michelle ist immer noch zögerlich, sie steht im Flur, eigentlich will sie nur das Geld. Aber dann sagt die Frau: „Wollen Sie sich einen Augenblick aufwärmen?"

Und da ist dieser Duft und ihre durchgefrorenen Füße und sie sagt einfach: „Gern."

Kurze Zeit später sitzen sie rund um den Ofen. Sie selbst hockt auf der Bank. Man hat sie praktisch genötigt, die Schuhe auszuziehen, damit ihre Füße richtig durchwärmen können. Patricia ist hinzugekommen, die Tochter, und einmal ist auch der Vater durchs Bild gelaufen. Er hat nur kurz geschaut, sich dann aber wieder nach draußen verzogen. Der Junge heißt Alex, er ist zweiundzwanzig oder so und etwas älter als seine Schwester. Die Frau (Brigitte, „sag einfach Gitte") hat ihr einen Kakao gemacht, nein, sie hat allen Kakao gemacht, und jetzt sitzen sie um den Ofen, trinken heißen Kakao und plaudern. Patricia, die Patti genannt wird, erzählt von Australien, weil sie nach dem Jahreswechsel dort hingeht. Ein ganzes Jahr wird sie dort leben und mit Pferden arbeiten. Sie studiert Tiermedizin, aber sie interessiert sich vor allem für Pferdezucht, und da in Australien werden wohl viele Pferde gezüchtet. Alex studiert auch, aber als er davon erzählen soll, schüttelt er nur unwillig den Kopf.

„Läuft", sagt er und das ist es dann schon.

„Was willst du denn mal machen?", fragt Brigitte nun Michelle und Michelle kriegt sofort Schiss. Was soll sie sagen? Sie ist auf dem Berufskolleg, aber nur, weil sie noch schulpflichtig ist. Wenn sie Glück hat, kriegt sie irgendeinen Abschluss. Was dann ist, keine Ahnung, erst mal zu Ende machen. Sie ist es nicht gewohnt, weit im Voraus zu planen.

„Ich weiß es noch nicht", sagt sie schüchtern.

Sie kann nicht erzählen, dass es in ihrem Leben darum nicht geht. Dass es nur darum geht, den nächsten Tag zu überstehen. Dass es darum geht auszuhalten, bis sie volljährig ist. Dass sie vielleicht auch dann den Absprung nicht schafft, weil sie nicht weggehen kann, während ihr Vater sich totsäuft. Andererseits – wenn sie sich hier umsieht, dann denkt sie, dass sie ja vielleicht doch den Absprung schafft. Dass es bestimmt toll ist, in Australien zu leben. Dass sie ja vielleicht noch das Abitur machen kann.

„Ich muss mal nach dem Hahn sehen", sagt Gitte und verschwindet. „Nicht, dass uns der Gockel verbrennt."

„Kräht er noch?", fragt Michelle, als die Köchin zurückkommt. Alle lachen und das ist ein schönes Gefühl.

„Was gibt's denn bei euch heute?", will Brigitte im Gegenzug wissen.

„Bei uns?", Michelle wird rot. „Bei uns gibt es – nichts."

Und dann kann sie plötzlich nicht mehr. Sie kann die Tränen nicht halten. Sie kommen aus ihr heraus, als sei sie aufgetaut und das Innere nun nicht mehr zu bremsen.

Das ist vielleicht der Moment, an dem alles beginnt.

„Ein Auto", sagte Zofia und sie hörte selbst, dass ihre Stimme viel höher klang als sonst. Von einem Auto hatte sie nichts gewusst. Ein Auto war großartig! Ein Auto machte sie unabhängig! Wenn sie denn damit fahren durfte.

Es war ein Kastenwagen, ein Handwerkerwagen, ein Opel. Man konnte gut seine Einkäufe darin transportieren. Und der Wagen war hoch. Womöglich konnte auch der alte Mann ein- und aussteigen, dann konnten sie gemeinsam unterwegs sein. Aber vielleicht wollte der alte Mann gar nicht herumfahren, vielleicht zeigte er es nur, weil er stolz war, so wie er auf seine Werkstatt stolz gewesen war.

„In Ihrem Personalbogen stand, dass Sie einen Führerschein haben", sagte der alte Mann.

„Oh ja, habe ich Führerschein", platzte es aus Zofia heraus. „Bin ich beste Fahrerin von ganz Polen."

Der alte Mann lächelte belustigt. „Oh, das wiederum stand nicht in Ihrem Personalbogen."

„Nein, steht nicht, aber kann ich jedes Auto fahren, ist ganz bestimmt."

„Dann tut es mir leid, dass ich meinen großen Transporter nicht mehr habe."

„Nein, ist nicht schlimm", beeilte sich Zofia zu sagen, „dies ist ein gutes Auto bestimmt. Ist ja deutsches Auto."

„Naja", sagte der alte Mann.

„Auf jeden Fall ist bestimmt gut fahren", sagte Zofia. Was sollte sie noch sagen, um ihn zu überzeugen?

„Wir können es gerne probieren", sagte der alte Mann. „Ich habe den Schlüssel dabei."

„Jetzt probieren?" Zofia war mit einem Schlag noch aufgeregter. „Ich soll fahren Ihr Auto?"

„Bei mir ist es im Moment etwas schwierig", sagte der alte Mann.

„Aber vielleicht Sie können einsteigen auf andere Seite – wir können versuchen –"

„Natürlich fahre ich mit", sagte der alte Mann bestimmt. „Ich gebe Ihnen doch nicht einfach mein Auto. Außerdem lasse ich mir eine Spritztour mit Ihnen nicht entgehen."

Eine Spritztour – was war das? Egal, es gab Wichtigeres.

„Soll ich herausfahren das Auto?", schlug sie vor. „Dann ist der Einstieg größer."

„Gute Idee. Der Schlüssel ist in meiner Jackentasche. Nehmen Sie ihn raus! Ich bleibe lieber mit beiden Händen an meinem Rollator."

Zofia öffnete die Jackentasche des alten Mannes und fischte den Schlüsselbund heraus.

„Und ich soll wirklich?", vergewisserte sie sich ein weiteres Mal.

„Bringen Sie mich nicht davon ab!", brummte er. „Ich werde mich in der Zwischenzeit in Sicherheit bringen."

„Das ist sehr gut", sagte Zofia. „Aber ist überhaupt nicht nötig."

„Sagen Sie mir eins", rief der alte Mann ihr hinterher. „Warum glauben Sie eigentlich, so gut fahren zu können?"

„Weil", rief Zofia zurück, „mein Vater hatte eine ölige, stinkige Autowerkstatt."

Anton genoss die Fahrt die Dorfstraße entlang. Endlich wieder zu Hause! Er winkte Annelie Schröer, die auf dem

Bürgersteig mit so viel Wucht das Laub wegfegte, als hinge ihr Leben davon ab. Er winkte auch Harald, der vor seinem Gasthof stand und rauchte. Er winkte zum Friedhof hinüber, wo seine Frau begraben war. Und beinahe hätte er sogar dem Baucontainer gewinkt, der vor Martins Elternhaus stand, weil man dort offenbar gerade renovierte. Dann bat er Zofia, rechts einzubiegen. Er hatte heute schon eine Menge geschafft, aber auf seiner Liste standen noch zwei weitere Punkte.

„Ist schöne *aleja*", sagte Zofia, „mit den vielen Bäumen rechts und links."

„*Aleja*", wiederholte Anton. „So ähnlich heißt das auch bei uns. Eine Allee."

Dann kam ihnen plötzlich ein Auto entgegen, ein Geländewagen, Anton erkannte ihn sofort.

„Bitte anhalten", rief er aufgeregt. „In dem Auto sitzt ein Freund."

Frau Zofia war sowieso langsam gefahren, jetzt hielt sie an. Martin hatte auch abgebremst und ließ die Scheibe hinunter. Anton lehnte sich zu Frau Zofia hinüber, um in den Nachbarwagen blicken zu können. Zunächst sah er nur Martins Wollmütze, die er meist über seinen Stoppelhaaren trug. Erst als er sich noch weiter hinüberlehnte, bekam er den ganzen Martin zu sehen.

„Anton!", konnte der es nicht fassen. „Du bist wieder da – und schon unterwegs!"

„Wir fahren ein bisschen herum. Das hier ist meine –", Anton zögerte, was war jetzt der passende Ausdruck?, „– das ist Frau Zofia."

„Angenehm", Martin lächelte sie an. Aber er sah abgekämpft aus.

„Ich wollte bei dir vorbei und mich für die Rampe bedanken."

Martin winkte ab. „Nicht der Rede wert. Ich hab Jonas geschickt. Ich hoffe, er hat es ordentlich gemacht?"

„Alles wunderbar, grüß ihn von mir. Hast du gut zu tun?"

„Zu viel, wie immer. Du kennst das ja."

„Besser so als zu wenig."

„Ich weiß, ich weiß." Martin lächelte matt. „Wir sollten mal ein Bier zusammen trinken, jetzt, wo du wieder da bist."

„Gern, du bist immer willkommen."

Martin hob die Hand. „Ich schau mal vorbei. Aber jetzt muss ich los. Baustellentermin. Ich bin schon zu spät."

„Lass dich nicht aufhalten und danke noch mal!"

Martin schenkte Frau Zofia einen letzten Blick, dann gab er Gas.

„Das war Martin Rennebaum", erklärte Anton. „Ein langjähriger Mitarbeiter. Er hat meine Schreinerei übernommen."

„Ah", sagte Zofia.

Ganz sicher war Anton nicht, ob sie alles verstanden hatte. „Meine Firma", erklärte er deshalb, „meine Schreinerei. Früher war ich der Chef. Jetzt ist es Martin."

„Verstehe ich", Frau Zofia gab Gas, schien aber genau zuzuhören. „Ist er ein guter Chef, Martin?"

„Er ist ein sehr guter Chef", erklärte Anton. „Er ist fleißig und ein guter Geschäftsmann. Ich war heilfroh, dass er sich früh als mein Nachfolger angeboten hat."

„Nu ja", sagte Zofia.

„Die Schreinerei ist hier auf dem Gutshof untergebracht, eigentlich nicht direkt auf dem Gutshof. In einem Nebengebäude dahinter."

„Gutshof ist was?"

„Ein großer landwirtschaftlicher Hof. Ein Bauernhof, nur etwas schicker. Dahinten sehen Sie ihn schon."

„Oh ja, sehr schick", bestätigte Frau Zofia mit Blick auf die sandgelb verputzten Gebäude. „Wohnen Könige hier?"

Anton musste lachen. „Nein, keine Könige, eine ganz normale Familie." Wobei – ein bisschen für was Besseres hielten sich die Holzmers ja schon. Zumindest Brigitte. Nachdem sie sich Siegbert geangelt hatte, hatte sie den Gutshof auf Vordermann gebracht und jetzt träumte sie sogar von einer edlen Pferdezucht. Mit dem Dorf aber hatte sie wenig am Hut – wenn man von Hannes und ihm einmal absah.

„Auf jeden Fall Bekannte von mir. Siegbert habe ich früher Holz abgekauft. Und gelegentlich haben wir Skat zusammen gespielt." Bedrückt hielt er inne. Der dritte Mann war Hannes gewesen.

„Und wo muss ich jetzt fahren?"

Sie waren auf dem Innenhof angekommen, vor ihnen lag das Haupthaus, links der Stall und die Scheune, rechts Backhaus, Kornkammer und die Remise. Die Schreinerei befand sich in einiger Entfernung hinter dem Haupthaus, aber da mussten sie ja jetzt nicht mehr hin.

„Parken Sie bitte!", bat Anton. „Ich habe hier etwas zu besprechen."

Das Ein- und Aussteigen war immer noch die größte Herausforderung. Frau Zofia ließ ihn machen, das schätzte Anton sehr. Schweigend stellte sie ihm nur seinen Rollator hin, als er sich aus dem Wagen herausgekämpft hatte.

Dann stand sie plötzlich unsicher vor ihm. „Entschuldigen Sie mich bitte, aber ich bleibe vielleicht ein bisschen besser in Auto?"

Anton stutzte. Darüber hatte er sich noch keine Gedanken gemacht. Er machte einen Besuch. Er war sozusagen privat. Wollte er bei solchen Gelegenheiten seine Pflegekraft dabei haben? Dann sah er die drei Stufen, die zum Gutshaus hinaufführten.

„Ich wäre sehr dankbar, wenn Sie mitkommen würden", meinte er kleinlaut.

Als sie die Stufen erklommen hatten, öffnete sich die Tür von allein. Siegbert stand vor ihnen, groß und kräftig, wie er war, allerdings mit etwas zu langem Haar und etwas zu vollem Vollbart. Der Hausherr war gerade im Begriff, nach draußen zu gehen. Zweites Frühstück vorbei, schätzte Anton.

„Na sieh mal einer an!", Siegbert war überrascht. Dann rief er nach drinnen. „Gitte, schau mal, wer hier ist!"

Einen Augenblick später war Brigittes Blondschopf zu sehen. „Sowas!" Im Überschwang nahm sie Anton in den Arm. „Wie schön, dass du wieder im Dorf bist!"

„Das finde ich auch", Anton nickte selig. Dann fiel ihm ein, dass er nicht allein war. „Darf ich euch meine Hilfe vorstellen – Frau Zofia. Sie kümmert sich freundlicherweise um mich, solange ich noch nicht wieder gesund bin."

Gitte schaute einen Moment irritiert, dann aber fasste sie Frau Zofia vertraulich am Arm. „Herzlich willkommen. Und hereinspaziert alle Mann!"

Kurz darauf saßen sie in der Gutshausküche. Anton war selig. Hier hatte er schon einige schöne Stunden verbracht. Er warf einen Blick auf die Gastgeberin. Gitte hatte abgenommen, sie sah herber aus als sonst. Vielleicht wirkte sich jetzt aus, was sie in den letzten Jahren durchgemacht hatte. Zunächst Siegberts Schlaganfall. Nichts Schlimmes, Gott sei Dank – ein „Schlägle" nur, von dem er nichts zurückbehalten hatte. Aber dann die Krebserkrankung von Alex, ihrem Jungen. Zwei Operationen, eine Chemo, Gitte war vor Sorge fast gestorben; trotzdem hatte sie sich wenig anmerken lassen. ‚Nicht unterkriegen lassen', das war ihr Naturell.

„Jetzt ein Willkommenstrunk", schlug Siegbert vor. „Ich

habe einen Schnaps im Haus, der euch die Schuhe auszieht."

Brigitte sah ihn vorwurfsvoll an. „Siegbert, du weißt, dass der Arzt dir abgeraten hat. Außerdem ist es nicht einmal zwölf!"

„Die beste Zeit für einen Frühschoppen", Siegbert holte Schnapsgläschen aus dem Küchenschrank und griff freudig nach einer Flasche auf der Anrichte.

„Männer!", schimpfte Brigitte und schüttelte den Kopf.

„Genau, Männer!", Siegbert strich sich eine dunkle Strähne aus der Stirn. „Aber Frauen dürfen auch mittrinken. Ich darf Ihnen doch einschenken?" Er hatte sich an Frau Zofia gewandt.

„Danke, nein", sie hielt schützend die Hand über ihr Glas. „Ich fahre ein Auto."

„Ein Schlückchen", versuchte es Siegbert.

„Ich nehme ein Glas", lenkte Anton ab, obwohl Alkohol bestimmt auch für ihn nicht gesund war. Sein Schlaganfall war schließlich noch heftiger gewesen als der von Siegbert. Trotzdem schenkte der Hausherr ihm ein.

„Du willst nicht, nehme ich an." Für seine Frau hatte Siegbert gar nicht erst ein Glas hingestellt.

„Nein danke, ich habe noch zu tun." Gittes Ton war schneidend, die Atmosphäre gespannt. Anton fühlte sich unwohl – so etwas kannte er hier nicht. Gitte befüllte aus einer Karaffe zwei Gläser mit Wasser, wahrscheinlich Brunnenwasser vom Hof.

„Auf unser Wohl!", Siegbert hob sein Glas. „Und auf deine Gesundheit, lieber Freund!"

Immerhin, der Schnaps war großartig, Anton genoss jeden Tropfen.

„Apropos Gesundheit", begann er dann das Gespräch. „Wie geht es Alex?"

Brigitte atmete tief durch. „Alles gut, Gott sei Dank. Er

scheint tatsächlich alles überstanden zu haben."

Anton nickte erfreut. „Kommt er am Wochenende häufig nach Hause?"

Brigitte winkte ab. „Ganz selten. Er arbeitet an seiner Bachelor-Arbeit."

„Bachelor-Arbeit?" Im Krankenhaus, wo ständig der Fernseher gelaufen war, hatte es eine Bachelor-Sendung gegeben, furchtbares Zeugs.

„Das ist so eine Art Zwischenprüfung", erklärte Brigitte. „Er muss eine Arbeit schreiben und ein paar Prüfungen machen."

„Ich habe ja noch ein ordentliches Forstdiplom gemacht", brummelte Siegbert. „Gibt's heute nicht mehr."

„Auf jeden Fall kommt er am Wochenende nicht?" Anton hatte gehofft, Alex könnte ihm den Haken an die Schlafzimmerdecke montieren.

„Nicht dass ich wüsste", Brigitte zuckte die Achseln. „Und wenn, dann kriegen wir in der Regel erst einen Tag vorher Bescheid."

„Junge Leute halt, ist doch normal." Ohne nachzufragen, schenkte Siegbert ihnen beiden noch einmal ein. Anton kam in den Sinn, dass Siegbert als Junggeselle oft zu tief ins Glas geschaut hatte. Überhaupt hatte er ein unstetes Leben geführt, bis Brigitte in sein Leben hineingerauscht war. Hoffentlich fiel er nicht in alte Sitten zurück.

„Von Patti hören wir auch nicht viel", versuchte Brigitte ihren Mann zu ignorieren. „Wir skypen ab und zu, aber durch die Zeitverschiebung ist das nicht allzu oft möglich. Außerdem soll sie ja allein zurechtkommen. Es ist nicht gut, wenn zu viel Kontakt zu den Eltern besteht. Das macht den Kindern nur Heimweh."

Anton nickte. *Skypen* – das hatte auch Frau Zofia erwähnt. Es hatte mit dem Internet zu tun. Vielleicht sollte er sich doch einmal damit beschäftigen.

„Habt ihr in letzter Zeit Kontakt zu Hannes gehabt?"

„Zu Hannes?", Brigitte sah ihn irritiert an. „Du weißt schon, dass er –"

„Das weiß ich. Deshalb frage ich ja. Habt ihr ihn vorher einmal gesprochen? Habt ihr etwas Neues an ihm bemerkt?"

„Du meinst, ob er sich verändert hat?", fragte Brigitte vorsichtig.

„Ja, ob er aggressiv geworden ist. Mir ist der Gedanke so fremd."

Brigitte faltete die Hände, als wollte sie beten. „Ich merke schon, du hast nicht viel mitbekommen in deiner Reha." Sie wirkte angespannt. „Ich war noch am Sonntagnachmittag dort. An dem Tag, bevor der Mord passiert ist."

„Du lieber Gott!", Anton war ehrlich überrascht. „Das heißt, du hast als Letzte mit der Polin gesprochen?"

„Naja, richtig gesprochen haben wir eigentlich nicht. Es war schon fünf Uhr, ich wollte spontan bei Hannes vorbei, aber die Polin bat mich, den Besuch zu verschieben."

„Warum?"

„Weil Hannes nervös war. Ich bin gar nicht bis hineingekommen. Die Polin hat die Tür aufgemacht und gesagt, es sei ungünstig für einen Besuch."

„Hat sie gesagt, warum Hannes so aufgeregt war?"

„Dafür blieb ihr kaum Zeit, er rief schon von hinten. Und er klang tatsächlich, als wäre er ziemlich durch den Wind."

„Was hat er denn gerufen?"

„Nichts Besonderes! *Hallo!* Und *So geht das aber nicht!*"

„Das hat er gerufen?"

„Ich hab mir nichts dabei gedacht. Naja, natürlich war ich traurig, dass es mit Hannes so schnell bergab ging. Schon bei meinem letzten Besuch war er sehr durcheinander. Das war –", Gitte überlegte angestrengt, „vielleicht zwei, drei Wochen zuvor. Auch da wirkte er ziemlich verwirrt. Sonst hat er ja schon mal ein paar Dinge von früher erzählt. Treibjagden, Holzwirtschaft – du weißt schon. Aber bei dem letzten Besuch kam da gar nichts mehr. Er war sehr unruhig, hat nur rumgeräumt und seine Hilfskraft angemeckert."

Anton war überrascht. „Er hat sie angemeckert? Das habe ich selbst nie erlebt."

„Er hat immer über ‚die da' gesprochen. Ich fand es sehr unangenehm, denn sie hat sich ja durchaus Mühe gegeben. Er hat behauptet, sie hätte ihn geschubst und gestoßen. Ich habe versucht, das Thema zu wechseln."

„Er hat gesagt, sie hätte ihn gestoßen?", hakte Anton nach.

Brigitte zuckte die Achseln. „Vielleicht hat sie ihn mal hart angefasst, um ihm zu helfen. So habe ich mir das erklärt."

„Kann aber auch sein, dass er recht gehabt hat", warf Siggi ein. „Ich meine, ist ja auch ein harter Job, da hat sie vielleicht mal die Nerven verloren. Und Hannes wiederum ist damit nicht klargekommen und hat sich gerächt."

„Indem er nachts mit dem Messer auf sie los ist?" Anton war entsetzt.

„So sieht es ja wohl aus." Siggi faltete die Hände vorm Bauch. „Zumindest erzählt man sich das."

„Das weiß ich", brummte Anton. Siegbert kam ihm vor wie ein Verräter. Hannes war immerhin sein Freund.

„Aber Hannes war so vorsichtig mit Messern. Ich erinnere mich, wie er Thomas als Kind den richtigen Umgang mit einem Jagdmesser beigebracht hat."

„Andererseits war er beruflich den Umgang mit Messern gewohnt", hielt Brigitte dagegen. „Vielleicht ist ihm das zum Verhängnis geworden."

„Vielmehr wohl seiner Polin", Siegbert nahm einen Schluck.

„Ja, vielleicht", sagte Anton resigniert. Dann warf er einen Blick auf Frau Zofia. Ihre schönen Augen waren vor Entsetzen geweitet.

––––––

„Schauen Sie sich dieses Bild an!"

Thomas stand an die Fensterbank gelehnt im Vernehmungsraum und beobachtete, wie seine zwei Kollegen Roland Kern in die Zange nahmen. Der Dealer ließ sich allerdings nicht so leicht in die Zange nehmen. Er saß breitbeinig auf seinem Stuhl und warf gelangweilt einen Blick auf das Foto. Thomas wusste, was auf dem Bild zu sehen war. Ein junger Mann in desolatem Zustand. Zugeschwollene Augen, eine gebrochene Nase, Brandwunden und Hämatome im ganzen Gesicht. Der Anblick des 23jährigen Crystal-Junkies war schon vorher gruselig gewesen. Inzwischen hatten Kerns Schläger ihn fertiggemacht. Noch am selben Tag hatte er seine Aussage zurückgezogen. Thomas hätte jetzt noch losbrüllen können beim Gedanken an solch einen Fehler! Man hätte den Zeugen nie allein nach Hause schicken dürfen.

Roland Kern grinste feist. „Was ist das? Ein Mensch?"

Thomas schloss die Augen. Es waren diese Momente, in denen er sich kaum unter Kontrolle halten konnte. In denen er wusste, dass er den Job nicht ewig weitermachen wollte. Momentan wollte er nichts anderes, als diesem Kerl die Fresse polieren.

Roland Kern war von Berlin nach Bielefeld gekommen, weil er hier Potential sah. Er war kein ganz großer Fisch, aber auch kein ganz kleiner. Schicke Jeans, Hemd, Lederjacke, die Haare gut geschnitten, Ringlein am Finger. Er musste nicht mehr selbst verkaufen, das machten seine Leute für ihn. Dieselben Leute, die sich diesen Junkie vorgeknöpft hatten.

„Das ist Marvin Hillebrand", versuchte sein Kollege Matthes gelassen zu bleiben. „Sagt Ihnen der Name etwas?"

„Marvin wie?", Kern grinste wieder fett. „Sorry, ich bin in der Hackfleischszene nicht so versiert."

Thomas hielt es nicht länger aus. Er verließ das Vernehmungszimmer und nahm wahr, wie Kern ihm ein Grinsen nachwarf. Ein überlegenes Grinsen. Als hätte er ihn in die Flucht geschlagen. Vermutlich stimmte das auch.

Thomas nahm einen Umweg durchs offene Treppenhaus, allein um länger unterwegs zu sein. Drei Minuten später saß er dann aber doch an seinem Schreibtisch und hatte die Wahl: Entweder nahm er sich die Aussage von Marvin Hillebrand noch einmal vor, die Aussage, die er inzwischen zurückgezogen hatte – oder er machte eine private Recherche, die ihm schon länger im Kopf herumging.

Kurz darauf hatte er als Suchbegriffe *Demenz* und *Tötungsdelikt* in seinen Polizeicomputer eingegeben. Er wurde nicht fündig. *Tödliche Unfälle* – ebenfalls nichts. Schließlich checkte er, in wie vielen Fällen Demenzkranke jemanden verletzt hatten. Kein Fall dokumentiert. Deshalb verließ er das Intranet und weitete seine Suche auf das gesamte Netz aus. Die Anzahl von Einträgen, die auch nur peripher in diesen Bereich fielen, war überschaubar.

Nachdenklich lehnte Thomas sich zurück. Klar, es würde da eine hohe Dunkelziffer geben. Eine Ehefrau, die von ihrem dementen Ehemann geschlagen worden war, meldete das nicht der Polizei. Sie erzählte es bestenfalls dem Arzt, der dafür sorgte, dass der Patient ruhiggestellt wurde. Dennoch war Thomas überrascht, so überhaupt nichts zu finden. Zwar gab es Informationsmaterial mit Hinweisen auf aggressives Verhalten bei einer Demenz, aber konkrete Vorfälle waren praktisch nicht dokumentiert.

Müde rieb er sich die Augen. Verdammte Hacke, sollte

Hannes weltweit der erste und einzige Demenzkranke sein, der einen anderen Menschen umgebracht hatte?

Er überlegte ein Weilchen, schloss dann die Seiten auf seinem Computer und nahm sich noch einmal Marvin Hillebrands Aussage vor.

———

„Dann Ihre Hannes ist gar nicht in normale Krankenhaus", sprudelte es aus Frau Zofia heraus. „Dann er ist in Gefängniskrankenhaus!"

Sie saßen im Esszimmer und tranken eine späte Tasse Kaffee.

„Nicht im Gefängnis", widersprach Anton. „In einer speziellen Klinik, nicht allzu weit entfernt."

Der Gedanke an die Psychiatrie fiel Anton immer noch schwer. Dorthin zu kommen, war in seiner Gegend der Inbegriff von ‚völlig bekloppt sein'. Heute sagte man so etwas nicht mehr. Früher aber hatte man ungeniert gesprochen: ‚in die Klapsmühle kommen', ‚in die Klötzchenschule gehen'. Vielleicht war es gut, dass sich der Sprachgebrauch geändert hatte, schließlich war Hannes jetzt dort.

„Ich möchte ihn so bald wie möglich besuchen", erklärte Anton, „weil ich mir selbst ein Bild machen möchte."

„Ein Bild machen?" Frau Zofia schaute verwundert.

„Ich möchte sehen, wie es ihm geht. Weil ich nicht glauben kann, dass er mit einem Messer auf jemanden losgegangen ist."

„Sie können nicht glauben?"

„Nein."

„Aber ist schreckliche Krankheit, Demenz. In Polen alle haben Angst, dass sie zur Pflege von Demenz müssen. Demenz ist die Schlimmste."

Anton stieß Luft aus. War er mit seinem Schlaganfall

ein Hauptgewinn für polnische Pflegerinnen? Sicher nicht, wenn er daran dachte, dass man ihm gelegentlich den Hintern abwischen musste.

„Ich weiß", gab er zu. „Demenz ist schlimm. Unberechenbar. Aber Sie haben Hannes nicht gekannt. Er war ein ruhiger, liebevoller Mensch. Ich kann mir beim besten Willen nicht vorstellen, dass er seine Pflegerin umgebracht hat – es sei denn –", Anton zögerte, „es sei denn, sie hat ihn wirklich misshandelt."

„Misshandelt?" Zofia sah ihn wütend an. „Das ist geschlagen und solche Sachen?"

„Genau – geschlagen, gestoßen … Hannes hat es zu Brigitte Holzmer gesagt."

„Ich habe gehört", Frau Zofia geriet in Rage. „Aber sagen Demente oft solche Sachen. Das haben wir gelernt in Agentur. Sie sagen Sachen, die nicht stimmen. Dass Polin hat geklaut und solches mehr."

„Natürlich", versuchte Anton zu beschwichtigen. „Ich weiß, dass Demenzkranke zu Wahnvorstellungen neigen. Sie denken, alle wollten ihnen Böses, auch die engsten Angehörigen."

„Aber dann stimmt nicht mit Polin, die schlagt und stoßt."

„Ja", gab Anton zu. „Wahrscheinlich ist das so. Und genau deshalb glaube ich auch nicht, dass Hannes seiner Pflegerin etwas angetan hat. Nach meinem Eindruck haben sie sich gut verstanden. Hannes war immer verträglich. Und jetzt wird ihm vorgeworfen, er habe etwas Schlimmes getan. Wissen Sie, er war mein Freund – von Kindesbeinen an. Und er hat mir mehr als einmal geholfen, als ich in einer Notlage war. Ich möchte nicht, dass etwas Falsches über ihn erzählt wird – Krankheit hin oder her."

Anton holte tief Luft. Das war eine lange Rede gewesen

und seine Pflegerin hatte sicher nicht alles verstanden.

„Muss ich etwas sagen", meinte Zofia, immer noch erregt, „Sie immer reden von Ihre Freund. Von Ihre Hannes. Es ist aber doch ganz schlimmer, was mit Gabriela passiert ist."

Anton schoss die Röte ins Gesicht. „Natürlich", beeilte er sich zu sagen. „Sie haben vollkommen recht. Was dieser Frau passiert ist, ist schlimmer als alles, was ich mir vorstellen kann. Aber gerade, weil die Sache so traurig ist, meine ich, dass man die Wahrheit herausfinden muss. Und ich bin mir nicht sicher, was die Wahrheit angeht. Ich möchte Genaueres wissen. Wer hatte einen Schlüssel zum Haus? Gab es wertvolle Dinge, die verschwunden sind? Hatte Frau Gabriela mit jemandem Streit?"

Die Polin dachte einen Moment nach. Dann machte sich plötzlich Erschrecken auf ihrem Gesicht breit. „Wenn nicht Ihre Freund hat Gabriela getötet, dann ist das eine andere Mann gewesen. Und diese Mann läuft draußen herum und tötet vielleicht bald andere Pflegefrauen aus Polen." Zofias Stimme war schrill geworden.

„Aber nein!" Anton versucht so viel Ruhe in seine Stimme zu legen wie möglich. „Es gibt hier niemanden, der Polinnen umbringt. Wenn Frau Gabriela tatsächlich ermordet worden ist, dann gibt es dafür ein persönliches Motiv. Ihnen kann niemand gefährlich werden, das verspreche ich Ihnen."

Er sah Zofia aufmunternd an. Sie schien sich ein wenig zu beruhigen – obwohl er nicht sicher war, ob sie alles verstanden hatte. Es dauerte eine ganze Weile, bis sie wieder etwas sagte.

„Sagt man eigentlich immer so in Deutschland – *Frau Gabriela*?"

Anton war wegen des plötzlichen Themenwechsels verwirrt. „Wie meinen Sie das?"

„Sagt man *Herr Hannes* auch? Oder *Herr Anton*?"

„Herr Anton? Nein, natürlich nicht." Anton wurde verlegen, kaum, dass er die Antwort ausgesprochen hatte. „Nun, ich glaube, wir sagen das zu den polnischen Frauen, weil wir ihre Nachnamen so schlecht aussprechen können."

„Nachname von Frau Gabriela ist schwer?"

Anton wurde schon wieder rot. „Ähm, eigentlich weiß ich das nicht so genau."

Frau Zofia wirkte sehr konzentriert. „Finden meine Nachname Sie auch schwer zu sprechen?"

„Also, ehrlich gesagt –", Anton wand sich.

„Dann Sie können sagen Zofia", unterbrach sie ihn.

„Zofia", verbesserte er sie. „Ich bemühe mich immer, Ihr Z richtig auszusprechen. Bei uns spricht man den Namen nämlich weich. Sofia."

„Bei uns man spricht auch weich. Zofia."

„Aber Sie schreiben sich mit Z."

„Aber ich heiße Zofia, weich."

„Weiche Zofia mit Z", Anton überlegte. „Ihr Z gefällt mir gut, es sieht so zackig aus."

„Zackig?"

„Zack zack, da ist Schwung drin. Das passt zu Ihnen." Dann stutzte Anton. „Aber wie sagen Sie zu mir? Anton vielleicht?"

„Herr Anton", sagte Zofia bestimmt. „Können Sie mein Opa sein. Da ist Herr Anton sehr gut."

Anton wusste nicht, ob er beleidigt sein sollte. Es blieb ihm allerdings nicht viel Zeit, darüber nachzudenken.

„Was ist jetzt mit Ihre Freund Hannes?"

„Tja", Anton wurde trübsinnig, „was ist jetzt mit meinem Freund Hannes?"

„Sie wollen ihn besuchen", hielt Zofia fest. „Wir können mit den Auto fahren hin."

„Ja, das können wir. Ich muss nur erst erfragen, ob man zu ihm durchkommt. Es ist ja eine Spezialklinik."

„Spezial", wiederholte Zofia vielsagend.

„Ich würde aber gern auch noch mit anderen Leuten sprechen", erläuterte Anton. „Mit seiner Tochter, mit seinen Nachbarn. Ich muss wissen, wie das passiert ist."

„Wir haben viel Zeit", sagte Zofia.

„Ja und nein", antwortete Anton. „Ja, wir haben viel Zeit, aber nein, ich bin nicht sehr schnell. Und dann hat meine Tochter mir für nächste Woche auch noch einen Krankengymnasten besorgt."

„Einen was?"

„Das erkläre ich Ihnen. Eins nach dem anderen. Vielleicht sollten wir erst etwas essen."

„Oh!", Zofia sprang auf. „Muss ich kochen! Ich weiß, alte Leute in Deutschland immer essen sehr punktlich." Zofia stürmte in die Küche.

Anton musste grinsen. „Was gibt es denn heute?", rief er hinter ihr her.

„Lauch!", rief Zofia.

„Wie bitte?"

Jetzt erschien Zofias Kopf wieder in der Tür. „Oder mögen Sie auch ein bisschen Spaghetti?"

———

Das Todeshaus sah von außen sehr schön aus. Herr Anton hatte erzählt, dass sein Freund ein *leśniczy* gewesen war, ein Förster, und das sah man dem Haus an. Es hing ein großes Hirschgeweih über der Tür. Grüne Fensterläden gab es auch und einen geschmackvollen Erker, aber Zofia ließ sich nicht täuschen. Hier war eine Polin getötet worden, ihr Geist war bestimmt im Haus noch zu spüren.

Der alte Mann stand mit seinem Rollator vorm Haus, als

wollte er schauen, ob sich etwas verändert hatte. Irgendwann schüttelte er den Kopf, dann sah er sich nach Zofia um.

„Ich würde gern einmal ums Haus herumgehen", erklärte er. „Aber der Gartenweg ist uneben. Würden Sie mich bitte begleiten?"

„Naturlich", sagte Zofia, aber wohl war ihr nicht bei dem Gedanken, um das Todeshaus herumzulaufen und in die Fenster zu spähen. Dann riss sie sich zusammen. Es war nur ein Haus, es war helllichter Tag, na ja, nicht mehr ganz, es begann bereits zu dämmern – auf jeden Fall gab es fast keinen Grund, sich zu fürchten.

Zofia musste erst ein Gartentor öffnen, es quietschte ganz fürchterlich.

„Muss mal geölt werden", murmelte der alte Mann. Da konnte Zofia nur zustimmen, mit Öl kannte sie sich aus. Dann konnte man über ein paar Gartenplatten am Haus entlanggehen.

Das erste Fenster war sehr klein und sehr hoch. Es war nicht gut möglich hineinzuschauen, nicht für sie und auch nicht für den alten Mann. Aber er schien daran auch kein Interesse zu haben. Die nächsten Fenster gehörten zum Wohnzimmer. Eine dicke, große Couch war zu erkennen. Hier blieb Herr Anton stehen und betrachtete das Ganze eine Weile. Näher heran wollte er nicht. Schließlich tuckerten sie weiter, um die Hausecke herum. Hinten gab es eine Terrassentür, an der der Rollladen heruntergelassen war, daneben ein weiteres Fenster. Dafür nahm sich Herr Anton viel Zeit. Zofia schaute auch hinein. Das Wohnzimmer aus einem anderen Winkel, Zofia entdeckte ein paar Geweihe an der Wand. Sie zogen weiter, zum nächsten Fenster.

„Hier muss es passiert sein", flüsterte der alte Mann, „in diesem Zimmer hat Frau Gabriela gewohnt."

Zofia zögerte zunächst, dann spähte sie vorsichtig hinein. Ein Bett ohne Matratze und Bettzeug, eine Nachtkommode, ein Schrank. Der Fußboden aus Linoleum, alles sehr sauber. Nichts stand herum.

„Die Polizei wird alles zur Untersuchung mitgenommen haben", sagte Herr Anton. „Da lag ein kleiner Teppich, wenn ich mich richtig entsinne. Und überhaupt – die Matratze. Wahrscheinlich war das alles voller Blut."

Zofia verstand vor allem *voller Blut* und sofort wurde ihr schummrig. Ängstlich suchten ihre Augen die Tapete ab, nichts war zu sehen, aber wer weiß, die Tapete hatte ein Muster. Womöglich waren die Blutflecken in den Blumen versteckt.

„Außerdem wird Beate die Habseligkeiten der Verstorbenen nach Polen zurückgesandt haben."

Der alte Mann sprach sehr kompliziert, wahrscheinlich weil die Sache sehr kompliziert war.

„Und jetzt schaue ich nach dem Schlüssel", Herr Anton wandte sich um. „Wir müssten nach drüben zum Gartenhäuschen gehen."

In Deutschland hatte jedes Haus einen Schuppen, stellte Zofia fest. Der Weg dorthin war noch holpriger, zwischen den Platten war alles voller Gras. Zofia griff an die Tür.

„Man muss sie aufschieben", erklärte Herr Anton. „Ich würde das machen, aber mir fehlt wohl die Kraft."

Zofia legte einen Riegel um, dann schob sie an der Tür. Das war nicht leicht, Zofia musste etwas ruckeln, bis sie sich endlich ein Stück zur Seite schieben ließ.

„Reicht schon", erklärte Herr Anton. „Wir sind ja nicht breit."

Zu zweit waren sie natürlich schon breit, aber der alte Mann hielt sich am Türrahmen fest und schaffte den Einstieg allein.

„Etwas duster", hörte Zofia ihn sagen. Sie ging hinterher. Der Schuppen war viel kleiner als der von Herrn Anton und ohne ein Fenster. Soweit Zofia sehen konnte, standen hier ein *szpadel*, eine *grabie* und andere Gartengeräte herum. Das einzige Licht kam durch die halb geöffnete Tür.

Herr Anton stützte sich an der Wand ab und ging Schrittchen für Schrittchen auf einen alten Küchenschrank zu. Als er schließlich eine Schublade aufzog, konnte Zofia nicht viel erkennen, nur ein paar Tütchen mit Samen.

„Hier lag doch immer der Schlüssel", der alte Mann kramte herum. Dann wurde es mit einem Mal dunkel, der Lichteinfall war weg. Zofia fuhr herum. Im selben Moment legte sich eine Hand auf ihre Schulter. *Der Polinnenmörder!* Zofia begann zu schreien. Sie schrie wie am Spieß. Sie schrie so laut, dass jeder Polinnenmörder tot umgefallen wäre. Dann schrie sie nicht mehr.

———

„Man darf eine Frau nicht so erschrecken", entfuhr es Anton, als sie bei Kissmers im Wohnzimmer saßen. Allerdings schien das bei Frau Zofia allzu leicht zu passieren. Die Geschichte um Gabriela hatte sie offenbar zu Tode geängstigt. Eben im Schuppen hatte sie sich gar nicht beruhigen wollen, auch nicht, als Anton ihr erklärt hatte, das sei doch nur Ludger, der Nachbar, und Ludger wolle bestimmt nichts Böses von ihr. Inzwischen hatte sie eine Tasse Kaffee in den Händen – „Karo", wie Ludgers Mutter Gerda erklärt hatte. Daran hielt Zofia sich fest, als sei dies eine geeignete Waffe gegen übergriffige Männer.

Anton sah Ludger an. Der lange Kerl saß auf seinem gepolsterten Stuhl, zuckte nervös mit den Mundwinkeln und schien sich denkbar unwohl zu fühlen. Er trug eine Schirmkappe auf dem Kopf, außerdem eine Windjacke in Grau, bei der selbst Anton das Gefühl hatte, dass man das heute nicht mehr trug.

Anton hatte sich schon oft gefragt, was genau das Problem mit Ludger war. Er war normal zur Schule gegangen, hatte, wenn auch mit Mühe, seinen Schulabschluss gemacht und dann eine ganze Zeit bei einem Gartenbaubetrieb gearbeitet. Da war er jetzt nicht mehr, hatte Anton gehört. Wahrscheinlich war er jetzt nirgendwo mehr und das war für keinen Menschen gut.

„Ich wollte nur schauen, ob ich der neuen Polin helfen kann", hatte er mit unschuldigen Augen erklärt, nachdem Zofia sich einigermaßen eingekriegt hatte. Sieh an, hatte Anton vermerkt, dass es eine neue Polin gab, war offenbar im Dorf schon bekannt.

„Der Junge war ja viel drüben", sagte Gerda jetzt. Anton schmunzelte. Der Junge musste weit über vierzig sein.

„Bei Hannes?", fragte er nach.

„Bei Ela", sagte Ludger.

Bei Ela, aha. Anton betrachtete Ludger aufmerksam. „Ihr wart befreundet?"

„Was heißt schon befreundet?", antwortete Gerda für ihren Sohn. „Man ist ja Nachbarn."

„Das stimmt", gab Anton zu. „Nachbarn sind wichtig." Er nahm einen Schluck Karokaffee, das lenkte vom Wirsinggeruch ab, der noch vom Mittagessen im Haus hing. „Habt ihr als Nachbarn eigentlich einen Schlüssel von drüben gehabt?"

„Früher mal", erklärte Gerda und klang patzig dabei. „Als das mit Hannes' Krankheit begann, da hat uns Beate gebeten, einen Schlüssel zu nehmen, falls Hannes sich mal ausschließt. Als dann die Polin kam, wollte sie den Schlüssel zurück, dabei waren Schlüssel genug da. Hannes brauchte ja wohl selbst keinen mehr."

Anton nickte stumm und vermerkte zweierlei in seinem Kopf. Erstens, dass er Beate nach den Schlüsseln fragen wollte. Zweitens, dass Gerda sich als Nachbarin übergangen fühlte. Die Böse war Hannes' Tochter Beate, ganz klar.

„Ela hat sich manchmal unsere Kaninchen angeschaut." Der Satz kam von Ludger. Er lächelte und wirkte dabei fast souverän. Ein Mann, der etwas zu bieten hatte, was Frauen interessierte: Kaninchen.

„Ein-, zweimal", wiegelte Gerda ab. „Soweit das mit Hannes ging."

„Hat Gabriela denn noch andere Kontakte gehabt?"

„Andere Kontakte?", Gerda schnaubte. „Wie sollte das gehen? Sie ist ja kaum rausgekommen aus dem Haus. Sie war rund um die Uhr mit Hannes beschäftigt."

„Das kann ich mir vorstellen", Anton nickte. Und nicht zum ersten Mal fragte er sich, ob er mehr hätte tun müssen, als er noch gesund gewesen war. Sicher, er war hin und wieder zu Besuch da gewesen, aber nie länger als eine halbe Stunde. Man konnte ja mit Hannes nicht reden. Vielleicht hätte er länger bleiben sollen. Vielleicht hätte er Frau Gabriela entlasten können. Er hatte das einfach nicht gesehen.

„Beate kam ja nur alle paar Wochen zu Besuch", ergänzte Gerda bissig. „Dann hat sie der Polin ein paar Euro extra gegeben und ist wieder gefahren."

Anton sah zu Zofia hinüber. Es war ihm peinlich, wie hier gesprochen wurde, auch wenn es nichts als die Wahrheit war. Zofia lauschte angespannt dem Gespräch.

„An dem Wochenende, bevor es passiert ist, war sie ja hier", schimpfte Gerda. „Womöglich hat *das* Hannes so unruhig gemacht."

Anton stutzte. Das war ein neuer Aspekt. Beates Besuch war eine Unregelmäßigkeit gewesen – sie hatte Hannes'

Kopf sicher noch mehr durcheinandergebracht.

„Hattest du den Eindruck?", fragte er. „War Hannes zu der Zeit anders als sonst?"

„Auf jeden Fall kam Beate mit Hannes nicht gut zurecht, das konnte man sehen. Ich habe sie einmal zusammen auf einem Spaziergang erlebt. Er war bockig, das habe ich bei Frau Ela nie erlebt."

„Ich war auf dem Gutshof und habe mit Brigitte Holzmer gesprochen. Sie sagt, Hannes wäre zunehmend schwierig gewesen, auch als sie zuletzt zu Besuch war."

Gerda schnaubte wieder – ob über Brigitte Holzmer oder über diese Behauptung, konnte Anton nicht sagen. Jetzt wandte sie sich an ihren Sohn. „Ludger, ist Onkel Hannes bei seiner Hilfe bockig gewesen?"

Gerda stand auf, während sie fragte. Sie trug einen Kittel über ihrer Kleidung. Anton fand, das sah nicht sehr vorteilhaft aus. Seine Theres hatte nie einen Kittel getragen.

Ludgers Mundwinkel zuckten wieder. „Onkel Johannes?"

Gerda ging hinüber in die Küche.

„Meines Erachtens ist er nicht schwierig gewesen", Ludger dachte immer noch angestrengt nach. Dann fiel ihm offenbar etwas ein. „Aber er wollte nicht immer machen, was man ihm sagte. Einmal wollte er nicht die Treppe hinauf. Da haben wir ihm erzählt, er müsse auf den Hochsitz." Ludger lachte ein einzelnes, tiefes Lachen. „Er hat gedacht, es ginge den Hochsitz hinauf, als er die Treppe hochstieg."

Anton war klar, dass man bei Demenzkranken manchmal Tricks anwenden musste, aber dass Ludger über Hannes lachte, das störte ihn sehr.

„Und – hat es geklappt?", fragte er verschnupft.

„Ja, hat geklappt." Ludger wurde plötzlich wieder ernst. „Ela war immer nett zu Onkel Hannes. Das hat er gemerkt."

Mit einem Schlag war Anton versöhnt. Ludger war nun

mal auch ein armer Kerl.

„Du hast sie gern gehabt, Frau Gabriela, nicht wahr?"

Ludgers Mundwinkel tanzten Ballett. Im selben Moment kam Gerda mit der Kaffeekanne zurück. Anton war sicher, sie hatte jedes Wort gehört.

„Du hast gefragt, ob sie noch Kontakt im Dorf hatte", krähte sie los. „Bernd Arnold, der war häufiger da."

„Bernd?", fragte Anton. Bernd Arnold war Förster. Er hatte Hannes beruflich beerbt, wenn man so wollte. „Na, der wird Hannes besucht haben. Sehr nett von ihm. Hätte ich gar nicht gedacht."

„Als ob der wegen Hannes gekommen wär!", Gerda lachte bitter. „Bevor die Polin dort wohnte, hat er Hannes praktisch überhaupt nicht besucht."

Anton notierte sich diese Bemerkung im Kopf. Aber er musste aufpassen. Womöglich setzte Gerda Gerüchte in die Welt.

„Danke, für mich keinen Kaffee mehr", er winkte ab, als Gerda ihm einschenken wollte. „Für Sie noch, Zofia?" Auch sie schüttelte den Kopf. Sie wollte nach Hause, Anton sah es ihr an der Nasenspitze an.

„Ich fürchte fast, wir müssen jetzt gehen", leitete er ein. „Es war nett, mit euch zu plaudern."

Ludger erhob sich und rückte Anton den Rollator zurecht. Er musste ungefähr so alt sein wie Thomas, kam es Anton in den Sinn, aber er wirkte mindestens zehn Jahre älter. Plötzlich räusperte er sich und begann einen Satz, der sich anhörte, als hätte er ihn die letzte halbe Stunde über auswendig gelernt. Wahrscheinlich war das auch so.

„Ich möchte noch eine Anmerkung machen", er wandte sich an Zofia, auch wenn er ihr nicht in die Augen schauen konnte. „Meine ausdrückliche Entschuldigung, dass ich Sie im Schuppen erschreckt hab."

Zofia war irritiert, aber sie schien zu verstehen. Schließlich fasste sie sich ein Herz und sagte auch einen Satz: „Menschen, die entschuldigen können, habe ich am gernsten."

Im Jahr zuvor – 30. Dezember

Die Zeit zwischen den Jahren ist wie ein Traum. Michelle kommt jeden Tag auf den Hof. Dort wird so viel geredet und gelacht, wie sie es in den siebzehn Jahren vorher nur selten erlebt hat. Es wird auch gespielt. Michelle lernt *Die Siedler von Catan* und *Scrabble* und *Doppelkopf.*

„Endlich haben wir einen festen vierten Mann", lacht Brigitte. „Siegbert drückt sich immer ums Spielen."

„Eine feste vierte Frau", sagt Patti und verschränkt die Arme vor der Brust.

Siegbert sitzt meistens in seinem Sessel und liest. Keine Bücher, aber Zeitungen. Dazu trinkt er Wein oder Cognac. Das Feuer prasselt im Kamin, gemütlicher kann es nicht sein.

Einmal ist sie mit Patti auf ihrem Zimmer gewesen. Patti hat ihr im Internet Bilder von Australien gezeigt.

„Besuch mich mal!", hat sie gesagt und für einen Moment hat Michelle geglaubt, das sei vielleicht möglich.

Alexander ist schüchtern, aber er ist nett. Er ist sogar *sehr* nett. Manchmal hat sie das Gefühl, er beobachtet sie. Wenn sie ihre Spielsteinchen zusammensucht. Wenn sie sich beim Essen bemüht, mit dem Besteck alles richtig zu machen. Wenn sie ins Feuer starrt – dann schaut er sie an. Sie merkt das, aber sie lässt ihn. Es ist schön, von ihm betrachtet zu werden. Als er einmal Holz holen soll, begleitet sie ihn. Draußen liegt Schnee und kaum sind sie draußen, formt sie einen Schneeball und wirft ihn ihm an den Kopf. Er nimmt das Spiel sofort auf und wirft einen Schneeball zurück. Das Ganze endet in einer wilden Schneeballschlacht. Alex will sie sogar einseifen, sie rennt weg, aber sie rennt viel zu langsam. Er holt sie ein, packt sie von hinten und reibt ihr den Schnee ins Gesicht. Es ist kalt, der Schnee ist hart, aber das spürt sie nicht. Sie spürt nur seinen Körper an ihrem. Sie spürt, wie er die Arme um sie schlingt. Schließlich lässt er los und rennt weg. Sie will hinter ihm her, ihn auch einseifen, aber dann steht da plötzlich Brigitte in der Tür und schimpft: „Seid ihr verrückt? Ihr solltet einfach nur Holz holen!"

———

„Es gibt da noch ein Problem." Der alte Mann sah ernst aus. Es schien ein großes Problem zu sein. Zofia richtete sich auf.

„Mein Problem ist, dass ich nicht allein aus dem Bett komme. Und das ist ärgerlich, da ich ja inzwischen mein kleines Geschäft allein erledigen kann."

„Aber helfe ich doch Ihnen gern."

„Das weiß ich", Herr Anton nickte unwillig. „Aber nachts möchte ich Sie nicht wecken. Ich würde das gern – allein erledigen."

Zofia wollte noch einmal sagen, dass sie gern half, auch nachts, das stand ja in ihrem Vertrag. Dann schluckte sie es hinunter. Das hier hatte nichts mit *gerne* und *Verträgen* zu tun. Das hier hatte mit *godność* zu tun, mit Würde.

Sie saßen beim Abendessen am Esstisch. Der Esstisch war der Lieblingsplatz vom alten Mann, das wusste Zofia inzwischen. Man konnte von hier auf einen riesigen Baum sehen. Die Äste hingen nach unten wie bei einer Weide. Herr Anton schaute manchmal minutenlang hin.

„Ich möchte mir eine Bettvorrichtung bauen", sagte er jetzt. „Aber bislang habe ich noch niemanden, der mir den Haken an der Decke befestigt."

Zofia nickte. Sie hatte nicht alles hundertprozentig verstanden, aber trotzdem fügten sich ein paar Dinge zusammen. Dann kam ihr plötzlich eine Idee. Sie sprang auf und ging in die Küche. Dort fand sie nicht, was sie suchte. Deshalb schoss sie als Nächstes in den Keller. Irgendwo hatte sie doch etwas Passendes gesehen. Sie durchstöberte den großen Kellerraum, schob Weihnachtsschmuck beiseite und sah alte Honiggläser durch. In der Ecke stand eine Kiste. Aus reiner Neugier machte sie sie auf. Eine Matrosenmütze lag obenauf, dazu ein geringeltes Shirt. Sie hob es hoch. Darunter ein Cowboyhut, eine Lederweste mit Fransen und ein Pistolengürtel, in dem ein schwarzer Plastikrevolver steckte. Sie hätte gerne noch weiter gewühlt, aber dafür war jetzt keine Zeit. Sie schob den Deckel zurück und sah sich um. Da endlich, in dem Regal gegenüber eine Auswahl von leeren Flaschen in jeder Größe.

„Habe ich einen Lösung", rief Zofia schon auf der Treppe. „Habe ich einen Lösung für Ihre große Toilettenproblem."

Der alte Mann brauchte eine Weile, bis er sich damit anfreunden konnte. Dann jedoch knickte er ein. „Als Zwischenlösung geht es vielleicht."

Eine halbe Stunde später hatte Zofia den Tisch abgeräumt und der alte Mann ein Telefongespräch begonnen.

„Ist dir sonst etwas aufgefallen?", hörte Zofia ihn fragen, und kurz darauf: „Wie geht es ihm jetzt?"

Zofia verzog sich ins Wohnzimmer, wo es eiskalt war. Sie warf einen Blick ins Bücherregal – und entdeckte Fotoalben. Ob sie wohl einen Blick hineinwerfen durfte? Zofia sah sich um. Herr Anton telefonierte noch – sie nahm sich das dickste Album von allen.

Ein Familienalbum. Zofia sah Theres, die Frau von Herrn Anton, eine sehr hübsche Person. Die Kinder als Jugendliche. Der schreckliche Sohn war an seinen Locken gut zu erkennen. Das andere musste die Tochter sein. Sie sah ihrer Mutter sehr ähnlich.

„Sie tauchen in unsere Familiengeheimnisse ein?"

Zofia fuhr zusammen. Der alte Mann stand in der Tür. Und zum ersten Mal hatte er eine dicke Falte auf der Stirn. Er sah jetzt aus wie sein Sohn.

„Dachte ich –", stammelte sie, „sollte ich ein bisschen mehr kennen Ihre Familie und andere Leute um Sie herum."

Zofia sah, dass es im Kopf des alten Mannes arbeitete. Dann schließlich löste sich seine Falte auf.

„Das ist keine schlechte Idee, ich werde Ihnen alles zeigen. Aber vielleicht setzen wir uns rüber, da ist es nicht so kalt."

Zofia nickte erleichtert.

„Am Telefon war Hannes' Tochter Beate", erklärte der alte Mann schon wieder gutgelaunt, während Zofia das Album ins Esszimmer trug. „Ich hatte ja im Schuppen nach einem Schlüssel gesucht. Ich dachte, dass der Täter ihn möglicherweise eingesetzt hat. Beate sagt aber, der Schlüssel liege schon lange nicht mehr dort. Als Hannes dement wurde, hat sie den Schlüssel an sich genommen."

Zofia sah den alten Mann fragend an. Es ging um einen Schlüssel und um Hannes –

„Ist jetzt nicht so wichtig", sagte der alte Mann, „schauen wir lieber ins Album."

Herr Anton erklärte alles und jeden. Ein Bild von der Gutshoffamilie, mit der er gut bekannt schien. Neben dem Vollbart-Mann und der blonden Frau auch zwei Kinder.

„Patricia und Alex", erklärte Herr Anton. „Die sind inzwischen flügge."

„Flügge?"

„Erwachsen, sie studieren beide und sind außer Haus. Das Bild ist schon alt."

Beim Umblättern fiel ein älteres Bild heraus. Zwei Jugendliche – der schreckliche Sohn und ein Freund.

„Thomas und Martin", erklärte Anton, während er das Bild in der Hand hielt. „Da konnten sie noch miteinander."

„Was konnten sie miteinander?"

„Da waren sie noch Freunde, das hat sich später geändert."

Zofia war nicht überrascht. Es war bestimmt nicht schwer, sich mit dem schrecklichen Sohn zu verkrachen. Sie studierte das Bild und machte plötzlich eine Entdeckung.

„Das ist neuer Chef", sprudelte sie heraus.

„Martin, genau."

„Dann Ihre Sohn war der Freund von den neuen Chef von Ihre Holzfirma?"

Anton nickte.

„Warum hat denn nicht Ihre Sohn die Holzfirma gemacht?"

„Thomas?", Herr Anton schien verwundert. „Nein, nein, das war nicht sein Metier. – Sein Fach", verbesserte er. „Er ist kein praktischer Mensch. Er war gut in der Schule, er hätte alles Mögliche studieren können, aber dann ist er zur Polizei gegangen – frag mich einer, warum."

Zofia schaute den alten Mann an. Sie hatte nicht alles verstanden, aber das Wichtigste, so kam es ihr vor, hatte sie gerade kapiert. Herr Anton blätterte abrupt weiter.

Ein Bild von ihm und Theres – mit einem Hund.

„Ist da Ihren Hund auf den Bild?", wollte Zofia wissen.

Anton nickte. „Henry, ein Münsterländer, ein ganz feiner Hund. Dort hat er immer gelegen", Anton zeigte unter den Tisch. „Auf meinen Füßen."

„Ein schönes Tier. Ist alt geworden, Ihr Henry?"

Herr Anton lehnte sich zurück. „Das ist keine schöne Geschichte. Er hat einen schlimmen Unfall gehabt."

„Einen Unfall? Mit eine Auto?" Das war wirklich keine schöne Geschichte.

„Mit einer Bache. Das ist ein weibliches Wildschwein. Es war auf einer Treibjagd, bei der ich als Treiber dabei war. Henry hatte die Rotte aufgestöbert, eine Mutter mit ihren Kleinen. Die sind sehr aggressiv, wenn sie ihren Nachwuchs bedroht sehen. Die Bache hat Henry quasi das Rückgrat zerbissen."

„Das Schwein hat angebissen den Hund?" Zofia hielt entsetzt die Hand vor den Mund.

„Das ist gar nicht so selten. Wildschweine haben ein Gebiss, das man häufig unterschätzt." Herr Anton wischte sich durchs Gesicht. „Henry war so schwer verletzt, dass man seinem Leiden ein Ende setzen musste."

Zofia konnte es kaum glauben. „Hat Tierarzt das gesagt?"

„Nein – ja –", Herr Anton wiegte den Kopf. „Brigitte Holzmer ist Tierärztin. Sie war mit auf der Jagd. Sie hat Henry untersucht, aber es war offensichtlich. Nicht wegen der Wunden, sondern wegen der Verletzung am Rückgrat. Henry wäre nie wieder der Alte geworden." Herr Anton hielt abrupt inne, als hätte er etwas Falsches gesagt. Zofia hatte sowieso nicht alles verstanden, aber die Geschichte war traurig, so viel stand fest. Schnell blätterte sie weiter, um den alten Mann auf andere Gedanken zu bringen.

„Schauen wir doch neue Bilder an", sagte sie und schlug das Fotoalbum im hinteren Teil auf.

Ein älterer Herr Anton – fast so, wie er im Augenblick aussah. Ein stattlicher Mann mit weißem, welligen Haar und fröhlichen Augen. Er saß in einem Wohnzimmer und plötzlich erkannte Zofia, wo genau das war. Das Todeshaus! Denn da war noch ein alter Mann auf dem Bild. Ein Mann in dunkelgrünem Anzug. Zofia beugte sich vor, studierte den Mann, sah die Krankheit in seinen Augen.

„Das ist Ihre Freund Hannes", sagte sie.

„So ist das", Herr Anton sah traurig aus. „Beate hat das Foto gemacht."

„Haben Sie auch eine Foto von Gabriela?", kam es Zofia in den Sinn.

„Frau Gabriela?", Anton nahm das Album zur Hand. „Vielleicht auf Hannes' letztem Geburtstag, ich müsste mal sehen –", er blätterte ein paar Seiten durch. Schließlich wurde er fündig, er freute sich selbst. „Hier", er tippte auf ein Foto. „Hannes' Geburtstag, das ist noch kein halbes Jahr her."

Wieder der alte Mann, wieder in seinem grünen Anzug. Daneben Gabriela. Zofia zog aufgeregt das Album zu sich heran. Gabrielas Haar war schön frisiert. Und sie war dezent geschminkt, *urocza*, eine liebliche Frau. Sie hatte sich bei Hannes eingehakt und lächelte fröhlich. Der alte Mann freute sich auch – die beiden waren ein Team.

„Das sieht aus sehr glücklich", stellte Zofia fest.

„Ja, das finde ich auch", Herr Anton studierte das Bild. Dann begann das Telefon zu klingeln.

„Beate", sagte Herr Anton, nachdem Zofia ihm den Hörer angereicht hatte. „Du meldest dich noch mal?"

Zofia nutzte die Gelegenheit und ging in die Küche. Als sie zurückkam, wartete Herr Anton schon auf sie.

„Ihr ist etwas aufgefallen", sprudelte es aus ihm heraus. „Sie hat an dem Wochenende Fotos gemacht – auch von Frau Gabriela. Und sie sagt, auf den Bildern sei zu sehen, dass Gabriela am Samstag eine Kette getragen habe, die sie bei vorherigen Besuchen nie umgehabt hatte. Eine hochwertige Kette."

Der alte Mann hatte viel und schnell geredet.

„Eine hochwertige Kette", sprach Zofia ihm nach. „Und

das für uns ist wichtig?"

„Vielleicht hat ihr jemand diese Kette geschenkt", erklärte Herr Anton aufgeregt. „Das hieße, sie hatte Kontakte, von denen niemand etwas weiß."

„Kontakte", wiederholte Zofia monoton.

„Sie war eine junge, hübsche Frau. Die meisten Polinnen suchen in Deutschland einen Mann. Vielleicht hatte sie einen gefunden."

Diesmal hatte Zofia alles verstanden. *„To nie do wiary!"*, rief sie wütend. „Vielleicht irgendjemand hat sie diesen Kette geschenkt, aber das heißt überhaupt nichts. Und in etwas Sie haben ganz bestimmt nicht recht: dass Polinnen immer suchen einen deutschen Mann! Ich suche nicht einen! Auch nicht einen ganz kleinen bisschen!"

5

Thomas war entsetzt. Klar, er hatte schon ewig keinen Sport mehr gemacht, aber dass sich das soo auswirken würde ...

Seine Wohnung in Bielefeld lag an der Bleichstraße. Er konnte direkt in den Ravensberger Park starten, der zugegebenermaßen nicht groß war. Zweimal hatte er das Rundchen genommen, das an Spinnerei, Museum und VHS vorbei bis zum Teich im Rochdale-Park führte – und schon jetzt war er total aus der Puste. Er war deshalb nicht böse, als sein Handy summte und er anhalten konnte. Ironie des Schicksals, dass er vor der *Hechelei* angehalten hatte, dem Kulturzentrum, in dem zu Spinnereizeiten der Flachs gekämmt worden war. Am Telefon war seine Schwester.

„Ja?", hechelte er passenderweise hinein.

„Thomas, was ist los?"

„Nichts Schlimmes, bin joggen."

„Dann bleib doch mal stehen!"

„Ich stehe bereits!"

„Und trotzdem bist du so außer Atem? Du klingst, als wärst du im Sprint."

„Besten Dank! Sonst noch Anmerkungen?"

„Ich wollte hören, wie es läuft mit Papa und dieser Polin."

„Ich glaube, ganz gut. Bist du noch in Schweden?"

„Ja, dauert noch ein Weilchen. Der Aufbau der Anlage hat sich verzögert – wie das immer so ist. Ich hab gestern bei

Papa angerufen, da klang er sehr vergnügt. Aber ich wollte es noch mal von dir hören. Kriegt sie das hin?"

„Weiß nicht, es ist ihre erste Stelle. Aber sie wirkt sehr bemüht."

„Papa sagt, sie hätte etwas von der jungen Sophia Loren."

„Wie bitte?"

„Auch wenn sie jungenhafter wirke. Ein Rohdiamant, laut Papa."

„Er muss es ja wissen."

„Warum bist du so schlechtgelaunt?"

„Bin ich das?"

„Du klingst so, aber eigentlich klingst du immer so."

„Danke, ganz reizend."

„Hast du Stress bei der Arbeit?"

„Ja, hab ich. Eine Crystal-Ermittlung. Alles daran ist ekelhaft, trotzdem werden wir den Hauptverdächtigen nicht mehr lange in U-Haft halten können."

„Wann wechselst du endlich deinen Job?"

„Wenn du mir eine Stelle anbietest. Dann reise ich auch in der Welt herum und verdiene mein Geld auf Konferenzen, bei denen leckeres Fingerfood gereicht wird."

„Thomas, wir bauen hier unter maximalem Zeitdruck eine Windkraftanlage auf."

„Okay, dann bleibe ich im Drogendezernat."

„Hattest du noch mal Kontakt zu Ulrike?"

„Natürlich nicht."

„Gibt es jemand Neues? Du holst doch nicht umsonst plötzlich deine Joggingschuhe raus."

„Ich hole meine Joggingschuhe raus, weil ich keine Kondition mehr habe."

„Stimmt, du bekommst noch immer keine Luft."

„Vielleicht sollten wir dieses Gespräch jetzt beenden."

„Jetzt sag schon, gibt es jemand Neues?"

„Nein, gibt es nicht."

„Auch kein Date mit einer Kollegin?"

„Doch, kommenden Sonntag, wenn dich das beruhigt."

„Beruhigt mich. Du bist ungenießbar, seitdem das mit Ulrike vorbei ist. Ich hoffe, es wird was."

„Das weiß ich noch nicht."

„Fährst du noch mal bei Papa vorbei?"

„Warum?"

„Um nach ihm zu schauen. Und wegen des Routers."

„Sabine, ich laufe jetzt weiter."

„Mach das, ist bestimmt gut für deine Kondition."

Thomas drückte auf den roten Hörer. Dann lief er los. Joggen war längst nicht so schlimm wie ein Telefonat mit seiner Schwester.

———

Als sie den Parkplatz der psychiatrischen Klinik anfuhren, wurde es Anton plötzlich flau. Eine Nervenheilanstalt – sein bester Freund, den er so lange nicht gesehen hatte – und dann dieses riesige Gelände, das darauf hindeutete, wie viele psychisch kranke Menschen es gab – das war ihm alles zu viel.

Und als wäre das noch nicht genug, hatte Zofia heute auch noch auf den Rollstuhl bestanden.

„Viele lange Flure", hatte sie gemeint. „Was mache ich, wenn Sie mir zusammenfallen?"

Wahrscheinlich hatte sie recht, aber für Anton war es neu, sich herumschieben zu lassen.

„Ich bin zu schwer für Sie", brummte er, noch bevor sie den Parkplatz verlassen hatten.

„Das sagen Sie richtig. Ich werde an die nächsten Ecke Sie abstellen."

Die Klinik war ein riesiger Komplex mit verschiedenen

Gebäuden. Zofia musste ihn ein ordentliches Stück schieben, dann standen sie endlich vor dem richtigen Trakt. Anton holte tief Luft, auf in den Kampf!

Die erste Tür ließ sich öffnen, die nächste dann nicht mehr. Zofia musste klingeln.

„Wir sind angekündigt", erklärte Anton, als ein Pfleger die Tür öffnete. „Wir möchten Herrn Mertens besuchen."

„Dann hole ich ihn mal", der Pfleger lotste sie hinein. „Er wird sich bestimmt freuen."

Wird er das?, fragte sich Anton, während er von Zofia in eine Nische geschoben wurde. Hannes hatte ihn schon vor dem Schlaganfall manchmal nicht erkannt. Trotzdem – Anton wollte fröhlich sein, wenn Hannes gleich kam. Er wusste, dass Demenzkranke die Stimmungen ihres Gegenüber ganz genau spürten.

Was ihm als Erstes auffiel, als man seinen Freund über den Flur führte: Er trug keine grüne Försterkleidung mehr! Anton musste gegen ein Gefühl der Fremdheit ankämpfen. Er versuchte, sich auf Hannes' Gesicht zu konzentrieren, auf seine Augen. Aber seine Augen waren trüb. Der ganze Hannes war irgendwie trüb. In Anton machte sich eine heftige Traurigkeit breit, aber er riss sich zusammen.

„Mein lieber Freund", sagte er, als Hannes und der Pfleger nah genug waren. Erst jetzt hob Hannes den Kopf so weit, dass er ihn im Rollstuhl bemerkte. Keine Reaktion des Erkennens, nur ein stumpfes Anstarren.

„Wir haben hier ein Gesprächszimmer", erklärte der Pfleger und führte Hannes an ihnen vorbei in einen Raum. Zofia schob Anton ebenfalls hinein. Auch hier war alles hell und freundlich, zwei Tische mit Stühlen und ein Blumenbild an der Wand. Der Pfleger platzierte Hannes auf einen Stuhl, er schien völlig willenlos.

Und du sollst deine Gabriela umgebracht haben?, ging es

Anton durch den Kopf. Dann besann er sich. Natürlich stand Hannes auch hier unter dem Einfluss von Medikamenten.

Der Pfleger stellte einen Stuhl zur Seite, damit Anton seinem Freund gegenübersitzen konnte. Hannes allerdings zeigte kein Interesse, sondern wischte unsichtbare Fuseln vom Tisch. Er schien sehr beschäftigt. Zofia setzte sich etwas abseits, der Pfleger blieb an der Wand stehen – eine seltsame Situation.

„Hannes", sagte Anton. Seine Stimme war heiser. Heiser vor Angst. „Es ist schön, dich zu sehen."

Immerhin hob sein Freund jetzt den Kopf, schaute ihm in die Augen.

„Erkennst du mich? Ich bin es, Anton."

War da ein Aufblitzen? Oder bildete sich Anton das bloß ein?

„Ich war lange krank", erklärte er. „Ich hatte einen Schlaganfall. Du siehst, was von mir übriggeblieben ist. Man schiebt mich in einem Rollstuhl herum."

Hannes hörte aufmerksam zu, aber es war nicht abzulesen, ob in seinem Kopf irgendetwas ankam.

„Ich war auch in einem Krankenhaus, genau wie du, aber jetzt bin ich wieder zu Hause. Ich würde mir sehr wünschen, dass du auch nach Hause kommst."

„Nach Hause", sagte Hannes.

Anton spürte einen Kloß im Hals.

„Herr Mertens spricht oft von zu Hause", brachte der Pfleger sich ein. „Kein Wunder, wenn man so verwurzelt gelebt hat."

„Ja", sagte Anton. „Ja." Dann sammelte er sich und wandte sich wieder an Hannes. „Im Dorf ist alles beim Alten. Martin hat viel zu viel zu tun und Harald steht vor seiner Kneipe und raucht." Er versuchte ein Lächeln, Hannes erwiderte es nicht. Dann war plötzlich ein Piepen zu hören – von einem

Gerät am Gürtel des Pflegers. Der reagierte sofort.

„Ich müsste mal eben auf Station", erklärte er. „Kommen Sie zurecht?"

„Ganz bestimmt", entgegnete Anton. Der Pfleger warf einen letzten Blick auf seinen Patienten, dann war er aus dem Zimmer. Anton atmete auf. Sein Freund wischte wieder über den Tisch.

„Hannes", sagte Anton, nun in dringlicherem Ton. „Ich habe gehört, was passiert sein soll. Ich habe gehört, dass Frau Gabriela erstochen worden ist. Und dass du neben ihr saßest, als man sie fand."

Hannes wischte weiter, etwas hektischer jetzt.

„Ich glaube nicht, dass du Frau Gabriela etwas angetan hast. Aber vielleicht kannst du mir sagen, was wirklich passiert ist!"

Sein Freund wischte und blickte nicht hoch.

„Hannes", versuchte Anton es erneut. „Erinnere dich an die Nacht, die Nacht, als Frau Gabriela umgebracht wurde, war da jemand im Haus? – Hannes, sieh mich mal an!"

Hannes schaute nicht hoch.

„Hannes, hat Frau Gabriela Besuch gehabt?", Anton bemerkte selbst die Verzweiflung in seiner Stimme. „Hatte sie einen Freund?"

Dann ging die Tür auf, der Pfleger kam wieder herein. „Alles erledigt", sagte er launig.

Anton sank in sich zusammen. Hannes wiederum blickte hoch, sah dem Pfleger entgegen. Er versuchte den Stuhl zurückzuschieben, er wollte aufstehen.

„Herr Mertens, haben Sie schon genug von Ihrem Besuch?" Die Frage des Pflegers sollte flapsig klingen.

„Nach Hause", sagte Hannes.

Anton zuckte zusammen. Glaubte sein Freund, dass sie ihn mitnehmen würden?

„Noch nicht!", sagte er verzweifelt. „Du musst noch etwas hierbleiben. Aber du kannst uns helfen. Sag mir, was wirklich mit Frau Gabriela passiert ist!"

Sofort ging der Pfleger dazwischen. „Nein, das geht nicht!", stieß er ärgerlich aus. „Lassen Sie diese Befragung!"

Er griff nach Hannes' Arm. „Private Besuche bei Herrn Mertens unterliegen gewissen Regeln. Ich dachte, das wäre Ihnen bekannt."

Hannes schaute Anton jetzt an. Endlich, endlich sah er ihn an.

„Schneemann", sagte er, „Schneemann."

„Sie machen ihn nervös", meinte der Pfleger. „Dann klammert er sich an Kindheitserinnerungen – merken Sie das nicht? Ich möchte Sie jetzt bitten zu gehen."

„Schneemann", sagte Hannes eindringlich.

„Schneemann", murmelte Anton.

———

Auf der Rückfahrt war Herr Anton sehr still. Zofia ließ ihn. Die Begegnung mit seinem Freund hatte ihn traurig gemacht. Auch sie selbst hatte die Begegnung traurig gemacht. In seinem Dorf fing der alte Mann dann aber plötzlich an zu sprechen.

„Wir machen noch einen kurzen Stopp", erklärte er. „Ich würde Ihnen gern mein Meisterstück zeigen."

„Ihr Meisterstück?"

„Meine beste Arbeit. Sie müssten dann jetzt rechts fahren."

Zofia bog zur Kirche ein. Ob er für die Gemeinde ein Kreuz geschnitzt hatte?

„Sie können hier parken."

Zofia stellte das Auto ab und überlegte – Rollstuhl oder Rollator? In der Kirche war es plan, da würde der alte Mann selbst laufen wollen.

„Na dann", sagte er, nachdem er sich aus dem Auto herausgekämpft hatte. „Wir gehen zum Friedhof."

Zofia sah überrascht zum Friedhof hinüber und zögerte. Der Weg dorthin war überhaupt nicht plan. Herr Anton allerdings war mit seinem Rollator schon unterwegs.

„Hier", sagte er fünf Minuten später. Er war außer Atem, er hatte geschwitzt, aber jetzt stand er endlich vorm Grab seiner Frau.

„Warten Sie!" Zofia wollte den Rollator umdrehen, so dass er sich hinsetzen konnte.

„Nein!", entgegnete er schroff. „Ich möchte sie im Stehen begrüßen."

Eingeschüchtert trat Zofia einen Schritt zurück, das hier war sehr speziell. Dann fiel ihr ein, warum sie überhaupt da waren. Er wollte ihr sein Meisterstück zeigen. Auf dem Weg zum Grab hatte sie sich ein schönes Holzkreuz vorgestellt, auf dem ihr Name aufgeführt war. Aber da war kein Grabkreuz, da war nur ein Stein.

„Liebe Theres", hörte sie nun den alten Mann sagen. Unwillkürlich wich sie zwei weitere Schritte zurück. Sie hörte ihn jetzt leiser, aber sie hörte ihn noch.

„Ich war lange nicht mehr hier, bitte verzeih mir. Aber wir haben ja trotzdem viel miteinander gesprochen."

Zofia hielt den Atem an. Das hier war eine sehr persönliche Sache, sie sollte nicht hier sein, aber der alte Mann schwankte beim Sprechen. Sie hatte Sorge, dass er sich übernahm.

„Ich war gerade bei Hannes, bei unserem Freund Hannes. Seine Krankheit hat sich noch weiter verschlimmert. Außerdem lebt er da in der Klinik wie ein gefangenes Tier. Ich möchte ihn da rausholen. Bitte hilf mir, Theres!" Der alte Mann machte eine Pause. Zofia verharrte, beobachtete ihn aber von hinten genau.

„Theres! Ich weiß, dass ich nicht alles richtig mache, jetzt, wo du nicht mehr da bist. Thomas und Sabine – sie sind bestimmt nicht zufrieden mit mir. Mir fällt immer erst nachher ein, was ich alles falsch gemacht habe. Kannst du dich nicht vielleicht ein bisschen eher einmischen?"

Zofia wurde es warm ums Herz. Und sie wurde traurig. Das Gespräch zeugte von einer so innigen Verbindung zwischen Mann und Frau. Eine solche Verbindung hatte sie niemals gehabt.

„Theres, ich komme jetzt wieder öfter her! Hier zum Grab, meine ich." Der alte Mann schwankte nun heftiger. Zofia sah, wie aufgewühlt er war. „Aber bitte, Theres, nimm mir nicht übel, dass ich dir noch nicht folge. Im Krankenhaus, da war ich häufig so weit. Da wollte ich nicht mehr leben. Aber jetzt spüre ich wieder Kraft. Ich kann mich freuen – an den Bäumen, an den Menschen – an allem."

Er weinte jetzt und Zofia hielt sich nicht länger zurück. Sie trat hinter ihn und legte ihm die Hand in den Rücken.

„Zofia", ungelenk versuchte der alte Mann, sich mit der Linken die Tränen aus den Augen zu wischen. Zofia merkte, dass er die Rechte nicht loslassen konnte. Sie fasste ihn freundschaftlich um die Schulter. Dann sagte er, was sie schon wusste.

„Theres' Sarg ist das Schönste, was ich jemals gearbeitet habe."

———

Anfang des Jahres – 6. Januar

Es geschieht, als Alex ihr den Hof zeigt. Patti ist schon abgereist, nach Australien. Alex muss am nächsten Tag nach Göttingen zurück. Michelle darf gar nicht daran denken, dass womöglich bald alles vorbei ist.

„Hat die Schule noch nicht angefangen?", fragt Gitte, als sie ins Haus tritt.

Sie hat sich verändert. Gitte hat sich verändert. Sie ist nicht mehr so freundlich, sie beobachtet Michelle, sie wirkt misstrauisch. Vielleicht ist Michelle zu viel da?

„Nee, morgen erst", sagt sie verschüchtert.

Jetzt tritt Alex hinzu. „Hi!" Immerhin, er scheint sich zu freuen. Gitte schaut kurz hoch und verschwindet dann in den Keller.

„Was machst du?", fragt Michelle, als Alex sich die Jacke anzieht.

„Ein paar Sachen zusammensuchen, kommst du mit?"

Alex will in Göttingen Bilder aufhängen. Bislang hat er sich mit der Einrichtung seines Zimmers nicht viel Mühe gegeben, sagt er. Michelle zieht es die Brust zu. Dass er morgen verschwindet! Dass er in Göttingen ein ganz anderes Leben hat! Dass die zwei Wochen womöglich nichts anderes waren als ein Traum! Sie stromern durch ein Nebengebäude, in das eine Werkstatt eingebaut ist. Alex sucht nach einem alten Hammer und Nägeln.

„Den guten Hammer lass ich lieber hier", erklärt er, „sonst gibt's Ärger mit Papa."

Alex' Vater ist viel in diesem Raum, das hat Michelle schon gemerkt. In der Ecke steht ein Sessel mit Schaffell. Sein Rückzugsort, wenn er mal auf Familie keine Lust hat.

„Seid ihr eigentlich richtige Bauern?", fragt Michelle. Alex guckt erstaunt.

„Ich meine, ihr habt so viel Land. Habt ihr auch Trecker und so?"

„Die Äcker sind alle verpachtet", erklärt Alex. „Wir leben von unserem Wald. 400 Hektar."

Michelle hat keine Ahnung, wie viel 400 Hektar sind.

Aber es muss viel sein, wenn man davon leben kann.

„Deshalb studierst du Forstwirtschaft, weil du das nachher übernehmen willst?"

„Ja klar", Alex geht rüber zur Tür. „Hat Papa auch gemacht." Er knipst das Licht aus. „Soll ich dir auch die anderen Gebäude mal zeigen?"

Michelle bekommt die alte Scheune zu sehen und darin steht tatsächlich ein Trecker, kein besonders großer, sondern einer für den Wald. Außerdem zwei Hänger, zig Motorsägen und andere Maschinen, die man vielleicht braucht mit so viel Wald. Auf der anderen Seite vom Hof gibt es einen Stall, in den demnächst Pferde einziehen sollen.

„Drüben ist noch eine Schreinerei untergebracht", Alex zeigt auf das Gebäude, das am weitesten entfernt liegt.

„Kenne ich", sagt Michelle. Daran ist sie oft genug vorbeigelatscht.

Alex wippt auf seinen Boots. „Dann zeige ich dir jetzt noch das Schmuckstück."

Das Schmuckstück ist die alte Kornkammer. Alex geht zum Außenfensterbrett, zieht einen Schlüssel unter einem Stein hervor und öffnet die knarrende Holztür. Ein Raum, nicht allzu groß, mit Steinfußboden und hölzernen Balken. Alex macht das Licht an und jetzt erst sieht Michelle, dass der Raum ein wenig hergerichtet ist. In der Ecke ein Stapel mit Paletten und einer Matratze obendrauf. Eine Wand ist schwarz gestrichen, nur ein paar rote Streifen hellen sie auf. Zwei Poster mit schweren Geländemaschinen hängen an der Wand. Eine Gartenbank und ein Tisch, ebenfalls aus Paletten, stellen so etwas wie eine Sitzecke dar.

„Was ist das?", wundert sich Michelle.

Alex wirkt ein wenig verlegen. „Das ist mein zweites Zuhause."

Er hat also auch einen Rückzugsort, genau wie sein Vater. Vielleicht braucht den jeder in einer Familie, die so eng beisammen lebt.

„Toll", sagt Michelle und geht zur Sitzecke rüber.

Alex setzt sich auf die Matratze.

„Jetzt bin ich nicht mehr viel hier, aber es gab Zeiten, da ging es mir nicht so besonders. Da hab ich hier ganze Tage verbracht."

Michelle stutzt. „Was waren das für Zeiten?"

„Sprech ich nicht drüber."

Alex' Augen sind glasig, er hält nur mit Mühe die Tränen zurück. Langsam steht Michelle auf und geht zu ihm hinüber. Sie setzt sich nicht neben ihn, sondern bleibt vor ihm stehen, drückt seinen Kopf an ihre Brust, streichelt seinen Kopf. „Hey", sagt sie, „ist doch alles gut." Sie fährt ihm durchs Haar, küsst seinen Kopf und spürt plötzlich, dass er reagiert. Sein Gesicht presst sich an ihre Brüste, reibt sich an ihnen. Und dann beginnt ein Rausch. Sie fallen übereinander her, reißen sich die Kleider vom Leib, wälzen sich auf seiner Matratze. Es dauert nicht länger als fünf Minuten. Er stöhnt wie ein Tier. Und als er kommt, ist das wie eine Explosion. In diesem Moment denkt Michelle: Darauf will ich nie mehr verzichten!

6

Anton war irritiert, als um halb elf die Glocken nicht läuteten. Er drängte Zofia trotzdem, sich zu beeilen. Es war Sonntagmorgen, er war wieder zu Hause, er wollte in die Messe! Als sie um zwanzig vor elf vor der Kirche parkten, war kein einziges Auto da. Auch in der Kirche kein Mensch. Anton sah sich nach dem Pfarrblättchen um, das hinten auf einer Ablage lag. Drei Minuten später herrschte Klarheit. Es gab im Dorf nur noch an jedem zweiten Sonntag eine Messe.

„Wir können anderswo fahren", schlug Zofia vor, da er seine Enttäuschung kaum verbergen konnte.

„Sicher", murmelte Anton. „Aber nicht heute."

Schließlich setzte er sich in die erste Reihe vors Kreuz und betete allein.

Als er aufstand, sah er, dass Zofia sich nach links gesetzt hatte, vor die Muttergottes. Vielleicht betete sie auch. Aber eigentlich sah es mehr so aus, als genösse sie nur die Herbstsonne, die durch eins der Kirchenfenster auf ihr Gesicht fiel.

„Gehen wir noch zu Theres?", fragte sie, als er sich mit dem Rollator nach draußen gekämpft hatte.

„Einverstanden", brummte er. „Und dann gehen wir in unseren Dorfgasthof essen."

Bei Inge war so früh noch nicht viel Betrieb. Die Wirtin hatte Zeit, sie zu begrüßen: „Dass du noch mal auf die Beine kommst, Anton, hatte ich gar nicht erwartet."

„Dass du zu meiner Begrüßung etwas Nettes sagen würdest, hatte ich auch nicht erwartet."

Inge hielt sich die Hand vor den Mund. „Ach Gott, so war es nicht gemeint. Ich bin froh, dass wir dich wieder im Dorf haben."

„Gleichfalls", meinte Anton und nahm Platz. „Darf ich dir meine Pflegekraft vorstellen? Das ist Zofia."

„Und ich bin Inge", sagte Inge und lächelte so freundlich, wie sie nur konnte. Ganz viel war das leider nicht. Inges Herzlichkeit fand eher im Inneren statt. Jetzt winkte sie zu ihrem Mann am Zapfhahn hinüber. „Harald, mach uns mal drei Bier."

Zofia wollte Einspruch einlegen, aber Anton hielt sie mit einem Augenzwinkern zurück.

„Was gibt's Neues im Ort?", begann er das Gespräch.

Inge setzte sich hin. „Naja, das Schlimmste wirst du längst wissen."

„Du meinst Hannes."

Inge nickte nur.

„Kanntest du Frau Gabriela?"

„Nur flüchtig. Anfangs war sie mit Hannes gelegentlich hier, aber irgendwann ging das nicht mehr. Da ist sie bestenfalls mal mit ihm spazieren gegangen. Zuletzt habe ich sie auf dem Erntedankfest gesehen. Da war sie ausnahmsweise mal unter Leuten."

Harald kam mit dem Bier. „Zum Wohl", meinte er, während er die Gläser abstellte. Man prostete sich zu, auch Zofia nahm einen Schluck, aber das Glas war danach so voll wie zuvor.

„Mit wem war sie denn zusammen auf dem Fest?"

„Das kann ich so ganz genau nicht sagen. Sie hat viel getanzt. Aber es ist ja beim Erntedankball nicht mehr wie früher. Nicht mehr mit Blaskapelle und Paartanz. Harald und ich hatten hier zu tun – wir sind erst spät losgekommen zur Halle, gegen halb zehn. Als wir dort ankamen, lief ein richtiger Diskobetrieb. Viel zu laute Musik, ich hab's nicht lange ausgehalten dort."

„Aber Frau Gabriela hat getanzt? Allein?"

„Ludger Kissmer war viel in ihrer Nähe. Der ist ja ihr Nachbar und ich glaube, sie kam gut mit ihm zurecht. Und dann habe ich sie noch mit Bernd Arnold gesehen."

Anton horchte auf. „Ich habe gehört, Bernd habe Hannes und seine Polin häufig besucht."

„Das habe ich auch gehört", Inge nickte. „Und auch, dass Bernds Frau deswegen eifersüchtig war."

„Heike?" Anton sah sie vor sich. Eine schöne Frau, aber ein verbissener Typ, nie so richtig froh.

„Die beiden haben an dem Abend gestritten, Bernd und seine Frau. Da hab ich mir gedacht, es stimmt, was die Leute sagen. Dass er der Polin hinterherrennt. Und dass sie sich das nicht länger ansieht."

„Hast du von dem Streit etwas gehört?"

Anton erwartete, dass Inge abstritt zu lauschen. Stattdessen meinte sie: „Nee, dafür war es zu laut."

„Hat sie sonst mit jemandem gesprochen? Frau Gabriela meine ich jetzt."

Inge beugte sich vor. „Ja, hat sie. Und ich habe mich ernsthaft schon gefragt, ob das nicht die Polizei wissen müsste. Die Gerda haben sie befragt nach dem Vorfall, auch Manfred und Wilma, aber mit mir hat keiner gesprochen."

„Dabei hättest du etwas zu berichten gehabt?", Anton konnte seine Neugier kaum mehr verbergen.

„Ja – nein – ich weiß nicht", Inge holte tief Luft. „Es muss ja gar nichts bedeuten. Und man weiß ja nie, ob man der Polizei lästig fällt, wenn man da anruft. Es hieß allerorten, die Sache sei klar. Hannes habe im Wahn seine Polin ermordet."

„Was hast du denn beobachtet?", drängte Anton sie.

„Harald und ich sind früh wieder gegangen, hab ich ja gesagt. Als wir draußen waren, sprach Frau Gabriela mit einem Polen."

Anton war wie elektrisiert. „Mit einem Polen? Bist du dir sicher?"

Inge wirkte fast ein bisschen beleidigt. „Man erkennt doch die Polen, außerdem haben die beiden Polnisch gesprochen."

„Weißt du, wer das war? Und wie er auf das Fest gekommen ist?"

„Ein ganz normaler Besucher, würde ich sagen."

Ein ganz normaler Besucher! Anton kannte Dorffeste. Da gingen eigentlich nur Einheimische hin. Und wenn jemand von außerhalb kam, wusste man, warum.

„Die beiden haben miteinander gesprochen", hielt er fest. „Waren sie vertraut miteinander? Kannten sie sich gut? Sowas merkt man doch manchmal."

„Nein, das waren sie nicht. Ehrlich gesagt hatte ich den Eindruck, dass dieser Kerl sich an Gabriela herangemacht hat. Aber die hat ihn abgewiesen, so kam es mir vor. Der Ton war ruppig und das Gespräch schnell vorbei."

„Was passierte dann?"

„Dann sind Harald und ich nach Hause gegangen."

„Ich meine, mit Gabriela."

„Na, sie ist reingegangen. Abgerauscht, würde ich fast sagen. Wahrscheinlich wollte sie lieber weitertanzen als sich mit diesem Kerl herumzuärgern."

„Gab es noch andere Besucher auf dem Erntedankfest, die du nicht kanntest? Leute, über die du dich gewundert hast?"

Inge schüttelte den Kopf. „Nicht dass ich wüsste."

Anton nahm einen Schluck Bier und dachte nach.

„Wie läuft das Geschäft?", wechselte er dann das Thema.

„Miserabel, wenn ich euch nicht endlich eine Speisekarte hole", Inge stand auf. „Aber im Ernst: Was das Wochenende angeht, da sind wir zufrieden, aber in der Woche ist nicht viel los."

„Naja, wer kann es sich schon leisten, in der Woche essen zu gehen?"

„Leute, die geschäftlich unterwegs sind", Inge hatte inzwischen zwei Karten herangeholt, „und die, die zu Hause nichts kriegen. Martin zum Beispiel."

„Martin?" Anton sah sie verdutzt an. „Du meinst doch nicht Martin Rennebaum?"

„Deinen Nachfolger Martin, natürlich meine ich den", nun war es Inge, die verdutzt schien. „Weißt du's noch gar nicht? Dem ist doch die Frau weggelaufen."

Anton hatte sich noch nie so deprimiert gefühlt. Da konnten die Ameisen unter seinen Füßen noch so sehr krabbeln. Da konnte das Herbstlaub in der Sonne noch so schön leuchten. Alles ging kaputt. Alles *war* kaputt.

Martins Ehe war im Eimer. Bernd Arnolds Ehe offenbar auch. Selbst bei Gitte und Siegbert lief es nicht rund. Und dann gab es nicht einmal mehr jeden Sonntag eine Messe.

Anton hatte zu Hause drei Stunden am Esstisch gesessen und nach draußen geschaut. Schließlich hatte Zofia ihn überredet, das Haus zu verlassen. Hatte den Rollstuhl genommen und Anton ins Auto verfrachtet. Und nun saß er hier auf seiner Bank an seinem Lieblingsplatz im Wald. Hier hatte er nach Theres' Tod ganze Tage verbracht. In dem lichten Buchenwald sahen die ranken Stämme aus wie aufgestellte Hölzer, an anderen Tagen schimmerte ihre grünliche Rinde wie in einem Feenland. Vielleicht war die Natur sowieso das Einzige, worauf man sich verlassen konnte. Aber selbst da konnte man wohl nicht sicher sein. Angeblich war jede zweite Buche krank, hatte Hannes ihm schon vor Jahren erzählt, als zumindest er noch gesund gewesen war.

„Was ist das?", hörte er Zofia hinter sich fragen. Sie hielt etwas in der Hand. Einen Käfer. Einen riesigen Käfer. Er krabbelte hektisch in ihrer schmalen Hand.

„Ein Hirschkäfer", erklärte Anton aufgeregt. „Die sind selten geworden. Zeigen Sie mal her!"

Zofia hielt ihm den kleinen Zappelmann hin. Sie schien keine Angst zu haben, obwohl der Hirschkäfer sehr imposant war. Das hätten sich die wenigsten Frauen getraut.

„Ein schönes Exemplar. Ich habe schon lange keinen mehr gesehen. Sehen Sie, er hat ein Geweih."

„Eine kleine Geweih", sagte Zofia. „Muss er froh sein, dass er kleine Geweih hat, sonst er müsste Angst haben, dass die Jäger ihn schießen."

Anton musste wider Willen lachen. „Ja, ein so kleines Geweih hängt sich keiner auf."

„Geh nach Hause!", sagte Zofia zu dem Käfer und ließ ihn laufen. „Dann du kannst beeindrucken viele Frauen mit deine Geweih."

Anton schmunzelte, als sich Zofia neben ihn setzte.

„Sind Sie noch sehr traurig?", wollte sie wissen.

„Ja, schon", gab er zu.

„Aber gibt es auch schöne Dinge um Sie herum", Zofia legte die Hände auf ihre Knie, „diese Geweihkäfer. Und diese ganze Platz."

Anton schnaubte.

„Und finde ich auch schön, dass ich bei Ihnen angelandet bin und nicht bei einen schrecklichen Deutschen, der *so* ist." Sie streckte die Nase hoch.

„*So?*" Anton machte es nach.

„Ja, manche Deutsche sind so. Aber Sie kein bisschen."

Anton schmunzelte wieder. „Ich finde auch schön, dass Sie bei mir angelandet sind, und nicht irgendeine schreckliche Polin, die *so* ist." Er hielt die Nase hoch.

Zofia musste lachen und er lachte mit. Eine ganze Weile saßen sie so. Dann kam ein Auto den Waldweg entlang. Anton sah sich um, hier durfte man nicht fahren. Aber es war ein Forstauto. Als es näher kam, erkannte Anton den Fahrer – Bernd Arnold. Der Wagen hielt an.

„Anton", sagte Bernd aus dem offenen Fenster heraus. „Du bist wieder im Lande, wie schön."

Und dann sah Anton, wer neben ihm saß.

„Alex", rief er überrascht.

„Ja", der Junge grinste. „Ich bin auch im Lande."

Er sah erwachsener aus, männlicher. Kein Wunder, der Bursche schwamm sich in seinem Studium endlich frei.

„Ich habe letztens mit deinen Eltern gesprochen und gefragt, ob du am Wochenende kommst. Da wussten sie es noch nicht."

„Ich bin kurzfristig gekommen. Ich wollte mit Bernd meine Arbeit durchgehen."

„Gitte hat erzählt, dass du eine Art Zwischenprüfung machst."

„Die Bachelor-Arbeit", er machte eine Grimasse und sprach extra gestelzt. „Es geht um die Bedeutung der Kauliumschicht bei der Edelreiser-Okulation."

„Um was?"

Alexander grinste. „Um Baumschnitt und welche Triebe man kappt."

„Na, das hört sich schon einfacher an."

Alexander verzog das Gesicht. „Ich hab's auch nicht so mit dem Uni-Kram, aber es muss sich wohl irgendwie wissenschaftlich anhören."

Anton nickte, als kenne er das Problem. „Ich wollte dich fragen, ob du mir eine Schraube in die Decke bohren kannst. Ich bin noch nicht wieder mobil."

„Hm", Alex sah auf die Uhr. „Das werde ich jetzt nicht mehr schaffen. Sobald ich zu Hause bin, bringt Mama mich zum Fernbus. Dann geht's nach Göttingen zurück."

„Verstehe", Anton nickte. „Dann ist das eben so."

„Wenn ich dir helfen kann", mischte sich Bernd ein. „Mal eben etwas bohren, ist doch kein Problem."

Anton war unsicher. „Kann ich das annehmen? Du hast doch viel zu tun."

„Du hast so viel für das Dorf getan. Morgen nach Feierabend komme ich vorbei."

„Danke, Bernd, das wäre schön."

„Mach ich gern", Bernd fasste sich an seine Jägerkappe. „Und jetzt müssen wir weiter, damit der junge Mann seinen Bus nicht verpasst."

Alex winkte lässig. „Bis dann mal!"

„Bis dann!" Anton winkte zurück. Wenigstens hatte er noch einen Arm, mit dem man ordentlich winken konnte.

———

Es lag von Anfang an eine gewisse Spannung in der Luft. Conni hatte sich aufgebrezelt – schwarze Lederhose und hauchdünne anthrazitfarbene Bluse. Das Outfit passte perfekt in die stylische Wohnung mit stahlblauem Ledersofa und gläsernem Couchtisch. An den Füßen trug sie nichts – wenn man vom schwarzen Nagellack auf den Zehen einmal absah.

Grummelnd fragte Thomas, ob er die Schuhe ausziehen solle. Eigentlich hasste er das, aber der blütenweiße Flokati, der den Raum beherrschte, ließ ihn zumindest danach fragen. „Das wäre nett", meinte Conni. Na toll. Er checkte seine Socken, während er die Schuhe abstreifte. Gott sei Dank, alles okay. Allerdings fühlte er sich wie ein Kindergartenkind, wie er da unsicher in Strümpfen auf dem Teppich herumstand. In welche Gruppe ging er? Die rote, die grüne oder die gelbe? In die blaue wahrscheinlich, wenn man auf das Ledersofa sah.

„Willst du was trinken?" Conni ging in die Küche hinüber, die durch eine Theke vom Wohnbereich abgetrennt war. Eigentlich war es keine richtige Küche. Es war mehr eine Teeküche. Mit Sicherheit wurde hier nicht gekocht.

Conni stand am Kühlschrank.

„Hast du ein Bier?"

„Klar." Sie griff ein Viererpack Dosen. Kein Kommentar, dass es erst Nachmittag war.

Conni selbst schenkte sich ein Glas Sekt ein, aus einer geöffneten Flasche im Kühlschrank.

„Auf einen schönen Sonntagnachmittag!" Beim Zuprosten fixierte sie ihn aus halbgeöffneten Augen.

Er nahm zwei Schlucke, dann kam er zur Sache. „Wollen wir dann mal die Akten durchgehen?"

Conni schmunzelte. „Okay", sagte sie schließlich gedehnt. Es war ziemlich viel drin in diesem Okay.

Seine Kollegin holte ihr Macbook und stellte es auf den gläsernen Couchtisch. Sie mussten nebeneinander auf dem Ledersofa sitzen, um gemeinsam auf den Bildschirm zu schauen. Thomas schob jedes komische Gefühl beiseite, er war hier, um etwas zu erfahren.

Strukturiert gingen sie alle Ermittlungsergebnisse durch. Viel gründlicher, als das in Connis Büro möglich gewesen war. Thomas machte sich auf einem Zettel Notizen. Die Spurensicherung hatte einen sorgfältigen Bericht abgegeben, den Thomas überflog. Nur ein Detail fiel ihm ins

Auge. Ein Lederpartikel war im Bett der Leiche gefunden worden, der nicht recht zuzuordnen war.

„Möglicherweise von einem Lederputztuch", merkte Conni an, als Thomas sie darauf ansprach. „Allerdings haben wir ein solches Tuch im Haushalt nicht gefunden. Nur eine alte Hundeleine aus Leder und grobe Lederstiefel. Es wird eine der offenen Spuren bleiben, nehme ich an."

Thomas nickte und las weiter. Es gab im Leben der Ermordeten doch so etwas wie einen oberflächlichen Kontakt: eine andere polnische Pflegekraft, die Gabriela bei einem Arztbesuch kennengelernt hatte. Das Vernehmungsprotokoll gab allerdings nicht allzu viel her. Die beiden Frauen hatten zweimal telefoniert, zu einem Besuch hatte Gabriela es nicht geschafft, weil sie bei Hannes Mertens so eingespannt gewesen war. Bei der Durchsicht der Telefonliste stieß Thomas auf ein paar bekannte Namen. Der Hausarzt Dr. Scholz war ihm bekannt, sein Vater war ebenfalls bei ihm in Behandlung. Gabriela hatte drei Tage vor ihrem Tod in der Praxis angerufen, um Medikamente rezeptieren zu lassen.

Hannes' Tochter Beate hatte sich am Samstagmorgen gemeldet, angeblich um durchzugeben, dass sie es nicht schaffte, pünktlich um zwölf Uhr da zu sein. Am Sonntagnachmittag ein Anruf von Bernd Arnold, dem neuen Förster im Ort. Thomas las seine Aussage. Er hatte den Kontakt zu Hannes Mertens gehalten, auch als der dement geworden war. Am Sonntag hatte er angerufen, um zu fragen, ob ein Besuch passen würde. Gabriela, die Pflegekraft, habe ihm aber gesagt, Hannes sei sehr unruhig, es sei besser, den Besuch zu verschieben. Ja, er habe Gabriela Wisniewska bei seinen Besuchen ein bisschen kennengelernt, so stand es im Gesprächsprotokoll. Er habe sie auch am Samstagabend kurz auf dem Erntedankfest gesehen, aber nur flüchtig mit ihr gesprochen. Auf die Frage, wo er in der Nacht von Sonntag auf Montag gewesen sei, hatte er geantwortet: „Zu Hause – mit meiner Frau. Wir haben Tatort geguckt und sind dann ins Bett gegangen. Mehr kann ich Ihnen dazu leider nicht sagen."

Die Person, die Gabriela Wisniewska als letzte lebend gesehen hatte, schien Brigitte Holzmer zu sein. Sie hatte ebenfalls am Sonntag einen Besuch machen wollen, sei dann aber von der Polin abgewiesen worden, weil Hannes so nervös gewesen sei. Sie und Wisnieska hätten nur kurz an der Haustür gesprochen, dann sei sie wieder gefahren. Damit war sie die zweite Zeugin, die aussagte, dass Hannes am Sonntag nicht gut zurecht gewesen war. Offenbar hatte sich bei ihm etwas zusammengebraut und in der Nacht entladen.

„Hat sich bei Hannes Mertens kurz vorher etwas bei den Medikamenten geändert?", erkundigte sich Thomas.

„Haben wir natürlich gecheckt. Ist aber nicht passiert. Alles wie immer. Allerdings können Demenzkranke jederzeit Psychosen entwickeln. Sprich: Auch wenn jemand immer friedlich war, kann sich das ändern."

„In so kurzer Zeit?"

Conni stieß Luft aus. „Wir warten noch auf ein Gutachten aus der Gerontoneuropsychatrie."

Die Vernehmung von Johannes Mertens war in Anwesenheit eines Psychologen vorgenommen worden. Der Gute hatte entweder überhaupt nicht geantwortet oder Dinge gesagt wie „Wenn der Schneemann kommt" oder „Im Grunde weiß ich das nicht". Zweimal war Hannes während der Vernehmungen in Tränen ausgebrochen, ein andermal war er so in Aufregung geraten, dass der Psychologe die Befragung abgebrochen hatte. Noch am ehesten mit Bezug waren Aussagen wie „Alles voller Blut" oder „Du liebe Güte, die Arme" gewesen, aber letztlich waren sie weder eindeutig noch gerichtlich verwertbar.

Nach einer halben Ewigkeit lehnte Thomas sich zurück. „Da geht ja gar nichts", stöhnte er.

„Schön, dass du das endlich begreifst." Conni wandte sich ihm zu. „Willst du noch ein Bier?"

„Nee, lass mal, dann kann ich nicht mehr fahren."

Inzwischen war es früher Abend geworden, bestimmt bald sieben Uhr. Im Zimmer war die Dämmerung eingezogen, Thomas fröstelte ein bisschen, es war noch nicht geheizt.

„*Willst* du denn noch fahren?" Conni lehnte sich herüber und fasste ihn an der Schulter. Sie wartete einen Moment ab, dann küsste sie ihn. Drei Minuten später saß sie rittlings auf seinem Schoß.

Thomas war überrumpelt. Er hatte das so lange nicht gehabt. Er wusste kaum mehr, wie man sich richtig verhielt. Vorsichtig berührte er ihre Oberschenkel, sofort seufzte Conni genüsslich. Dann ließ ihr Mund von seinem ab, sie rutschte näher an ihn heran. Ihr Unterleib presste sich an seinen Körper, dabei streckte sie sich nach hinten, ihre gestrafften Brüste schimmerten hart durch ihre Bluse. Mein Gott, dachte Thomas, diese Frau überfällt mich. Sie hat mir gegeben, was ich wollte. Jetzt will sie die Gegenleistung. Das Problem war nur, dass bei ihm nichts passierte. Er saß da, sah sie an, konnte es sogar irgendwie genießen, dass sie sich so nach ihm verzehrte – aber körperlich war da keine Reaktion. Im nächsten Moment überkam ihn Panik. Wurde er alt? War er krank? Jetzt presste Conni sich noch enger auf ihn, begann eine Bewegung.

Aus einem Impuls heraus schob er sie weg. „Ich habe noch nicht die Liste mit den Handy-Kontakten gesehen."

———

Es war kein schöner Tag gewesen. Der alte Mann traurig, bis ein kleiner Hirschkäfer ihn endlich aufgeheitert hatte. Sie selbst traurig, weil es ihr erster Sonntag war weit weg von zu Hause. Früher war sie am Sonntag meist mit Kaja zusammen gewesen, der einzige Tag, an dem Kaja nicht arbeiten musste. Im Sommer waren sie oft zum See gegangen und waren geschwommen. Oder sie hatten sich vom Diskobesuch am Samstagabend erholt. Oder sie hatten Federball gespielt mit Andrej und Piotr. Häufig hatten sie auch auf Kajas Bett gelegen und Pläne geschmiedet. Dass sie irgendwann zusammenwohnen wollten. Dass sie eine Firma gründen könnten. Dass sie niemals heiraten würden. Die Pläne hatten sich in Rauch aufgelöst. Kaja war inzwischen verlobt.

Zofia bereitete gerade das Abendessen zu, als es an der Tür klingelte. Sie sah von den Tomaten auf, die sie in viel zu dicke Scheiben geschnitten hatte. Der alte Mann schaute überrascht, Zofia nahm es als Aufforderung, wischte sich die Finger ab und ging zur Tür.

Dort stand der grüne Mann aus dem Auto, der neue *leśniczy* – mit einer *wiertarka* in der Hand. Herr Anton war inzwischen mit seinem Rollator angetuckelt gekommen.

„Bernd, ich dachte, du kommst morgen!"

„Morgen klappt's doch nicht", murmelte der grüne Förster. Dann nuschelte er etwas von einem Termin und dass es ihm leid täte von wegen heiliger Sonntag.

Der alte Mann überlegte kurz, dann wendete er und schob sich in Richtung Schlafzimmer. „Ich bin ja froh, dass du mir hilfst. Aber du hättest keinen Bohrer mitbringen müssen. Den hätte ich dir zur Verfügung gestellt."

„Mit meiner bin ich vertraut", sagte der Förster und hob seine *wiertarka* etwas an. Und dann sagte er etwas, was Zofia nicht verstand. Etwas mit Dübeln. Sie schloss sich dem *leśniczy* an, der wiederum hinter dem alten Mann herschlich. Eine Schneckenprozession.

„Liegt alles bereit", hörte sie den alten Mann sagen. „Der Dübel, der Haken."

„Das ist eine Ringschraube", verbesserte der Förster den alten Mann, als er im Schlafzimmer sah, was dort bereit lag. „Ein Haken ist nicht ganz geschlossen, ein Ring aber schon."

„Ach so!", der alte Mann nickte. Dann erklärte er, was er sich ganz genau vorstellte. Die Ringschraube in die Decke, daran befestigt ein Seil, an dem er sich hochziehen konnte. Der grüne *leśniczy* hörte aufmerksam zu. Er war ein großer, schlanker Mann mit dunkelbraunem Haar und passend dazu einem Schnauzbart. Sehr gepflegt, Haar und Schnauzbart akkurat geschnitten – bei diesem Mann musste bestimmt alles perfekt sein. Kaja und sie hatten sich über diese Art Männer immer lustig gemacht.

„Dann wollen wir mal schauen, ob wir es hinkriegen", sagte der Förster mit Blick auf die Zimmerdecke. „Ich bräuchte einen Stuhl – oder besser noch eine Leiter."

„Eine Leiter!" Zofia fiel sofort ein, wo sie eine gesehen hatte. Im Keller. Eine kleine, mit nur drei Sprossen. „Ich hole sie jetzt gleich."

Als sie wiederkam, hatte der alte Mann es sich auf der Sitzfläche seines Rollators bequem gemacht und eine Plauderei angefangen.

„Es ist nicht schön, ihn so zu sehen", hörte Zofia ihn sagen. „Ich kann mir einfach nicht vorstellen, dass er auf sie eingestochen hat. Du kanntest sie doch auch, sie war eine gute Pflegerin."

„Jaja", der Förster nahm Zofia dankbar die Leiter ab. „Ein Staubsauger wäre noch gut."

Zofia lief sofort wieder los. Den Staubsauger holen ging leicht.

„Du warst öfter da, bei Hannes, hab ich gehört. Das ist sehr anständig von dir." Der alte Mann plapperte immer noch, als Zofia zurückkam. Der Förster war sehr mit der Leiter beschäftigt und mit seinem Bohrer. Herr Anton ließ nicht locker. „Was hattest du denn für einen Eindruck – wie war das Verhältnis zwischen den beiden?"

„Zwischen wem jetzt?", der Förster wirkte angespannt. Zofia war auch angespannt, sie wollte alles verstehen – und musste gleichzeitig den Staubsauger in Position bringen.

„Zwischen Hannes und Gabriela. Kannst du dir vorstellen, dass er auf sie eingestochen hat?"

Der Förster arbeitete weiter. „Wenn ich da war, ging alles ganz gut."

„Den Eindruck hatte ich auch", Herr Anton klang ganz unbekümmert. „Was zum Teufel ist in der Nacht bloß passiert?"

Was zum Teufel! Den Ausdruck hatte Zofia nie gehört, aber sie musste an ihre *babcia* denken, an ihre Oma. Sie hatte sich immer bekreuzigt, wenn jemand den Teufel erwähnte.

„Das wird niemand mehr herausfinden können", der Förster bestieg die Leiter und gab Zofia ein Zeichen, dass sie den Staubsauger anstellen sollte. „Achtung, jetzt wird es laut."

Der Förster hatte recht. Zofia hätte sich gern die Ohren zugehalten, aber sie musste ja den Staubsauger unter den Bohrer halten. Immerhin gab es so keinen Dreck.

Der Förster strengte sich an. Es schien nicht leicht, mit dem Bohrer in die Decke zu kommen. Dabei war sein Bohrer ein riesiges Gerät.

Schließlich verstummte der Lärm und Zofia nahm erleichtert den Sauger herunter. Der Förster wischte sich die Stirn, nahm sich einen der Dübel vom alten Mann und steckte ihn in das Loch.

„Wenn du vielleicht einen Hammer hättest", fragte er, ohne nach unten zu schauen.

„Ein kleiner ist in der Küche auf dem Schrank", erklärte der alte Mann in Zofias Richtung, „der müsste reichen."

Ein Hammer – Zofia verstand. Als sie mit dem Werkzeug zurückkam, war Herr Anton wieder bei seinem Thema.

„Er ist so ein guter Freund, ich möchte einfach verstehen, was da passiert ist."

Der Förster antwortete nicht. Er nahm nur den Hammer und schlug den Dübel tiefer ins Loch. Dann begann er, die Schraube in den Dübel zu drehen.

„Vorgestern habe ich mit Beate gesprochen, Hannes' Tochter. Sie hat mir ein bisschen über Frau Gabriela erzählt. Sehr viel weiß sie nicht, sie war ja nicht häufig zu Besuch. Trotzdem ist ihr aufgefallen, dass Gabriela beim letzten Mal eine neue Kette trug."

Der Förster zögerte kurz, drehte dann aber weiter. Zofia beobachtete ihn genau.

„Weißt du vielleicht, ob Gabriela hier Kontakte hatte? Einen Verehrer? Einen Freund?"

Der Förster brauchte einen Moment für die Antwort. „Woher soll ich das wissen?"

„Du warst hin und wieder dort. Du wirst mit ihr gesprochen haben."

Die Antwort kam langsam, bedächtig, so dass Zofia sie optimal verstand. „Ich glaube, sie hatte in Polen einen Verlobten." Der Förster nahm jetzt das Seil und zog es durch den Ring. „Ist es jetzt so, wie du es dir vorgestellt hast?" Er räusperte sich, seine Stimme war ein wenig brüchig geworden.

Herr Anton ging hinüber zum Bett. „Wenn du noch einen Knoten hineinmachst, ist es perfekt."

Der Förster machte einen Doppelknoten und zog fest zu.

„Wunderbar", der alte Mann war ehrlich erfreut. Er sagte irgendetwas von Dorfleben und Hilfsbereitschaft, Zofia verstand erst wieder alles, als er zu einem Bierchen einlud.

Der Förster schob die Leiter zusammen. „Tut mir leid, ich werde zu Hause erwartet."

„Von Heike, nehme ich an." Herr Anton strahlte fröhlich, er war ein guter Schauspieler, stellte Zofia fest.

„Von Heike, genau." Der Förster zog den Stecker aus der Dose und rollte das Bohrerkabel ein.

„Dann bestell ihr schöne Grüße. Und danke noch mal!"

Der Förster nickte nur. Zofia fand, dass er über die Maßen schnell weg war.

———

Thomas brauchte eine Weile, bevor er ins Haus gehen konnte. Die Szene, die sich eben mit Conni abgespielt hatte, hing noch immer über ihm wie eine Wolke.

Okay, sie hatte es sportlich genommen. „Dann eben nicht", hatte sie gesagt und sich noch einmal vor den Laptop gehängt. Thomas hatte erklärt, er habe die Trennung von Ulrike noch nicht richtig verwunden. Es sei nicht persönlich gemeint, aber er sei auch nach zwei Jahren noch immer blockiert.

„Kein Problem", hatte Conni gemeint und mit den Schultern gezuckt. Thomas war nicht sicher, ob sie wirklich so cool war oder sich nur hinter einer Fassade versteckte.

Wie auch immer – jetzt stand er vor dem Haus seiner Eltern. Es war Zeit, seinem Vater zu sagen, dass er sich mit den Gegebenheiten abfinden musste. Er sah auf die Uhr, kurz nach acht, gerade noch passend für einen Besuch. Auf sein Klingeln reagierte allerdings niemand. Waren sein Vater und die Polin schon im Bett? Er zückte den Schlüssel und öffnete die Tür. Es waren Geräusche zu hören, Stimmen aus dem Wohnzimmer. Hatte sein Vater Besuch? Vor der Tür blieb er stehen. Kein Besuch, nur die Stimme seines Vaters. Und die der Polin. Engagiert, aufgeregt, laut. Man hatte das Klingeln nicht gehört, weil man so sehr bei der Sache war. Thomas konnte es nicht fassen, noch weniger, als er vorsichtig die Tür öffnete und einen Blick ins Innere warf. Am Bücherregal hing eine riesige Bahn Raufasertapete, angeklebt mit blassgelbem Kreppband. Davor stand die Polin mit einem dicken Edding in der Hand und hatte schon einiges notiert. *„Hanes"* und *„Gabriela"* standen zentral auf der Tapete. Rundherum Namen wie *„Gunter"*, *„B. Anold"* und *„Pole?"*. Sie waren durch Pfeile mit dem Zentrum verbunden. Was auf den Pfeilen stand, konnte Thomas nicht lesen. Just in diesem Moment trug die Polin etwas ein. Als sie sich umdrehte, stieß sie einen Schrei aus. Sie hatte ihn im Türspalt entdeckt.

„Was ist denn los?", fragte sein Vater. Er saß mit dem Rücken zur Tür auf einem Stuhl.

Die Polin starrte Thomas an, als habe er eine Horror-maske auf. Verlegen ging er sich durchs Haar. Waren noch Spuren von Conni zu sehen?

„Ich habe geklingelt", murmelte er. „Aber offenbar hat mich niemand gehört." Er zeigte auf die Tapete. „Man scheint ja auch sehr beschäftigt zu sein."

Eine kurze Verlegenheit stellte sich ein. Der Gesichtsaus-druck der Polin wandelte sich von entsetzt zu trotzig. Sie war ziemlich hübsch, wenn sie trotzig guckte. *Die junge Sophia Loren*, kam es Thomas in den Sinn.

„Wir haben uns ein paar Gedanken gemacht", erklärte sein Vater. „Wegen Hannes."

Mit einem Schlag kam Thomas die ganze Skurrilität der Szene zu Bewusstsein. Sein durch den Schlaganfall gezeichneter Vater auf dem Stuhl, die Polin, die mit ihrer Rechtschreibschwäche auf die Tapete kritzelte – überhaupt diese leicht vergilbte Raufaserbahn, die sie wahrscheinlich aus dem Keller heraufgeholt hatten. All das erinnerte Thomas an seine Detektivspielzeit mit Martin, an die Treffen in ihrem Baumhaus, bei denen sie versucht hatten, pseudomäßige Kriminalfälle aufzuklären. *Wer hatte ein Loch in Martins Fahrradschlauch gestochen?* – wohlweislich ignorierend, dass er vermutlich nur in eine Scherbe gefahren war. Auf dem Dorf passierte nichts Kriminelles, zumindest kriegte man es als achtjähriger Junge nicht mit.

„Wir haben einige interessante Überlegungen angestellt. Setz dich doch einfach!"

Die Polin hatte sich auch hingesetzt. Zumindest ihr war es definitiv peinlich, dass Thomas Einblick in ihre Tapetenkünste bekam.

„Wir haben aufgeführt, wer mit Frau Gabriela in Kontakt stand", erklärte sein Vater, nachdem Thomas sich in einem Sessel niedergelassen hatte.

„Da ist zunächst einmal Ludger. Zofia und ich haben den Eindruck, dass Ludger ein bisschen in Gabriela verliebt war."

Thomas musste schmunzeln bei dem Gedanken, dass sein alter Vater und die hübsche Polin darüber diskutierten, „wer in wen verliebt war".

„Ich persönlich halte Ludger jedoch für total harmlos", fuhr sein Vater fort.

Total harmlos, sehr professionell! Im selben Moment fiel Thomas ein, dass er gegenüber Conni beinahe dasselbe behauptet hatte. Er schwieg.

„Der Vollständigkeit halber müssen wir ihn jedoch aufführen. Zumal Zofia etwas anderer Meinung ist. Sie kennt Ludger nicht und hat einen objektiven Blick. Sie meint, Ludger komme als Täter durchaus in Frage, wenn er sich von Frau Ela nicht wahrgenommen fühlte."

Thomas sah zu der Polin hinüber. Sie starrte mit ihren großen Augen stur geradeaus.

„Dann haben wir gehört, dass Bernd Arnold häufig zu Gast bei Hannes war, angeblich nicht nur aus alter Freundschaft, sondern um Frau Gabriela zu sehen. Im Dorf behauptet man sogar, Bernds Frau sei eifersüchtig gewesen."

Thomas pfiff durch die Zähne. Der Förster war in der Telefonliste aufgetaucht – am Sonntag, als der Mord passiert war. Hatte er gar nicht wegen Hannes, sondern wegen Gabriela angerufen? Thomas blickte auf die Tapete und suchte „B. Anold". Der Name war durch einen Pfeil mit „Gabriela" verbunden. Auf dem Pfeil stand „Afere?". Auch Heike Arnold war als „Ehefrau" verewigt. Auf ihrem Pfeil war „Eiffersucht" zu lesen.

„Und wer ist der Pole?", wollte Thomas wissen.

„Das ist interessant", erläuterte sein Vater. „Die Wirtin Inge Schüttler hat uns erzählt, Frau Gabriela habe auf dem Erntedankfest mit einem Mann Polnisch gesprochen. Also wahrscheinlich ein Pole, auch wenn Zofia meint, es könne ein Deutscher gewesen sein, der absichtlich Polnisch gesprochen habe, um seine Zuhörer zu täuschen."

Thomas unterdrückte ein Lachen, sein Vater war total ernst.

„Inge sagt, der Ton zwischen den beiden sei ruppig gewesen. Wir wollen nun herausfinden, wer der Pole ist und worum es ganz genau ging."

„Müsste ja klappen", meinte Thomas. „Wenn er Pole ist, spricht deine Hilfskraft mit ihm – wenn er Deutscher ist, machst du es selbst."

Anton überging die Bemerkung. „Hattest du Gelegenheit, in die Polizeiakten zu schauen? Kommt da dieser Polnisch sprechende Mann vor?"

„Ich hatte Gelegenheit", erklärte Thomas und wusste

im selben Moment, dass das von seinem Vater in keiner Weise honoriert werden würde. „Dort habe ich von einem Polnisch sprechenden Mann auf dem Erntedankfest nichts gelesen."

„Na siehst du!" Sein Vater klopfte sich selbstgefällig auf den Oberschenkel. „Das ist es, was ich meine. Die Polizei hat nicht jeden Stein umgedreht, um die Wahrheit zu finden."

„So ein Gespräch auf einem Fest sagt überhaupt nichts", hielt Thomas dagegen, obwohl er wusste, dass das falsch war. Gabriela Wisniewska war einen Tag später ermordet worden. Vielleicht hatte der Verlobte jemanden geschickt, der nachschauen sollte, wie seine Freundin hier lebte. Und womöglich hatte ihm nicht gefallen, dass Gabriela sich auf einem Fest amüsierte.

„Aber es ist nicht uninteressant", schob er daher schnell hinterher.

„Und es ist nicht das Einzige, was interessant ist." Sein Vater kam jetzt in Fahrt. „Beate sagt, Frau Gabriela habe bei ihrem letzten Besuch eine kostbare Kette getragen. Hat davon die Polizei etwas gewusst? Ich glaube nämlich, dass sie sie erst hier in Deutschland geschenkt bekommen hat."

„Von Bernd Arnold?", erkundigte sich Thomas.

„Das ist gut möglich. Er war eben hier und wir haben ihn in der Sache befragt. Er hat sehr ausweichend geantwortet, so dass Zofia und ich einhellig der Meinung sind, er hat ein schlechtes Gewissen."

Thomas runzelte die Stirn. „Wie – er war eben hier – ihr habt ihn befragt? Liegt er dann jetzt geknebelt im Keller?"

„Nein, er ist zu Hause bei seiner Frau", erklärte sein Vater. „Zumindest gibt er das vor."

Thomas schüttelte ungläubig den Kopf.

„Er hat mir eine Ringschraube in die Decke gebohrt. Ich brauchte dabei Hilfe."

„Warum hast du mich nicht gefragt?"

„Dich?" Sein Vater sah ihn erstaunt an. Dann fing er sich. „Bernd hat sich angeboten. Eine gute Gelegenheit, ihn zu befragen."

Thomas ließ es dabei. Bernd Arnold. Er hatte am Sonntag bei Hannes angerufen. Wahrscheinlich eher: bei dessen Polin. Er hatte sie am Abend zuvor getroffen. Sein Alibi war dünn, ausgestellt von seiner Frau. Conni musste da nachhaken, unbedingt.

„Als Nächstes werden wir versuchen, den Polen ausfindig zu machen", erklärte sein Vater. „Den vermeintlichen Polen", schob er schnell hinterher.

Thomas hatte keinen Zweifel, dass sie schon Pläne hatten, wie das vonstatten gehen sollte.

„Hat die Polizei denn auch etwas Interessantes gefunden?", unterbrach sein Vater seine Gedanken.

Was sollte er sagen? Sie hatten nicht viel. Und was sie hatten, durfte er nicht erwähnen.

„Für die Ermittlungsgruppe läuft tatsächlich vieles auf Hannes hinaus", wich er aus.

„Weil sie nicht ordentlich gearbeitet haben!"

„Weil vielleicht nicht alle im Dorf gesagt haben, was sie wussten. Warum hat niemand von dem Polen erzählt?"

„Inge ist nicht befragt worden. Hätte sie selbständig bei der Polizei anrufen sollen?"

Thomas resignierte. Und hatte das Gefühl, dass er jetzt in etwas involviert war, das er lieber umgangen hätte. Frustriert rieb er sich sein Gesicht.

„Alles in Ordnung?", fragte sein Vater nach einer Weile.

„Ja klar", murmelte Thomas. „Eigentlich bin ich nur wegen des Internetanschlusses hier."

———

Alex ist weg und nicht zu erreichen. Er hat sein Handy fast nie an („wegen der Strahlung") und auf Facebook ist er sowieso ganz selten aktiv. Die ersten drei Tage ist Michelle noch so erfüllt von dem, was passiert ist, dass es sie nicht stört. Dann allerdings hätte sie gern seine Stimme gehört. Eine Bestätigung, dass er genauso viel an sie denkt, wie sie an ihn. Sie schreibt ihm eine lange SMS. Keine Reaktion. Aber er kommt ja am Wochenende, denkt sie. Dann sind sie wieder zusammen. Dann gehen sie wieder an diesen Ort.

Er kommt nicht am Wochenende. Als Michelle am Freitag auf dem Hof vorbeischaut, sagt Gitte, dass Alex angerufen hat. Dass er es nicht schafft, das neue Semester fordere ihn sehr.

„Hat er sonst noch etwas gesagt?", will Michelle wissen.

„Sonst noch etwas?", fragt Gitte irritiert. „Ja klar", sagt sie dann, „schöne Grüße an alle."

Michelle überlegt, ob sie hinfahren soll, nach Göttingen, aber dazu fehlt ihr das Geld. Außerdem müsste sie dann bei Gitte seine Adresse erfragen, und überhaupt: Was sagt Alex, wenn sie einfach vor seiner Tür steht? Vielleicht ist er dann sauer. Was aber, wenn ihm das Ganze überhaupt nichts bedeutet? Der Gedanke ist so grausam, dass Michelle ihn nicht zulassen kann. Durch Alex und seine Familie hat sich so vieles verändert. *Sie* hat sich verändert. Das kann nicht nur ein Traum gewesen sein. Die Tage waren so intensiv – und das mit Alex war nicht nur Sex. Seine Blicke, sein Schweigen, die Art, wie er sie mit Schnee eingeseift hat, die Tatsache, dass er seine schlechten Zeiten erwähnt hat. Es ist etwas Großes zwischen ihnen beiden, Michelle hat so etwas noch niemals erlebt. Klar, sie hat schon Sex gehabt – mit Robin, einem Freund ihres Bruders. Aber das zählt nicht. Sie war betrunken und er auch. Es tat weh und es war schrecklich. Und dann noch mit einem, da kennt sie nicht mal den Namen. Das war noch in Hagen und gruselig war es auch. Ihre Partyzeit mit Kiki und Flo. Von den beiden hat sie ewig nichts gehört. Aber das ist auch egal. Was zählt, ist ihre Zukunft mit Alex.

Am Mittwoch muss sie Zeitungen austragen. Dann kann sie auf dem Hof nach Alex fragen. Sie kann fragen, ob er noch mal angerufen hat.

Aber dazu kommt es nicht.

Denn dann passiert etwas, das alles verändert.

7

Am nächsten Morgen saß Thomas geschlagene zehn Minuten vorm Telefon, bevor er sich traute, Connis Nummer zu wählen.

„Ich bin's, Thomas", brachte er heraus, nachdem sie in geschäftsmäßigem Ton abgenommen hatte.

Schweigen in der Leitung, dann ein ganzer Schwall: „Thomas, du musst jetzt nicht täglich anrufen, um zu sagen, dass es dir leid tut. Es ist okay, hast du verstanden? Es ist okay."

„Ich weiß, dass es okay ist. Ehrlich gesagt rufe ich in einer anderen Sache an."

„Jetzt fang nicht wieder mit diesem Demenzkranken an!"

„Ich habe neue Erkenntnisse."

„Tut mir leid, ich habe keine Lust, mich länger von dir benutzen zu lassen. Bring deine Erkenntnisse auf formalem Weg ein, wenn dir daran liegt."

Thomas seufzte. „Ich weiß, dass ihr quasi schon abschließt, und ich weiß, dann ist es schwer, noch einmal etwas neu aufzurollen. Deshalb spreche ich lieber mit dir."

„Vielleicht spreche ich aber nicht mehr so gerne mit dir."

Thomas holte tief Luft. „Conni, du bist eine tolle Frau. Und du bist ehrgeizig. Ich kann dir Material liefern, das dir in deiner Ermittlungsgruppe zum Durchbruch verhilft."

Schweigen am Ende der Leitung. Conni dachte nach, immerhin.

„Was hast du?"

„Zwei Dinge: Eine Zeugin, die die Ermordete auf dem Erntedankfest am Samstagabend mit einem Polen hat reden hören. Nach euren Erkenntnissen hatte diese Gabriela so gut wie keine persönlichen Kontakte. Nun erfahren wir, dass sie am Vorabend ihrer Ermordung mit einem Landsmann zu tun hatte. Hältst du das für einen Zufall?"

„Hast du den Namen?"

„Nein, leider nicht, aber ich habe noch etwas anderes. Einen deutschen Verehrer, Bernd Arnold. Der Förster, der am Sonntag angerufen hat. Er hat euch erzählt, dass er mit Hannes sprechen wollte, aber ich glaube das nicht. Im Dorf erzählt man sich, er habe ein Verhältnis mit Gabriela gehabt und die Ehefrau habe das gewusst. Möglicherweise hat er ihr Schmuck geschenkt. Hannes' Tochter hat an Gabriela bei ihrem Besuch eine neue Kette bemerkt. Wahrscheinlich habt ihr sie in ihren Sachen gefunden." Immer noch Schweigen in der Leitung, aber Thomas spürte, dass Conni angefixt war. „Vielleicht hängt das alles zusammen. Die Polin hat etwas mit dem Förster, der Verlobte aus Polen schickt jemanden vorbei, der sieht, was los ist, macht Meldung – und die Ereignisse geraten außer Kontrolle."

„Was schlägst du vor?"

„Nagle Bernd Arnold fest! Nimm ihn auseinander. Da gibt es was zu holen, ich bin mir ganz sicher."

Conni ließ sich Zeit mit einer Antwort. „Ich denke darüber nach!"

„Das ist gut."

„Ich lege jetzt auf."

„Okay. Und Conni?", Thomas zögerte kurz. „Ach, vergiss es!"

Zofia spürte *mrowienie*, ein Kribbeln in der Magengegend. Sie hatte einen Plan, mit dem sie dem alten Mann eine Freude machen wollte. Aber für diesen Plan musste sie außer Haus und sie musste im Deutschen zurechtkommen.

Der alte Mann schlief, er hatte an diesem Montagmorgen Gymnastik gehabt. Zofia hatte mit dem Auto direkt vor der Praxis des Gymnastiklehrers geparkt, drinnen hatte sie zu hören bekommen, man käme nun allein mit dem Patienten zurecht. Zofia solle in anderthalb Stunden zurückkommen.

„Passen Sie gut auf das Auto auf", hatte Herr Anton zum Abschied gesagt.

„Passen Sie gut auf Herrn Anton auf", hatte Zofia zum Gymnastiklehrer gesagt.

Nach dem Sport war Herr Anton sehr müde gewesen. Er hatte zu Hause nur wenig gegessen und war dann ins Bett gefallen.

„Und diese Strapaze zweimal die Woche", hatte er gestöhnt, als Zofia ihm die Decke übergelegt hatte wie einem kranken Kind. „Ich weiß nicht, ob ich das überlebe."

„Dieser Mann macht Sie beweglich", hatte Zofia gemeint und war aus dem Zimmer gegangen. „Schlafen Sie gut! Mache ich einen kleinen Spaziergang!"

„Tun Sie das!", Herr Anton hatte schon halb geschlafen. „Dann bleiben Sie auch beweglich!"

Jetzt übte Zofia verzweifelt die Sätze ein, die sie bei Inge sagen wollte, der Wirtin im Gasthaus. Das Problem war: Sie hatte einige Wörter im Wörterbuch nachgeguckt. Jetzt wusste sie zwar die Vokabel, hatte aber mit der Aussprache dicke Probleme. *Betreuungskraft* zum Beispiel war ein Wort, das ihr kaum über die Lippen kam. *Erkundigung* war auch ein Problem. Hätte Sie Internet gehabt, hätte sie sich etwas Passendes abrufen können, um die Aussprache zu hören. Aber der schreckliche Sohn hatte am Vorabend den Router nicht angeschlossen bekommen. Der alte Mann hatte schon recht – er hatte zwei linke Hände.

Egal das, Zofia atmete tief durch, öffnete die Tür und versuchte ihr Glück. Der vordere Gastraum war leer, nur im hinteren Zimmer saß ein Herr mit dem Rücken zu ihr und aß. So hatte sie sich das erhofft. Sie konnte ungestört mit Inge sprechen. Das Problem war nur: Inge war nicht da. Nur ihr Mann stand hinter der Theke und wischte herum.

„Kann ich Ihnen irgendwie helfen?"

„Guten Tag. Entschuldigen Sie bitte den Störung. Ich bin der Betretungskraft von Herrn Anton und habe eine Frage. Kann ich mit der Frau sprechen vielleicht?"

„Mit meiner Frau?"

Zofia nickte. Dann ging er los und rief. „Inge, kommst du mal eben?"

Zofia war unbehaglich zumute. Sie schaute auf den Ecktisch in der Nähe der Theke. „STAMMTISCHLÜMMEL 1984" entzifferte sie auf einem hölzernen Schild über dem Tisch. Stamm-tisch-lümmel?

„Ja?"

Zofia drehte sich um, Inge kam heran, diesmal mit einer Schürze. Sie putzte die Küche.

„Ach, Sie sind das. Die Hilfe vom Anton. Wollen Sie noch essen?"

Zofia winkte eilig ab. „Nein nein, vielen Dank. Möchte ich nicht essen, habe ich nur eine Frage." Sie versuchte sich zu konzentrieren. Der Wirt stand am Zapfhahn und blickte neugierig herüber.

„Wir redeten über den Mann auf den Fest, der Polnisch gesprochen hat mit Gabriela. Auf den Fest zu Erntedank."

Die Wirtin nickte zögernd. „Jaja, ich weiß."

„Herr Anton ist sehr interessiert an diese Sache. Jetzt frage ich mich, gibt es vielleicht in diesen Dorf andere Polen, die ich fragen könnte, wer diesen Mann ist?"

„Weitere Polen?" Die Wirtin runzelte die Stirn. „Also, der Burghard Lösse, der hat ja damals eine Polin geheiratet, aber die ist schon hier geboren, die ist also gar keine richtige Polin, aber man hört noch, dass die Eltern von drüben kommen. Meinen Sie so was?"

Zofia schwirrte der Kopf. „Gar kein richtige ...?", wiederholte sie matt.

„Ein Pole auf dem Erntedankfest?", sagte plötzlich eine männliche Stimme. Zofia fuhr herum. Und da stand der neue Chef, der Freund von Herrn Anton, der Schreiner. Er war es, der hinten gegessen hatte. Er stand in Arbeitskleidung vor ihr.

„Wenn das nicht Milosz gewesen ist."

„Milosz?" Zofia wurde aufgeregt.

„Welcher Milosz?", erkundigte sich Inge.

„Lkw-Fahrer, hat hier in der Gegend immer mal wieder Touren gemacht."

Die Wirtin war noch nicht überzeugt. „Und wieso meinst du, dass er es war?"

„Ich war auch auf dem Erntedankfest und habe Milosz gesehen."

„Na, dann spricht einiges dafür. So viele Polen laufen hier ja nicht rum." Die Wirtin drehte ab. Dann wandte sie sich aber doch noch einmal um. „Ach ja, schöne Grüße an Anton."

„Schreib mein Essen auf!", rief der Schreiner ihr hinterher.

Zofia zögerte kurz. „Danke und auf Wiedersehen", sagte sie in den Raum hinein. Dann ging sie schnell hinaus. Der neue Chef war dicht hinter ihr.

„Wissen Sie den ganzen Namen vielleicht von diesen Polen?", fragte sie draußen.

Der Schreiner kratzte sich am Kopf. Er trug heute keine

Mütze, man sah sein millimeterkurzes Haar. Mit seiner kleinen, kräftigen Figur sah er ein bisschen aus wie Phil Collins. Zofia mochte Phil Collins. Bei dem kleinen Schreiner wusste sie noch nicht, ob sie ihn mochte.

„Den Nachnamen, meinen Sie? Irgendsowas Unaussprechliches. Bokowacik, Manopiczik, Lakipascik – nein, ich habe keine Ahnung. Aber fragen Sie Bernd Arnold, der wird es wissen."

Zofia stutzte. Der *leśniczy*, der Förster? Warum wusste der den Namen vom Polen?

„Aber mal was anderes", wechselte der neue Chef das Thema. „Wie fühlen Sie sich hier im Dorf?"

Zofia war überrumpelt. „Fühlen – hier im Dorf? Ist gut alles, ich verstehe mit Herr Anton sehr gut." Sie war plötzlich sehr aufgeregt. Sie sagte alles falsch.

„Naja, Sie sind ganz schön allein. Sie haben's ja selber gehört, keine weiteren Polen im Ort."

„Ist nicht schlimm", beeilte sich Zofia zu sagen, „ist alles gut für mich so." Sie wandte sich zum Gehen, spürte aber plötzlich seine Hand am Ellbogen.

„Falls Sie mal Kontakt wünschen – zu etwas jüngeren Leuten – ich bin immer für Sie da."

Er fixierte sie mit seinen hellblauen Augen. Zofia wollte Danke sagen, aber es kam ihr nicht über die Lippen.

———

Anton fuhr zusammen. Ein fürchterliches Geräusch – da schrie jemand, panisch und in Todesangst. Hastig sah er sich um, aber Frau Zofia war nicht mehr zu sehen. Er hatte vorgeschlagen, dass er diesmal allein bei Ludger und seiner Mutter vorbeischaute – so wie Zofia sich auch allein zum Gasthaus aufgemacht hatte. Das hatte er jetzt davon.

Wieder das Geräusch – da schrie jemand um sein Leben.

Dann plötzlich Stimmen aus dem Garten: „Da! Da!"

Anton bewegte sich mit seinem Rollator vorwärts so schnell er nur konnte. Aber wirklich schnell war das nicht. Es kam ihm wie eine Ewigkeit vor, bis er es endlich unter einem Rosenbogen durch in den Garten geschafft hatte.

Auf einmal ein lauter Schlag, er fuhr erneut zusammen, ging aber weiter. Als er um die Ecke bog, ein Bild, das er nicht so schnell vergessen würde: Ludger mit einer Metzgersschürze aus Gummi. Eigentlich war sie weiß, aber jetzt war sie rot. Rot von Blut. In der Hand hielt er ein Messer. Er hatte gerade einem Kaninchen den Kopf abgetrennt.

Langsam lief Anton weiter, erst als er unmittelbar vor Ludger stand, wurde er bemerkt. Von seiner Mutter, die hinter einem Schuppen hervorkam. Auch sie in einer Metzgersschürze, auch sie voller Blut. Was für ein Paar!

„Anton", sagte sie erstaunt. „Was treibt dich denn hierher?"

„Das Geschrei", gab er zurück. „Was ist denn hier los?"

„Der Bock ist uns stiften gegangen", erklärte Ludger. „Ich hab ihm einen Schlag auf den Kopf gegeben, aber das hat nicht gereicht. Er ist weg und hat geschrien wie wild."

„Ist er das?" Anton zeigte auf das Tier, das auf einem Holzbock lag.

„Das ist er, er ist in den Schuppen gerannt, das war sein Verhängnis." Männlicher Jagdstolz schwang in seiner Stimme.

„Nicht lange rumschwätzen", mahnte jetzt Gerda. „Ab mit ihm an den Haken."

Ludger gehorchte sofort. Er nahm das kopflose Tier und ging zum Schuppen hinüber. Anton folgte ihm hastig. Rechts am Schuppen, wo das Dach überragte, hingen bereits zwei Kaninchen am Haken. Darunter eine Plastikwanne, sie bluteten aus.

„Das war's für diesen Herbst", erklärte Gerda. „Zwei

Weibchen und ein Bock. Den Rest bringen wir über den Winter."

Sie zeigte zu den Kaninchenställen hinüber, die keine fünf Meter entfernt standen. Hoffentlich hatten die Kameraden keine guten Augen, um zu sehen, was hier passiert war. Lange Ohren hatten sie ja allemal.

„Kommst du jetzt allein zurecht?", raunzte Gerda ihren Sohn an. Der nickte. Gerda nahm ihre Schürze ab.

„Nach dem Schlachten immer einen Schnaps. Anton, trinkst du einen mit?"

Anton nickte. Etwas Hochprozentiges war jetzt genau richtig.

Als er dann aber zehn Minuten später mit einem Pinneken auf Gerdas Küchenstuhl saß, hatte er doch ein schlechtes Gewissen. Schon wieder Schnaps! Ob das gut bei Schlaganfall war?

„Du bist noch mal wegen Hannes gekommen, nicht wahr?"

Gerda war nicht auf den Kopf gefallen, so viel stand schon mal fest.

„Stimmt", gab Anton zu. „Es gibt da Dinge, die mich beschäftigen, und ihr wart nun mal nah dran."

Gerda betrachtete ihn abwartend. Anton fiel ein Blutfleck an ihrem Ärmel auf, der Bock hatte seine Spuren hinterlassen.

„Auf dem Erntedankfest war ein Pole", fuhr er unbeeindruckt fort, „mit Vornamen Milosz, den Nachnamen weiß ich nicht. Hast du ihn vielleicht mal bei Frau Gabriela gesehen?"

„Einen Polen?" Gerda runzelte die Stirn. „Ich habe drüben keinen Polen gesehen. Ich habe doch gesagt, die kriegte keinen Besuch – außer von Bernd Arnold."

Sie machte wieder dieses Gesicht. Dieses Du-weißt-schon-Gesicht.

Anton reagierte nicht darauf. „Wahrscheinlich ist dieser Pole mit Bernd Arnold bekannt. Waren sie vielleicht mal zusammen dort?"

„Nicht dass ich wüsste", Gerda zuckte die Achseln, „aber ich sitze ja auch nicht den ganzen Tag am Fenster."

Anton sah zum Fenster hinüber. Die Gardine war genau so weit zur Seite geschoben, dass man bequem auf die Straße schauen konnte.

„Warum fragst du Bernd Arnold nicht selbst?"

„Das habe ich versucht, aber ich hab ihn telefonisch nicht erreicht."

„Na ja, die meisten Leute arbeiten tagsüber. Das dürfte bei ihm nicht anders sein."

Gerda war heute biestig, auch das stand schon mal fest.

„Und was ist jetzt mit diesem Polen? Warum fragst du hinter ihm her?"

„Wie gesagt, er hat auf dem Erntedankfest mit Frau Gabriela gesprochen. Das interessiert mich."

„Glaubst du, dass dieser Pole Frau Gabriela umgebracht hat?"

„Ich glaube gar nichts. Ich will erstmal wissen, mit wem sie Kontakt gehabt hat."

„Mit dem Förster, das hab ich schon dreimal gesagt."

Anton hielt sich nicht länger zurück. „Du sagst das immer so. Meinst du, Frau Gabriela hat ein Verhältnis mit Bernd Arnold gehabt? Du weißt schon, ist er fremdgegangen mit ihr?"

„Ich glaube nicht, dass er für die Caritas da war, wenn du verstehst, was ich meine."

„Hast du sie denn mal zusammen gesehen? In einer eindeutigen Situation, meine ich jetzt?"

Gerda funkelte ihn an. „Glaubst du etwa, ich spioniere da ums Haus herum und schiele ins Fenster, ob er es gerade mit ihr treibt? Das ist doch verrückt."

„Natürlich nicht", beeilte sich Anton zu sagen, „aber manchmal ergibt sich das ja."

Gerda verschränkte trotzig die Arme. „Ich habe mir so meine Gedanken gemacht, aber Genaues kann ich nicht sagen."

„Weißt du, ob er ihr Schmuck geschenkt hat?"

„Schmuck?" Das interessierte Gerda. „Wie kommst du darauf?"

„Beate sagt, Gabriela habe beim letzten Besuch eine wertvolle Kette getragen, die ihr vorher nie aufgefallen sei. Ich habe mir überlegt, dass sie sie vielleicht geschenkt bekommen hat."

„Sowas", Gerda schüttelte den Kopf, „hat sie sich etwa aushalten lassen? Ich muss gestehen, am Anfang fand ich sie nett. Ich hab sogar gedacht, wenn Hannes nicht mehr ist, kann sie mit der Pflege bei mir weitermachen. Aber inzwischen habe ich den Eindruck – ein richtiges Flittchen."

Anton war sprachlos. Er hätte gern etwas Scharfes gesagt, aber im letzten Moment hielt er sich zurück. Vielleicht brauchte er Gerda noch mal.

„Ich mache mich auf", erklärte er stattdessen. „Zofia wird schon auf mich warten."

Sie wartete tatsächlich. Fünfzig Meter entfernt sah er das Auto am Straßenrand stehen. Doch als er mit seinem Rollator die Einfahrt hinunterschlurfte, tauchte wie aus dem Nichts ein Schatten neben ihm auf. Anton fuhr der Schreck in die Glieder. Ludger! Er hatte hinter der Hausecke gestanden – um auf ihn zu warten oder um in Ruhe zu Frau Zofia hinüberzuschielen?

„Ludger", entfuhr es Anton. „Du hast mich schon wieder erschreckt. Du darfst den Leuten nicht so auflauern."

Ludger schob sich trotzig die Kappe zurecht. Immerhin

hatte er die Schürze abgelegt. „Warst du wegen Ela hier?",
fragte er unwirsch.

„Wegen Ela, ja. Ich wollte wissen, ob sie Kontakt zu einem
Polen gehabt hat. Vielleicht kannst du mir sagen, ob er
schon mal hier war."

„Ein Pole?", Ludger schüttelte den Kopf. „Einen Polen hab
ich nebenan nicht gesehen."

„Du bist doch auf dem Erntedankfest mit Ela zusammen
gewesen. Hat sie da nicht mit einem Polen gesprochen?"

Wieder schüttelte Ludger den Kopf. „Nicht dass ich wüsste. Aber Ela ist immer mal wieder nach draußen gegangen.
Drinnen war es sehr heiß."

Anton dachte nach. So war es wahrscheinlich gewesen:
Frau Gabriela war an die frische Luft gegangen und dort
auf den Polen gestoßen, Ludger hatte davon nichts bemerkt.

„Bist du denn mit Gabriela nach Hause gegangen?"

Ludger schüttelte wieder den Kopf, ein bisschen ärgerlich
jetzt. „Sie kam irgendwann von draußen rein und hat mit
Bernd Arnold gesprochen. Ein paar Sätze nur, ich glaube,
sie haben gestritten, dann ist sie einfach abgerauscht, ohne
ein Wort zu mir zu sagen." Ludger wirkte noch immer
verstimmt.

„Hat sie dir später etwas erklärt? Warum sie einfach abgehauen ist?"

„Ich hab sie gefragt. Am Sonntagmorgen hab ich sie gefragt. Sie hat gesagt, sie habe wohl ein Bierchen zu viel getrunken und dann habe sie sich plötzlich Sorgen um Onkel
Hannes gemacht und sei nach Hause gegangen."

„Hast du ihr geglaubt?"

„Weiß nicht", Ludger hielt den Kopf schief. Anton wartete, ob er noch etwas sagte, aber es kam nichts hinterher.

„Bernd Arnold ist häufig zu Besuch gewesen, nicht wahr?"

„Immer mal wieder."

„War er bei Hannes oder bei Ela?"

„Bei Hannes. Das hat zumindest Ela gesagt. Aber sie hat auch gesagt, dass sie gern mit Bernd plaudert, weil er sich mit Bäumen auskennt."

„Verstehe", Anton merkte sich das genau. „Und wer ist sonst noch zu Besuch gekommen?"

„Du."

„Ja, das stimmt. Ich bin immer mal wieder gekommen. Sonst wer? Bitte überleg genau, mich interessiert das."

Ludger kniff die Augen zusammen und dachte nach. Er erschien Anton heute erwachsener als bei der letzten Begegnung, selbständiger – männlicher sogar. Vielleicht war es ein Unterschied, ob man ihn alleine antraf oder mit seiner Mutter.

„Mia Großmann."

„Ah, Mia." Mia kannte er natürlich. Sie war in der Kirchengemeinde aktiv, vielleicht hatte sie in dem Zusammenhang die Besuche gemacht.

„Paul Bergmann und Lutz Stracke waren einmal da."

Auch Leute aus dem Dorf, die Hannes nicht vergessen hatten.

„Dr. Scholz – ab und zu."

„Dr. Scholz, ja, das kann ich mir vorstellen."

„Beate."

Hannes' Tochter, klar.

„Martin Rennebaum."

Martin. Nett, dass er vorbeigekommen war.

„Der Bringdienst vom Supermarkt."

Der Bringdienst vom Supermarkt. Anton hatte sich niemals Gedanken gemacht, wie Frau Gabriela ihre Einkäufe erledigte.

„Frau Holzmer."

Gitte, natürlich, sie hatte ja selbst gesagt, dass sie gelegentlich da war.

„Pit Klüppel.“

Jemand aus dem Dorf. War mit Hannes früher zur Jagd gegangen.

„Das ist alles? Sonst war niemand drüben im Haus?“

Ludger überlegte noch einmal scharf.

„Das junge Mädchen aus Martins Elternhaus war mal kurz da. Sie hat Zeitungen ausgetragen, und weil es so heiß war, hat Ela ihr ein Glas Sprudel angeboten.“

Ela schien eine Frau mit menschlichen Qualitäten gewesen zu sein.

„Sonst niemand?“

„Doch.“

„Wer denn, Ludger?“

„Ich!“

Anton zögerte einen Moment. „Du vermisst sie, hab ich nicht recht?“

Ludgers Mundwinkel zuckten, aber nur kurz. „Das geht keinen etwas an“, sagte er dann. Im nächsten Moment drehte er sich um und ging weg.

———

„Polizeipräsidium Dortmund. 26. Oktober, 18.12 Uhr. Befragung von Bernd Arnold, geboren am 6. Juni 1967, durch Kommissarin Cornelia Hannert. Der Befragte wurde über seine Rechte informiert.“

Conni legte das Aufnahmegerät auf den Tisch, schob ihre Papiere zurecht und warf einen Blick auf Sebastian. Sie hatten vereinbart, dass er dabeisaß, sich Notizen machte und ansonsten schwieg. Conni wollte trotz Aufnahmegerät eine zweite Person dabeihaben. Aber sie brauchte jemanden, der sie nicht störte und den Kollegen gegenüber die Klappe hielt, solange sie nicht wusste, ob sich diese Extratour lohnte.

Sebastian, der Praktikant mit der überdimensionalen Harry Potter-Brille, war da genau richtig. Er hatte Jura studiert, war überehrgeizig, aber ohne jede Erfahrung.

„Herr Arnold, haben Sie eine Ahnung, warum Sie hier sind?"

„Überhaupt nicht", Arnolds Stimme sollte energisch klingen, aber sein Körper sagte etwas anderes. Die Hände waren ineinander verkrampft, Arnold schwitzte und bewegte seine Füße unruhig hin und her. „Ich frage mich, warum ich noch einmal erscheinen muss, wenn ich doch alles gesagt habe, was ich weiß. Und überhaupt diese Sache mit den Rechten – ich komme mir ja vor wie ein Schwerverbrecher."

„Die Verlesung der Rechte ist eine reine Formalie. Andererseits: Woher wissen Sie, wie sich ein Schwerverbrecher fühlt?"

Arnold schnaubte. „Sie versuchen mich in die Enge zu treiben. Aber da gibt es nichts in die Enge zu treiben. Wenn ich gewusst hätte, wie das hier läuft, hätte ich mir einen Anwalt besorgt."

Conni spielte die Nichtverstehende. „Es gibt nichts, mit dem wir Sie in die Enge treiben können, dennoch hätten Sie sich einen Anwalt besorgt?"

Wieder schnaubte Arnold, dabei lehnte er sich auf seinem Stuhl zurück, dass die Rückenlehne quietschte. „Worum geht's? Ich habe nicht ewig Zeit."

Conni betrachtete den Mann. Seine grüne Berufskleidung hatte etwas von einer Uniform. Sah schnittig aus, wenn man auf so etwas stand. Dichtes, volles Haar von einem intensiven Braun, dazu ein gepflegter Schnurrbart. Conni mochte keine Schnurrbärte. Männer mit Schnurrbart hatten meistens einen Kontrollzwang.

„Es geht um ein Schmuckstück, das die Ermordete, Frau Gabriela Wisniewska, getragen hat. Eine wertvolle Kette aus Silber. Wissen sie etwas darüber?"

„Dieser Schmuck!" Arnold spie die Worte aus. „Hat Anton Wieneke mit Ihnen gesprochen?"

„Anton Wieneke – wer ist das?" Conni sah pseudomäßig ihre Papiere durch. „Nein, es liegt uns keine Aussage von einem Anton Wieneke vor. Aber der Schmuck wurde in Frau Gabriela Wisniewskas Schatulle gefunden. Angeblich hat sie ihn erst seit kurzem getragen. Wir gehen daher davon aus, dass sie ihn geschenkt bekommen hat. Möglicherweise von einem Verehrer."

„Und was hab ich damit zu tun?"

„Das fragen wir uns", Conni lächelte mild. „Wissen Sie, Herr Arnold, uns erscheint das alles ein bisschen seltsam. Die Nachbarn der Ermordeten sagen aus, Sie seien häufig bei Johannes Mertens zu Besuch gewesen, allerdings erst seitdem seine polnische Betreuerin im Haus lebte. Es gibt mehrere Telefonverbindungen zwischen Ihnen und dem Haushalt der Ermordeten. Sie wurden mit Gabriela Wisniewska auf dem Erntedankfest gesehen – da machen wir uns einfach unsere Gedanken."

„Ich war mit meiner Frau auf dem Erntedankfest", knurrte Arnold.

„Mit Ihrer Frau, von der man im Dorf sagt, sie sei eifersüchtig auf Gabriela gewesen."

„Wer sagt das?"

„Das steht hier nicht zur Debatte. Wichtiger ist doch, wie solch ein Eindruck entsteht."

„Durch Tratschweiber", knurrte Arnold. „Wahrscheinlich hat die Kissmersche rumgetratscht, dass mein Auto mal bei Hannes stand, und schon wird daraus eine Riesengeschichte. So läuft das doch auf dem Land."

„Herr Arnold, haben Sie ein Verhältnis mit Gabriela Wisniewska gehabt?"

„Wie kommen Sie darauf?"

„Ja oder nein?"

Bernd Arnold hob die Hände, als wollte er etwas sagen.

Ja ja ja!, dachte Conni.

„Nein", sagte Arnold.

„Nein?"

„Ich habe sie gemocht", Arnolds Stimme war jetzt leiser, angeschlagen. „Ja, ich bin häufig zu Hannes gefahren, weil ich Gabriela mochte. Ich habe mich gern mit ihr unterhalten. Wir haben über alles Mögliche gesprochen, über die Wälder in Polen, über Deutschland, über ihre Arbeit, über meine Arbeit. Es war einfach – schön, mit ihr zu sprechen."

Er ging sich durchs Gesicht. Eine Verlegenheitsgeste.

„Herr Arnold, Sie sind ein viriler Kerl, Sie wollen mir erzählen, dass Sie nur zum Quatschen zu Gabriela Wisniewska hingefahren sind?"

„Ich bin was?"

„Sind Sie mit Gabriela Wisniewska ins Bett gegangen?"

„Nein, das bin ich nicht."

„Haben Sie ihr die Kette geschenkt?"

Arnold wand sich.

„Haben Sie – oder haben Sie nicht?"

Vom Förster noch immer keine Antwort.

„Herr Arnold, sobald dieses Gespräch beendet ist, wird mein junger Kollege hier sämtliche Juweliere im Umkreis von hundert Kilometern recherchieren. Und morgen, pünktlich um 9 Uhr, wird er sie einzeln abfahren, ihnen Ihr Bild und das Schmuckstück zeigen und herausfinden, ob Sie es dort erworben haben. Wir werden Ihre Interneteinkäufe checken und Sie auseinandernehmen, bis Ihnen schwarz vor Augen wird. Kurzum: Wenn Sie Gabriela Wisniewska die Kette geschenkt haben, finden wir es heraus. Sie haben allerdings jetzt die Möglichkeit, es von sich aus preiszugeben. Glauben

Sie mir, ich bin lange genug Polizistin, um zu wissen, dass das von Vorteil für Sie ist."

Conni fixierte Arnold mit aller Energie, die ihr zur Verfügung stand. Natürlich war es vor allem für sie von Vorteil, wenn Arnold anbiss, aber das spielte jetzt keine Rolle.

„Es ist so, dass meine Frau –", er brach ab.

„Ja?"

„Ich weiß nicht, ob sie es verstehen würde."

„War Ihre Frau etwa eifersüchtig auf Gabriela Wisniewska?" Spott lag in Connis Stimme und sie bemühte sich nicht, ihn zu unterdrücken.

„Ja – nein – ich meine, sie hatte eigentlich keinen Grund. Das habe ich ihr wieder und wieder gesagt, aber sie wollte nicht glauben, dass Gabriela und ich – dass es eine andere Art von Beziehung war, die uns verband."

Und da ist sie nicht die Einzige!, fügte Conni in Gedanken hinzu.

„Herr Arnold, haben Sie Frau Wisniewska die Kette geschenkt?"

Er senkte den Blick. „Ja, ich habe ihr eine Kette geschenkt", sagte er leise, „eine silberne Kette, die wie eine Ranke aussieht."

Geht doch, dachte Conni und warf Sebastian einen triumphierenden Blick zu. Und das ist erst der Anfang!

„Wenn man jemandem eine Kette schenkt", sagte sie nach einer kurzen Pause, „dann deutet das in der Regel auf mehr als eine platonische Beziehung hin."

„Das mag *in der Regel* so sein", konterte Arnold, „bei uns allerdings war das nicht der Fall."

Sein Ton war patzig. Neues Thema, entschied Conni. Sie warf einen Blick zu Sebastian hinüber. Dem Nerd war seine Monsterbrille auf die Nase gerutscht.

„Kommen wir auf das Erntedankfest zurück", sagte

Conni. „Sie waren mit Ihrer Frau da, nicht wahr?"

„Das habe ich inzwischen achtmal gesagt", Arnold klang genervt.

„Wunderbar. Wann sind Sie in der Festhalle angekommen?"

„So gegen halb neun."

„Wie verlief der Abend?"

„Wie verläuft so ein Abend –", Arnold zuckte trotzig mit den Schultern. „Man spricht mit diesem und jenem, trinkt ein Bier, so was."

„Haben Sie auch mit Frau Wisniewska gesprochen?"

„Ja, hab ich. Warum sollte ich nicht?"

Conni hob unschuldig die Augenbrauen. „Vielleicht, weil Ihre Frau dabei war, die, wie Sie eben selbst ausgesagt haben, eifersüchtig war. Sie haben aber trotzdem mit Frau Wisniewska gesprochen?"

„Ja." Wieder dieser patzige Ton.

„Und? War Ihre Frau auch diesmal eifersüchtig?"

„Ich habe nur kurz mit Ela gesprochen."

„War Ihre Frau eifersüchtig?"

„Sie hat mich deswegen angesprochen, ja."

„War sie sauer?"

„Ja."

„Was hat sie gesagt?"

„Mein Gott, das sind doch alles Peanuts, was wollen Sie eigentlich?"

„Die Wahrheit herausfinden. Was hat sie gesagt?"

„Sie hat gesagt: *Schon wieder rennst du hinter dieser Polin her! Was willst du von der? Das ist peinlich, jeder hier sieht das!* So was in der Art."

„Was haben Sie gesagt?"

„Ich habe versucht sie zu beruhigen. Und mich von da an von Ela ferngehalten."

„Haben Sie eine Ahnung, mit wem Frau Wisniewska an dem Abend stattdessen gesprochen hat?"

„Sie hat viel getanzt."

„Mit wem?"

„Allein. Das ist schließlich kein Tanzkurs bei uns auf dem Dorf. Es gibt einen DJ, die meisten Leute tanzen allein."

„Verstehe. Aber manche tanzen auch paarweise?"

„Ja."

„Hat Frau Wisniewska paarweise getanzt?"

„Zweimal, glaube ich. Einmal mit Martin Rennebaum. Das ist jemand aus dem Dorf. Und dann natürlich mit Ludger."

„Ludger Kissmer? Der Nachbar?"

„Ludger, der Schwachmat. Ela war immer total nett zu ihm", Arnold erhob seine Stimme. „Vielleicht fragen Sie dort mal nach! Bestimmt hat er sich Hoffnungen gemacht, die Ela nicht erfüllt hat."

„Danke für den Hinweis. Aber jetzt sprechen wir über Sie! Wann haben Sie die Feier verlassen?"

„Gegen halb elf."

„So früh?"

„Zwischen Heike und mir war die Stimmung verhagelt. Keiner von uns hatte mehr Lust."

„Okay", Conni lehnte sich vor. „Sprechen wir über den nachfolgenden Abend. Die Mordnacht."

„Da gibt es von meiner Seite nichts zu besprechen."

„Immerhin haben Sie am Sonntag bei Gabriela angerufen."

„Ich habe bei Hannes angerufen. Ich wollte ihn besuchen."

„Sie wollten Hannes besuchen, um Gabriela zu treffen."

„Das ist Wortklauberei."

„Das ist die Wahrheit, hab ich nicht recht?"

Arnold schnaubte.

„Was hat Frau Wisniewska am Telefon gesagt?"

„Sie hat gesagt, ein Besuch wäre nicht passend. Hannes sei ganz überdreht."

„Hat sie gesagt, warum?"

„Wegen Beate. Hannes war so auf Ela fixiert, dass er unruhig wurde, wenn sie nicht da war."

„Hatten Sie den Eindruck, dass er ein schlechtes Verhältnis zu seiner Tochter hatte?"

Arnold überlegte. Es schien ihm gutzutun, dass das Gespräch von ihm abkam. „Schlecht? Schlecht kann man, glaube ich, nicht sagen. Aber so ist das ja mit den Demenzkranken. Sie brauchen feste Bezugspersonen. Beate war so selten da, dass es ihn wuschig gemacht hat, wenn sie dann kam."

„Gabriela hat Ihnen abgesagt für den Sonntag. Das müsste ihr schwergefallen sein, da Sie sich ja so sehr mochten." Conni ließ das Wort einen Moment wirken. „Hat sie womöglich einen Besuch für den Abend vorgeschlagen, wenn Johannes Mertens im Bett war?"

„Nein, das hat sie nicht."

„Waren Sie früher schon einmal abends bei Johannes Mertens zu Besuch?"

„Kann sein."

„Also ja. Sie waren früher einmal bei Johannes Mertens zu Besuch, während er im Bett war."

„Es ergab sich halt so. Ich hab dann mit Gabriela gesprochen."

„Aber diesmal war das nicht der Fall?"

„Nein, verdammt noch mal. Wie oft soll ich das noch sagen?"

„Frau Wisniewska wollte nicht, dass Sie kommen? Auch abends nicht?"

„Nein, wollte sie nicht."

„Warum?"

„Wie – warum?"

„Sie hätte sich doch freuen müssen. Sie sind jemand, mit dem sie sich austauschen konnte. Sie hatte schließlich nicht viele Kontakte. Und auf dem Fest am Vorabend haben Sie sich keine Zeit für sie genommen."

„Wahrscheinlich war das das Problem."

Conni hatte nur darauf gewartet. „Wie meinen Sie das?"

„Na, sie hat gemerkt, dass es Stress gab zwischen mir und meiner Frau. Und es hat sie gekränkt, dass ich sie deshalb nicht mehr angesprochen habe. Sie war sauer."

„Sie war sauer, kann ich verstehen. Und Sie wollten das zurechtbiegen?"

„Eigentlich ja, aber sie wollte sich ja nicht mit mir treffen."

„Daraufhin sind Sie trotzdem hingefahren."

„Nein, bin ich nicht!" Arnold wurde laut. „Wie oft soll ich das noch sagen? Ich habe Gabriela den ganzen Sonntag nicht gesehen. Ich habe nach einem Besuch gefragt, aber den wollte sie nicht. Deshalb bin ich zu Hause geblieben, fertig, aus."

„Was haben Sie zu Hause gemacht?"

„Ich habe gearbeitet."

„Am Sonntag?"

„Das passiert öfter."

„Das heißt, Sie sind durch den Wald gestromert?"

„Nein, ich bin nicht durch den Wald gestromert. Ich habe am Schreibtisch gesessen."

„Allein?"

„Natürlich allein. Aber meine Frau war im Haus."

„Was hat sie gemacht?"

„Sie hat auch gearbeitet. An ihrem Schreibtisch. Wir haben getrennte Arbeitszimmer."

„Getrennte Arbeitszimmer", Conni lächelte provokant. „Darf ich fragen, was Ihre Frau beruflich macht?"

„Sie ist selbständig."

„Selbständig als?"

„Großhandelskauffrau."

„Großhandelskauffrau, aha. Was verkauft sie denn? Tuppertöpfe, gestickte Blumenbilder, Kalender?"

„Sie verkauft Holz."

„Holz?" Conni war überrascht. „In welcher Form – Laubsägearbeiten?"

„Quatsch! Rohholz, das dann weiterverarbeitet wird."

„Interessant. Sie arbeiten also auf demselben Gebiet."

Arnold verschränkte die Arme. „Das kann man so nicht sagen. Ich bin Förster. Sie ist Kauffrau."

Conni ließ das so stehen und überlegte einen Moment.

„Am Sonntag, dem Todestag von Gabriela Wisniewska, haben Sie also beide gearbeitet, Sie als Förster, Ihre Frau als Kauffrau, in getrennten Arbeitszimmern."

Arnold antwortete nicht.

„Wie lange?"

Kurzes Zögern. „Bis abends. Meine Frau hat irgendwann zwei Tiefkühlpizzen in den Ofen geschoben, wir haben gegessen und dann ferngesehen."

„Sie haben das Haus nicht verlassen?"

„Nein, keiner von uns."

„Haben Sie keinen Hund?" Die Frage kam von Sebastian. Das erste Mal, dass er den Mund aufmachte. Es war gegen die Abmachung und er merkte es sofort. Unsicher sah er sie an.

„Eine gute Frage", erlöste sie ihn und wandte sich wieder an Arnold. „Haben Sie als Förster keinen Hund?"

„Mein Hund ist vor zwei Monaten eingeschläfert worden. Ich habe mir noch keinen neuen besorgt. Ich hoffe, das ist polizeilich kein Problem."

Conni grinste. Der Förster wurde biestig. Mal schauen,

was als Nächstes kam.

„Sie haben also ferngesehen. Was lief?"

„Die Tagesschau."

„Ja, hab ich von gehört. Kam danach noch was?"

„Tatort."

„Welcher?"

„Wie welcher?"

„Welche Stadt? Köln – München – Hamburg?"

„Himmelherrgott, das ist Wochen her. Woher soll ich das wissen?"

„Es ist der Abend, an dem Ihre Freundin Gabriela Wisniewska ermordet wurde. Ein Abend, über den Sie schon tausendmal nachgedacht haben. Über den Sie vielleicht gedacht haben: Mein Gott, während ich den Münster-Tatort gesehen habe, ist Gabriela niedergestochen worden. Sowas in der Art."

„Ich habe zigmal an diesen Abend gedacht, an diese Nacht", spie Arnold aus. „Ich habe mir sogar Vorwürfe gemacht, dass ich nicht hingefahren bin, dass ich das nicht geklärt habe. Können Sie sich vorstellen, was es für ein Gefühl ist, so im Unreinen auseinanderzugehen?"

„Ich weiß nicht, ob ich mir das vorstellen kann", Conni zog dramatisch die Stirn in Falten. „Aber noch lieber möchte ich wissen, welchen Tatort Sie gesehen haben."

„Mein Gott, den Ösi, glaube ich. Ich habe praktisch nichts davon mitgekriegt, weil ich sofort eingeschlafen bin."

Conni nahm aus den Augenwinkeln wahr, wie Sebastian zuckte. Sie selbst unterdrückte jede Regung. „Sie sind eingeschlafen – wie lange?"

„Keine Ahnung, aber als ich ins Bett gegangen bin, war der Tatort vorbei."

„Sie haben also ein, zwei Stunden vorm Fernseher geschlafen und sind dann rüber ins Bett."

„So in etwa."

„So in etwa, verstehe. Das bedeutet aber auch, dass Sie und Ihre Frau für die Tatzeit so in etwa kein Alibi haben."

Arnold zuckte. „Wieso das?"

„Muss ich das erklären? Sie hätten das Haus verlassen können, während Ihre Frau schlief. Ihre Frau hätte das Haus verlassen können, während Sie schliefen."

„Meine Frau? So ein Quatsch – warum hätte sie das tun sollen?"

„Um Gabriela Wisniewska aus dem Weg zu räumen."

„Das ist doch absurd", Arnolds Stimme überschlug sich. „Ich kenne meine Frau. Sie wird schon mal eifersüchtig, aber sie bringt doch niemanden um. Und ich selbst – mein Gott – Gabriela, warum hätte ich ihr irgendetwas antun sollen?"

„Hat sie gedroht, Ihrer Frau von Ihrer Affäre zu erzählen?"

„Es gab keine Affäre!" Arnold schrie jetzt. Seine Augen funkelten. Da war nicht mehr viel mit Kontrolle. Conni genoss den Moment, dann schlug sie eine andere Richtung ein.

„Frau Wisniewska hat auf dem Erntedankfest mit einem Polen gesprochen. Kennen Sie ihn?"

In Arnolds zornigem Gesicht machte sich ein neuer Ausdruck breit. Erstaunen? Trotz? Angst?

„Mit einem Polen?"

„Er soll auf dem Fest gewesen sein, aber wir kennen seinen Namen nicht. Haben Sie ihn gesehen?"

Arnold zögerte einen Moment, dann verschränkte er die Arme. „Ich sage kein Wort mehr. Ich möchte einen Anwalt! Und zwar sofort!"

———

142

Sie verlässt das Haus nicht mehr. Sie bunkert sich in ihrem Zimmer ein und hört laute Musik. In den ersten Tagen hämmert ihr Vater ab und zu an ihre Tür. „Hast du nicht Schule?", brüllt er dann, mal in besoffenem, mal in halbnüchternem Zustand. „Nein!", brüllt sie dann zurück und er lässt sie in Ruhe. Sie will niemanden sehen und niemanden sprechen. Sie will sich nur verkriechen. Dreimal am Tag duscht sie, manchmal über eine halbe Stunde lang, aber die schreckliche Erinnerung bekommt sie nicht weg.

Wenn sie jetzt an Alex denkt, dann voller Scham. Sie kann es ihm nicht sagen, unmöglich. Er würde denken, sie sei eine Schlampe. Sie hätte es drauf angelegt. Sie kann es ihm nicht sagen, niemandem kann sie es sagen.

Es kommen Nachrichten, von Maike, und sogar eine Mail von Frau Köchling, ihrer Klassenlehrerin. Einmal nimmt sie sich Zeit zu antworten. Sie habe eine andere Laufbahn vor, schreibt sie. Sie werde ja nächste Woche achtzehn, dann sei sie nicht mehr schulpflichtig. Sie habe keinen Bock mehr auf Schule und plane, ins Ausland zu gehen.

„Eyh, Alte", schreibt Maike, *„erzähl mir doch nichts!"*

Frau Köchling schreibt, wie sehr sie das bedauere und ob Michelle nicht ein Gespräch führen wolle und ob sie nicht noch einmal darüber nachdenken könne und dass sie sich zumindest von der Schule abmelden müsse. Dann ist Ruhe, endlich Ruhe. Das ist gut. Und noch etwas ist gut: Dass Michelle immer mal wieder Schnaps vor ihrem Vater versteckt hat. Den trinkt sie jetzt. Dann kann sie vergessen. Und an Alex denken. Nur noch an Alex.

———

Zofia schreckte hoch. Ein Geräusch! Aber diesmal nicht draußen, sondern im Haus! Fieberhaft lauschte sie, hielt den Atem an. *Schritte!* Da ging jemand! Sehr leise, aber da ging jemand! Der alte Mann konnte es nicht sein. Wenn er ging, war das lauter. Da unten bemühte sich jemand, leise zu sein! Zofia brach der Schweiß aus. *O mój Boże!* Der Polinnenmörder! Sie tastete nach ihrem Handy, das auf dem Nachtschränkchen lag. 00:24 Uhr. Wie war noch die Polizeinotrufnummer? Und war die anders als die für den Krankenwagen? Zofia fühlte sich wie gelähmt, jetzt hörte sie, wie unten leise eine Tür geöffnet wurde. Kein Zweifel mehr, da schlich jemand durchs Haus! Ob sie schreien sollte? Sie versuchte es, bekam aber keinen Ton über die Lippen. *Ruhig,* beschwor sie sich, *ruhig atmen!*

Womöglich war es doch nur der alte Mann. Er hatte nach der Krankengymnastik lange geschlafen, vielleicht war er deshalb jetzt munter. Aus einem Impuls heraus schob sie die Bettdecke weg. Sie würde jetzt nach unten gehen und nach dem Rechten sehen. Sie hatte keine Angst, beruhigte sie sich, früher hatte sie Angst gehabt, aber jetzt nicht mehr. Sie war eine erwachsene Frau, sie würde sich nicht von ein paar Geräuschen in die Flucht schlagen lassen.

Sie knipste die Nachttischlampe an und sah sich um. Ihre Kleidung lag auf einem Stuhl, aber dafür war keine Zeit, nur ihre Turnschuhe zog sie an, vielleicht musste sie kämpfen – oder weglaufen! Sie knipste das Deckenlicht an. Jetzt war alles schon ein wenig normaler. Vielleicht hatte sie geträumt? Wieder ein Geräusch von unten. Sie hatte nicht geträumt! Aber der alte Mann hatte jetzt die Aufstehhilfe. Er hatte sie gewollt, um nachts aus dem Bett zu kommen. War er jetzt unterwegs?

Zofia sah sich um. Gab es hier etwas, womit sie sich im Notfall verteidigen konnte? Eine Flasche Wasser stand auf dem Tisch. Besser als nichts. Sie packte sie am Hals, atmete ein letztes Mal durch und machte sich auf den Weg. Unten im Flur war das Licht an. Das blieb nachts immer an, das hatten der alte Mann und sie so besprochen. Zu hören war nun nichts mehr. Ob der alte Mann nur zur Toilette gegangen war? Sie tapste die Stufen hinunter, die vorletzte knarrte laut. Erschrocken hielt Zofia inne, aber nichts war zu hören. Vorsichtig schlich sie zur Wohnzimmertür. Und dann die Gewissheit: Dort drinnen war Licht! Unter dem Türspalt war ein heller Streifen zu sehen! Zofia schluckte. Warum sollte der alte Mann ins Wohnzimmer gehen? Dadrinnen war es eiskalt! Sie fasste die Flasche fester, schloss kurz die Augen, atmete! *Du bist mutig! Du bist eine mutige Frau!* Dann riss sie die Tür auf und stürzte mit erhobener Flasche hinein. Auf dem Boden hockte der schreckliche Sohn mit einem Kabel in der Hand. Er sah erschrocken hoch, dann kippte er vor Schreck hintenüber.

8

Thomas war hundemüde. Er saß vor seinem PC, konnte sich aber nicht auf das konzentrieren, was er da sah. Fünf Stunden Schlaf waren auch für ihn inzwischen zu wenig.

Die nächtliche Begegnung mit der Polin kam ihm immer wieder in den Sinn. Wie sie da mit erhobener Mineralwasserflasche auf ihn zugestürmt war, an den Füßen sonnengelbe Turnschuhe, mit denen kein normaler Mensch herumlaufen würde. Nach einer kurzen Schrecksekunde, nein, nach mindestens zehn langen Schrecksekunden, in denen Thomas wie ein Käfer auf dem Rücken gelegen hatte, hatte sie erklärt, nachts seien draußen immer Geräusche zu hören. Sie hätte das Gefühl, da laufe jemand herum. Und jetzt auch noch Geräusche im Haus!

Die Polin war kurz vorm Heulen gewesen. Offenbar war sie mit ihrer Aufgabe total überfordert.

„Ich mache nur Ihren verdammten Internetanschluss", hatte er gemurrt, als er sich endlich aus dieser demütigenden Käferhaltung hochgerappelt hatte.

„Aber warum in die Nacht?" Ihre Augen waren riesengroß gewesen. Noch größer als sonst.

„Weil ich tagsüber arbeiten muss!"

„Und ich muss schlafen in die Nacht", hatte daraufhin die Polin gemurmelt und war mit ihren sonnengelben Turnschuhen verschwunden. Thomas war sauer gewesen, aber dann hatte er sich gefragt, was er sagen würde, wenn in seiner Wohnung nachts plötzlich Handwerker auftauchten. Er hätte abends anrufen sollen. Ja, er hätte sich auf jeden Fall ankündigen müssen!

Insgesamt brauchte er dann nur noch zehn Minuten, um den Anschluss fertigzustellen. „SORRY" hinterließ er auf einem Zettel, außerdem das Passwort, mit dem die Polin sich ins WLAN einloggen konnte. Ob sie inzwischen online war? Vielleicht war es gut, ihre Mailadresse zu haben. Thomas ließ erneut ihr Bild vorbeiziehen. Der entschlossene Blick, die fest umklammerte Flasche, die sonnengelben Schuhe, ihr Körper in dem hellblauen Schlafhemd ...

Er schüttelte die Gedanken ab und griff nach Connis Karte, die er auf dem Schreibtisch abgelegt hatte.

Zwei Minuten später nahm sie unter ihrer Dienstnummer ab.

„Hast du was erreicht?", fragte er nach einem kurzen Hallo.

„Kontrollierst du mich jetzt?", schoss sie zurück.

„Die Sache interessiert mich", sagte er gedehnt, „das dürftest du inzwischen gemerkt haben."

„Und du dürftest gemerkt haben, dass ich dir nicht regelmäßig Rapport erstatten will."

„Vielleicht kann ich dich weiter unterstützen."

„Hast du denn was Neues?"

„Dazu müsste ich erst wissen, was du herausgefunden hast."

Conni atmete hörbar aus. „Also gut, dein Tipp war richtig. Arnold hat dem Mordopfer die Kette geschenkt. Er behauptet, zwischen ihnen beiden habe eine rein platonische Freundschaft bestanden, aber das kann er seiner Großmutter erzählen."

Thomas musste grinsen. Kein Wunder, dass Conni sich so etwas nicht vorstellen konnte.

„Seine Frau war sehr eifersüchtig und jetzt kommt das Beste: Die beiden haben kein Alibi. Sie haben den Sonntagabend gemeinsam zu Hause verbracht, aber er räumt ein, dass er vorm Fernseher eingeschlafen ist, während sie schon im Bett lag. Jeder von beiden könnte also noch einmal das Haus verlassen haben."

„Das ist doch mal was", entfuhr es Thomas. „Was habt ihr weiter vor?"

„Ich habe der Staatsanwaltschaft die Ergebnisse heute Morgen vorgestellt. Arnold wird für morgen noch einmal geladen."

Thomas überlegte. „Hat sich mit diesem Polen etwas ergeben?"

„Nee, genau an dem Punkt hat Arnold die Schotten dicht gemacht. Ohne Anwalt wollte er kein Wort mehr sagen."

„Das ist interessant", wandte Thomas ein.

„Dennoch glaube ich, dass der Pole eine Zufallsbekanntschaft war, die Arnold bestenfalls eifersüchtig gemacht hat."

„Hmh, kann sein."

„Verschiedene Motive sind denkbar", fasste Conni zusammen. „Arnold war eifersüchtig auf den Polen und ist deshalb in Streit mit Gabriela geraten. Oder es war genau andersherum. Die Wisniewska wollte über ihre Affäre plaudern und er hat dem einen Riegel vorgeschoben. Genauso gut kann die Ehefrau ausgerastet sein, nachdem sie die beiden Täubchen auf dem Erntedankfest beobachtet hat."

„Hmh", sagte Thomas wieder.

„Der Chef hat keine andere Wahl", sagte Conni stolz. „Wir rollen den Fall noch einmal auf. Wenn wir nachweisen können, dass einer von den beiden Arnolds in der Nacht zu Gabrielas Haus gefahren ist, haben wir ihn am Wickel."

„Ich nehme an, ihr nehmt euch die Spuren noch einmal vor und sprecht mit den Nachbarn?"

„Ja, ich glaube, wir wissen, was zu tun ist", sagte Conni bestimmt. Dann hörte Thomas plötzlich eine Männerstimme im Hintergrund. Jemand war in Connis Büro gekommen. „Ich muss jetzt Schluss machen", sagte sie knapp.

„Kein Problem", Thomas atmete auf. Er hätte keine neue Info für Conni gehabt.

Als Thomas sich wieder dem Bildschirm zuwandte, erschien eine interne Mail. Der Chef wollte ihn sehen. Und zwar sofort!

———

Anton hatte eine Reihe von Papieren vor sich auf dem Esstisch ausgebreitet und versuchte sich zu orientieren. Es waren keine offiziellen Papiere, es waren Schmierblätter, die er aus seinen alten Lieferscheinblöcken gewonnen und mit wichtigen Informationen im „Fall Hannes" versehen hatte. Ab und zu warf er einen Blick auf die Tapete, auf der sie sich einen groben Überblick verschafft hatten. Zofia hatte sie abgenommen und auf den Boden gelegt. Anton wollte auf den Zetteln nun alles genauer fassen. Auf dem ersten hatte er aufgeführt, was Inge ihm über den ominösen Polen berichtet hatte. Auf dem nächsten standen alle Personen, die laut Ludger bei Hannes zu Besuch gewesen waren. Nur zwei kannte er nicht persönlich: den Supermarktbringdienst und das junge Mädchen, dem Frau Gabriela etwas zu trinken angeboten hatte. Auf einem weiteren Blatt hatte er groß die Frage formuliert: *„Wer hatte einen Schlüssel zu Hannes' Haus?"* Auf einem anderen hatte er sich Notizen zu Bernd Arnold gemacht und verdammt viel gefunden, was ihn belastete. 1. Er hatte möglicherweise ein Verhältnis mit Frau Gabriela gehabt. 2. Er hatte auf dem Erntedankfest mit seiner Ehefrau gestritten. 3. Frau Ela hätte ihm sicher problemlos die Tür aufgemacht. Und dass sie 4. im Bett gestorben war – nun ja, das konnte darauf hindeuten, womit die beiden zuletzt beschäftigt gewesen waren. Anton lehnte sich zurück und atmete tief aus. Was da zutage kam, war alles andere als schön. War es richtig, so tief zu bohren? Frau Ela war sowieso nicht wieder lebendig zu machen. Und Hannes? Das war der Punkt – er tat es für seinen Freund. Insofern lohnte es sich auf jeden Fall. Er beugte sich vor und griff nach dem Zettel mit Inges Aussagen. Der Pole – wer war der Pole? Das musste doch herauszufinden sein. Er lauschte. Zofias Stimme war aus der Küche zu hören. Sie sprach Polnisch und hörte sich sehr ausgelassen an. Thomas hatte es tatsächlich hingekriegt, dass der Internetanschluss funktionierte. Jetzt „skypte" Zofia und Anton wusste inzwischen, was genau das war: sie telefonierte mit Bild. Just in diesem Moment schien Zofia ihr Gespräch zu unterbrechen, kurz darauf öffnete sich die Tür und die junge Polin schaute herein. „Alles in der Ordnung?", wollte sie wissen. „Alles in der Ordnung", entgegnete Anton und sah erst jetzt, dass Zofia ihr Gerät in der Hand hielt.

„Hier ist meinen Tante", sagte sie verlegen – und fügte dann flüsternd hinzu: „Sie ist ein bisschen neugierig, sie will gern kennenlernen Sie."

Anton war überrumpelt. „Kennenlernen?" Er schaute an sich hinunter. Manchmal kleckerte er beim Essen und merkte erst zu spät, wenn da etwas war. Obwohl – seitdem Zofia bei ihm lebte, war eigentlich immer alles in Ordnung.

„Aber ich spreche kein Polnisch", meinte er hilflos.

„Ist auch nicht nötig", Zofia kam einen Schritt näher. „Ich dachte nur, es interessiert Sie mein Haus, also das Haus von meine Tante und Onkel und alles."

„Natürlich, natürlich", beeilte sich Anton zu sagen und dann kam ihm der Sinn des Ganzen zu Bewusstsein. Zofia ließ sich hier in Deutschland auf alles Neue ein. Jetzt wollte sie andersherum ihn teilhaben lassen an ihrem Leben. Das war eigentlich sehr nett.

Zofia stellte ihr Gerät vor ihm auf dem Tisch ab und plötzlich saß ihm eine Frau gegenüber, klein und kräftig, mit dunklem, zu einem Dutt gebundenem Haar und sehr großen Augen. Die Augen schienen das Markenzeichen der Familie zu sein. Zofia trat jetzt hinter ihn und redete unentwegt Polnisch. Es schien Anton, als würde Polnisch doppelt so schnell gesprochen wie Deutsch.

„Das hier ist Herr Anton, bei den ich sehr gerne wohne", sagte Zofia.

„Bei dem", sagte die ältere Dame. Und als Nächstes sagte sie „Guten Tag!"

Anton war so verdutzt, dass er kaum antworten konnte. Außerdem hatte er Angst, etwas grammatisch Falsches zu sagen.

„Guten Tag", tastete er sich vor. „Sie sprechen Deutsch sehr gut." Oh, jetzt hatte er vor Aufregung den Satzbau verpfuscht! Die Tante ließ es ihm durchgehen.

„Ich war sehr lange Zeit in Deutschland", sagte die Tante. „Aber jetzt bleibe ich dauerhaft hier."

„Ah, verstehe", sagte Anton, obwohl er in Wahrheit gar nichts verstand. „Ich bin sehr froh, dass Zofia mir hilft. Es klappt alles sehr gut."

„Das freut uns sehr", sagte die Tante. „Aber Zofia sagt, es habe bei Ihnen einen Mord gegeben an einer Polin. Jetzt frage ich mich: Ist es gefährlich für Polinnen in Ihrem Dorf?"

Zofia sagte etwas auf Polnisch. Sie hörte sich ärgerlich an.

„Ähm, ich glaube nicht", haspelte Anton herum. „Eigentlich ist es hier im Sauerland sehr friedlich."

Zofia sagte wieder etwas auf Polnisch, immer noch wütend.

Die Tante antwortete auf Polnisch und Anton fühlte sich ein bisschen im Weg. Er sah sich daher den Raum an, in dem die Tante saß. Ein Wohnraum, sehr ordentlich aufgeräumt, mit schlichten Möbeln bestückt.

Zofia kam jetzt herum und griff nach ihrem Gerät.

„Wir müssen jetzt kochen", sagte sie zu ihrer Tante.

Anton hob reflexartig die Hand und winkte zum Abschied. Im nächsten Moment war die Tante mit Zofia in der Küche verschwunden.

Das war eine seltsame Begegnung gewesen! Anton brauchte ein paar Minuten, um sich davon zu erholen. Dann griff er nach dem Telefonhörer, der auf dem Esstisch bereitlag. Besser war doch, man telefonierte ohne ein Bild – und am besten immer nur einer mit einem.

Thomas war tatsächlich sofort am Apparat. Er schien an seinem Schreibtisch Däumchen zu drehen.

„Papa", sagte er überrascht. „Ist bei euch alles in Ordnung?"

„Alles bestens, ich hab da nur mal eine Frage." Dann legte er ihm seine Überlegungen zur Schlüsselfrage dar. Und kam dann auf den Punkt: „Wisst ihr vielleicht von weiteren Schlüsseln?"

Er hörte seinen Sohn am anderen Ende atmen. Das sollte wohl ein Zeichen von Ungeduld sein. „Papa!" Die Art, wie er das sagte, war ein weiterer Hinweis. „*Wir* wissen gar nichts. Ich bin an dieser Ermittlung nicht beteiligt. Zwar habe ich auf deine Bitte hin Akteneinsicht genommen, aber da endet es auch schon."

„Aber du hast doch schon die Information mit dem Polen weitergegeben und auch mit Bernd Arnold?"

„Ja, und man kümmert sich darum, aber mehr kann ich beim besten Willen nicht tun."

„Wenn Bernd Arnold in der Nacht noch in Hannes' Haus

gewesen ist, dann müssen ja Fingerabdrücke von ihm da sein. Sehe ich das falsch?"

„Zumindest an der Haustür gibt es keine Fingerabdrücke von ihm. Vielmehr sieht es aus, als habe jemand den Griff abgewischt oder mit Handschuhen umfasst."

„Mit Handschuhen?" Anton glaubte nicht recht zu hören. „Aber einen eindeutigeren Hinweis auf einen Täter von außen gibt es doch gar nicht."

„Dafür waren am Messer ausschließlich Fingerabdrücke von Hannes. Die kann man schwerlich wegdiskutieren."

„Dafür gibt es eine simple Erklärung", konterte Anton. „Natürlich hat Hannes die Situation nicht begriffen, als er aufgewacht ist. Er hat das Messer in die Hand genommen, er hat sich Gabriela genähert, um zu schauen, ob sie noch lebt. Der Arme muss einen furchtbaren Schock erlitten haben."

„Das ist alles Spekulation. Und wie ich schon sagte, ich führe die Ermittlungen nicht. Aber wie ich hörte, hat man Bernd Arnold ordentlich in die Mangel genommen. Vielleicht ist er tatsächlich von der Polin ins Haus gelassen worden, es kam zum Streit, Bernd ist ausgerastet und hat anschließend seine Fingerabdrücke beseitigt."

„Ein Fall, den ich schon einmal durchgespielt habe", murmelte Anton. „Dennoch könnte auch der Pole mit der Sache zu tun haben. Vielleicht kannte Frau Gabriela auch ihn so gut, dass sie ihn hereingelassen hat. Jemand aus ihrer alten Heimat." Anton spürte, dass ihm das der liebste Fall war. Nicht Bernd Arnold als Mörder, sondern ein unbekannter Pole, der von irgendwo kam.

„Vielleicht, ich habe die Information weitergegeben." Thomas klang, als habe er nicht ewig Zeit.

„Das ist gut", ließ Anton sich zu einem Lob hinreißen. Und dann fiel ihm glatt noch etwas ein. „Danke, dass du diese Internetsache angebracht hast. Ich hätte nicht gedacht, dass du das hinkriegst."

„Ah", sagte Thomas, „schon klar."

Zofia war immer noch wütend. Zwar hatte der alte Mann wieder und wieder beteuert, das sei gar nicht schlimm gewesen und es sei doch schön, dass sie eine Tante habe, die sich um sie sorge. Aber Zofia fand das nicht. Sie war nach Deutschland gegangen, um sich ein eigenes Leben aufzubauen. Um selbständig entscheiden zu können. Und kaum war sie hier, mischte sich ihre Tante schon wieder ein. Besser, sie hätte gar nicht um einen Internet-Anschluss gebeten! Aber auf keinen Fall hätte sie dem Wunsch ihrer Tante nachgeben dürfen, mit Herrn Anton zu sprechen! Dass Tante Grazyna sofort mit der polnischen Leiche angefangen hatte, das ging zu weit! Zofia nahm sich vor, so schnell nicht wieder Kontakt aufzunehmen.

Andererseits: Mit wem sollte sie dann überhaupt noch sprechen? Wie sollte sie ihre freie Zeit nutzen? Jetzt gerade hatte Herr Anton Besuch – von Inge, der Wirtin. Sie war gekommen, um Herrn Anton etwas zu erzählen. Ein bisschen hatte Zofia mitbekommen, als sie der Wirtin Tee hingestellt hatte – nämlich, dass sie von der Polizei befragt worden war. Die war gekommen, weil Herr Anton seinem Sohn Bescheid gesagt hatte. Die Wirtin hatte der Polizei von dem Polen erzählt und die hatte sich auf den Namen gestürzt. Zofia behagte das nicht. Warum sollte gerade der Pole die Pflegerin umgebracht haben?

Schlechtgelaunt zog Zofia ihren Laptop zu sich heran und gab den Namen „Milosz" bei Facebook ein. Eine ellenlange Liste mit Personen tauchte auf. Zofia überlegte, dann wechselte sie zu Google und gab auch dort „Milosz" ein –

über 700.000 Treffer. Sie ergänzte *„Lkw"*, nur noch 2.000 Treffer. Was konnte sie weiter eingeben, um die Zahl zu reduzieren? Dann kam ihr eine Idee: Vielleicht wohnte Milosz ja hier in der Nähe, ohne dass die Dorfbewohner es wussten. Sie gab *„Sauerland"* ein. Ein Treffer! Zofias Herz klopfte, als sie auf eine schlecht gemachte Homepage ohne ein einziges Bild geleitet wurde. *„Holz-Transporte"* war die Seite überschrieben, darunter weiterer Text, in dem vom *„Schwerpunkt OWL, Münster- und Sauerland"* die Rede war – außerdem war ein Facebook-Button vorhanden! Sie klickte ihn an und landete bei Milosz Sienkiewicz, 46 Jahre alt, Lkw-Fahrer in Deutschland. Er postete auf Polnisch und er postete viel. Fotos, aber auch Text. Er schrieb, welche Tour er wann gefahren war und mit wem er anschließend getrunken hatte. Er schrieb, wo es die hübschesten Frauen gab und was sein Lader an Geschwindigkeit hergab. Zofias neuer Wohnort wurde zweimal erwähnt. Milosz hatte hier Holz gefahren und war anschließend in einer Kneipe im Nachbarort versackt. Holztransporte – daher vermutlich der Kontakt zu dem Förster. Zofia wäre am liebsten sofort nach drüben zu Herrn Anton gerannt, aber sie zügelte sich. Abwarten. Ruhig bleiben. Und nachher alles in Ruhe erzählen. Ihre Tante machte sie immer noch klein und unselbständig. Aber wenn man sie losließ, dann kriegte sie ganz schön was hin!

———

Thomas hatte sich ein paar Notizen gemacht und ließ sie sich durch den Kopf gehen. Sein Vater hatte von Anfang an recht gehabt – es gab viele offene Fragen im Fall der ermordeten Polin. Als sich ohne Klopfen die Tür öffnete, wollte er gerade losbollern, doch im letzten Moment sah er, dass der Chef in der Tür stand. Scheiße, den hatte er völlig vergessen.

„Achim, ich wollte noch bei dir vorbeigehen."

„Das wäre überaus freundlich gewesen."

Achim war sauer, sehr sauer.

„Tut mir leid, hier war heute Morgen schon die Hölle los. Ich hab's nicht geschafft."

„Die Hölle los – aha!"

Thomas war irritiert. Den Ton kannte er nicht.

„Setz dich doch. Was ist los?"

Achim nahm den zweiten Stuhl und setzte sich hin. Dann griff er sich in aller Seelenruhe einen Stift von Thomas' Schreibtisch, schaute ihn an, legte ihn weg. Chefattitüde, es konnte spannend werden.

„Was hier los ist? Das würde ich gern von dir wissen!"

Thomas atmete tief durch. „Du meinst, weil es in der Crystal-Ermittlung nicht rund läuft? Aber du kennst das Spiel doch. Wenn die Zeugen eingeschüchtert sind, dann will keiner mehr aussagen."

„Thomas, einer unserer Zeugen ist halbtot geschlagen worden. Mir sitzt die Presse im Nacken."

Ah, daher lief der Hase. Nicht der halbtote Zeuge war das Problem, sondern die Außenwirkung.

„Glaub mir, Achim, die Sache hat mir schlaflose Nächte bereitet. Das hätte niemals passieren dürfen, das wissen wir beide. Aber ich war an dem Tag nicht da."

„Du hattest trotzdem die Verantwortung."

„Matthes hatte die Verantwortung."

„Du bist der Leiter der Ermittlungsgruppe."

„Matthes und ich sind Leiter der Ermittlungsgruppe – und zwar auf deinen ausdrücklichen Wunsch hin, erinnerst du dich?" Thomas kam jetzt in Rage. „*Heranführung von Führungskräften*, das waren deine Worte! *Halt dich mal zurück, Thomas!* Das waren auch deine Worte. Eine Situation wie die von letzter Woche hat Matthes schon hundertmal erlebt. Er hätte wissen müssen, welche Vorkehrungen zu treffen sind, das weißt du genau."

Achim blickte Thomas ernst an. Man sah förmlich, wie es in seinem Gehirn ratterte. Jetzt kam ein Strategiewechsel, schätzte Thomas.

„Trotzdem habe ich das Gefühl, dass du neben dir stehst. Dass du dich nicht so reinhängst wie sonst. Du siehst total übernächtigt aus. Hast du private Probleme?"

Ah, jetzt kam die Seelsorge-Masche. Besten Dank.

„Keine Probleme", sagte er knapp.

„Matthes meint, mit deinem Vater läuft es nicht gut."

„Es läuft gut mit meinem Vater. Aber wahrscheinlich kennt es hier niemand, dass ich überhaupt mal Zeit für private Dinge einplane."

Achim beugte sich vor. „Thomas, du bist unser Top-Mann, das wissen wir alle. Das weiß die Staatsanwaltschaft, das weißt du, das weiß ich. Aber genau das ist das Problem. Man neigt dazu, Top-Leuten zu viel aufzubürden. Weil man es leicht mit ihnen hat. Weil die Sache dann gut läuft."

Ausnahmsweise hatte Achim recht.

„Ich fürchte, wir haben dich zu sehr belastet. Schau dir mal deine Überstunden an. Wenn du die abfeiern wolltest, könntest du deine Rente einreichen."

Thomas lauerte. Was kam jetzt?

„Ich würde dich gern aus dem Crystal-Fall rausnehmen."

„Wie bitte?"

„Die Kollegen sagen, du beißt nicht an, und das macht mich stutzig. Mensch, Thomas, ich weiß doch, was du drauf hast. Im Normalfall hättest du diesen Aufsteiger-Dealer längst weichgeklopft. Stattdessen hängst du hier in deinem Büro und tust – was tust du überhaupt?"

Achim stand auf und beugte sich über den Schreibtisch.

Instinktiv drehte Thomas seine Aufzeichnungen um. Achim blickte ihn an.

„Frank Schuhmacher aus Dortmund hat mir gesteckt, dass du dich für eine dortige Mordermittlung interessierst."

„Wie bitte?" Thomas schnaubte. Schuhmacher! Was für eine Schwatzbacke!

„Keine Beschwerde, mach dir keine Gedanken. Nur lässt mich das umso mehr fragen, ob du hier bei der Sache bist."

Thomas wollte zum verbalen Gegenschlag ausholen, allerdings klingelte genau in diesem Moment sein Telefon.

„Geh ruhig dran", sagte Achim und setzte sich wieder.

Thomas blieb nichts anderes übrig. „Polizeipräsidium Bielefeld. Wieneke am Apparat." Er fragte sich, wann er den Spruch jemals so brav aufgesagt hatte.

Es war sein Vater, er fing sofort an zu reden. Zofia habe den Namen dieses Polen aufgetan. Bei Facebook. Das sei diese neue Sache, ob Thomas die kenne. Auf jeden Fall wären sie fast sicher, dass es der Richtige sei. Ob er buchstabieren solle. Oder ob er gleich mal –

„Halt!", brüllte Thomas. „Ich bin hier in einer Besprechung."

Dann legte er auf.

„Mein Vater", sagte er und es kam ihm vor wie ein Geständnis.

„Nimm dir eine Auszeit", sagte Achim ganz ruhig. „Wir setzen dann Mike zusammen mit Matthes als Chefermittler ein."

Mike? Thomas fiel vom Glauben ab. Dieser Lahmarsch? Fast wollte er losbrüllen, aber dann hielt er sich zurück. Achim war ein Windhund, das hatte er immer schon gewusst. Aber in einem hatte er recht. Thomas war ausgebrannt. Ihm fehlte der Drive. Er hatte tatsächlich keinen Bock, sich mit Typen wie Roland Kern herumzuschlagen. Und ja, er hatte sich wirklich hier in seinem Büro eingebunkert, froh, dass Matthes sich um die Aufgaben riss.

„In Ordnung", sagte er und stand auf. „Zwei Wochen Urlaub, dann sehen wir weiter."

„Schön, dass du das so siehst", auch Achim stand auf. Er würde es als gelungenes Personalgespräch verbuchen. „Ach, eins noch: Bislang gibt es keine Probleme mit Dortmund, aber das soll auch so bleiben. Halt dich da raus!"

———

Anton war beeindruckt. Er wusste natürlich, dass das Internet tausend Möglichkeiten bot. Und trotzdem war es ein Schauspiel, wie sich immer wieder neue Bilder vor ihm öffneten. Frau Zofia und er hatten schon alles Mögliche gesucht. Die Internetseite vom Dorf, wo alle Vereine aufgeführt waren. Die vom Gasthof, auf der Inge und Harald aus der Stammtischecke lugten. Und nicht zuletzt die vom Gutshof, auf der Gitte und Siegbert deutlich harmonischer wirkten als bei Antons letztem Besuch. *„Unser Erbe ist uns Verpflichtung"* – so hieß es auf der Homepage, und unter einem Bild von den Kindern: *„Die Zukunft liegt in ihren Händen."* Die Historie des Hofes war ausführlich beschrieben, Anton las eine Weile, dann verlor er das Interesse.

„Geben Sie doch mal „Arnold" ein", bat er Frau Zofia stattdessen. „Vielleicht hat Bernd auch eine Internetseite."

„Arnold" reichte nicht, um ihn zu finden. Zofia musste noch „Bernd" eingeben, „Förster" und „Wald". Sie gab „Vörrster" ein. Anton musste ein bisschen korrigieren.

Schließlich zeigte sich ein brauchbarer Hinweis. Ein Zeitungsartikel, in dem Bernd als neuer Förster für den Bezirk vorgestellt wurde. Anton konnte sich noch an den Artikel erinnern.

„Einen eigenen Internetseite hat er nicht", sagte Frau Zofia, „aber hier ist noch sehr Interessantes." Sie klickte etwas an und eine sehr elegante Seite öffnete sich. Jede Menge Holz war zu sehen, schön fotografiert. *„Holzvertrieb Heike Arnold"* war das Ganze überschrieben.

Anton rückte etwas näher. Er wusste, dass Bernds Frau einen kleinen Nebenerwerb hatte. Kaminholz, hatte er gedacht. Das hier sah aber nach mehr aus. Sie handelte mit Hölzern für verschiedenste Bereiche. Bauholz, Möbelholz, Kaminholz.

„Interessant", murmelte Anton. „Kann man sehen, wo sie ihr Büro hat?"

Frau Zofia klickte auf ein Feld mit *„Impressum"*.

„Das ist ihre Wohnadresse", erklärte Anton nach einem Blick. „Sie regelt die Verkäufe vom Küchentisch aus."

Er lehnte sich zurück. Dann fiel ihm etwas Neues ein. „Soviel ich weiß, hat Martin auch eine Internetseite."

Diesmal gab er selbst die Suchbegriffe ein. *„Martin Rennebaum Schreinerei"*. Es dauerte, bis er alles eingetippt hatte. Es ging ja nur mit einer Hand und seine Finger waren zu dick für die kleinen Tasten. Zweimal vertippte er sich, aber Frau Zofia zeigte ihm, wie man die Buchstaben wieder wegmachen konnte.

„Und jetzt „öffnen", sagte sie am Ende. Zwei Sekunden später war auch Martins Seite da. Auch dort schöne Bilder von Holz, mehr noch aber von Dingen, die aus Holz hergestellt waren. Fenster, Türen, Schränke und Treppen.

„Mein Gott", sagte Anton, „das sieht alles sehr professionell aus."

„Muss man haben heute", sagte Zofia. „Leute wollen alles schon im Internet sehen."

Anton nickte. Aber es war bestimmt viel Arbeit, so etwas fertig zu machen. Er ging mit dem Cursor auf das Feld

„Wir über uns".

Ein Bild von Martin tauchte auf. Im Jackett, wie man ihn sonst gar nicht kannte. Darunter Peter und Christian, seine Gesellen, und dann noch Jonas, der bei ihm seine Ausbildung machte. Neben Martins Bild stand geschrieben: *„Kontakt"*.

„Wenn man das anklickt, kommt man mit ihm in Kontakt?", erkundigte sich Anton.

„Sehen wir mal!" Frau Zofia drückte einfach. Sie war längst nicht so vorsichtig wie er.

Es tat sich ein neues Feld auf. „Können wir jetzt E-Mail schreiben an ihn", erklärte Zofia.

„E-Mail", wiederholte Anton.

„Einen Brief", erklärte Zofia. „Machen Sie mal!"

Anton setzte sich aufrecht hin. Einen Brief – was sollte er schreiben? Dann fiel ihm etwas ein. Inge war heute auf einen Tee da gewesen und hatte von dem Besuch einer Polizistin erzählt. Die hatte ganz genau wissen wollen, mit wem Gabriela auf dem Erntedankfest Kontakt gehabt hatte. Inge hatte all das wiedergegeben, was sie schon Anton erzählt hatte, aber später, als die Polizistin weg gewesen war, war ihr noch etwas in den Sinn gekommen. Zu Antons Frage, ob ihr jemand Fremdes aufgefallen war: das junge Mädchen aus Martins Haus. Sie war suchend durch die Halle gelaufen und Inge hatte sich einen Moment lang gewundert, weil die Familie ja weggezogen war.

Bei Anton hatte sofort eine Leitung geglüht. Dieses junge Mädchen hatte auch Ludger erwähnt. Vielleicht hatte das etwas zu bedeuten.

„Lieber Martin", schrieb er mühsam hin. Er musste sich erst zurechtfinden. Für seine Geschäftspost hatte er immer eine Schreibmaschine benutzt. Zofia zeigte ihm die Absatzmarke.

„Wir schauen gerade auf Zofias Computer Deine Internet-seite an. Sehr beeindruckend! Das Bild von Dir gefällt mir sehr gut! Ich habe noch eine Frage an Dich, die Du mir vielleicht beantworten kannst: Dein Elternhaus wird ja gerade reno-viert. Bis vor kurzem hat dort jedoch eine Familie gewohnt, unter anderem ein junges Mädchen. Kannst Du mir ihren Namen nennen? Weißt Du vielleicht, wo sie jetzt wohnt? Für eine Auskunft wäre ich sehr dankbar. Du kannst mir unter dieser Adresse antworten. Zofia leitet es dann weiter.

Mit freundlichen Grüßen

Dein Anton"

Er überlegte, ob er noch etwas über Martins Frau hinzu-fügen sollte. Dann entschied er sich dagegen. Über so etwas Privates sprach man besser von Mann zu Mann.

„Uff", sagte Anton. Er hatte für den Brief eine Viertelstun-de gebraucht. Jetzt war er müde.

„Mache ich Abendessen bald", sagte Zofia. „Aber wir haben das Wichtigste noch gar nicht gemacht. Wir haben noch gar nicht Milosz geguckt."

„Milosz, ja", Anton wurde wieder wach. Deshalb hatten sie Frau Zofias Minicomputer eigentlich angestellt.

Zofia rief eine schlichte Seite auf, die mit „Holztransporte" überschrieben war. Bevor Anton sie näher anschauen konn-te, klickte Zofia weiter.

„Seinen Website hat keine Fotos", erklärt sie, „auf seiner Facebook-Seite sieht man viel mehr."

Tatsächlich tauchten jetzt etliche Fotos auf. Zofia klickte eins an, so dass es sich vergrößerte. Ein junger Mann Mitte vierzig, sehr kräftig. Ordentlicher Haarschnitt und ein Lausbubengrinsen im Gesicht. Er stand vor einem Lkw und streckte den Daumen in die Höhe.

Zofia hatte Anton schon alles erzählt, was sie herausge-funden hatte, aber es war gut, den Mann auch einmal auf einem Bild zu sehen. Dann kam Anton plötzlich eine Idee. „Hat Milosz auch das Kontaktfeld?", fragte er.

Zofia lachte. „Das ist Facebook. Das ist nur für Kontakt. Wir können ihm Anfrage schicken. Vielleicht er antwortet, vielleicht er lehnt ab."

„Aha", Anton überlegte kurz. „Dann machen wir das."

Anton formulierte schon in Gedanken – *Sehr geehrter Herr Milosz*, als Zofia meinte. „So, ich habe gemacht. Ist Freundschaftsanfrage. Warten wir ab, was er sagt."

Freundschaftsanfrage? Anton war sich nicht sicher, ob ihm das nicht zu viel war. Aber Zofia war schon aufgestanden. „Gibt es Abendessen gleich!"

———

Frühjahr – 18. März

Sie ist schwanger. *Schwanger.* Ein Wort, das für sie ähnlich fremd klingt wie *Kind.* Oder *Baby.* Das sind Dinge, die mit ihr nichts zu tun haben.

Sie achtet nicht auf ihren Zyklus. Noch nie. Die Periode kommt sowieso unregelmäßig. Mal nach sechs Wochen, mal nach acht. Eigentlich auch egal. Irgendwann, wenn sie aufs Klo geht, merkt sie es und dann ist es halt so. Und in den letzten Wochen war sowieso alles anders. Sie hat tagelang vor sich hin vegetiert. Nichts gegessen. Nur geschlafen. Nicht auf sich geachtet. Als es etwas besserging, hat sie ferngesehen, ferngesehen und ferngesehen. Zwischendurch mal Zeitung ausgetragen. Mehr war nicht die ganze Zeit. Aber eines Morgens ist sie aufgewacht und hat gewusst, dass da was nicht stimmt. Dass es zu lange dauert, und dann ist sie nervös geworden. Dann hat sie trotzdem noch gewartet, bis sie sich einen Test geholt hat. Sie hatte Schweineangst. Wirklich, Schweineangst. Jetzt liegt er vor ihr und zeigt es rosa auf weiß. Zwei Streifen, schwanger.

Wegmachen, ist ihr erster Gedanke. Was will ich mit einem Kind? Sie stellt sich ein Kind vor. Es schreit und brüllt und hat Hunger. Und es kackt die Windeln voll, immer wieder neu. Aber dann denkt sie: So ein Kind ist auch süß, wie ein kleiner Hund. Man kann mit ihm schmusen und es braucht einen und dann wächst es und das ist vielleicht schön. Drüber schlafen, denkt sie dann. Das hat ihre Lehrerin immer gesagt. Am nächsten Tag sieht die Welt schon wieder ganz anders aus. Was ihren Vater angeht, hat das nie gestimmt. Die Welt ist am nächsten Tag immer genauso beschissen gewesen wie am Tag zuvor. Aber wenn es um ein Baby geht – vielleicht ist es dann anders. Drüber schlafen, das nimmt sie sich vor.

Es ist nicht der nächste Tag, aber der übernächste. Dann traut sie sich, eine SMS an Alex zu schreiben. Sie will ihn nicht überfahren. Sie will erst mal Kontakt aufnehmen, sie haben sich ja ewig nicht gesehen.

„Hi", schreibt sie, „wie geht's?"

Und tatsächlich schreibt er schon am nächsten Tag zurück. „Hi. Lange nichts gehört!"

Das ist ein bisschen bitter. Sie hat ja damals alles versucht. Aber sie reißt sich am Riemen.

„Stimmt. Wie isses denn so?"

„Voll Prüfungsstress. Mir dreht sich der Kopf. Scheiß Lernerei."

„Fährst du gar nicht nach Hause?"

„Dieses Semester ist nicht mehr drin. Wenn ich die Prüfungen nicht bestehe, fliege ich raus. Du kennst sowas ja nicht!"

Das sind so Sätze, da kann sie nur nicken. Klar, sie kennt sowas nicht.

„Ich müsste mal mit dir sprechen." Nein, anders. Michelle

löscht den Satz und schreibt etwas anderes. *„Ich würde gern mal mit dir sprechen. Kriegen wir das hin?"*

„Klar. Irgendwann."

„Wann ist irgendwann?"

„Ich bin Ostern zu Hause. Also, in zwei Wochen. Ostersonntag hab ich Zeit. Am Nachmittag fahren meine Eltern zu meiner Oma und ich hab sturmfreie Bude. Ich meld mich dann noch mal."

Er schickt drei Smileys mit und sie weiß, was das bedeutet. Sturmfreie Bude! Ihr Herz macht einen Hüpfer. Zwei Wochen, das ist nichts. Von da an zählt sie die Tage.

Zofia ging noch einmal online, als der alte Mann schon im Bett war. Eine E-Mail war gekommen, von diesem Martin, dem neuen Chef der Schreinerei.

„Lieber Anton, gehst du auf deine alten Tage noch online? Respekt. Die „Familie" hieß Hartmann, ein Vater mit seiner Tochter (Michelle, glaube ich). Ich bin froh, dass ich sie los bin. Mietnomaden, mehr oder weniger. Keine Ahnung, wo sie abgeblieben sind. Bis die Tage – Martin

PS: Hallo Sofia, mein Angebot steht: Wenn ich Ihnen mal die Umgebung zeigen soll ... Handy-Nr. 0179 – 29178354

Zofia lehnte sich zurück. Polinnen suchten deutsche Männer? Sie hatte eher den Eindruck, deutsche Männer suchten Polinnen.

Ärgerlich wechselte sie zu Facebook. Auch Milosz hatte geschrieben, auf Polnisch. Er war ein *ryzykant*, ein Ranschmeißer. *„Hallo schöne Frau, mit einem solchen Profilfoto nehme ich doch gerne Kontakt auf. Woher kennst du mich?"*

Tja, woher kannte sie ihn? Sie überlegte kurz, dann schrieb sie: *„Ich bin eine Freundin von Gabriela. Du weißt sicherlich, was mit ihr passiert ist. Ich hätte da ein paar Fragen."*

Kurz darauf fragte er. „*Welche Gabriela?*"

Zofia schrieb, was sie wusste. Sie schrieb vom Erntedankfest. Dass sie mit ihm gesprochen habe. Dass sie jetzt tot war.

Milosz ging offline. Zofia war nicht sicher, ob das ein gutes Zeichen war.

———

Da war sie. Abends ging sie meist zur selben Zeit ins Bett. Gegen halb elf. Das war früh. Sie ging früh schlafen. Sie hatte tagsüber eine Menge zu tun.

Sie hatte so schöne große Augen. Die konnte er durch sein Fernglas gut sehen. Augen wie ein Kind. Unschuldige Augen. Das gefiel ihm an ihr. Frauen waren oft so – durchtrieben. Bestimmend. Spöttisch. Sie war anders, hoffte er. Weich. Und lieb. Er hätte ihr gerne gegenübergesessen. Sie angeschaut. Aber so weit waren sie noch nicht. Er stand hier unten, am Waldrand. Und sie oben in ihrem Zimmer. Es gab keine Vorhänge, das war gut – so konnte er sie sehen. Sie fühlte sich sicher, unbeobachtet. Sie dachte, hier liefen nur ein paar Hasen herum. Sie täuschte sich. Er war da. Er hatte sie im Blick.

9

Thomas überlegte, wie viel Guinness er am Vorabend getrunken hatte. Die Rechnung war bombastisch gewesen. Und er hatte einen Kater.

Müde machte er sich einen Kaffee, dann noch einen. Schließlich nahm er den Hörer zur Hand. Nach dem vierten Klingeln war sein Vater am Apparat.

„Dass du auch noch mal anrufst", sagte er zur Begrüßung. „Ich habe schließlich eine wichtige Nachricht für dich."

„Als du anriefst, war ich in einer Besprechung mit meinem Chef."

„Und die ging den ganzen Tag?"

„Nein, nicht den ganzen Tag. Im Gegenteil, sie war ziemlich kurz. Ich bin während dieser Besprechung aus meinem Dienst geflogen. Schuld daran war dein Anruf."

Stille am anderen Ende der Leitung.

Schließlich eine unsichere Stimme. „Das verstehe ich nicht."

„Mein Chef meint, ich beschäftige mich zu viel mit anderen Dingen, zum Beispiel mit einer Ermittlung in Dortmund. Er meint, ich sei abwesend, überlastet und im Team nicht zu gebrauchen."

Wieder Schweigen.

„Ist denn dein Chef nicht auch daran interessiert, dass es in dieser Mordermittlung vorangeht?"

„Mein Chef ist vor allem daran interessiert, dass ich meine Arbeit anständig mache. Und meine Arbeit hat mit

Dortmund nichts zu tun."

Noch einmal Stille. Dann ein einzelner Satz. „Das tut mir leid, Thomas."

„Was soll's? Zwei Wochen Urlaub. Komme ich endlich dazu, das Altpapier zu entsorgen und zum Friseur zu gehen."

„Aber nach den zwei Wochen darfst du weiterarbeiten?"

„Ich nehme es an, aber vielleicht will ich dann auch nicht mehr."

„Wie – du willst vielleicht nicht mehr. Du bist doch Beamter."

„Stell dir vor – selbst als Beamter kann man seinen Dienst niederlegen."

„Und dann?"

„Ich weiß es nicht, Papa. Ich brauche einfach etwas Zeit."

„Mein Gott, und ich bin daran schuld. Deine Mutter würde mich umbringen."

„Du bist nicht allein daran schuld. Vergiss es einfach."

„Ich bin jedes Mal so aufgeregt, wenn ich etwas Neues erfahre. Erst das mit diesem Polen, dann dieses Mädchen."

„Was für ein Mädchen?"

„Ludger hat mir erzählt, ein junges Mädchen sei einmal bei Gabriela gewesen, und auch auf dem Erntedankfest war sie, da hat Inge, die Wirtin, sie gesehen. Michelle Hartmann heißt sie, sie hat mit ihrem Vater in Martins Elternhaus gewohnt, aber jetzt ist sie weg."

„Wie – weg?"

„Martin weiß nicht, wo sie abgeblieben ist. Der Vater hat keine Miete gezahlt."

„Und was soll sie mit dem Mord zu tun haben?"

„Ich weiß nicht, ob sie damit zu tun hat. Fakt ist aber: Frau Gabriela hatte doch mehr Kontakte als man gemeinhin angenommen hat."

„Und was ist jetzt mit diesem Polen?"

„Milosz?"

„Natürlich Milosz. Oder sind noch andere aufgetaucht?"

„Er heißt Milosz Sienkiewicz. Soll ich es dir buchstabieren?"

„Ich bin nicht mehr im Dienst, Papa."

„Ach ja, tut mir leid."

Thomas seufzte. „Okay, gib mir den Namen, ich kann ihn einer Kollegin zustecken."

Sein Vater buchstabierte den Namen. Er buchstabierte ihn dreimal, damit auch ja nichts schiefging.

„Wie klappt es mit deiner Polin?", fragte Thomas danach.

„Zofia?" Die Stimme seines Vaters wurde gleich etwas heller. „Ganz wunderbar. Willst du sie sprechen?"

„Eigentlich nicht." Doch er hörte seinen Vater schon nicht mehr. Der rief bereits durchs Haus. „Zofia, wenn Sie mal eben kämen. Mein Sohn möchte etwas von Ihnen."

Thomas schoss das Blut ins Gesicht. Was lief hier eigentlich? Er war kurz davor aufzulegen, aber dann hörte er plötzlich eine schüchterne Stimme. „Ja bitte?"

„Thomas Wieneke hier." Thomas lief einen Kreis in seiner Küche. „Ich wollte nur hören, ob das Internet geht."

„Internet, ja, geht gut. Danke vielmals."

„Okay, das freut mich." Ein kurzes Schweigen. „Und mit meinem Vater? Wie klappt es mit meinem Vater?"

„Sehr gut auch, alles sehr gut."

„Schön." Dann fasste er sich ein Herz. „Ich habe ein paar Tage Urlaub. Wenn etwas zu erledigen ist, können Sie mich gerne ansprechen. Etwas Technisches vielleicht. Oder etwas Nichttechnisches", er verhaspelte sich. „Was ich sagen will: Ich habe jetzt etwas mehr Zeit. Ich könnte rüberkommen und etwas tun."

„Nein, nein", sagte Zofia. „Ist alles sehr gut."

„Okay", sagte Thomas und er hörte seine eigene Enttäuschung. „Dann ist ja alles sehr gut."

„Er will nicht mit mir schreiben", erklärte Frau Zofia. „Ich konnte sehen, dass er ist viel in Facebook. Ich habe ihm geschrieben drei Male, und jetzt er hat mich blockiert."

„Blockiert?", Anton lehnte sich zurück. „Das heißt, er hat den Kontakt abgebrochen?"

Die junge Polin nickte so kräftig, dass ihre Haare ein bisschen dabei flogen.

„Das ist seltsam. Ich meine, er hätte nachfragen können. Er hätte schreiben können, dass er eine Gabriela nicht kennt. So aber macht das einen seltsamen Eindruck."

Zofia zuckte hilflos die Achseln. „Jetzt ist Kontakt weg. Muss Polizei nun bei ihm fragen."

„Die Polizei", Anton fiel sein Sohn ein. Und sofort meldete sich sein schlechtes Gewissen. Er hatte ihn in eine unglückliche Lage gebracht. Das durfte nicht noch einmal passieren. „Gibt es eine andere Kontaktmöglichkeit? Eine Telefonnummer? Er scheint ja Fuhrunternehmer zu sein."

„Fuhrunter-?" Zofia konnte das Wort kaum nachsprechen.

„Er hat einen Lastwagen und übernimmt Holztransporte. Er ist selbständig, wenn ich das richtig verstehe."

„Eine Telefonnummer gibt es", erklärte Zofia und rollte auf dem Bildschirm nach oben. „Eine Handy-Nummer. Hier ist sie."

Anton schrieb sich die Nummer sorgfältig auf einen Zettel. Dann kontrollierte er, ob er auch keine Ziffer vertauscht hatte. Er überlegte. Er durfte nichts übereilen. Er hatte nur eine Chance. Alles musste gut bedacht sein. Er merkte, wie Zofia das Zimmer verließ. Kurz darauf hörte er sie im Badezimmer werkeln. Sie hatte sich in den Kopf gesetzt, die Fliesen zu putzen. Das ist es, dachte Anton. Mit der Arbeit kriege ich ihn.

———

Thomas schickte Conny nur eine SMS mit dem Namen des Polen. Sie konnte ihn nutzen oder es lassen. Er hatte keinen Bock auf Ärger mit Dortmund. Der Ärger in Bielefeld reichte ihm vollauf. Er wartete deshalb den Abend ab, bis er zum Präsidium fuhr. Trotzdem kam ihm im Treppenhaus Mona entgegen. „Noch was vergessen?", fragte sie müde. Aha, alle waren also bestens informiert.

„Sportklamotten", gab Thomas einsilbig zurück. „Wenn ich schon Urlaub mache, will ich wenigstens was tun."

„Du hast es gut", sagte Mona und war dann auch schon vorbei.

Aha, Thomas sah ihr hinterher, ich hab es also gut. Er blieb einen Moment stehen und ließ das Drumherum auf sich wirken. Er mochte das Gebäude am Abend. Die Ruhe im Haus, die Vorstellung, dass hinter manchen Türen Kollegen saßen, die den Laden am Laufen hielten – ihm würde etwas fehlen, wenn er hier aufhörte. Dann riss er sich zusammen und machte sich auf in sein Büro.

Michelle Hartmann war 18 Jahre alt und inzwischen in Hagen gemeldet. Sozialwohnung, zusammen mit ihrem Vater. Die Mutter vor acht Jahren verstorben, Suchterkrankung, dem Jugendamt einschlägig bekannt. Dann gab es noch einen Bruder. Marius Hartmann. War mal in Berlin gemeldet, jetzt ohne festen Wohnsitz. Drogendelikte, Diebstahl, die ganze Palette. Thomas lehnte sich zurück. Diese Familie hatte sich also in sein Heimatdorf verirrt. In Martins Elternhaus, wenn er das richtig mitgekriegt hatte. Und das Mädchen, Michelle, hatte Kontakt zu der ermordeten Polin gehabt. Seine Polizistenerfahrung sagte: Das stank zum Himmel. Raubüberfall. Drogenbeschaffung. Irgendetwas in der Art. Er schrieb sich die Hagener Adresse auf. Vielleicht musste er doch Ärger mit Dortmund riskieren.

Er meldet sich nicht. Sie muss ihn noch mal anschreiben.

„Wie ist das jetzt mit unserem Treffen?"

„Ach ja, unser Treffen. Komm einfach heute Nachmittag vorbei!"

„Deine Eltern sind garantiert weg?"

„Ja, sind weg. Wie gesagt, sturmfreie Bude." Wieder fünf Smileys.

Sie überlegt, lange überlegt sie.

„Okay", schreibt sie dann.

Sie ist aufgeregt wegen dem Treffen. Sie macht sich extra schön. Die neue Jeans und das Shirt, das sie von ihrem Weihnachtsgeld gekauft hat. Sie haben keine genaue Uhrzeit vereinbart. Wann ist Nachmittag? Schon um zwei, erst um drei – oder besser erst vier? Sie geht um drei los. Zwanzig nach drei ist sie auf dem Hof. Dort gehen ihr die Knie weg. Sie hätte nicht gedacht, dass sie so schlimm reagiert. Bevor sie zur Tür geht, schaut sie nach dem Auto. Das Auto ist weg. Sie atmet tief durch, dann geht sie die Stufen zur Haustür hinauf.

„Hej", sagt er und nimmt sie in den Arm.

Sie zuckt zurück. Seitdem es passiert ist, hat niemand sie angefasst.

„Issn mit dir los?" Er schaut sie an. Ihr bricht der Schweiß aus. Sie hat sich so drauf gefreut auf dieses Treffen, jetzt macht sie schlapp.

„Weiß auch nicht."

„Bist du sauer, weil ich mich nicht gemeldet hab?" Er verdreht die Augen. „Mann, eyh, so geht das nicht. Ich bin Student. Ich muss sehen, dass ich klarkomme."

„Ich bin schwanger." Sie sagt es einfach. Ganz anders, als sie es sich vorher ausgedacht hat. Und dann sagt sie es noch mal. „Ich bin schwanger von dir."

Sie stehen in der Diele von seinem Riesenhaus. Und er starrt sie einfach nur an.

„Du spinnst ja", sagt er schließlich. „Das kann gar nicht sein."

„Doch", sagt sie. „Ich hab einen Test gemacht. Ich bin schwanger von dir."

Und dann wird sein Gesicht zornig. „Schwanger von mir?" Seine Stimme überschlägt sich. „Du bist vielleicht schwanger, aber sicher nicht von mir. Ich hab Hodenkrebs gehabt. Weißt du, was das heißt?" Er brüllt. Seine Augen sind mit Tränen gefüllt. „Man hat mir die Hoden entfernt und meinen Samen eingelagert, damit ich später künstlich Kinder kriegen kann."

Sie ist wie versteinert. Sie kann nichts sagen. Aber er hat doch –

„Ich habe Transplantate aus Kunststoff, mit denen die Hodensäcke gefüllt sind. Du hast ja keine Vorstellung, was ich mitgemacht habe!"

In seiner Wut tritt er gegen die Wand. „Und du erzählst, du seist schwanger von mir. Ich kann Flüssigkeit produzieren, aber keine Samen. Und du – du hast wahrscheinlich die ganze Welt gevögelt und willst mir jetzt dein Blag andrehen. Ekelhaft ist das. Verschwinde von hier!"

Er öffnet die Haustür. Er schiebt sie raus. Er heult jetzt. Er heult wie ein Kind.

„Aber –", sagt sie und stolpert beinah.

„Nichts aber! Ich hab gedacht, das wäre unkompliziert zwischen uns beiden – und irgendwie ehrlich. Verschwinde und such dir einen anderen Idioten!"

Die Tür knallt zu. Sie steht da.

„Aber –", sagt sie noch mal. Und dann drängt sich die Wahrheit in ihren Kopf. Die Wahrheit, die sie bislang verdrängt hat. Die Wahrheit über den Vater des Kindes.

––––––––

Zofia schaute nach draußen in die Dunkelheit. Wie fast jeden Abend hatte sie dabei ein komisches Gefühl. Sie wusste, da war nur der Garten. Sie konnte noch ein paar knorrige Baumspitzen erkennen, dahinter Felder und irgendwann den Wald. Dennoch fühlte sie sich beobachtet, wenn sie hier stand. Sie kannte das schon. Als Kind hatte sich Zofia die wildesten Geschichten ausgedacht. Gefährliche Tiere, die unter ihrem Bett lauerten, der böse *Liczyrzepa*, der Rübezahl, der Mädchen raubte und mit in seinen Wald nahm. Ihr Vater hatte dann mit Tante Grazyna geflüstert. *Die Kleine hat den Tod ihrer Mutter noch kein bisschen verwunden. Ob sie es jemals schafft?* Zofia fragte sich das manchmal noch heute.

Da ist nichts, sagte sie sich jetzt, *nichts außer dem Garten, Feldern und Wald.* In dem Moment rief ein Käuzchen. *Und Tieren,* fügte sie in Gedanken hinzu.

Als sie sich auszog, kam ihr der alte Mann wieder in den Sinn. Er hatte bei Milosz angerufen und er hatte ihn auf seinem Handy erreicht. Zofia hatte ihn telefonieren hören und er hatte eine ganz andere Stimme gehabt als sonst. Der alte Mann hatte eigentlich eine sanfte, eine freundliche Stimme. Als er aber mit Milosz gesprochen hatte, hatte seine Stimme geschäftsmäßig geklungen, und Zofia hatte zum ersten Mal eine Ahnung gehabt, wie der alte Mann früher gewesen war. Er hatte Milosz wegen eines Auftrags gefragt. Ein Holztransport, kurzfristig. Milosz hatte gesagt, im Moment sei er voll. Keine große Sache, hatte der alte Mann gemeint, vielleicht könne er es ja mit einem anderen Auftrag verbinden. Ob er in den nächsten Tagen im Sauerland sei. Ja, schon, hatte Milosz offenbar gemurrt, aber alle Touren voll. Der alte Mann war hartnäckig gewesen und hatte immer weiter gefragt. Aber Milosz war auch hartnäckig gewesen und hatte dem alten Mann keine Tour zugesagt. Trotzdem war der alte Mann nach dem Gespräch sehr fröhlich gewesen.

„Hat geklappt?", hatte Zofia ihn aufgeregt gefragt.

„Hat geklappt!" Der alte Mann hatte ganz blitzende Augen gehabt.

„Die Tour?"

„Nicht die Tour, zum Glück, denn ich habe ja keinen Auftrag für ihn. Aber ich weiß jetzt, wo er morgen lädt. Dort werden wir ihm auflauern – mitten im Wald."

„Mitten im Wald?" Zofia waren sofort tausend Dinge eingefallen. Wenn Milosz der Mörder war, wollte sie ihn nicht unbedingt treffen. Vor allem nicht mitten im Wald.

„Keine Angst", hatte der alte Mann gemeint. „Ich pass schon auf Sie auf."

Zofia hatte genickt. Aber richtig überzeugt war sie nicht. Es blieb ein ängstliches Gefühl.

Inzwischen hatte sie ihr Nachthemd übergezogen und schaute noch einmal nach draußen. *Da ist nichts, auch kein Milosz,* sagte sie sich erneut. *Nichts und niemand ist da.*

10

Das Treppenhaus war mit Graffiti verschmiert und im Erdgeschoss hatte jemand seinen McDonald's-Müll entsorgt. Im zweiten Stock gab es ein selbstgemaltes Klingelschild mit *„Hartmann"* drauf. Es war abgenutzt, aber Thomas registrierte, dass es eine Mädchenschrift war, die den Namen hingeschrieben hatte.

Thomas musste viermal klingeln, bevor sich etwas regte. Das war man gewohnt, wenn man im Drogendezernat arbeitete. In manchen Haushalten tat sich vor zwölf Uhr nichts. Schließlich öffnete aber doch jemand die Tür und knurrte ihn an. Unrasiert. Ungeduscht. Kater.

„Ja?"

„Guten Morgen", Thomas versuchte freundlich zu klingen. „Ist Michelle vielleicht zu sprechen?"

„Wer will das wissen?"

„Thomas Wieneke. Michelle und ich haben eine gemeinsame Freundin. Ich würde ihr gerne etwas ausrichten."

Der Kerl stierte ihn mit glasigen Augen an. Entweder überlegte er, ob das sein konnte, oder er war geistig woanders.

„Michelle ist nicht da", knurrte er schließlich.

„Wann kommt sie denn wieder?"

„Woher soll ich das wissen? Sie ist ja erwachsen."

„Haben Sie vielleicht eine Nummer, unter der ich sie erreichen kann?"

„Ich geb keine Nummer von meiner Tochter heraus."

„Kann ich verstehen." Um ein Haar hätte Thomas seine Visitenkarte gezückt, im letzten Moment entschied er sich anders. „Ich schreibe Ihnen meine Handy-Nummer auf." Er fischte einen Kassenbon aus seiner Jackentasche, dazu einen Kuli. Als er Michelles Vater den Zettel reichte, betrachtete der die Nummer, als könne er einen Code daraus lesen.

„Sagt Ihnen der Name Gabriela Wisniewska etwas?", unterbrach Thomas seine Betrachtungen.

„Gabriela was?"

„Wisniewska – ein polnischer Name. Sie hat im selben Dorf gewohnt wie Sie."

„Nie gehört."

„Okay, weiß ich Bescheid."

Der Vater sah plötzlich misstrauisch drein. „Hat Michelle was gemacht?"

„Nicht dass ich wüsste."

Hartmann schaute immer noch skeptisch.

Thomas hob die Hand. „Hauptsache, sie meldet sich bei mir."

„Hauptsache, Hauptsache", faselte der Mann. Dann fiel die Tür zu.

———

Im Auto kamen Anton erstmalig Zweifel. Sicher, er hatte alles gut vorbereitet. Auf den Wanderkarten genau den Weg recherchiert, den Zofia nehmen musste. Die kürzestmögliche Strecke zum Aufladeort berechnet. Sich eine Strategie ausgedacht. Nur eines machte ihm Sorge. Was, wenn er recht hatte und dieser Milosz mit der Sache zu tun hatte? Was, wenn er ungemütlich wurde? Anton hatte niemals im Leben Angst haben müssen – jedenfalls nicht vor Menschen, die ihm Böses tun wollten. Er war immer eine stattliche Gestalt gewesen, aber viel mehr noch ein

Diplomat. Die ganze Welt hatte ihn gemocht. Was, wenn er heute zum ersten Mal etwas anderes erlebte?

Ihnen kann niemand gefährlich werden, das verspreche ich Ihnen.

Der Satz, den er selbstbewusst an die junge Zofia gerichtet hatte, ging ihm jetzt nach. Konnte er der jungen Frau das wirklich garantieren? Er war alt. Er war körperlich eingeschränkt. Behindert, wie man wohl sagte. Was konnte er im Falle eines Angriffs schon tun?

„Muss ich hier fahren jetzt?", erkundigte sich Zofia.

Anton nickte. Seine Hilfskraft sah ihn von der Seite an, Erstaunen im Blick.

„Alles in der Ordnung?", wollte sie wissen.

„Alles in der Ordnung", bestätigte er, um einen beschwingten Tonfall bemüht. „Einfach auf der Vorfahrtstraße bleiben."

Er umschloss mit seiner Rechten das Deodorant, das er in seiner Hilflosigkeit eingesteckt hatte. Pfefferspray wäre ihm lieber gewesen, nun musste er auf das Duftspray zurückgreifen, das seine Tochter ihm einmal ins Krankenhaus mitgebracht hatte. Ob man einen Angreifer mit Moschus-Duft in die Flucht schlagen konnte? Bestenfalls konnte man ihn für kurze Zeit blenden.

„Jetzt hier rechts ab", sagte Anton mit Blick auf die Karte. Sie waren inzwischen eine Dreiviertelstunde gefahren. Lange war es nicht mehr hin.

Zofia bog auf einen Wirtschaftsweg ein und fuhr jetzt Schritttempo. Nach zweihundert Metern musste es links noch einmal eine Abbiegung geben. Tatsächlich kam sie in Sicht.

„Hier links", kommandierte er knapp.

Kein Teer mehr, nur ein befestigter Schotterweg. War das die Strecke, die der Sattelschlepper fuhr?

Nach zwei Kurven endete der Weg vor einer Schranke.

„Ende", sagte Zofia.

„Ende", wiederholte Anton matt.

„Wo parken wir?", wollte Zofia wissen.

Anton sah sich um. Es sollte nicht zu auffällig sein. Hundert Meter zurück war eine Ausbuchtung gewesen. Da parkten sicher auch schon mal Hundebesitzer.

„Dahinten", zeigte er an.

Es war alles etwas umständlich. Anton musste erst aussteigen und im Rollstuhl Platz nehmen. Dann konnte Zofia in die Ausbuchtung fahren und selber aussteigen. Immer noch umklammerte Anton das Deospray in seiner Tasche.

„Ist Ihnen die Laune weggegangen?", fragte Zofia nach.

„Aber nicht doch", wiegelte er ab. Das war der Moment, da er den ersten Regentropfen abbekam. Spätestens jetzt hätte Anton die Sache gern abgeblasen. Aber dazu kam er nicht.

„Unter den Bäumen ist es ganz trocken", rief Zofia, schnappte sich den Rollstuhl und schob ihn Richtung Wald. Anton blieb nichts anderes übrig als bei aller Ruckelei in die Karte zu schauen. Zofia musste ihn ein ganzes Stück schieben und zwischendurch ging es bergauf.

„Sollen wir umkehren?", fragte er nach.

„Umkehren?", hörte er die junge Polin hinter sich schimpfen. „Jetzt, wo ich so weit Sie schon rumgefahren hab? Ist Sport für mich. Bei Ihnen ich mache viel zu wenig Sport."

Es regnete die ganze Zeit, aber Zofia hatte recht. Einmal im Wald, kam von den Tropfen bei ihnen nicht mehr viel an. Trotzdem fühlte Anton sich klamm. Drei Minuten Regen hatten gereicht, um eine Grundfeuchte in seine Kleider zu bringen.

Nach einer Kurve sahen sie endlich ihr Ziel. Ein riesiger

Stoß mit Baumstämmen lag in einer Kehre. Hier musste Milosz aufladen, so viel war klar.

„Da wären wir", meinte Anton und Stolz überkam ihn. Er hatte bislang alles richtig gemacht. Milosz ausgequetscht und nach seinen Beschreibungen die richtige Stelle gefunden. Dort musste er nachmittags aufladen, hatte der Pole gesagt, dann direkt zum Sägewerk und noch am selben Abend weiter zum Aufladeort für den nächsten Morgen. Jetzt konnten sie nur hoffen, dass sie zeitlich richtig lagen und nicht den halben Tag hier ausharren mussten. Anton warf einen Blick auf die Uhr, gerade mal zwei.

„Suchen wir uns doch ein geschütztes Plätzchen", schlug er vor, „und machen es uns ein wenig gemütlich."

„Gemutlich", Zofia sah sich missmutig um, „meinen wir in Polen ganz anderes damit."

„Mist!" Thomas hätte am liebsten vor die Tür getreten. Zu Hause bei seinem Vater hatte er niemanden angetroffen, was schon seltsam genug war. Daraufhin hatte er überlegt, was ihn jetzt weiterbringen konnte, hatte all seine inneren Widerstände überwunden und war zu Martins Schreinerei aufgebrochen – aber jetzt war auch hier niemand da. Warum war um kurz nach vier kein Schwein bei der Arbeit? Die alte Gutshoftenne, die sein Vater vor 30 Jahren für die Schreinerei gepachtet hatte, lag dunkel und unbelebt vor ihm. Er spähte durch eines der Fenster ins Innere der Werkstatt. Die Scheibe war staubig, wie sie es schon damals immer gewesen war. Das hatte samstags immer auf dem Programm gestanden: Werkstatt aufräumen und säubern. Zum Beispiel Scheiben putzen, damit sie am Montag wieder frisch eingestaubt werden konnten.

Thomas zuckte zurück, als er hinter sich ein Auto heranfahren hörte. Ein Landrover, Martin saß am Steuer. Er machte große Augen, als er Thomas sah. Kein Wunder. Die spärlichen Begegnungen in den letzten Jahren waren alle frostig gewesen. Und das hatte einzig und allein an Thomas gelegen.

Er rief schon, als er aus dem Auto stieg. „Tommi, hallo!"

Sein Jugendfreund hatte Federn gelassen. Oder besser: Haare. Er trug sie raspelkurz, damit es nicht allzu sehr auffiel. Außerdem sah er müde aus. Zu viel Arbeit vermutlich. Auch jetzt trug er Arbeitskleidung, obenrum einen Troyer, an dem noch Sägespäne pappten. Martin kam lächelnd auf ihn zu.

„Das ist aber eine Überraschung", dann mischte sich plötzlich Besorgnis in seinen Ton. „Ist mit Anton alles in Ordnung?"

„Ehrlich gesagt wollte ich das dich fragen. Ich hab ihn zu Hause nicht angetroffen."

Martin hob die Augenbrauen. „Dann ist er vielleicht mit seiner Polin unterwegs. Die beiden cruisen ja offenbar gern mit dem Auto herum." Er schloss die Werkstatt auf. „Hast du einen Augenblick Zeit?"

„Ja klar."

In der Schreinerei hatte sich einiges verändert, vor allem, was die Maschinen anging. Allein die Plattensäge, die Martin benutzte, war um einiges größer als das Modell, mit dem sein Vater gearbeitet hatte.

„Du hast ordentlich investiert", sagte Thomas anerkennend. Martin sprang sofort darauf an.

„Das kann man wohl sagen." Und dann ging es los. Martin zeigte ihm alle seine Maschinen – und sagte jedesmal dazu, was ihn das Stück gekostet hatte. Fast wie damals, als sie beim Autoquartett mit PS-Zahlen gewetteifert hatten.

„Beeindruckend", sagte Thomas zum Abschluss, „du hast

richtig was aus der Klitsche gemacht."

„Danke", Martin schwoll die Brust. „Dein Vater war ein toller Schreiner, aber leider hat er nie viel investiert." Er drehte sich um. „Hast du Zeit für ein Bier?"

Thomas nickte. Er hatte den ersten Schritt gemacht, jetzt gab es kein Zurück mehr.

„Wenn's bei dir passt."

Martin ging ihm voran ins Büro. Auch hier hatte sich eine Menge getan.

„Eigentlich wollte ich Angebote schreiben. Meine Leute sind noch auf Montage. Ich habe mich frühzeitig vom Acker gemacht." Martin ging in den Nachbarraum und kam kurz darauf mit zwei Flaschen zurück. „Jetzt läuft es eben anders. Ist schon okay."

Er schob Thomas einen Bürostuhl hin und reichte ihm die geöffnete Flasche. „Dass du hergekommen bist, ist echt ein Ding. Freut mich jedenfalls sehr." Er hielt seine Flasche zum Anstoßen hin. Thomas ließ es klirren. „Zum Wohl!"

Martin trank die Flasche beinahe leer. Staubbrand. Thomas kannte das von früher.

„Bei dir läuft's also rund", bemühte er sich um ein Gespräch.

Martin schnaubte verächtlich. „Läuft's bei mir rund?" Er sah Thomas unglücklich an. „Ich glaube eher nicht." Dann holte er tief Luft. „Kirsten hat mich vor ein paar Wochen verlassen." Verlegen spielte er mit dem Etikett seiner Flasche herum. „Das ist eine ziemliche Scheiße."

„Oh, Mist!" Thomas knetete seine Unterlippe. Martin und Kirsten, die waren praktisch schon immer zusammen gewesen. Kurz nachdem Martin vom Gymnasium abgegangen war, war er mit ihr zusammengekommen. Mit siebzehn oder so.

„Was ist mit den Kindern?"

„Hat sie mitgenommen. Sie hat alles perfekt organisiert. Ist direkt zu ihrem Neuen in die Wohnung gezogen."

„Und die Kinder wollten das so?"

„Sie hat ihnen alles schmackhaft gemacht. Dass sie jetzt in der Stadt wohnen und solchen Kram."

„Wie alt sind sie?"

„Lena ist fünfzehn, Sören zwölf. Ich hab sie seitdem zweimal gesehen. Total beklemmend war das", Martin trank noch mal und jetzt war die Flasche leer. „Ich weiß gar nicht mehr, wofür all das gut sein soll." Er machte eine wegwerfende Bewegung Richtung Schreinerei. „Sören sollte das mal übernehmen. Im Grunde habe ich mir nur für die Familie den Buckel krummgemacht."

Thomas dachte an das Haus, das Martin und Kirsten gebaut hatten – ein schicker Palast. Hatte den vor allem Kirsten gewollt?

Jetzt sah Martin ihn durchdringend an. „Ehrlich gesagt habe ich dich immer beneidet."

„Mich?"

„Du hast Abitur gemacht. Du hast diese Beamtenlaufbahn ergriffen. Du hast gemacht, was du wolltest."

„Das würde ich eher von dir sagen!"

„Ich bin Schreiner geworden, weil ich fürs Gymnasium nicht gemacht war, und ich habe den Betrieb übernommen, weil sonst keiner wollte. Für dich wäre das doch niemals in Frage gekommen. Du hast dich einen Scheiß um Zuhause gekehrt. Um diese Freiheit hab ich dich immer beneidet."

„Na toll! Mich hat keiner gefragt, ob ich den Betrieb übernehmen möchte."

„Wie bitte?", Martin runzelte die Stirn. „Anton hätte sich nichts sehnlicher gewünscht. Aber aus dir sollte etwas werden, hat Theres immer gesagt. So gut in der Schule – für die Schreinerei findet sich doch sicher ein anderer."

„So siehst du das?"

„So sehe ich das."

Thomas drehte seine Flasche in der Hand. „Ich dagegen habe immer das Gefühl gehabt, ich genüge meinem Vater nicht – und das ist bis heute so. Nichts traut er mir zu."

„Wahrscheinlich, weil du früher jeder Arbeit aus dem Weg gegangen bist."

„Wie bitte?"

„Du hast doch nur geholfen, wenn du unbedingt musstest."

Thomas wurde sauer. „Weil Papa *dich* immer bevorzugt hat. Du durftest an die Maschine – *und Thomas kann ja in der Zwischenzeit die Werkstatt ausfegen.*"

„Quatsch!", Martin schüttelte den Kopf. „Er wollte mich auffangen, als ich meinen Vater verloren habe. Mehr war das nicht."

„Du warst der eigentliche Sohn!", Thomas hatte energischer gesprochen, als er eigentlich wollte. „Ich war der Depp mit den zwei linken Händen."

„Seltsam", Martin schüttelte wieder den Kopf. „Dabei hat Anton immer so von dir geschwärmt. Bei jeder Prüfung an der Polizeischule wurde mir erzählt, wie gut du abgeschnitten hast."

Thomas prustete heraus. „Wie bitte? Dafür hat sich mein Vater nie interessiert."

„Dann hat es ihm deine Mutter erzählt. Sie hätte sich gewünscht, dass du Medizin studierst wegen Bio und Chemie. Aber dann bei der Polizei? ‚*Thomas ist ein Überflieger! Thomas wird jetzt schon Hauptkommissar!*' – Auf jeden Fall hast du alles richtig gemacht", Martin stand auf und holte neues Bier, obwohl Thomas seine Flasche noch gar nicht angerührt hatte. „Keine Schulden am Arsch. Keine Frau, die dich verlässt. Keine Kinder, die dich nicht mehr sehen wollen."

Thomas kaute nachdenklich auf seiner Unterlippe. Ulrike hatte ihn verlassen, als er zum ersten Mal das Wort Heirat in den Mund genommen hatte. Zu allem anderen war er nie gekommen. War das ein Erfolg?

„Warum baust du dein Elternhaus um?", fragte er, als Martin mit zwei neuen Flaschen zurückkam.

„Weil man es so nicht vermietet kriegt", Martin setzte sich wieder. „Oder besser: man kriegt es vermietet, aber nur an Gesocks."

Ah, Martin wurde zutraulich. Zeit, bald zu gehen.

„Dein Vater hat sich die Tage nach der Familie erkundigt, die zuletzt dort gewohnt hat. Nach der Tochter vielmehr. Die einzige halbwegs Vernünftige in dem ganzen Dreck. Der Vater hing an der Flasche, die Tochter war was fürs Auge. Vermutlich hat sie den halben Ort flachgelegt."

„Sie war – wie alt?"

„Alt genug, du weißt ja, wie die sind. Irgendwann ist sie nicht mehr zur Schule gegangen, hatte ich den Eindruck. Und der Alte hat seine Miete nicht gezahlt."

„Da hast du ihn rausgesetzt."

„Natürlich, ich bin ja nicht das Sozialamt. Allerdings war das nicht einfach. Ich hab ihm gekündigt und mit dem Anwalt gedroht. Aber solchen Leuten ist das ja sowas von egal. Ich musste deshalb im Sommer noch mal mit Erwin hinfahren."

Thomas rief ab, wen Martin meinte. Erwin Schauerte wahrscheinlich. Kumpel von Martin. Ein Mann wie ein Bär.

„Ich habe gesagt: Wenn du bis September nicht raus bist, kommen wir wieder und haben noch ein paar Freunde dabei. Eine andere Sprache verstehen solche Typen ja nicht."

„Daraufhin ist er ausgezogen?"

„Aber sowas von. Seinen Müll hat er allerdings dagelassen.

So machen das diese Typen ja immer."

„Weißt du, wo er jetzt wohnt?"

„Meinst du, ich habe hinter ihm hergeforscht, um ihm seine alte Matratze nachzutragen? So weit kommt's noch."

„Oder weißt du irgendetwas über die Tochter?"

„Warum fragt ihr immer danach? Dein Vater hat es auch wissen wollen."

„Du weißt also nichts?"

„Nur was ich schon sagte. Ausgewachsene Figur."

„Sie ist nie wieder aufgetaucht hier im Dorf?"

„Ich gehe ja nicht die Straße rauf und runter und gucke, wer so da ist. Aber ich glaube kaum, dass sie im Dorf viele Kontakte gehabt hat." Martin wischte sich durchs Gesicht. „Allerdings war später noch mal jemand im Haus. Wir hatten den ganzen Müll in ein Zimmer geworfen: die Matratze, Kleidung, so Zeug. Offenbar hat da mal jemand geschlafen."

Thomas war plötzlich hellwach. „Wann war das genau?"

Martin ließ sich Zeit, nahm ein paar Schluck. „Wir haben Anfang Oktober mit dem Umbau angefangen. Irgendwann dann."

„Versuch dich zu erinnern! War das an dem Wochenende, als der Mord an der Polin passiert ist?"

Martin dachte nach. „Ich kann nicht sagen, wann genau da jemand gepennt hat. Ich kann nur sagen, wann wir es entdeckt haben – und das war – ja tatsächlich, in der Woche nach Erntedank."

Thomas schlug sich auf den Oberschenkel.

Martin sah ihn entgeistert an. „Heißt das, gar nicht Hannes hat diese Polin umgebracht, sondern dieser Penner? Oder schlimmer noch: das junge Mädchen?"

Thomas versuchte sich zu zügeln. „Das heißt überhaupt nichts. Ich wusste schon, dass das Mädchen am Samstagabend zum Erntedankfest im Dorf war. Jetzt vermute ich, dass sie auch am Sonntag noch da war."

„In der Schützenhalle hab ich sie am Samstag nicht gesehen", erklärte Martin. „Aber sag schon: Kannten sich die Polin und das Mädchen?"

„Ich weiß es noch nicht." Thomas versuchte zurückzurudern. Auf keinen Fall durfte Martin jetzt die Leute verrückt machen.

„Das wäre ja der Hammer! Das wäre wirklich der Hammer", Martin leerte seine zweite Flasche. „Das war so eine Nette. Die Polin meine ich jetzt. Ich hab sie mal gesehen, als ich Hannes besucht hab."

„Weißt du sonst etwas über sie?"

„Auf dem Erntedankfest hab ich sie getroffen. Da hab ich sogar mit ihr getanzt." Martin nahm sich die zweite Flasche, die er für Thomas hingestellt hatte. „Willst du nicht mehr?"

Thomas schüttelte den Kopf. „Muss noch fahren."

„Jaja, die Polizei", Martin lachte. „Aber eure ist auch nett", sagte er nach einem weiteren Schluck.

„Unsere was?"

„Eure Polin. Ich hab mal Kontakt aufgenommen."

„Du hast Kontakt aufgenommen?" Thomas schoss vor.

„Naja, die muss ja nicht immer zu Hause sitzen. Anton ist doch noch fit. Ich dachte, ich zeig ihr mal ein bisschen was. Ich hab ja jetzt Zeit." Martin lachte vielsagend.

Thomas betrachtete ihn. Martin war nicht groß, aber sehr muskulös. Standen Frauen auf sowas?

Langsam stand er auf. „Ich muss dann jetzt los."

„So plötzlich?"

„Ich möchte noch mal zu Hause vorbei."

„Tu das!", Martin erhob sich und klopfte Thomas auf die Schulter. „Aber schön, dass wir mal über alles gesprochen haben. So ein Konkurrenzverhältnis muss ja überhaupt nicht sein."

Genau, dachte Thomas. Muss überhaupt nicht sein.

———

Das Gute war: Er hatte so viel über Zofia erfahren, wie es in keiner anderen Situation jemals möglich gewesen wäre. Das Schlechte: Er war durchgefroren bis auf die Knochen. Seit zwei Stunden hockten sie im Wald, regten sich kaum und redeten nur. Zofia hatte erzählt, wie ihre Mutter umgekommen war. Auf dem Weg ins Krankenhaus zur Geburt von Zofias Bruder. Der Wagen war im Schnee steckengeblieben. Der Vater hatte mitansehen müssen, wie seine Frau verblutete. Auch das Baby hatte die Geburt nicht überlebt. Zurückgeblieben war ein vierjähriges Mädchen und sein Vater, der sich ein Leben lang Vorwürfe machte. Immerhin hatte sich die Oma um das kleine Mädchen gekümmert. Und Tante und Onkel mit zwei Söhnen, die gleich nebenan lebten. Die Großfamilie hatte sich nur mit allergrößter Not durch die Wirtschaftskrise gekämpft. Mithilfe von Kartoffeln und Stachelbeeren aus dem eigenen Garten. Zofia hatte nicht studieren können. Sie hatte sogar ihre Ausbildung abbrechen müssen, als ihr Onkel krank geworden war. Nebenbei hatte sie die Bücher in der Werkstatt ihres Vaters geführt. Ein tristes Leben – aber es hatte ja Kaja gegeben. Eine Freundin wie eine Schwester. Nun allerdings schien Zofia ihr übel zu nehmen, dass sie sich einen Mann ausgesucht hatte.

„Da kann man nichts machen", hatte Anton gemeint und seine Zähne hatten vor Kälte geklappert. „So ist das nun mal mit der Liebe."

„Aber ist Freundschaft denn nichts?", hatte Zofia gefragt und tatsächlich Tränen in den Augen gehabt. Daraufhin hatte Anton nicht auf Anhieb eine Antwort gewusst, aber es war auch nicht mehr nötig gewesen, denn dann hatten sie plötzlich den Schlepper gehört. Ein gewaltiges Motorengeräusch, das sich langsam in die Stille des Waldes hineinfraß. Inzwischen musste der Lkw in Sichtweite sein, doch Anton und Zofia saßen immer noch hinter dem Stapel mit Holzstämmen, schwitzend vor Aufregung trotz der eisigen Kälte.

Der Laster verpestete die Luft mit seinen Diesel-Abgasen. Anton unterdrückte ein Husten. Milosz war offenbar in Eile, es gab keine Anzeichen für eine Pause. Er würde den Motor laufen lassen, mit dem Greifer die Stämme aufladen, sichern und dann wieder verschwinden. Vielleicht wäre es nicht schlecht aufzustehen, bevor ihnen ein Stamm auf den Kopf fiel. Anton blickte Zofia an, die neben ihm hockte wie ein zusammengeschnürtes Paket.

„Jetzt!", sagte er und umklammerte mit steifen Fingern das Deospray in seiner Tasche.

„Jetzt", wiederholte Zofia, stand auf und schob dann seinen Rollstuhl mühsam hinter dem Stapel hervor. Milosz war nicht zu sehen. Offenbar war er hinter seinem Schlepper beschäftigt, und zwar mit der Ausrichtung des Greifers.

Die Luft wurde immer dicker, je näher sie dem Lkw kamen, irgendetwas stimmte mit dem Auspuff nicht.

Zofia steuerte ihn um den Schlepper herum und dann sahen sie ihn: einen Mann, der versuchte, den Greifarm von der Ladefläche seines Lasters zu steuern – ohne Erfolg, etwas blockierte.

Anton musterte den Mann: Ein großer, kräftiger Kerl, er war körperliche Arbeit gewohnt. Wegen des Heidenlärms bemerkte er sie erst, als sie unmittelbar neben ihm standen. Dann allerdings fuhr er erschrocken zusammen.

„Hallo!", brüllte Anton. „Könnten wir Sie einen Augenblick sprechen?"

Der Mann wirkte immer noch verschreckt, jetzt mischte sich zudem Unwille in seine Züge. Er trug eine Wollmütze, ähnlich wie Martin. Und er war nicht rasiert, aber auch das schien ja mittlerweile Mode zu sein.

„Was?", rief er zurück, nicht gerade freundlich.

Und dann hörte Anton plötzlich Zofia hinter sich rufen. Auf Polnisch. Der Gesichtsausdruck des Mannes hätte nicht überraschter sein können. Einen kurzen Moment dauerte es, dann ging er zum Führerhaus und stellte den Motor ab. Wunderbare Stille, aber immer noch verpestete Luft.

Als er zurückkam, musterte er Zofia denkbar unfreundlich. Er stellte ihr eine Frage auf Polnisch. Und Zofia antwortete – auch denkbar unfreundlich. Was ging hier vor?

Zofia schien Antons Gedanken zu lesen. „Will er wissen, was hier ist Sache", erklärte sie ihm.

„Sagen Sie ihm, wir möchten gern wissen, ob er Frau Gabriela gekannt hat."

Und dann gingen Milosz plötzlich die Augen über. Er schien zu kapieren, mit wem er es zu tun hatte. Mit der Frau, die ihn auf Facebook angeschrieben hatte, und mit dem Mann, der ihn am Telefon ausgefragt hatte. Der Mann brüllte Zofia an. Die Ader an seiner Schläfe trat dabei gefährlich hervor. Zofia erwiderte etwas, nicht mehr so fordernd wie vorher, eher beruhigend, erklärend. Es schien nicht viel zu nützen. Milosz trat jetzt mit voller Wut gegen den Reifen des Lasters. Anton umklammerte sein Spray.

„Er sagt, er hat nichts mit uns zu tun", meinte Zofia gepresst. „Und er sagt, er hat keine Zeit. Sein Lkw ist sehr kaputt, er muss vor die Dunkelheit weg sein, und jetzt kommen noch wir und stellen dumme Fragen an ihn."

„Sagen Sie ihm, wir sind ganz schnell weg, wenn er uns ein paar Antworten gibt. Und sagen Sie auch, Sie seien eine

Freundin von Frau Gabriela."

„Das habe ich schon", sagte Zofia. Dann sprach sie wieder auf Polnisch. Eindringlich, überredend, beruhigend. Vielleicht hatte sie so früher mit unzufriedenen Kunden ihres Vaters geredet. Milosz antwortete mit wegwerfenden Bewegungen, aber er schien etwas weniger zornig zu sein.

„Er sagt, die Polizei hat auch Kontakt mit ihm genommen", erklärte Zofia. „Er sagt, er muss morgen dorthin und hat überhaupt keinen Zeit."

„Was sagt er über Gabriela?"

„Dass er sie gesehen hat auf den Fest zum allerersten Mal. Dass er sie hat angesprochen, weil er merkte, dass sie ist Polin. Dass sie abweisend war und nicht sehr freundlich."

Jetzt ergriff Anton die Initiative. „Ich weiß, wie gut Sie Deutsch sprechen", versuchte er es. „Wir haben schließlich telefoniert. Worüber haben Sie auf dem Fest mit Gabriela gestritten?"

Milosz' Gesicht verdunkelte sich – ob wegen der Frage oder wegen Deutsch, war nicht zu sagen. „Wir haben nicht gestritten", schimpfte er dann. „Ich habe sie angesprochen, wie ein Mann anspricht eine Frau. Aber sie war *so!*" Er hielt den Finger unter die Nase. Anton hätte Zofia gern einen Blick zugeworfen.

„Ich habe sie gefragt, ob sie will tanzen. Aber wollte sie nicht. Viele Polinnen wollen keinen Kontakt in Deutschland zu polnischen Männer." Milosz warf Zofia einen vernichtenden Blick zu.

„War das bei Gabriela so?", hakte Anton sofort nach. „Hatte sie lieber Kontakt zu deutschen Männern?"

„Bestimmt! Sie hat gestanden bei Bernd Arnold, als ich ankam auf dem Fest."

Anton wurde aufgeregt. „Sie kennen Bernd Arnold? Meinen Sie, Gabriela hatte ein Verhältnis mit ihm?"

„Was weiß ich – Verhältnis", Milosz funkelte ihn an. „Ich habe zu dieser Gabriela gesagt: *Schöner deutscher Mann. Ist der besser als wir? Soll ich dir sagen, wie besser er ist? Ich weiß etwas über ihn, das dir die Augen aufmacht.*"

„Sie wissen etwas über Bernd Arnold?", platzte Anton heraus. „Etwas, das andere nicht wissen?"

Milosz winkte ab. „Ich habe zu viel gesagt. Ich sage nichts mehr."

„Die Polizei wird Sie auch danach fragen. Und Sie werden es ausspucken müssen, wenn Sie nicht selbst verdächtigt werden wollen."

Milosz überlegte. „Ich sage nichts mehr."

Dann sprach Zofia. Ihre Stimme war jetzt noch weicher als vorher, lockend, verbindlich. Es dauerte ein Weilchen, dann rückte er mit der Sprache heraus.

„Ich habe die beiden einmal sprechen hören, den Förster und seine Frau", der Pole kratzte sich am Kopf, als überlegte er immer noch, ob es richtig war, davon zu erzählen. „Sie hatten Ärger mit einem Kunden. Der Kunde muss gesagt haben, dass da etwas nicht stimmt mit den Mengen. Und der Förster hat gemeint: *Ich wusste, dass es irgendwann rauskommt.*"

„Dass *was* rauskommt?", konnte Anton sich nicht zurückhalten.

„Es gibt Gerüchte, dass die Frau ihre Auftraggeber betrügt. Der Förster wählt aus, was gefällt werden soll, denn dem Förster vertraut man. Aber die Mengen stimmen nicht überein. Die Frau verkauft mehr Holz, als sie abrechnet mit den Waldbesitzern."

Anton konnte es nicht fassen. „Und? Hat der Kunde Ärger gemacht? Ist die Sache rausgekommen?"

„Ich habe nichts weiter gehört. Ich habe weiter ihre Touren gefahren. Sie werden gesagt haben, dass es ein Irrtum war", mutmaßte Milosz.

„Aber Milosz, wenn Sie davon wussten, warum haben Sie niemandem etwas gesagt?"

„Ich?" Milosz schaute Anton erstaunt an. „Wem soll ich etwas sagen? Der Polizei? Das Einzige, was die Polizei macht, ist meinen Lkw auseinandernehmen." Er blickte missmutig auf seinen Wagen. „Anders kenne ich sie nicht, die Polizei. Außerdem: Ich kann nichts beweisen. Und ich brauche Aufträge. Wissen Sie, wie es ist, wenn man keine Aufträge hat?"

Die Sätze blieben eine Weile so stehen, niemand sagte etwas, dann machte Milosz eine unentschiedene Geste und ging einfach weg. Er ging zum Führerhaus, drehte sich aber dort noch einmal um und rief etwas auf Polnisch. Zofia antwortete ihm. Sehr freundlich antwortete sie ihm. Und irgendwie bedrückt. Dann schob sie Anton auf den Weg.

„Muss er arbeiten jetzt", sagte sie. „Sonst er kriegt Ärger."

Anton nickte nur. Immer noch hielt er das Deo fest in der Hand. Was für ein Quatsch. Die Ganoven saßen woanders. Frustriert ließ er die Spraydose los.

Als er sich irgendwann umdrehte, hatte Milosz wieder den Lkw gestartet. Zumindest der Greifarm funktionierte jetzt einigermaßen normal.

———

Mai dieses Jahres

Sie ist wie gelähmt. Als hätte man ihr ein Mittel gespritzt, das sie vollkommen lahmlegt. Sie liegt auf ihrem Bett und tut nichts.

Sie hat im Internet recherchiert. Sie hat herausgefunden, dass sie nicht mehr abtreiben kann. Weil die 12. Schwangerschaftswoche vorbei ist. Es gibt andere Möglichkeiten.

Sie hat es mit Sprit versucht, aber ihre Tage sind nicht gekommen.

Manchmal hört sie ihren Vater. Er telefoniert mit alten Kumpels. Offenbar will er aus dem Dorf weg und nach Hagen zurück. Offenbar denkt er, da wird alles besser. Sie weiß, dass es anders ist. Es wird nichts besser für ihren Vater. Und das Schlimme: Auch für sie ist alles verspielt.

Vor ein paar Tagen hat er gegen ihre Tür geballert. Die Zeitungsagentur hatte sich gemeldet, weil sie das Blättchen nicht ausgetragen hatte.

„Noch einmal und du bist den Job los", brüllte ihr Vater. „Sei doch froh, dass du was zu arbeiten hast."

Das ist ihr Vater. Er ist das Opfer, das keinen Arbeitsplatz hat. In Wirklichkeit hält er keinen Job länger als drei Tage durch.

Manchmal denkt sie an ihr Kind, auch wenn sie es noch kein bisschen spürt. Sie denkt immer an ein Mädchen. Es muss ein Mädchen sein, denkt sie. Vielleicht ist es gar nicht schlecht, wenn man eine Verbündete hat.

———

Er hatte Ruhe. Zum ersten Mal hatte er Ruhe. Es war dämmrig, niemand war da, und er konnte in Ruhe durch die Fenster ins Innere schauen. Natürlich hatte er eine Vorstellung gehabt, wie die Zimmer aufgeteilt waren. Er wusste, wo der alte Anton schlief, weil dort gegen 22 Uhr das Licht ausging. Kurz darauf ging oben das Licht an und da war dann sie. Er wusste auch, wo ihr Badezimmer war – der Raum mit dem kleinen Fenster aus Milchglas. Die Küche, das Wohnzimmer, sein Bad – all das konnte er sich erschließen. Aber es war schön, das ein oder andere nun auch einmal näher zu sehen.

Alles sehr ordentlich. Polinnen waren ordentlich, das wusste er schon. Hier saßen sie offenbar immer zum Essen. Ein ge-

mütlicher Tisch, darauf ein verwaistes Glas Wasser. Nebenan das Wohnzimmer mit einer Tür in den Garten, dann
schloss sich sein Schlafzimmer an. Das war interessant:
Eine Schlinge hing über dem Bett, wie ein Galgen. Offenbar
brauchte das der Alte, um ein- und aussteigen zu können.
Ein großes Fenster sorgte für einen Blick in den Garten – und
von außen für einen Blick ins Innere hinein. Langsam wurde
es zu dunkel, Einzelheiten waren schlecht zu erkennen. Er
tastete den Fensterrahmen ab, fühlte die riesige Fuge und
lachte in sich hinein. Das Haus eines Schreiners – und man
kriegte es kinderleicht auf. Er sah auf die Uhr – wie lange
hatte er Zeit? Aber dann plötzlich ein Geräusch. Da fuhr ein
Auto heran. Sofort ergriff er die Flucht, kletterte über den
Zaun und rannte über die Wiese. Erst am Waldrand hielt
er keuchend an. Das war knapp gewesen. Gut, dass er nicht
hineingegangen war. Andererseits – er hätte so gern etwas
von ihr gehabt. Irgendetwas, das sie benutzte. Er würde
wiederkommen. Ganz bald.

11

Thomas fühlte sich wie ein Spanner. Er *war* ein Spanner. Die Stirn an die Scheibe des Fitness-Studios gepresst, stand er da und starrte hinein. Und was er sah, beunruhigte ihn. Da war eine schier endlose Reihe von Laufbändern und Spinning Bikes, auf denen eine Auswahl von Menschen gegeneinander anzutreten schien, ohne von der Stelle zu kommen. Rechts außerdem Zirkel von Trainingsgeräten, auf denen Leute entweder die Arme nach hinten pressten, mit den Füßen etwas wegschoben oder den Rumpf rauf- und runterbewegten. Sie alle wirkten fit. Sie alle hatten schicke Sportklamotten an. Das unterschied sie von ihm. Wenn er da jetzt hineinging, um ein Probetraining zu machen, dann wäre er mit seiner schlabberigen Jogginghose ein Exot. Wobei: Exotisch wirkten eher die anderen. Er selbst wäre die zerrupfte Krähe in einem Käfig mit bunten Papageien. Papageien in enganliegenden Stretchhosen. Der Anblick irritierte ihn besonders bei den Männern. *Wem* wollten die *was* zeigen? Als sein Handy summte, griff er sofort in seine Tasche. Eine Null, analoger Anschluss – sein Vater.

„Thomas, störe ich dich?"

Oh, sein Erzeuger schien sich die hohe Kunst der Einfühlung aneignen zu wollen.

„Nein, eigentlich nicht."

„Wo bist du denn gerade?"

„Im Zoo."

„Ach!" Sein Vater schien zu überlegen, ob das ein gutes Zeichen war. Wenn der vom Dienst quittierte Junge schon morgens vor dem Affenkäfig herumhing, war das wahrscheinlich der Anfang vom Ende.

„Was schaust du dir denn an?"

„Papageien, schön bunt."

„Und was treibst du sonst so?"

Thomas ging ein paar Schritte über den Parkplatz und hatte jetzt freien Blick auf die Seidenstickerei. „Übers Wochenende bin ich im Norden – einen ehemaligen Kollegen besuchen."

„Ist der auch aus dem Dienst geflogen?"

„Der hat sich versetzen lassen – auf eigenen Wunsch."

Thomas hörte seinen Vater überlegen, ob dieser Umgang für seinen Sohn empfehlenswert war.

„Papa, ich war gestern zweimal bei dir", wechselte er deshalb das Thema. „Aber es war niemand zu Hause."

„Wir haben deinen Zettel gesehen, deshalb rufe ich an. Mach dir keine Sorgen, Zofia und ich haben nur einen Ausflug gemacht."

„Ah, verstehe. Wo wart ihr?"

„Im Wald."

„Im Wald? Bei dem Wetter?"

„Wir sind ein bisschen rumgefahren und dann ein bisschen in den Wald gegangen."

„Aha. Ich hoffe, es war ein bisschen schön."

„Im Wald haben wir Milosz getroffen."

„Milosz? Welchen Milosz? – Nein! – Papa, sag, dass das nicht wahr ist!"

„Ich habe lange überlegt, ob ich es dir erzählen soll, Thomas. Ich will dich damit nicht belasten. Aber dann habe ich mich gefragt, ob dir die Information nicht vielleicht nützen könnte, um in den Dienst zurückzukehren."

„Papa, ich habe keine Probleme, in den Dienst zurückzukehren, wenn ich das will. Aber jetzt sag, verdammt noch mal, was ihr da gemacht habt."

„Wir waren im Wald, da, wo Milosz Holz aufladen musste. Wir haben ihn abgepasst und ein wenig mit ihm geplaudert."

„Ich fasse es nicht! Woher wusstet ihr, wo er Holz auflädt?"

„Ich hatte vorher am Telefon mit ihm gesprochen – als Kunde sozusagen – und ihn ausgefragt, wann und wo er demnächst im Sauerland lädt."

Thomas war sprachlos, einfach sprachlos.

„Es war keine Stunde von uns entfernt, deshalb sind Zofia und ich hingefahren, das war kein Problem."

Natürlich, das war kein Problem.

„Was hat er euch gesagt?", presste Thomas mühsam hervor.

„Willst du es wirklich wissen? Ich will dich nicht belasten."

„Sag es einfach!"

„Es ist so, er hat auf Erntedank Gabriela angesprochen, nachdem er gemerkt hatte, dass sie auch Polin war. Die fühlte sich belästigt – die beiden sind aneinandergeraten und Milosz hat ihr daraufhin etwas über einen der Mitfeiernden gesagt."

Thomas versuchte zu folgen. *Belästigt, aneinandergeraten, Mitfeiernder.* „Was hat er gesagt?", fragte er ungeduldig. „Und über wen?"

„Er hat gesagt, dass Bernd Arnold seine Kunden betrügt. Es geht wohl um das Geschäft seiner Frau. Da wird mehr Holz geschlagen, als mit den Waldbesitzern abgerechnet wird."

Thomas hielt inne. „Und woher will dieser Milosz das wissen?"

„Er hat ein Gespräch mitgehört zwischen Bernd Arnold und seiner Frau. Außerdem gibt es Gerüchte, dass sie es mit den Abrechnungen nicht so genau nimmt."

„Mir ist immer noch nicht klar, warum dieser Milosz es Hannes' Pflegerin erzählt hat."

„Er hat sich geärgert, weil sie ihn hat abblitzen lassen und stattdessen mit dem deutschen Saubermann dort stand. Vielleicht hatte er aber auch einfach nur zu viel getrunken."

„Wie hat Gabriela reagiert?"

„Wenn ich alles richtig rekonstruiert habe, ist sie daraufhin nach drinnen gerauscht und hat sich Bernd Arnold vorgeknöpft. Anschließend hatte sie keine Lust mehr zu feiern und ist nach Hause gegangen."

Thomas war platt. „Bernd Arnold hatte also gleich mehrere Motive, diese Polin zu ermorden."

„So sehe ich das auch. Allerdings auch seine Frau."

Thomas schwieg und gab damit seinem Vater Gelegenheit, seine Gedanken auszubreiten.

„Es ist so: Milosz ist heute bei der Polizei vorgeladen. Wie ich es einschätze, wird er auch dort von dieser Begegnung berichten. Ich dachte mir, wenn du schon vorher darauf hinweisen kannst, bringt das sicher Pluspunkte für dich."

„Papa, erstens brauche ich keine Pluspunkte, zweitens bringt es mir eher Nachteile, wenn ich in einem fremden Fall herumwühle."

„Ist das wirklich so streng bei euch?"

„Ja, ist es. Genauso streng ist man, wenn der Vater eines verwarnten Drogenfahnders irgendwelchen Verdächtigen nachsteigt. Ein Vater, der 78 ist und körperlich lädiert."

Am anderen Ende der Leitung war Stille. War er zu weit gegangen?

„Womit ich nicht sagen will, dass es nicht beachtlich ist, was ihr alles herausgefunden habt."

Immer noch Stille. Dann plötzlich ein Niesen.

„Papa, alles klar?"

„Wie man's nimmt", hörte er die verschnupfte Stimme seines Vaters. „Du solltest nur wissen: Ich bin erst 77."

Conni hätte beinahe eine Becker-Faust geformt, als sie das Büro von Michael Sterling verließ. Der Staatsanwalt hatte sie über den Klee gelobt, da sie im Mordfall Mertens eine Wende in den Ermittlungen herbeigeführt hatte. Jan Gossner, der Leiter der Ermittlungsgruppe, war skeptisch gewesen, als sie mit ihrer Theorie um die Ecke gekommen war. Den Staatsanwalt allerdings hatte sie glattweg überzeugt – und damit Jan ziemlich alt aussehen lassen.

Für den Nachmittag war dieser Pole einbestellt – Milosz Irgendwas – und später auch noch Bernd Arnolds Frau. Der Staatsanwalt würde mit ihr zusammen die Vernehmungen durchführen – im Grunde genommen war es jetzt *ihr* Fall.

Auf dem Weg zu ihrem Büro kam ihr Sebastian entgegen. Sie stutzte – enganliegendes T-Shirt, moderne Jeans. Was war aus ihrem Harry Potter geworden?

„Hallo!", meinte er. Es schien, als habe er auf sie gewartet. „Neue Erkenntnisse?"

„Immer", wich sie aus und lächelte.

„Du hast heute noch ein paar Vernehmungen, nicht wahr?"

Conni war alarmiert. Wollte er sich zu ihrem Assistenten aufschwingen?

„Vollkommen richtig. Es läuft."

„Falls du noch mal Hilfe brauchst …", er ließ den Satzanfang so stehen.

„Der Staatsanwalt will persönlich dabei sein", erklärte sie. Damit sollte klar sein, dass Praktikanten nicht unbedingt erwünscht waren.

„Ah, verstehe." Er nickte einsichtig. Dann hob er den Kopf. „Macht der so gute Notizen wie ich?"

Sie grinste. „Ich frag ihn mal." Dann ließ sie ihn stehen.

Ihr Handy surrte, noch bevor sie ihr Büro erreicht hatte. SMS von Thomas W. Der Gute begann ihr auf die Nerven zu gehen.

Als sie die Nachricht gelesen hatte, brauchte sie einen Moment, um das alles einordnen zu können. Dann formte sie sie wirklich, die Becker-Faust.

„Und jetzt überhaupt nicht herumgehen. Einfach hier sitzen und ausruhen." Zofia hatte Herrn Anton auf dem Sofa in eine dicke Decke eingepackt. Sie hatte Tee gekocht und ihm eine Orange geschält.

„Aber atmen darf ich schon noch?"

„Dürfen Sie, ja. Aber nicht zu viel."

Zofia war dankbar für die Witzeleien des alten Mannes. Denn er war krank, ohne Zweifel. Und diese Erkältung hatte er sich im Wald eingefangen. War sie daran schuld?

Er hatte ihr hundertmal erklärt, dass *er* es ja gewesen war, der in den Wald gewollt hatte. Aber hätte *sie* sich nicht weigern müssen? Oder zumindest die Aktion abbrechen sollen, als ihm kalt geworden war? Jetzt hatten sie die Quittung. Herrn Anton lief die Nase und der Hals tat ihm weh. Er hustete und im schlimmsten Fall bekam er noch Fieber.

Zofia hatte ihm gestern sofort ein Fußbad gemacht, eine Wärmflasche gefüllt und Tee aufgesetzt. Sie hatte alles getan, um ihn aufzuwärmen und einer Erkältung vorzubeugen. Leider hatte das alles nichts genutzt.

„Ein Herbst ohne Erkältung ist kein richtiger Herbst", behauptete jetzt der alte Mann. Aha, sehr interessant. Diese

Redensart gab es in Polen nicht.

„Vielleicht ich sollte heute einmal den Kamin anzünden",
schlug sie vor. Der Kamin war offen. Nur ein Gitter stand
in der Öffnung. Bislang hatte Herr Anton nicht viel Wert
darauf gelegt. Aber wenn man krank war, war es schön, in
ein Feuer zu gucken. Besonders für Männer.

„Hmh", sagte der alte Mann. „Aber dann müssten Sie
Holz hereinholen."

„Das mache ich gern."

Zofia zog sich die Schuhe an und ging durch die
Terrassentür nach draußen. Sie war froh, dass sie etwas tun
konnte für den alten Mann.

Sie sah es, als sie links zum Schuppen abbog. In einem
Blumenbeet, in dem keine Blumen mehr wuchsen. Frische
Schuhabdrücke in der braunen Erde. Von der Größe her
Männerschuhe, ganz klar. Der Anblick zog ihr die Kehle
zu. Dieses Gefühl, das sie allabendlich hatte, dieses Gefühl,
dass da jemand war, wurde plötzlich bestätigt. Es gab je-
manden, der ums Haus herumschlich! Der sie beobachtete!
Der sie möglicherweise ebenfalls umbringen wollte!

Es dauerte Ewigkeiten, bis sie mit dem Holz in den Armen wieder im Wohnzimmer stand. Der alte Mann war
eingeschlafen, er schnarchte leise vor sich hin. Zofia war so
aufgewühlt, sie hätte Herrn Anton gern sofort alles erzählt.
Aber als sie ihn da liegen sah, den kranken alten Mann, da
wusste sie, dass das keine gute Idee war. Er musste schlafen,
das machte ihn gesund. Er durfte sich nicht aufregen, das
machte ihn krank. Dann klingelte das Telefon. Sie ließ das
Holz auf die Erde rutschen und stürzte zum Hörer. Es war
die Tochter, Sabine. Ob alles okay wäre. Ob es schlimm wäre, wenn sie sich erst nächste Woche blicken ließe. Sie sei
noch in Schweden. Ob Zofia alles hätte, was sie brauchte.
Ob sie dann jetzt ihren Vater sprechen könne.

„Schläft er in Moment", sagte Zofia. „Ist er ein bisschen erkältet."

„Erkältet?" Und dann kam ganz viel. Ganz viele Sorgen. Und ganz viele Vorschläge, was Zofia machen sollte. Einen Arzt rufen, zum Beispiel.

„Einen Arzt?", fragte Zofia. Das kannte sie nicht bei einer Erkältung.

„Ich kümmere mich", sagte die Tochter. „Ich kümmere mich sofort."

Zofia schaute zu Herrn Anton hinüber, der vor sich hin schnorchelte. Sie wusste nicht, ob ihm das recht war.

„Aber gestern ging es ihm noch gut, sagt mein Bruder. Er wollte einen Besuch machen, hat aber im Haus niemanden angetroffen."

„Ja", sagte Zofia. „Wir haben einen Ausflug gemacht."

„Das war sicher zu viel", sagte die Tochter. „Er darf sich nicht überanstrengen."

Und dann fiel es Zofia plötzlich ein. Der Sohn war da gewesen! Er hatte sich gelangweilt, weil niemand da war. Er war ums Haus herumgestrolcht und hatte Schuhabdrücke im Beet hinterlassen. Wie einfach doch alles war!

„Ja, das war sicher zu viel!", sagte Zofia. Fröhlich sagte sie es.

Was die Tochter sagte, klang weniger fröhlich. Es klang eher scharf. „Vielleicht passen Sie etwas besser auf ihn auf!"

———

Die Frau war kalt wie eine Hundeschnauze. Sie war eine Herausforderung. Und nebenbei war sie eine echte Überraschung.

Conni hatte eine Förstersfrau erwartet. Eine, der es nichts ausmachte, wenn der Hund mal auf ihre Hose sabberte. Eine, die es gewohnt war, auf harzigen Baumstämmen zu sitzen. Okay, Heike Arnold trug eine Nappalederhose, Cordmantel und Stiefel, was man durchaus als Country-Style bezeichnen konnte. Aber mit ihrem langen blonden, leicht fransigem Haar und dem gekonnt geschminkten Gesicht hätte sie auch als Topverkäuferin in Düsseldorf durchgehen können. Diese Frau war heiß – warum hatte sich ihr Typ eine andere gesucht? Wahrscheinlich, weil ihm der mütterliche Aspekt gefehlt hatte. Conni hatte so etwas selbst auch schon gehört.

Dann hatte sie Heike Arnolds Lederhose unter einem anderen Gesichtspunkt betrachtet. Vielleicht saß gerade Beweismaterial vor ihrer Nase.

Heike Arnold war nervös, aber sie war straight. Sie ließ sich auf keinerlei Freundlichkeiten ein. Sie hatte sie alle gemustert – den Staatsanwalt, der im Hintergrund an die Wand gelehnt stand, Sebastian, der mit Block und Stift direkt an ihrem Tisch saß, und sie, die sie Begrüßung und Aufklärung vorgenommen hatte. Die Arnold war klug, sie hatte die Hierarchie auf einen Blick gecheckt. Sie hatte dem Staatsanwalt zugenickt, Sebastian übersehen und sich dann an Conni gewandt, damit sie das Heft in die Hand nahm.

Conni hatte sich zunächst mit Formalien aufgehalten und mit dem Aufnahmegerät herumprobiert, um so etwas wie eine lockere Atmosphäre zu schaffen. Das war ihr nicht gelungen. Lockerheit war dieser Frau fremd. Sie saß da, die Mundwinkel verbissen nach unten gekehrt, und hatte gerade dreimal erklärt, wie das Erntedankwochenende bei ihr abgelaufen war. Dass sie am Sonntagabend frühzeitig zu Bett gegangen war, dass sie zwar sauer gewesen war, weil diese Polin ihren Mann angeschmachtet hatte, dass sie aber keinerlei Grund gehabt hätte, ernsthaft eifersüchtig zu sein. Wenn die Polizei das anders sah – ihr Problem. Fertig.

Conni hörte Michael Sterling hinter sich rascheln. Wollte

er sich einmischen? Sie startete kurzerhand einen Angriff.

„Frau Arnold, wir wissen, dass Sie mit Ihrer Firma Kunden betrogen haben, dass Sie Abrechnungen gefälscht und sich damit Vorteile verschafft haben."

Ein Moment der Verunsicherung, ein Flackern in den Augen. Sebastian musste es auch gesehen haben. Conni spürte seinen aufmerksamen Blick.

„Wie kommen Sie denn darauf?"

„Aufgrund einer Zeugenaussage. Aber keine Sorge. Die Kollegen werden das noch überprüfen und Ihre Firma auf den Kopf stellen, damit wir da einen genauen Überblick haben."

Ein weiterer Moment des Zögern, dann hatte sie sich entschieden. Sie verschränkte die Arme. „Von mir aus gern."

Sebastian schrieb irgendetwas. Eigentlich brauchte sie niemanden fürs Protokoll. Die Tonaufnahme würde später verschriftlicht werden. Allerdings machte es bei einer Vernehmung Eindruck, wenn jemand mitschrieb – am besten unregelmäßig, so als hätte die Notiz eine besondere Bedeutung.

„Gabriela Wisniewska hat am Abend des Erntedankfestes von diesen Machenschaften erfahren und Ihren Mann damit konfrontiert. Sie beide hatten also ein weiteres Motiv, diese Frau umzubringen."

„Das ist ja absurd!" Heike Arnold starrte sie wuterfüllt an. „Wenn so ein Gerücht wirklich existiert, könnten wir doch nicht ernsthaft denken, es auszurotten, indem wir eine einzelne Frau aus dem Weg räumen." Sie lehnte sich wieder zurück. „Noch dazu, wenn wir genau wissen, dass an diesem Gerücht überhaupt nichts dran ist."

„Nun – leider agieren wir Menschen nicht immer rational. Diese Frau hatte etwas mit Ihrem Mann. Sie stellte Ihr gesamtes Lebenskonzept in Frage. Sie war diejenige, bei der

Sie ansetzen mussten."

„Das ist eine Unterstellung! Die genauso unhaltbar ist wie die Aussagen über meine Firma! Ab jetzt werde ich keine Aussage mehr machen."

Conni betrachtete die Frau. Sie musste die Waffe wechseln.

„Frau Arnold, am Tatort wurde ein Lederpartikel gefunden. Sie haben doch nichts dagegen, dass wir eine Probe von Ihrer Lederkleidung nehmen?"

Wieder schaute die Arnold einen Moment irritiert.

Dann fing sie sich und wandte sich gezielt dem Staatsanwalt zu. „Wenn Sie das dürfen."

Als Conni aufstand, fiel ihr Blick auf Sebastians Papier. Wenn sie sich nicht täuschte, hatte er ein Portrait von Heike Arnold gemalt. Ihre nach unten gezogenen Mundwinkel waren deutlich zu erkennen.

———

Anton fühlte sich elend. Aber so war das nun mal, wenn man krank war. Zofia hatte ihm gestanden, dass Sabine einen Arzt rufen wollte. Was für ein Quatsch! Er brauchte etwas Ruhe, ein paar Vitamine und dann ging es ihm bald wieder gut.

„Sie müssen mir etwas versprechen", hatte er eben zu Zofia gesagt, „nämlich, dass ich nicht in ein Krankenhaus muss."

Die junge Frau hatte ihn verzweifelt angesehen. „Wie kann ich versprechen?"

Natürlich hatte sie recht. Wie sollte sie etwas verhindern, wenn seine eigene Tochter von Schweden aus einen Arztbesuch organisierte?

Anton ahnte, dass er bald kam. Dr. Scholz machte seine Hausbesuche immer gegen sechs. Anton kannte das noch von Theres.

Er kam um halb sieben. Also hatte er mehrere Hausbesuche gehabt. Er wirkte müde und ausgelaugt.

„Ich hab nichts Schlimmes", begrüßte Anton ihn.

„Ihre Tochter hat mir schon gesagt, dass Sie mir so kommen werden."

„Hat meine Tochter auch gesagt, was Sie mir aufschreiben sollen?"

Dr. Scholz seufzte. „Sie macht sich Sorgen. Ist das so schlimm?"

„Sie ist in Schweden, das ist kein Problem. Aber dann soll sie mich doch hier bitteschön auch allein machen lassen."

„Ich glaube, Sie sind tatsächlich nicht krank – wer sich so aufregen kann! Soll ich Sie trotzdem abhören?"

„Von mir aus", grummelte Anton. „Wenn Sie schon mal da sind."

Dr. Scholz fing an, ihn abzuhorchen, Anton hatte dabei Gelegenheit seinen grauen Haarkranz zu mustern. Eigentlich hätte Anton den Arzt gern als jungen Spund bezeichnet, aber in Wahrheit ging Dr. Scholz wohl mit großen Schritten auf seinen Ruhestand zu.

„Hmmh", sagte er kurz darauf. „Die Lunge ist nicht astrein."

„Wie soll sie auch, ich bin 77."

Dr. Scholz überlegte, dann nahm er Antons Puls. „Ich könnte Ihnen ein Antibiotikum aufschreiben. Aber wenn Ihnen das lieber ist, warten wir noch einen Tag ab. Dann bestehe ich aber darauf, morgen noch einmal zu kommen."

„Morgen ist Samstag", warf Anton ein.

„Ich habe Dienst, bin also eh unterwegs. Ihre Entscheidung."

Morgen noch mal den Arzt im Haus, wollte er das? Andererseits – ein Antibiotikum schwächte die Abwehr.

„Wir warten einen Tag", knurrte er und zog sich sein

Oberteil herunter. Dann fiel ihm etwas ein.

„Ich habe mich in letzter Zeit viel mit meinem Freund Hannes Mertens beschäftigt", sagte er, verbindlicher jetzt. „Sie haben ihn doch behandelt. War er aggressiv?"

„Interessant, dass Sie das fragen", Dr. Scholz packte seine Utensilien in seine Tasche. „Ich bin ja auch von der Polizei befragt worden, musste sogar ein Gutachten schreiben. Mir ist nie aufgefallen, dass er aggressiv gewirkt hätte. Und seine Pflegerin hat auch nie etwas dergleichen gesagt."

„Interessant", Anton dachte nach. „Also, haben sich die beiden sehr gut verstanden?"

„So kam es mir vor."

Dr. Scholz nahm zwei Medikamente aus seiner Tasche.

„War Frau Gabriela auch bei Ihnen in Behandlung?"

Dr. Scholz schüttelte unwillig den Kopf. „Das geht zu weit. Ich bin gegenüber meinen Patienten zum Schweigen verpflichtet."

„Also war sie Ihre Patientin?"

Dr. Scholz stutzte. „Nein, war sie nicht."

„Dann gibt es doch auch keine Schweigepflicht, oder?"

Dr. Scholz wirkte irritiert. „Sie hat mich nur mal nach einem Facharzt gefragt", sagte er schließlich, „nach einem Gynäkologen."

Anton richtete sich auf. „War sie in anderen Umständen?"

„Um Gottes willen!" Dr. Scholz winkte vehement ab. „Keine wilden Spekulationen. Sie erkundigte sich nach einem Gynäkologen – das tun Frauen aus unterschiedlichsten Gründen."

Anton nickte, das leuchtete ihm ein. Außerdem – wenn Gabriela in Erwartung gewesen wäre, hätte man das bei der Obduktion natürlich gemerkt.

„Und Sie haben ihr eine Adresse gegeben?"

„Natürlich, ich habe sie ihr sogar aufgeschrieben, damit

sie nicht lange herumsuchen muss."

„Frau Dr. Reinberg wahrscheinlich."

„Natürlich, sie ist ja die Einzige weit und breit."

Anton ließ sich zurückfallen. Für einen Moment war ihm die Information wichtig vorgekommen. Jetzt schien sie ihm denkbar uninteressant. Eine Frau hatte Beschwerden und suchte einen Arzt. Daran war nichts Besonderes.

„Ich lasse Ihnen etwas hier", erklärte jetzt Dr. Scholz. „Einen Schleimlöser und etwas gegen Fieber. Es sind Probepackungen, damit Ihre Hilfskraft nicht noch einmal losfahren muss."

Anton nickte.

„Soll ich Ihnen die Einnahme erklären – oder lieber Ihrer Hilfskraft?"

Anton wollte sich aufregen – wie alt war er eigentlich? Dann fühlte er plötzlich eine große Müdigkeit in sich.

„Erklären Sie es Zofia!", meinte er nur.

———

Zofia war nervös. Mehr als nervös. Herr Anton hatte Fieber bekommen. Er schlief praktisch nur noch. Das war natürlich gut für seine Krankheit, aber es machte sie trotzdem nervös. Schon dreimal war sie in sein Schlafzimmer gegangen und hatte nach ihm geschaut. Er schwitzte im Schlaf, aber wecken wollte sie ihn auch nicht. Besser, er schlief sich gesund. Abends hatte er die Medikamente genommen. Eins gegen Fieber und eins gegen den Schleim. Sobald er wach gewesen war, hatte Zofia ihm außerdem zu trinken gereicht. Aber jetzt schlief er schon seit mehreren Stunden. Nur Zofia konnte nicht schlafen. Sie hatte Angst, sie wachte nicht auf, wenn er sie brauchte.

Vorhin war sie kurz davor gewesen, sich an ihre Tante zu wenden. Ihre Tante kannte sich mit Krankheiten aus. Aber dann hatte sie sich doch dagegen entschieden. Wenn sie ihre Tante informierte, würde die sich andauernd melden. Das wollte sie nicht. Sie musste jetzt alleine klarkommen. Morgen würde der Arzt noch einmal kommen, der würde ihr helfen. Vielleicht musste sie auch eins der Kinder anrufen, aber nur, wenn es nicht anders ginge. Sie und Herr Anton, sie kamen im Großen und Ganzen gut alleine zurecht.

Zofia lag in der Dunkelheit und starrte an die Zimmerdecke. Es hatte den Nachmittag über heftig geregnet, jetzt aber war nichts mehr von Regen zu hören. Das Einzige, was man hörte, war hin und wieder ein Knacken. Ein altes Haus und alles aus Holz, bei jedem Temperaturumschwung begann es zu knacken. Zofia hätte gern das Schnarchen des alten Mannes gehört. Sie hatte seine Zimmertür offenstehen lassen, damit sie nichts verpasste, aber sein Schnarchen hörte sie hier oben leider nicht.

Stattdessen versuchte Zofia, schöne Bilder aufzurufen. Wie sie einmal mit Kaja in Wrocław gewesen war, im Sommer, wie sie auf dem Rynek den Bands zugehört hatten, wie sie getanzt hatten und Wodka getrunken. Wie leicht alles gewesen war, wie schön. Wie sie mit den Studenten herumgeflachst hatten und mit ihnen zusammen weitergezogen waren. Einer von ihnen hatte schöne grüne Augen gehabt und eine alte abgewetzte Lederjacke an. Er hatte Zofia untergefasst, zusammen waren sie durch die Straßen gezogen und dann –

Zofia fuhr hoch. Ein Kratzen war zu hören, so als schabe jemand an der Hauswand entlang. War das der Wind? Jetzt war es still. Zofia fuhr sich durchs Haar. Was hatte sie geträumt? Irgendetwas von Breslau und vom schrecklichen Sohn. Sie lauschte. Hatte sie das Schaben nur in ihren Träumen gehört? Einen Moment wartete sie noch, dann stand sie auf. Ging die paar Schritte zum Fenster. Es war kaum etwas zu erkennen. Eine Wolkendecke verdeckte den Mond. Nur der Baum im Garten hob sich undeutlich in der Dunkelheit ab. Und trotzdem fand Zofia es wieder beklemmend. Als wenn da etwas wäre. Etwas, das ihr Angst machen konnte. Sie versuchte zu erkennen, auf welcher Höhe das Beet mit dem Schuhabdruck war. Keine Chance, alles war dunkel. Zofia lauschte noch einen Moment, dann ging sie die Treppe hinunter. Schon auf den letzten Stufen konnte sie das Schnarchen des alten Mannes vernehmen. Sie ging leise in sein Zimmer, trat neben das Bett. Er strömte Wärme aus, das Fieber war immer noch da. Dann tat sie etwas, das sicher nicht gut war. Sie ging um das Bett herum und legte sich auf die Betthälfte, die früher seine Frau belegt hatte. Sie war bezogen, aber nicht mit Kissen und Decke versehen. Kurzerhand nahm sie eine Wolldecke, die am Fußende zusätzlich für den alten Mann bereitlag. Es dauerte keine Minute, dann schlief sie unter seinem Schnarchen seelenruhig ein.

12

Stefan und Nina waren sensationell. Thomas hatte auf der gestrigen Autofahrt nach Leer schwere Gedanken gewälzt. Er hatte wieder und wieder seine Position im Drogendezernat durchgekaut. Außerdem hatte er an Hannes gedacht – überlegt, wie das alles zusammenhing. Die Verdachtsmomente gegen Bernd Arnold waren erdrückend – spielte trotzdem dieses junge Mädchen irgendeine Rolle? Dass sie in der Mordnacht im Dorf gewesen war, konnte doch kein Zufall sein, oder? Vielleicht war es gut, dass er mal ein Wochenende weg war. Conni würde inzwischen Bernd Arnold in die Zange nehmen. Vielleicht hatte er am Montag gestanden und für seinen Vater und ihn konnte endlich Ruhe einkehren. Seine Freunde in Leer waren jedenfalls die beste Therapie. In dem Moment, da er über die Schwelle des kleinen Klinkerhauses getreten war, hatte er alles andere vergessen. Nina hatte einen leckeren Krustenbraten gemacht, die Kinder waren auf Herumbalgen aus gewesen und Stefan hatte gleich am Anfang für ein gutes Glas Rotwein gesorgt. Noch am Abend hatte sein Freund ihn überredet, am nächsten Tag angeln zu gehen. Und so saßen sie jetzt hier an der Ems und versuchten ihr Glück.

Aber dann fragte Stefan plötzlich nach dem Dezernat. Und Thomas erzählte. Von seinem Frust. Von seiner Antriebslosigkeit. Von seinen Kollegen. Stefan nickte ab und zu. Er kannte das alles. Sie hatten lange genug im selben

Dezernat gearbeitet, ziemlich genau bis vor sechs Jahren. Stefan war gegangen, als es ihren Ermittlungsleiter Manni Berg erwischt hatte. Er war bei einer Razzia niedergeschossen worden, zwei Jahre vor seiner Pensionierung. Über Wochen hatte die Mannschaft damals unter Schock gestanden, trotz psychologischer Betreuung.

Stefan war nach dem Vorfall in Bielefeld nicht mehr klargekommen. Er machte jetzt Wasserpolizei hier im Norden und er war glücklich.

Mannis Frau hatte Thomas später die Lederjacke ihres verstorbenen Mannes geschenkt – Manni war Thomas' großes Vorbild gewesen. Er trug sie noch heute fast jeden Tag, obwohl sie ziemlich abgewetzt aussah.

Irgendwann war alles erzählt. Jetzt saßen sie hier und warteten nur noch, ob einer biss.

Als Thomas' Handy surrte, warf er einen Blick auf das Display. SMS von seiner Schwester. *„Papa ist erkältet. Fahr mal vorbei!"*

Thomas war nicht sicher, ob er belustigt oder sauer sein sollte. *Fahr mal vorbei!* Sonst noch Anweisungen aus Schweden? Er überlegte zurückzuschreiben: *„Keine Zeit. Bin grad dringend am Angeln!"* Stattdessen schaltete er das Handy einfach aus und steckte es tief in seinen Rucksack.

Zofia war panisch. Herr Anton hatte am Vormittag über 38 Grad Fieber gehabt – und das trotz Tablette. Er fühlte sich schlapp und er hustete stark. Herr Anton war richtig krank.

„Nicht ins Krankenhaus!", hatte er noch einmal eindringlich gesagt. Und sie hatte wortlos genickt. Über Stunden hatte sie Wadenwickeln gemacht, so wie Tante Grazyna sie immer gemachte hatte, wenn sie oder die Jungs krank gewesen waren. Sie hatte Tee gekocht und Herrn Anton immer wieder zum Trinken genötigt. Sie hatte peinlich genau die Medikamente gegeben. Sie hatte für feuchte Luft gesorgt und Herrn Anton eine Banane und eine Orange geschnitten. Er hatte nicht essen wollen, aber sie hatte ihm gedroht. „Was soll Körper tun ohne Vitaminen?"

Jetzt hoffte sie auf den Arzt. Der Arzt konnte helfen.

Er kam gegen zwei. Zofia hatte das Auto gesehen und stand schon in der Tür, als er den Weg heraufkam.

„Alles in Ordnung?", fragte er besorgt.

„Nichts in Ordnung", sagte sie knapp. „Herr Anton geht es nicht gut."

Er untersuchte ihn stumm und auch Herr Anton schien zu schlapp für irgendwelche Wörter.

„Eine Lungenentzündung", sagte der Arzt irgendwann ernst. „Wir hätten nicht warten sollen, jetzt haben wir den Salat."

Zofia war irritiert.

„Ich möchte Sie einweisen", sagte der Arzt zum alten Mann. „Das ist zu gefährlich in Ihrem Alter."

Einweisen, das musste das Krankenhaus sein. Zofia sah Herrn Anton mit großen Augen an.

„Das Antibiotikum", sagte der matt. „Geben Sie das!"

Und dann bekam er einen Hustenanfall. Einen wie keinen zuvor. Er schien zu ersticken. Zofia sprang hinter ihn und klopfte seinen Rücken.

„Wir müssen das intravenös geben", sagte der Arzt. „Anders wird das nichts mehr."

„Aber Sie haben gesagt –", röchelte der alte Mann.

„Ich weiß", sagte der Doktor. „Ich habe einen Fehler gemacht."

Dann diskutierte er nicht mehr. Er telefonierte.

„Packen Sie eine Tasche!", sagte er anschließend knapp

zu Zofia.

„Aber ich habe versprochen, dass er nicht in Krankenhaus muss", kam es aus ihr heraus.

„So etwas können Sie nicht versprechen", erklärte er ernst. „Wenn er nicht ins Krankenhaus geht, kann ich für nichts garantieren. Ich habe einen Fehler gemacht, ich mache nicht zwei."

Zofia nickte, dann begann sie eine Tasche zu packen.

Es dauerte eine halbe Stunde, bis der Krankenwagen kam.

„Sie können nicht mitfahren", war das Erste, was der Fahrer sagte, als Zofia mit der Tasche zu ihm kam.

Zofia war entsetzt. „Dann ich fahre hinterher", bestimmte sie und griff nach dem Schlüssel.

August dieses Jahres

Sie hat zugenommen. Dafür, dass sie im achten Monat schwanger ist, ist es nicht viel. Sie isst ja kaum was. Aber ihre Hosen passen ihr nicht mehr. Sie trägt eigentlich nur noch ihren Jogger. Einmal hat ihr Vater gesagt: „Du wirst fett. Weil du nur noch in deinem Zimmer rumhängst."

Da hat sie die Tür zugeknallt. Ihr Vater ist selbst aufgedunsen und fett. Er soll ihr nicht erzählen, was von was kommt.

Er kriegt nichts gebacken. Neulich hat er gemeint, sie müssten bald ausziehen. Der Besitzer des Hauses habe Stress gemacht, sie müssten da raus.

„Hast du die Miete nicht gezahlt?", hat sie gefragt.

„Wofür soll ich hier Miete bezahlen?", hat er gemault. „Ist doch alles Schrott!" Und dann hat er vor die Tür getreten, als würde jetzt das ganze Haus zusammenfallen und damit wäre bewiesen, dass er recht hatte – wie praktisch immer.

Ihr Vater ist eine Niete. Sie muss mit der Kleinen da weg.

„Wir gehen nach Hagen zurück", hat er gesagt, als hätte er ihre Gedanken gelesen. „Da ist es viel besser. Viel bessere Arbeit, viel bessere Wohnungen und nicht so spießige Leute."

Michelle hat sich die Bemerkung gespart, dass er mit derselben Begründung auch damals aus Hagen weggegangen ist.

„Reiche Gegend", hatte er damals gesagt, als sie aus allen Wolken gefallen war. „Das Sauerland wird dir gefallen."

Nun also wieder zurück. Er hat sich an seine Kumpel in Hagen gewandt. Irgendeiner will sich kümmern. Das kann nur eine Katastrophe bedeuten.

Sie muss weg von ihm, etwas Eigenes schaffen, und deshalb trägt sie die Zeitung weiter aus. Spart das wenige Geld für die Kleine und für ein eigenes Leben.

Manchmal aber, dann fällt sie ganz tief. Dann weiß sie, sie kommt da nicht raus. Sie schafft das nicht. Sie hat ja niemanden, der ihr hilft. Sie surft im Internet herum, fragt in den passenden Foren, aber das bringt alles nichts. Dann überlegt sie, sich an jemand Echtes zu wenden. An das Sozialamt. An ihre Lehrerin. An Maike.

Mit Maike hat sie noch ein paarmal geschrieben. Aber da ging nichts mehr, nur noch Gehasse. Maike ist sauer, weil Michelle einfach abgetaucht ist.

„*Fuck you!*", hat sie als Letztes geschrieben. „*Für mich gibt's dich nicht mehr.*"

Der Satz ist Michelle lange nachgegangen. *Es gibt mich nicht mehr.*

Irgendwie ist das ja auch eine Alternative.

Einmal beim Zeitungaustragen hat sie eine Begegnung. Es ist drückend heiß, sie fühlt sich total schlapp. Aber sie will das Geld, deshalb quält sie sich durch.

Und dann beim alten Forsthaus sitzen da plötzlich eine junge Frau und ein alter Mann draußen auf der Treppe im

Schatten. Es ist ein komisches Bild, wie sie da sitzen. Sie sind ja keine Kinder.

„Oh, unsere Zeitung", sagt die Frau, steht auf und nimmt die Zeitung entgegen. Sie hat einen komischen Akzent, wahrscheinlich aus Polen. Sie schaut Michelle lange an. Und es kommt Michelle vor, als schaue sie auch auf ihren Bauch. Sie lächelt sehr freundlich.

„Es ist furchtbar heiß", sagt die Frau. „Wollen Sie einen kurzen Moment ausruhen?"

Michelle will nein sagen, aber sie fühlt sich tatsächlich halbtot. Und sie ist schrecklich durstig.

„Könnte ich vielleicht ein Glas Wasser haben?"

„Ein Glas Wasser, natürlich."

Die Frau geht zur Haustür, die nur angelehnt ist, dann hält sie inne.

„Herr Mertens", sie kommt noch mal zurück und wendet sich an den alten Mann, der auf der Treppe sitzt wie in einem falschen Film. „Ich hole ein Glas Wasser für die junge Frau. Sie bleiben so lange hier sitzen, okay?"

Sie wirft Michelle einen Blick zu. Wahrscheinlich soll sie aufpassen, dass er nicht wegläuft. So sieht er nämlich aus, wie einer, der immer wegläuft.

„Eine große Wassermenge", sagt der alte Mann. Die Polin ist da schon im Haus. „Immer wollen sie dieses ganze Wasser. Wasser ist kostbar. Für die Tiere sowieso."

Michelle sieht sich unsicher um. Drüben auf dem Nachbargrundstück fegt jemand die Einfahrt. Ein Mann, den Michelle schon kennt. Er arbeitet viel rund ums Haus und manchmal nimmt er die Zeitung persönlich entgegen, wenn sie damit kommt.

Michelle ist froh, dass die Frau schnell wieder da ist. Sie hat ein großes Glas Wasser dabei.

„Danke!" Michelle trinkt das halbe Glas in einem Zug.

„Setzen Sie sich zu uns!", sagt die Polin. „Hier auf der Treppe ist es gemütlich."

Michelle ist es flau. Sie setzt sich tatsächlich, mit dem Glas in der Hand.

„Ein heißer Sommer", sagt die Frau. Vielleicht ist sie froh, mal mit jemand Normalem zu sprechen. Der alte Mann wirkt scheißeverwirrt. Er ist mit dem Blick ganz weit weg.

„Ja, stimmt", sagt Michelle.

„Sind Sie noch in der Schule?", fragt die Frau. „Dann haben Sie ja jetzt Ferien."

„Nein", sagt Michelle. „Ich bin nicht mehr in der Schule."

„Darf ich fragen, was Sie machen?", erkundigt sich die Frau.

Michelle trinkt schnell aus. Das wird ihr hier zu privat.

„Weiß ich noch nicht." Und dann fügt sie, warum auch immer, etwas hinzu. „Ich hab grad andere Sorgen." Sie steht auf, stellt ihr Glas ab.

Auch die Polin steht auf. Sie lächelt. Freundlich, aber auch ein bisschen besorgt.

„Ich wünsche Ihnen alles Gute", sie berührt kurz ihren Ellbogen, als wollte sie eine Verbindung herstellen, „und wenn ich Ihnen helfen kann –"

„Danke!" Michelle ist schon die Stufen hinunter. Beim Weggehen dreht sie sich noch einmal um. Die Polin hebt kurz die Hand und lächelt noch immer. Vielleicht, denkt Michelle, sind es die Frauen, die einem helfen. Und dann fasst sie einen Entschluss: Sie wird Gitte anrufen!

———

Zofia war unruhig. Lungenentzündung war schlecht für einen alten Mann. Herr Anton musste schnell wieder gesund werden. Und er musste aus dem Krankenhaus heraus. Krankenhaus war auch nicht gut für einen alten Mann.

Er hatte geschlafen, als sie endlich losgefahren war. Sie hatte der Krankenschwester ihre Nummer gegeben. Eine polnische Schwester. Sie hatte ihr gesagt, dass sie unbedingt anrufen musste, wenn auch nur eine Kleinigkeit war. Auf Polnisch hatte sie es gesagt, damit die Schwester es auch hundertprozentig verstand. Die polnische Schwester hatte genickt. „Słowo się rzekło – versprochen!"

Bevor sie ins Bett ging, drehte Zofia noch eine Runde durch alle Zimmer. Zum ersten Mal war sie abends ganz allein im Haus. Ein Gedanke, der ihr gar nicht behagte. Überall war es duster und kalt – und irgendwie traurig. Im Wohnzimmer stand noch vom Vortag die Tasse vom alten Mann. Sie ließ sie stehen. Das machte es ein bisschen belebter.

Sein Schlafzimmer wirkte verlassen. Zofia hatte schon jetzt das Bett frisch bezogen, damit er sich wohlfühlte, wenn er zurückkam. Über dem Bett baumelte das Seil, das sich Herr Anton hingebastelt hatte, um besser aufstehen zu können. Es bewegte sich leicht im Windzug der geöffneten Tür. Oder weil das Fenster kein bisschen dicht war. Alles hier im Haus war ja ziemlich alt. Und draußen war ein heftiger Wind aufgezogen.

‚Komm bald wieder, alter Mann', murmelte Zofia, als sie die Treppe nach oben stieg, ‚allein schon, damit ich nicht so allein bin.'

In ihrem Zimmer stand sie noch eine Weile am Fenster und sah hinunter in den düsteren Garten. Die Äste des Apfelbaums bogen sich gewaltig im Wind. Und wieder einmal hatte sie dieses seltsame Gefühl. Dass da etwas war. *Jemand* war. Jemand, der sie sah. Den *sie* aber nicht sah. Sie würde sich Vorhänge nähen. Irgendwo im Keller lag alter Stoff. Und der alte Mann war im Krankenhaus, sie hatte viel Zeit. Morgen würde sie sich Vorhänge nähen!

Zofia erwachte mit einem Ruck. Etwas hatte sie geweckt. Ein Geräusch? Sie lauschte fieberhaft. Nichts war zu hören. Mit einem Seufzer ließ sie sich zurück auf die Matratze sinken. Sie war klitschnass geschwitzt. Hatte sie geträumt? Oder wurde sie auch krank – wie der alte Mann?

Sie fingerte nach ihrem Handy, um nach der Uhrzeit zu sehen. Der Akku war leer. *O kurde!* Sie hatte das Ladekabel nicht ordentlich eingesteckt. Zofia blickte zum Fenster, draußen war es vollkommen duster.

Und dann hörte sie es. Ein Klopfen, nein falsch, ein Tapsen – wie von – Schritten. Sie hielt den Atem an. Jetzt hörte es auf. Aber sie war sicher: Da war jemand! Jemand, der stehengeblieben war! Jemand, der jetzt unter ihrem Fenster stand! Sie atmete kaum mehr. Die Bettdecke bis zum Kinn gezogen. Der Körper wie erstarrt. Nur lauschen konnte sie. Warten. Kein weiteres Geräusch. Aber er musste da sein, da unten. Er wartete auch. Der schreckliche Sohn konnte es nicht sein. Der schreckliche Sohn hatte gesagt, dass er sich von jetzt an immer ankündigen würde. Da war jemand anderes. Ein Fremder! Und dann plötzlich passierte etwas in ihr. Es formte sich etwas. Ein *Nein!* Ein *Nicht-mit-mir!* Sie wollte nicht warten. Sie wollte nicht gelähmt sein! Sie wollte ihm begegnen!

Trotzdem war sie zittrig, als sie die Decke zurückschlug. Ihr Herz klopfte wie wild. Sie tastete nach der Lampe, die auf ihrem Nachtschränkchen stand. Drückte den Kippschalter. Nichts tat sich. Der Schreck fuhr ihr erneut in die Glieder. Panisch drückte sie den Schalter wieder und wieder. Und dann begriff sie: Sie hatte ihr Handy richtig angeschlossen. Es war nur so: Der Strom war weg!

Ruhig atmen! Einfach ruhig atmen! Zitternd saß sie auf dem Bett und zwang sich, einen klaren Gedanken zu fassen. Der Strom war weg. Ihr Handy war leer. Jemand war unten im Haus.

Sie musste weg. Sie musste an ihm vorbei und dann weg. Vielleicht zum Gasthof zu Inge. Vielleicht sogar zu Gerda und Ludger. Auf jeden Fall musste sie weg.

Sie stand auf, zog ihre Turnschuhe heran, schlüpfte hinein. Nach jedem zweiten Schritt lauschte sie, erreichte endlich die Tür. Legte ihr Ohr an die Tür. Meinte für einen Moment ein Atmen zu hören, dann besann sie sich und lauschte erneut. Nein, kein Atmen. Sie öffnete die Tür ein Stück, wartete, öffnete sie weiter. Wagte sich dann ein Stück vor. Niemand war da. Sie versuchte sich zu beruhigen. Einfach ruhig atmen! Dann lauschte sie erneut. Nur das Ticken der Standuhr war zu hören. Ansonsten gespenstische Stille. Zofia tastete sich einen Schritt vor, noch einen. Dann blieb sie abrupt stehen. Da war etwas! Ein Knarren, oder eher – ein Quietschen. Blut schoss ihr in den Kopf. Sie hatte nichts, um sich zu wehren! Sie schlich zurück in ihr Zimmer, ertastete im Dunkeln den Schreibtisch und griff erneut die Flasche Mineralwasser, die dort stand. Den Flaschenhals umklammert, machte sie sich wieder auf den Weg. Treppenstufe. Lauschen. Treppenstufe. Lauschen. Nichts war zu hören, bis auf ihren eigenen Puls. Schließlich stand sie unten und sofort spürte sie ihn: einen Luftzug. Stärker als der, der durch die Fensterritzen zog. Ihre Härchen an den Armen stellten sich auf. Die kalte Luft kam von links, vom Schlafzimmer des alten Mannes. Die Tür war auf. Offenbar hatte sie die Tür aufgelassen. Oder *jemand* hatte die Tür aufgelassen. Sie wagte sich zwei Schritte vor. Drückte reflexartig den Lichtschalter. Zu ihrer Überraschung wurde es hell. Ihre Augen waren geblendet, aber dann sah sie es: das Fenster war auf. Das Fenster war sperrangelweit auf, das Seil schaukelte im Wind. Sie stellte die Flasche ab und mit einem Satz war sie da, schloss das

Fenster, atmete durch. Sie hatte sich getäuscht. Der Wind hatte das Fenster aufgedrückt. Es hatte gegen den Rahmen geschlagen. Es hatte geknarrt. In ihrem Zimmer war lediglich die Birne durchgebrannt. Niemand hatte den Strom abgestellt. Niemand war im Haus. Sie war wieder einmal Opfer ihrer eigenen Ängste geworden.

Sie atmete tief ein und aus, ging dann in den Flur, knipste auch dort das Licht an. Lief weiter ins Wohnzimmer, schaute sich um, wollte wieder gehen, blieb an etwas hängen. Etwas war anders. Zwei Sekunden, dann wusste sie es. Sie lief in den Flur, riss die Haustür auf, stürzte hinaus, rannte, rannte im Schein der Straßenlaternen, spürte keine Kälte, sondern rannte die Straße entlang, bis sie ein Licht sah. Im Gasthof – im Gasthof brannte tatsächlich Licht. Sie stürmte hinein. Inge machte gerade sauber, sie sah entsetzt auf, als sie hineinschoss.

Zofia heulte, sie zitterte und heulte.

Inge war sofort da. „Was ist denn, mein Kind?"

Sie brachte es kaum heraus. „Die Tasse", stammelte sie, „die Tasse war nicht mehr da."

„Was macht man in so einer Situation?" Sebastian saß ihr gegenüber und hing an ihren Lippen. Sie hatten bis 23 Uhr gearbeitet, und das an einem Samstagabend. Dann waren sie zusammen Pizza essen gegangen. Jetzt saßen sie bei ihrem dritten Absacker und waren immer noch bei dem scheiß Fall.

„Was macht man da?", Conni ging sich durchs Haar. „Weitergraben. Zeugen suchen. Druck erzeugen."

Sie hatten die Arnold gehen lassen müssen. Stattdessen hatten sie die Nachbarn noch einmal befragt. Aber keiner hatte Bernd Arnold oder seine Frau in der Mordnacht gesehen. Kein Wunder, alle um die siebzig und vermutlich jeden Abend um 22 Uhr im Bett. Einer immerhin meinte, spät in der Nacht noch ein Auto gehört zu haben. Er habe sich gewundert, denn gegen drei, vier Uhr seien in der Straße in der Regel keine Autos unterwegs – schon gar nicht in der Nacht zu einem Montag, wo alle arbeiten mussten. Ah ja, schönen Dank. Marke, Typ, konnte man alles vergessen.

„Und wenn es doch der Demenzkranke war?"

Conni drehte ihr Glas. Wenn es doch der Demenzkranke war, hatte sie sich ziemlich blamiert. „Dann ist es halt so", sagte sie knapp.

„Ziemlich stickig hier", meinte Sebastian und sah sich um, als könne man das in den Gesichtern der anderen Gäste ablesen. „Wollen wir mal langsam?"

„Du kannst gerne gehen", sagte Conni, schroffer als sie eigentlich wollte. Sebastian hatte erzählt, dass er noch bei seinen Eltern wohnte. Ein Generationsunterschied.

Sebastian hob die Hände. „So war das nicht gemeint." Dann schob sich ein Grinsen in sein Gesicht. „Zumindest wollte ich nicht zu mir nach Hause."

Conni betrachtete ihn überrascht. Wog ab. Entschied sich.

„Okay", meinte sie. „Gehen wir zu mir – und plaudern noch ein bisschen über den Fall."

13

Zofia erwachte auf einem Sofa und sprang erschrocken hoch. Eine Wolldecke fiel ihr dabei vor die Füße. Dann kam ihr die Erinnerung. Der Sturm. Die Geräusche. Das offene Fenster. Und die fehlende Tasse! Sie war zum Gasthof gelaufen. Die Wirtin hatte sie in ihre Wohnung geholt und ihr einen Schnaps angeboten. Dann noch einen und noch einen. Zofia hatte von der Tasse erzählt, Inge hatte nur genickt, ob verständnisvoll oder ungläubig, das konnte Zofia nicht sagen. Ihr Mann war auf und ab gelaufen und hatte gemeint: „Das Mädchen bleibt hier."

Zofia hob die Decke auf. Sie musste ins Krankenhaus, nach Herrn Anton sehen. Bestimmt wartete er schon.

„Ausgeschlafen?", Inge stand in der Tür.

„Oh ja", Zofia faltete die Decke auf und legte sie ab. „Habe ich Ihnen Umstände gemacht. Das tut mir sehr herzlich leid."

„Nicht der Rede wert. Möchten Sie frühstücken?"

„Nein, nein!" Zofia wehrte ab. Ein Frühstück konnte sie nicht bezahlen. „Gehe ich nach Hause. Und dann ich fahre zu Herrn Anton ins Krankenhaus."

Inge kam heran und schaute besorgt. „Haben Sie denn gar keine Angst mehr?"

„Nein." Die Antwort kam einfach heraus. Es war hell. Es war Tag. Und viel schlimmer: Zofia war sich plötzlich nicht mehr sicher, was in der Nacht tatsächlich passiert war.

Hatte die Tasse wirklich nicht mehr da gestanden – oder hatte sie sie in ihrer Panik schlichtweg übersehen? Oder hatte sie sie womöglich vorher weggeräumt – immerhin war sie in Gedanken gewesen. Sie wollte das klären. Sie war nach Deutschland gekommen, um endlich erwachsen zu werden. Das konnte sie nur allein.

Die Wirtin schien ihre Gedanken zu erraten. „Vielleicht war es Ihnen nur etwas unheimlich alleine im Haus."

Zofia antwortete nicht. „Es ist mir sehr unangenehm mit dem Schlafen hier auf den Sofa. Und dann die ganzen Getränke. Was muss ich Ihnen zahlen?"

„Du lieber Himmel!" Inge machte eine Geste wie im Theater. „Nichts müssen Sie zahlen. Das Einzige, was Sie müssen: uns sagen, wenn es unserem Anton wieder gutgeht. Im Übrigen bringe ich Sie mit dem Auto nach Hause – oder wollen Sie tatsächlich im Nachthemd über die Straße?"

———

Als er die Augen aufschlug, sah er zunächst die weiße Decke seines Krankenhauszimmers. Dann sah er Zofia. Die junge Frau wirkte müde, zerschlagen. Trotzdem lächelte sie.

„Haben Sie hier übernachtet?", fragte er erschrocken.

„O mój Boże!", rief sie übertrieben entsetzt. „Würde ich nie übernachten bei einen Mann in seinen Zimmer."

Er grinste matt. „Da bin ich beruhigt." Er fühlte sich schwach. Und verschwitzt. Und er musste auf die Toilette.

„Ich glaube, ich müsste einmal aufs Bad", begann er und versuchte die Decke wegzuschlagen. Aber selbst dafür fühlte er sich zu schwach.

„Ähm, dafür ist gesorgt", Zofia hob eine Augenbraue an, „da ist einen Beutel an Ihnen. Und die Schwester sagt, auf keinen Fall Sie dürfen aufstehen. Sonst sie wird Furie, sagt sie." Zofia beugte sich vor und flüsterte: „Eigentlich sie ist immer Furie."

Anton wollte lachen, aber er konnte nicht. Der ganze Oberkörper tat ihm weh.

„Was ist mit mir los?", fragte er.

„Sie haben Lungenentzündung", sagte Zofia. „Schwere Lungenentzündung."

„Verstehe", Anton atmete tief, als wollte er ausprobieren, ob die Lunge noch grob funktionierte.

„Habe ich noch eine Frage", Zofia rutschte näher an ihn heran. Erst jetzt nahm Anton wahr, dass er nicht allein im Zimmer war. Da war noch ein Bett, wie er aus den Augenwinkeln sah. Mein Gott, wie schlecht ging es ihm, dass er das alles noch nicht mitbekommen hatte?

„Soll ich Ihren Kindern informieren? Soll ich anrufen sie?"

„Nein", Anton antwortete schnell. „Sabine ist noch in Schweden. Sie macht sich Sorgen, wenn sie hört, dass ich im Krankenhaus bin."

„Und Ihren Sohn?"

Anton überlegte. Er wollte auch Thomas nicht beunruhigen. Andererseits, Thomas hatte sich in letzter Zeit sehr um ihn gesorgt. Er durfte ihn nicht ausschließen. Schwierig – was würde Theres jetzt empfehlen?

„Ich denke darüber nach", sagte Anton und merkte, wie ihm schon wieder die Augen zufielen. Er versuchte, sie noch einen Moment offen zu halten. „Geht es Ihnen gut?", fragte er Zofia. „Kommen Sie zu Hause zurecht?"

Er schlummerte schon fast, als er ein ‚Naturlich' zu hören glaubte. Vielleicht hatte er es aber auch schon geträumt.

———

Es war halb sieben, als Zofia ins Haus kam, und es war bereits dunkel. Herr Anton hatte praktisch den ganzen Tag geschlafen, sie hatte im Krankenhaus viel Zeit zum Nach-denken gehabt. Jetzt hatte sie einen Plan.

Zielstrebig ging sie in die Küche und kontrollierte noch einmal die Tassen. Es stand keine im Spülbecken, dafür waren fünf Tassen im Schrank. Eine zu wenig, wie sie es heute Morgen schon festgestellt hatte. Einen Moment geriet sie wieder in Panik, deshalb schloss sie die Augen, atmete tief ein und aus und versuchte sich zu beruhigen. Dann machte sie sich zwei Brote und aß. Sie musste kräftig sein heute Abend und wach.

Auf ihrem Laptop sah sie, dass ihre Tante sich gemeldet hatte und ihr Vetter Andrej. Sie schrieb beiden zurück, dass es ihr gutging, dann ging sie offline.

Anschließend machte sie alles, wie sie es immer tat. Sie ging durchs Haus und schaute nach dem Rechten. Aller-dings ließ sie diesmal auch den Keller nicht aus. Sie musste etwas wühlen, bis sie fand, was sie suchte. Dann marschierte sie die Treppe hinauf und in ihr Zimmer. Einige Minuten später ins Bad, so lange, wie sie immer blieb, und wieder auf ihr Zimmer. Sie wartete zehn Minuten ab, dann löschte sie das Licht.

Schließlich stand sie wieder auf, nahm sich ihre dicke Jacke, die sie zurechtgelegt hatte, und zog sie im Dunkeln an. Sie kontrollierte, ob sie alles hatte, und checkte ihr Handy. Zwei Nummern hatte sie voreingestellt. Die Num-mer der Polizei, 110, und die Nummer von Inge, die sie im Internet herausgesucht hatte. Dann schlich sie im Dun-keln nach unten. Die vorletzte Treppenstufe überstieg sie und machte sich sofort auf den Weg in den Keller. Im Dustern tastete sie sich zur Außentür, schloss auf, schlüpfte hindurch und zog die Tür vorsichtig zu. Die kalte Nachtluft umfing sie. Es roch nach feuchtem Gras und schwerer Erde. Zofia schlüpfte die Außentreppe hinauf und an der

Haustür entlang, dann musste sie sich kurz orientieren. Der Weg zum Schuppen war das Schwierigste von allem. Sie lief geduckt und nicht zu schnell. So, dass sie keinerlei Lärm verursachte. Zehn Sekunden, dann war es geschafft. Sie hielt inne, lauschte in die Dunkelheit hinein, hörte nur ein Auto in weiter Ferne. Dann nahm sie den Schlüssel aus ihrer Tasche und öffnete die Tür. Als sie ihren Platz am Fenster eingenommen hatte, atmete sie durch. Der erste Teil war geschafft, aber der schlimmere kam noch.

————

Thomas bekam die SMS auf der Autobahnabfahrt. „*Nein, sie streiten alles ab, beide. Aber wir kriegen sie schon weichgeklopft. Du hast mir mit deinen Hinweisen geholfen, Thomas, besten Dank. Jetzt komme ich aber besser alleine zurecht.*"

Thomas versetzte dem Lenkrad einen Stoß. Er hatte zwei wunderbare Tage bei seinen Freunden verbracht, aber kaum hatte er sich verabschiedet und im Auto gesessen, waren die alten Fragen wieder in seinem Kopf aufgetaucht. Was genau hatten Bernd Arnold und seine Frau ausgesagt? Was war mit dem Polen? Und hatte die Ermittlungsgruppe auch dieses junge Mädchen auf dem Schirm? Er hätte gerne noch einmal mit Conni gesprochen, aber das konnte er sich nach dieser Nachricht wohl klemmen. Blieb ihm nichts übrig, als sich einer anderen großen Frage zu stellen: Was war mit seinem Vater? Er hatte es im Laufe des Sonntags mehrfach zu Hause versucht, aber nie hatte sich jemand gemeldet. Bis eben hatte er sich weisgemacht, sein Vater sei wieder topfit und zu verwegenen Ausflügen unterwegs. Jetzt war es Abend und immer noch war niemand erreichbar. Das bedeutete, dass entweder der Telefonanschluss nicht funktionierte – oder schlimmer: dass etwas passiert war.

Seiner Schwester hatte er gesimst: *„Ich kümmere mich"*.
„Das hoffe ich", war ihre Antwort gewesen.

Hinten auf dem Rücksitz lag sein Rucksack mit Sachen für ein paar Tage. Vielleicht wurde er damit ja ausnahmsweise den Ansprüchen seiner Schwester gerecht.

———

Sie erwachte von einem Geräusch und brauchte ein paar Sekunden, bis sie wusste, wo sie war und warum ihre Glieder so steif waren. Als sie verstand, fuhr ihr ein Schreck in den Magen. Hektisch sah sie auf ihr Handy. Sie hatte bestimmt zwei Stunden geschlafen. Wieder ein Geräusch. Offenbar war sie im richtigen Moment wachgeworden. Ihr zog sich die Kehle zu. Dann schaffte sie es endlich, an die Scheibe zu rücken. Es brauchte eine Weile, bis sie etwas sah. Die Straßenlaterne warf viel zu wenig Licht auf das Grundstück. Das Haus war zu erkennen, rechts die Garage, auch ein paar Büsche. Und dann plötzlich eine Bewegung am Haus. Da war eine Gestalt, die sich im Schatten des Hauses bewegte. In Zofia ging alles durcheinander. Sie hatte recht gehabt. Immer schon hatte sie recht gehabt, da schlich jemand ums Haus! Aber was nützte ihr das? Sie saß in einem Schuppen, gelähmt vor Kälte und Angst, und hatte nichts Brauchbares, um sich zu wehren. Panisch sah sie sich um. Hier lag jede Menge Werkzeug. Sie konnte es nur leider nicht erkennen. Sie tastete herum. Alles aufgeräumt, natürlich, alles an seinem Platz. Sie machte einen Schritt auf die Wand zu. Dort hingen die Schraubenzieher. Sie fingerte nach einem großen, tastete seine schmale Spitze, fast wie ein Messer. Aber wenn dort draußen der Polinnenmörder unterwegs war, dann hatte er auch ein Messer, eins, das besser war als ihres. Allein der Gedanke versetzte sie in Panik. Sie sollte besser Inge anrufen und dann sollte jemand kommen, während sie in ihrem Schuppen sitzen blieb. Oder die Polizei? Aber die brauchte lange hier auf dem Land.

Die Gestalt schien sich zu strecken, in ein Fenster zu schauen. Zofia konnte sich vor Zittern kaum halten. Aber dann plötzlich überkam sie wieder diese Wut. Sie sah sich von außen, eine verängstigte Frau in einem Schuppen, die sich nicht regen konnte vor Angst. Das wollte sie nicht, so wollte sie nicht sein! Fest umklammerte sie ihren Schraubenzieher und griff mit der Linken in ihre Tasche.

Jetzt oder nie, sagte sie sich, jetzt oder nie!

Die Gestalt hatte sich nun ein Stückchen weiterbewegt zur Vorderseite des Hauses. Das war gut, so kam sie in den Schein der Straßenlaterne. Zofia öffnete mit dem Ellbogen die Tür, ganz vorsichtig, ohne jedes Geräusch. Die Gestalt war nun um die Ecke gebogen, sie konnte sie nicht mehr sehen. Und das machte sie wütend. Sie sollte nicht entkommen. Sie sollte nicht wiederkommen, um ihr erneut Angst einzujagen. Sie sollte kein Schatten bleiben, an den sonst keiner glaubte. Sie lief los, auf die Hausecke zu, nahm ein Motorengeräusch wahr, stürmte schneller, sie wollte ihn stellen. Und tatsächlich: An der Ecke sah sie die Gestalt, direkt vor der Haustür. Ein Mann. Natürlich ein Mann.

„Halt!", schrie sie und richtete ihre Pistole auf ihn. Sie schrie aus voller Kehle. „Habe ich jetzt dich."

Der Mann drehte sich um. Erschrocken blickte er sie an. Riss die Arme nach oben. Harald, der Wirt.

„Ich wollte doch nur –", stammelte er, „ich wollte nur schauen, ob es Ihnen gutgeht."

———

Er hatte gedacht, das Bild, wie sie in gelben Turnschuhen und mit erhobener Mineralwasserflasche auf ihn losging, wäre nicht zu toppen. Es war zu toppen. Jetzt stand sie wieder in gelben Turnschuhen da, in der einen Hand einen Schraubenzieher, in der anderen die alte Spielzeugpistole aus Thomas' Cowboy-Kostüm. Als Kind war sie sein ganzer Stolz gewesen war: eine Erbsenpistole vom Dorfschützenfest – mattschwarz und echt cool.

Mit dieser Spielzeugpistole bedrohte sie Harald, den Wirt. Der Arme war starr vor Schreck und hatte sich wahrscheinlich schon in die Hose gepinkelt.

„Nanana", sagte Thomas wie zu einem Kind und ging langsam auf sie zu.

„Thomas!" Harald hatte ihn jetzt erst bemerkt. Erleichterung war in seiner Stimme zu hören. Er ließ die Hände sinken und entspannte sich sichtlich.

„Genau, ich bin's", sagte Thomas munter, um die Situation zu entschärfen, „und wie es scheint, genau im rechten Moment, um diese junge Frau zu entwaffnen. Nicht dass sie hier gleich noch mit Erbsen um sich schießt."

Die Polin blickte von ihm zum Wirt und wieder zurück. Sie würde möglicherweise gleich losheulen und das war bestimmt schlimmer als alles, was er bislang mit ihr erlebt hatte.

„Das ist – das ist –", sagte sie und schon schossen ihr die Tränen in die Augen.

„Frau Zofia ist heute Nacht zu uns gekommen, weil sie Geräusche gehört hat", erklärte nun Harald. „Inge meinte, ich solle mal schauen, ob alles okay ist."

„Aber sind Sie – ums Haus –"

„Ich habe geklingelt, aber es war niemand da. Deshalb habe ich eine Runde ums Haus gedreht. Ich wollte Ihnen keine Angst einjagen, ganz im Gegenteil. Ich wollte Ihnen zeigen, dass Sie nicht allein sind."

Sie fing jetzt an zu schluchzen und dann rannte sie los.

Sie lief ums Haus herum, kurz darauf hörte man eine Tür. Sie war durch die Kellertür nach drinnen gegangen.

Harald schaute Thomas hilflos an. „Gut, dass du jetzt da bist", sagte er knapp.

„Wo ist denn mein Vater?"

Der Wirt machte große Augen. „Weißt du denn gar nicht, dass er im Krankenhaus liegt?"

Sie heulte eine Viertelstunde, sie heulte wie ein Kind. Dann konnte sie sich ein wenig beruhigen. Hin und wieder ein Schluchzer, dann so wenig, dass sie ins Haus lauschen konnte. War der schreckliche Sohn noch da? War vielleicht sogar der Wirt noch da? Sie stand von ihrem Bett auf und ging hinüber ins Bad. Wusch sich immer wieder das Gesicht mit kaltem Wasser. Irgendwann war ihre Haut rot – nicht mehr vom Heulen, sondern vom kalten Wasser.

Im Flur lauschte sie erneut. Unten war Licht, aber kein Geräusch war zu hören.

Ich will nach Hause, dachte sie. Ich will nach Hause, das sage ich ihm jetzt.

Er saß am Esstisch und er hatte eine Flasche Wein aufgemacht.

„Da sind Sie ja", meinte er, als sie zur Tür hineinschaute.

Er hatte sich eingeschenkt, aber es stand ein zweites Glas auf dem Tisch.

„Trinken Sie auch einen Schluck? Habe ich im Keller gefunden. Schmeckt ganz okay."

Was sollte das? Warum tat er, als wenn nichts wäre?

„Ich will das erklären", sagte sie. „Ich will erklären das alles."

„Gerne", sagte er und er klang beinahe freundlich, „möchten Sie dazu einen Schluck Wein?"

„Ja." Sie sagte es einfach. Obwohl ihre Tante immer gesagt hatte: *„Kein Alkohol in Deutschland. Du bist zur Arbeit da, nicht zum Vergnügen!"*

Und dann setzte sie sich und begann zu erzählen. Von dem Ausflug in den Wald. Von den vielen Stunden in der Kälte. Vom Arzt und der Krankenhauseinweisung. Als sie sagte, dass Herr Anton die Kinder nicht habe informieren wollen, sah sie ein Zucken in seinem Gesicht.

„Wollte er Sie nicht beunruhigen." Und als das nicht reichte: „Ich glaube, er hat Sie am gernsten."

Da kam ein Lächeln in sein Gesicht, vielleicht aber auch nur ein Grinsen. „Wie geht es ihm jetzt?"

„Er schläft viel", sagte Zofia. „Ich war den ganzen Tag da. Er hat fast nur geschlafen. Aber die Ärzte sagen, das ist normal. Ist gut, wenn er schläft. Sie sagen, morgen ist bestimmt viel besser mit ihm. Das hoffe ich sehr."

Der Sohn trank einen Schluck Wein. „Und was ist mit Ihnen? Was war letzte Nacht los?"

Und da war wieder der Kloß. Der schreckliche Kloß. Sie musste kämpfen, um nicht wieder zu heulen.

„Es sind immer Geräusche", sagte sie. „Immer wieder ich höre Geräusche. Und das sind nicht immer Sie wegen Internetanschluss."

Er lächelte mild. Dann fiel ihr etwas ein. „Als Sie hier waren, am Donnerstag, sind Sie da hinten im Garten gewesen?"

Er schüttelte den Kopf. „Nein, natürlich nicht. Ich habe ja einen Schlüssel. Ich bin hier im Haus gewesen, habe ein bisschen gewartet und bin dann wieder gefahren."

„Aber", rief sie aufgeregt, „da waren Abdrücke im Beet. Da war ein Mann. Ich habe den Abdruck gesehen."

Er sah sie aufmerksam an. Wahrscheinlich dachte er, sie sei völlig verrückt.

„Und letzte Nacht", erklärte sie, „da war jemand im Haus. Ein Fenster stand offen. Und viel schlimmer: Im Wohnzimmer stand eine Tasse." Sie zeigte in die Richtung, in der das Wohnzimmer lag. „Und als ich herunterkam wegen Geräuschen, da war die Tasse weg."

„Und da sind Sie zu Inge und Harald gelaufen?", fragte er nach.

„Ja! Weil ich sonst im Dorf niemanden kenne!"

Er sah sie wieder aufmerksam an.

„Hier!" Sie sprang auf und lief hinüber zur Küche. „So eine Tasse. Wir haben sechs davon, eine stand auf dem Tisch." Sie riss die Schranktür auf, merkte, dass er zögernd nachgekommen war.

„Es waren vorher sechs, jetzt es sind nur noch fünf!"

Sie starrte in den Schrank. Starrte auf die Tassen. Hinter ihr trat der Sohn von einem Bein aufs andere. Sechs Tassen standen im Schrank.

14

Sie hatte noch eine ganze Stunde geweint, nachdem sie auf ihr Zimmer gerannt war. Er hatte an die Tür geklopft, er hatte beruhigende Worte gesprochen, ohne Erfolg. Irgendwann hatte er gesagt: „Wir sprechen morgen. Schlafen Sie gut!", war nach unten gegangen und hatte sein halbvolles Glas Rotwein in den Ausguss gekippt.

Als er auf dem Sofa erwachte, war es taghell. Er blickte auf die Uhr, halb neun. Er hatte in Jeans und T-Shirt geschlafen und fühlte sich zerknautscht, als er sich aus der Wolldecke schälte. Auf dem Weg ins Bad hielt er im Flur einen Moment inne und lauschte. Außer dem Ticken der Standuhr war nichts zu hören.

Das Bad war tipptopp sauber. Die Fliesen blitzten und die Utensilien seines Vaters waren aufgereiht wie bei einem Appell. Thomas pinkelte und ging anschließend aus Neugier ins Schlafzimmer seines Vaters. Wie vom Donner gerührt blieb er in der Tür stehen. Eine Schlinge baumelte über dem Bett. Dann überkam ihn ein Schmunzeln. Das hier war sein Vater. Ein Haken, ein Seil – er hatte sich für null Euro dieses Hilfskonstrukt gebastelt. Thomas ging zum Fenster hinüber. Ein altes Holzfenster, das die besten Tage hinter sich hatte. Es zog durch die Ritzen wie Sau. Thomas würde sich darum kümmern – am besten, solange sein Vater noch im Krankenhaus war.

In der Küche empfing ihn ein Zettel.

„Sehr geehrter Herr Wieneke,
ich bin bei Ihren Vater in Krankenhaus.
Dafür habe ich das Auto genommen.
Ich kümmere mich um Ihren Vater bis er ist wieder gesund.
Aber bitte sorgen Sie dann für einen andere Hilfe. Ich bin
leider nicht die richtige für ihn. Ihren Zofia Bartoszewski"

Thomas starrte auf den Zettel. Zofia hatte vermutlich die halbe Nacht gebraucht, um diese Zeilen zu schreiben. *Sehr geehrter Herr Wieneke ...* Der Brief war rührend und er machte ihn traurig, denn sie hatte nicht geschrieben: *Es tut mir sehr herzlich leid.*

Er war halt ein Idiot.

———

August dieses Jahres

Sie wohnen jetzt in Hagen, wieder in ihrem alten Viertel. Das macht es so unglaublich schlimm. Es ist wie eine Endlosschleife. Sie kommen nicht weiter. Sie stehen immer wieder vor demselben beschissenen Schlamassel. Ihr Vater redet von neuen Chancen und von guten Kontakten. Der einzige Unterschied zu früher ist: Er säuft nicht immer zu Hause, er säuft jetzt auswärts mit seinen Leuten. Sie dagegen verlässt die Wohnung nicht mehr. Sie ist fett wie eine Ente, findet sie. Und ihr Vater findet das auch. Neulich hat er schon wieder gesagt, sie bekäme einen fetten Arsch, sie solle mal arbeiten gehen, andere Mädchen in ihrem Alter täten das auch. Sie hat erwidert, andere Väter täten auch was anderes als den ganzen Tag saufen. Daraufhin hat er gebrüllt und sie hat ihre Tür zugeknallt. Es ist nicht mehr zum Aushalten. Nichts ist mehr zum Aushalten.

Es gibt eine Babyklappe in Hagen, aber eigentlich will sie ja ihr Kind. Ihr Mädchen.

Zweimal hatte sie schon den Hörer in der Hand, um Gitte anzurufen. Gitte würde ihr helfen. Zwar war sie am Ende nicht mehr richtig freundlich gewesen, aber in ihrer Situation *musste* Gitte ihr helfen. Sie hat den Hörer beide Male wieder hingelegt. Was, wenn nicht Gitte am Apparat war? Aber was nützt es, sie muss es einfach versuchen. Morgen ruft sie an, ganz bestimmt. Vielleicht wird ja dann alles gut. Denn manchmal, ganz tief unten, spürt sie die Hoffnung, dass Alex zu ihr steht, wenn sie ihm die ganze Geschichte erzählt. Diese ganze beschissene Geschichte. Dann stellt sie sich vor, dass sie zusammen weggehen, weit weg, nach Australien vielleicht, zu Patti. Dass sie dort das Kind großziehen, ihr Mädchen. Sie hat auch schon einen Namen für ihr Mädchen: Amanda.

————

Herrn Anton ging es besser. Ein ganz kleines bisschen besser. Er hatte gelächelt und er hatte gesagt, sie sehe immer so müde aus und ein bisschen traurig. Es täte ihr offenbar nicht gut, dass er zu Hause fehlte.

„Das stimmt", hatte Zofia gesagt, „das stimmt sehr."

Er hatte auch ein paar Worte über den Jungen im Nachbarbett gesagt. „Er ist zweiundzwanzig", hatte Herr Anton erklärt, „hat den Blinddarm rausgekriegt und hört den ganzen Tag mit seinen Ohrstöpseln Musik."

Herrn Anton war das ganz recht. Er schlief immer noch viel, er schlief fast die ganze Zeit.

Gegen zehn Uhr klopfte es plötzlich, gestern war um diese Zeit die Putzfrau gekommen, jetzt aber kam der schreckliche Sohn. Er trug heute eine Art Parka und hatte einen riesigen Blumenstrauß in der Hand. Zofia sprang sofort auf.

„Sowas", sagte Herr Anton und Zofia wusste nicht, ob er mehr über den Sohn erstaunt war oder mehr über die

Blumen.

„Hat Zofia dich angerufen?", wollte Herr Anton wissen.

„Oh nein", sagte der Sohn. „Ich bin einfach gekommen. Um dann zu erfahren, dass du im Krankenhaus liegst."

Herr Anton stutzte einen Moment. „Was für wunderbare Blumen!", sagte er dann.

„Ja", meinte der Sohn. „Sie sind für dich – und auch für Zofia. Sie sitzt ja viel an deinem Bett." Zofia schoss die Röte ins Gesicht.

„Ich warte draußen", stotterte sie und verließ hektisch das Zimmer.

Nach einer Viertelstunde kam ihr der Sohn hinterher. Sie stand am Fenster, weil man einen sehr schönen Blick von hier hatte. Der Sohn stellte sich neben sie, so hatte er auch einen sehr schönen Blick.

„Er hat kein Fieber mehr", sagte er. „Das ist gut."

„Und er ist mehr wacher", fügte sie hinzu.

„Er hat mir erzählt, wie gut Sie ihn gepflegt haben, mit Wadenwickeln und allem."

Sie antwortete nicht. Sie hatten noch keinen Ersatz, also wollten sie sie halten, fürs Erste zumindest.

„Ich gehe zurück nach Polen", sagte sie fest.

„Weil es Ihnen hier nicht gefällt?" Er schaute sie an. Sie allerdings starrte weiter aus dem Fenster.

„Nein, nicht deshalb. Aber alle halten mich hier für verrückt."

„Ich halte Sie nicht für verrückt."

Jetzt fuhr sie doch herum. „Sie glauben mir? Dass die Tasse weg war und dann wieder da?"

Er zögerte einen kleinen Moment. „Ja", sagte er dann.

Er log. Sie konnte es ganz genau sehen. Er wollte sie hier halten, weil er jemanden brauchte, deshalb log er sie an.

„Ich komme hier nicht zurecht", sagte sie trotzig.

„Weil Sie Angst haben?"

„Ich habe keine Angst."

„Wenn Sie keine Angst hätten, wäre das ein Wunder. Im Dorf ist eine junge Polin umgebracht worden. Mein Vater redet ständig vom Mörder, er schleppt Sie in einen Wald, wo Sie einen wildfremden Mann treffen sollen. Dann müssen Sie allein in einem alten Haus übernachten, wo es in jedem Winkel knarzt und knirscht."

„Was ist das – *knarzt und knirscht?*"

„Es gibt schreckliche Geräusche – ich habe sie heute Nacht selber gehört. Kein Wunder, die Fenster sind nicht mehr in Ordnung. Und dieses ganze Holz im Haus arbeitet ständig."

„Sie glauben mir nicht mit der Tasse", sie verschränkte die Arme. „Sie reden von Geräuschen im Haus. Sie meinen, ich habe mir das alles nur eingebildet."

Er seufzte, wusste offenbar nicht, was er sagen sollte.

Dann wusste er es doch. „Lassen Sie es uns herausfinden", schlug er vor.

„Was – herausfinden?"

„Was mit der Tasse los war. Ob jemand im Haus war. Wer die Polin umgebracht hat."

„Wie wollen Sie herausfinden das?"

„Warten Sie ab. Und vertrauen Sie mir, ich bin Polizist."

Sie überlegte. Schaute ihn an. Seine Augen lächelten jetzt. Er konnte genauso mit seinen Augen lächeln wie sein Vater. Das hätte sie nicht gedacht.

„Ich bleibe", willigte sie schließlich ein. „Ich bleibe, bis Ihre Vater ist wieder gesund. Dann wir sehen weiter."

„Okay", sagte er und berührte ihren Oberarm. „Ich fahre jetzt."

„Sie fahren?", rutschte es ihr heraus. „Müssen Sie zu Ihrer Freundin, die immer Kinderjoghurt isst?"

Er sah sie verwirrt an. Zofia biss sich auf die Lippe. Warum sagte sie das? Es konnte ihr egal sein. Er wollte sie hier haben, damit sie sich um seinen Vater kümmerte. Müde drehte sie ab und ging Richtung Zimmer.

„Bis später", hörte sie den schrecklichen Sohn rufen. „Ich bin bald wieder da."

————

Thomas klingelte von Anfang an Sturm. Er hatte keinen Bock mehr auf Vorsicht. Er wollte Antworten und zwar sofort.

Er hörte schon vorher Gemeckere, dann wurde die Tür aufgerissen. Da stand er, Udo Hartmann, und war schlechter dran als bei Thomas' letztem Besuch. Fleckige Jogginghose, zerzaustes Haar, gelbe Gesichtsfarbe. Der war bald so weit.

„Sie schon wieder."

„Ja, ich." Er stellte den Fuß in den Spalt und hielt seinen Ausweis flüchtig hin. „Kriminalpolizei. Haben Sie einen Augenblick Zeit?"

Hartmann wirkte irritiert. „Kriminalpolizei? Ist meiner Tochter was passiert?"

Er gab die Tür frei. Thomas nutzte es sofort und drängte sich an ihm vorbei.

„Sie ist also nicht hier?"

Er schaute sich um. Chaos! Im Flur und auch im Wohnzimmer, in das man hineinschauen konnte. Aufgerissene Kartons, Kleidung, Flaschen, alles lag auf dem Boden, und es stank in der Wohnung.

„Hat sie was angestellt?"

„Das wird sich noch rausstellen. Wo ist sie?"

„Michelle war schon länger nicht mehr hier. Ich mache mir Sorgen."

Thomas verkniff sich die Bemerkung, dass er Michelle sicher gern zum Aufräumen hiergehabt hätte.

„Seit wann ist sie weg?"

„Seit – einiger Zeit."

Klar, wenn man den ganzen Tag soff und schlief, verlor man ein bisschen den Überblick.

„Versuchen Sie sich zu erinnern. Haben Sie einen Kalender?"

„Einen Kalender", er sah sich um, als müsste in dem Chaos irgendwo einer sein, „ich weiß nicht."

„Wie lange ist sie weg? Drei Tage, drei Wochen, drei Monate?"

„Drei Wochen vielleicht. Und vorher war sie auch immer mal weg."

„Wo ist sie, wenn sie *weg* ist?"

„Ich hab keine Ahnung, sie spricht ja nicht mit mir."

Würde ich auch nicht, fügte Thomas in Gedanken hinzu.

„Sie ist schon seit Monaten komisch. Bunkert sich ein, arbeitet nicht –"

„Aber im Moment bunkert sie sich nicht ein", folgerte Thomas genervt.

„Nee, jetzt ist sie weg. Ich mache mir Sorgen."

„Wo könnte sie sein?"

„Das habe ich mich auch schon gefragt."

„Wer sind ihre Freunde?"

„Also, hier in Hagen – wir wohnen noch nicht lange hier. Vorher auf dem Dorf, da hatte sie ein, zwei Mädchen, zumindest in der Schule." Er blickte auf. „Irgendwann ging sie ja nicht mehr zur Schule, Ich hab zu ihr gesagt: *Michelle, du musst was lernen. Du musst einen guten Beruf haben.* Aber sie sprach ja nicht vernünftig mit mir."

„Wie hießen die Freunde im Sauerland?"

Er kratzte sich am Kopf. Kratzte seine fettigen Haare.

„Wenn ich das so ganz genau wüsste."

„Was ist mit ihrem Bruder?"

Hartmann blickte erstaunt hoch. „Marius? Kennen Sie den auch?"

„Ich kenne seine Akte. Kann es sein, dass Michelle zu ihm gefahren ist?"

„Das habe ich mich auch schon gefragt."

„Haben Sie eine Adresse von Ihrem Sohn? Irgendeine Kontaktmöglichkeit?"

Er winkte ab. „Der zieht rum. Der hat keine feste Adresse."

Verdammt! Thomas hätte gern gegen einen der ausgeleierten Kartons getreten, die ihren wertlosen Inhalt über den Fußboden ergossen.

„Haben Sie eine Handy-Nummer von Ihrer Tochter? Irgendeine Möglichkeit, sie zu erreichen?"

„Das Problem ist", er holte tief Luft. Sag, was das Problem ist, dachte Thomas. Sag, was dein verdammtes Problem ist! „Ich hab mein Handy gerade nicht hier. Ist kaputt. Wird von einem Kumpel repariert. Und deshalb hab ich keine Nummern. Auch nicht von meiner Tochter."

„Toll!", entfuhr es Thomas. Was er eigentlich dachte: Du Arschloch hast Dein Handy versoffen.

„Ich mache mir Sorgen um meine Tochter", jetzt wurde der Typ energisch. „Ihr seid doch Polizei. Warum wisst ihr nicht, wo sie ist? Das ist doch euer Job."

„Ja? Ist das unser Job?", Thomas hielt sich nur mühsam unter Kontrolle.

„Ihr kriegt doch Geld dafür. Wir Steuerzahler bezahlen euch, damit ihr euren Job macht."

Thomas ging zwei Schritte auf den Kerl zu. Im letzten Moment schaffte er es, ihn nicht am Kragen zu packen.

„Und soll ich dir mal sagen, was dein Job ist? Dein Job als Vater? Dein Job ist, nicht zu saufen, deine Wohnung nicht zu vermüllen und deiner Tochter ein Zuhause zu bieten. Hast du davon in den letzten Jahren irgendetwas geschafft?"

Er spuckte dem Kerl fast ins Gesicht. Der wich zurück. Ein No-Go. Thomas war wirklich mit den Nerven am Ende. Er versuchte sich zu beruhigen.

„Gibt es irgendeinen Hinweis, wo man suchen könnte? Hat sie etwas hinterlassen?"

Thomas' Ansprache hatte gewirkt. Der Typ wirkte eingeschüchtert. Er dachte nach – mit den wenigen Gehirnzellen, die ihm noch blieben.

„Ihr Computer", sagte er dann. „Der steht in ihrem Zimmer."

Er ging vor. Er *watete* vor. Durch den Müll zu einem Zimmer. Thomas ging dicht hinter ihm her. Das Zimmer war quasi nicht eingerichtet. Ein Kojenbett. Aber kein Bild an der Wand und kein Schnickschnack, wie ihn junge Mädchen sonst hatten. Auf dem Boden der Computer.

„Vielleicht ist da irgendwas drauf", blabberte der Typ.

„Ich nehme ihn mit", bestimmte Thomas und zog schon die Kabel heraus.

„In Ordnung", meinte Hartmann deutlich verzögert. „Vielleicht finden Sie was. Ich mache mir nämlich Sorgen um meine Tochter."

Thomas sparte sich jeden Kommentar.

———

Anton taten alle Knochen weh. Ob von der Lungenentzündung. Ob vom Liegen. Er wusste es nicht. Verdorri, er hatte in der letzten Zeit so große Fortschritte gemacht! Das Laufen war ihm leichter gefallen, der Arm war beweglicher geworden, seine Unsicherheit war gewichen – jetzt aber fühlte er sich wieder bei Null. Kraftlos, schlapp und von Schmerzen geplagt. Am liebsten hätte er nur geschlafen,

geschlafen und noch mal geschlafen. Thomas' Besuch war anstrengend gewesen und mehr noch belastete ihn, dass Frau Zofia fortwährend an seinem Bett saß. Er hatte das Gefühl, sie unterhalten zu müssen. Sie wirkte selbst völlig erschöpft. Umso verrückter, dass sie hier saß. Deshalb formte er schon seit Minuten an den richtigen Worten.

„Zofia", begann er. Sofort rückte sie nach vorn und hing an seinen Lippen. „Ich wäre froh, wenn Sie für heute nach Hause fahren würden."

„Nach Hause? Neineinein!" Sie schüttelte heftig den Kopf. Anton musste schmunzeln, obwohl er so schlapp war. Zofia kam ihm vor wie ein treuer Hund.

„Aber ich kann nichts anderes als schlafen", versuchte er es.

„Das ist gar nicht schlimm. Warte ich einfach."

Er kam nicht weiter. Es war zum Verrücktwerden. Dann hatte er plötzlich eine Idee. „Mein Sohn", sagte er. „Er bleibt ein paar Tage, hat er gesagt. Ist es unhöflich, wenn ich frage, ob Sie sich ein bisschen um ihn kümmern könnten?"

„Um Ihre Sohn?" Sie sah ihn erschrocken an.

„Kümmern ist zu viel gesagt", beeilte Anton sich zu sagen. „Er hat gern seine Ruhe. Aber er freut sich sicher, gemeinsam mit Ihnen zu essen."

Wenn man ihre Reaktion sah, konnte man denken, er hätte etwas Entsetzliches verlangt. War Thomas wirklich so schlimm?

„Wenn Sie meinen ...", unglücklich griff sie nach ihrer Tasche.

„Wenn Sie nicht wollen", ruderte Anton zurück, „dann bleiben Sie hier – oder machen Sie einen Spaziergang."

„Nein, nein, ich werde kochen", sagte sie matt. „Für Ihre Sohn!"

„Ach Gott, das müssen Sie nicht! Er ist ein selbständiger

Mann. Sie müssen nicht kochen!"

Sie sah ihn einfach nur an. Er hatte Mist gebaut, ohne dass er es wollte.

„Bis morgen!", sagte sie.

Er hätte gerne geantwortet. Irgendetwas. Vielleicht einen Dank. Aber er fühlte sich plötzlich zu schwach.

———

Der PC war durch ein Passwort geschützt. Natürlich war er geschützt, es war nur eine ganz schmale Hoffnung gewesen, dass er einfach in Michelle Hartmanns Leben hineinmarschieren konnte. Thomas saß am Esstisch – da, wo sein Vater für gewöhnlich saß – und schaute hinaus. Die Blätter der Trauerbuche leuchteten blutrot. Einiges war mit dem Sturm der letzten Tage heruntergekommen, aber immer noch bot der Baum einen phantastischen Anblick. Meist dauerte diese Phase nur wenige Tage. Schade, dass sein Vater nicht hier sein konnte, er liebte diesen Baum. Aus purer Langeweile gab Thomas als Passwort *„blutrot"* ein, anschließend *„Herbst"*. Natürlich ging nichts davon durch.

Dann hörte er plötzlich ein Geräusch, jemand schloss die Haustür auf. Als Thomas die Tür zum Flur öffnete, sah er gerade noch Zofia mit einem großen Karton in der Küche verschwinden. Sie dreht sich ihm zu, als er in die Küche trat. „Hallo!" Die Distanz in ihrer Stimme war unüberhörbar.

„Sie haben eingekauft", bemerkte er überflüssigerweise.

Zofia räumte Paprikaschoten in den Kühlschrank. „Ja, Ihr Vater meint, Sie haben noch nicht gegessen."

Thomas fiel aus alle Wolken. „Das hat er gesagt? Womöglich auch, dass Sie für mich kochen sollen?"

Zofia sah ihn nur kurz an.

„Das kommt überhaupt nicht in Frage."

Zofia nahm jetzt Milch und Crème fraîche aus ihrer Kiste

und stellte sie ebenfalls in den Kühlschrank.

„*Ich* könnte etwas kochen", sagte Thomas trotzig und ging auf Zofia zu. „Was haben Sie denn mitgebracht?"

Zofia hielt inne. „Das geht nicht."

„Und warum bitte schön nicht? Weil ich ein Mann bin? Es mag in Polen so sein, dass die Männer nicht kochen, hier ist das anders."

Er bereute es, noch bevor er es ausgesprochen hatte. Jetzt würde sie in die Luft gehen, so wie er es bereits kannte. Stattdessen blieb sie ruhig und schaute ihn nur an.

„Kennen Sie sich also gut aus in Polen?"

„Nein, überhaupt nicht", räumte er ein. „Es wäre mir nur peinlich, wenn Sie für mich kochen."

„Aber Ihre Vater bezahlt dafür."

„Er bezahlt, dass Sie sich um ihn kümmern, und das machen Sie gut. Von mir steht nichts im Vertrag."

Der Karton war jetzt leer. Sie sah aus, als wenn sie schlichtweg zu müde für jeden Widerspruch wäre.

Er nahm den Karton von der Anrichte. „Tun Sie mir einen Gefallen und legen Sie sich hin. Zumindest eine Stunde!"

Sie sah auf die Küchenuhr. „Dann sind Sie jetzt nicht so sehr dringend hungrig?"

„Nein, überhaupt nicht. Ich wäre froh, wenn Sie sich ein wenig ausruhen würden."

Einen Moment zögerte sie noch, dann schien sie überredet.

„Eine Stunde", sagte sie, als sie die Küche verließ.

———

Der schreckliche Sohn hatte gekocht. Sie wusste es, als sie eine Stunde später ins Badezimmer huschte. Ein wunderbarer Duft zog durchs ganze Haus. Wie sollte sie das jemals ihrer Tante erklären?

Sie ging duschen. Eigentlich hatte sie sich nur schnell waschen wollen, um nicht noch mehr Zeit zu verlieren. Jetzt aber hatte sie Angst, nach unten zu gehen. Der schreckliche Sohn hatte gekocht!

Er hatte Spaghetti Bolognese gekocht, genau, wie sie es vorgehabt hatte.

„Spezialrezept", verriet er, als sie vorsichtig die Küche betrat. Er rührte eifrig durch die Pfanne und sie riskierte einen Blick. Es waren einige Zutaten dabei, die sie bei dem Gericht nicht verwendete: Zucchini, Champignons, Möhren, Oliven ...

Auch die Spaghetti waren schon fertig.

„Zum Nachtisch gibt es Kinderjoghurt", sagte der Sohn jetzt über seiner Pfanne. „Hat mir meine Freundin empfohlen. Sie ist übrigens acht. Mein Patenkind – und die Tochter meines besten Freundes." Jetzt hob er den Kopf und grinste. „Eine andere Freundin hab ich leider nicht."

Zofia wäre am liebsten in Grund und Boden versunken. „Ich decke den Tisch", sagte sie verlegen, aber als sie hinüberging, sah sie, dass alles schon vorbereitet war. Sogar Servietten hatte er aufgestellt und Weingläser standen bereit. Rechts auf dem Sideboard befand sich ein Computer. Offenbar hatte der Sohn sich Arbeit mitgebracht. Stattdessen musste er hier kochen.

Fünf Minuten später saßen sie zusammen am Tisch. Es war ein bisschen wie bei einem Candle-Light-Dinner, Zofia hätte sich am liebsten unter dem Sofa versteckt. Aber der Sohn war so aufgeräumt, sie wollte ihn nicht enttäuschen. Deshalb trank sie sogar den Rotwein, den er ihr eingeschenkt hatte.

„Was meinen Sie von Ihren Vater?", fragte sie irgendwann.

„Meinen Sie, er wird bald gesund?"

„Ich glaube, es ist gut, dass er im Krankenhaus ist." Das war eine ausweichende Antwort, das merkte Zofia genau.

„Er wird sich schon bekrabbeln, er ist ein zäher Knochen."

Zofia sah den Sohn entsetzt an. *Krabbeln? Knochen?*

„Er wird gesund", sagte der Sohn schnell.

„Hatten Sie eine schöne Besuch?", fragte jetzt Zofia. Das Gespräch war etwas zäh.

„Schön …?", der Sohn hielt sein Glas in der Hand. „Vielleicht haben Sie bemerkt, dass mein Vater und ich uns ein wenig schwer miteinander tun."

„Warum ist so?" Zofia wurde mutiger. Sie merkte den Rotwein, sie war ja nichts gewohnt.

„Warum ist so?", wiederholte der Sohn nachdenklich. „Keine Ahnung. Es war von Anfang an verkorkst. Schwierig", schob er schnell hinterher.

Zofia rieb sich die Nase. „Glaube ich, die Deutschen sehen mehr Probleme, als sie eigentlich haben." Sie war selbst erschrocken, als sie es ausgesprochen hatte. Deshalb fügte sie schnell hinzu: „Ihr Vater ist sehr froh über Sie. Aber er weiß nicht ganz genau, wie er das soll sagen." Und als der Sohn immer noch nicht reagierte: „Ich nehme noch ein Glas Rotwein."

Der Sohn war jetzt einsilbig, sie hatte einen Fehler gemacht. Aber sie würde bald nach Polen zurückgehen, deshalb war es nicht so schlimm.

„Sie haben Ihren Computer mitgebracht", sagte Zofia, als ihr Glas neu befüllt war.

„Das ist nicht mein Computer", erklärte der Sohn. „Er gehört dem Mädchen, mit dem Gabriela Wisniewska im Sommer Kontakt gehabt hat."

Zofia war überrascht. „Dem Mädchen mit den Glas Wasser?"

„Ja, Michelle ist ihr Name. Sie taucht in mehreren Aussagen auf. Ich war deshalb bei ihr zu Hause, aber angeblich war sie seit Wochen nicht dort. Der Vater sagt, er weiß nicht, wo sie ist, aber immerhin hat er mir ihren PC zur Verfügung gestellt."

„Und?" Zofia wurde aufgeregt. „Steht etwas drin?"

Der Sohn zuckte die Achseln. „Er ist mit einem Passwort geschützt. Ich komme nicht rein."

Zofia dachte nach. „Habe ich eine Idee", sagte sie nach einer Weile. „Habe ich einen Cousin und diesen Cousin kann alles mit einen Computer."

„Aha", sagte der Sohn. „Und der Cousin wohnt hier in der Straße? Vielleicht sogar direkt nebenan?"

„Nein", sagte Zofia. „Er arbeitet in England. Aber ich kann skypen mit ihm."

„Ob das geht –", der schreckliche Sohn wirkte nicht überzeugt.

„Wir können probieren", Zofia war schon aufgestanden. Der Sohn guckte immer noch wenig begeistert. „Aber können Sie gerne weiter nachdenken, welche Probleme es dabei vielleicht gibt."

———

Vielleicht lag es am Rotwein. Auf jeden Fall zog sie das durch. Sie zog es wirklich durch. Holte ihren Laptop herunter, loggte sich ein, fluchte, weil ihre Familie sie angeblich mit Nachrichten überschüttet hatte, und schrieb, ohne irgendeine der Nachrichten zu beantworten, an ihren Vetter. Zwei Minuten später machte es *pling* und ihr Vetter antwortete.

„Was schreibt er?", fragte Thomas, der inzwischen die Teller abräumte.

Zofia sagte etwas auf Polnisch.

„Ach so", meinte Thomas lakonisch.

Er baute inzwischen Michelles Computer wieder auf dem Esstisch auf. Gerade noch rechtzeitig, denn dann ging es los.

Zofia saß vor ihrem Laptop und sprach mit ihrem Cousin auf Polnisch – in rasendem Tempo, so schien es, und mit rustikaler Herzlichkeit. Thomas warf einmal einen Blick auf den Laptop und sah einen jungen Mann mit großen Augen, der mit ernster Miene etwas erklärte.

Thomas stand etwas unbeholfen herum, besser, er ging wieder in die Küche und machte den Abwasch. Man brauchte ja schließlich Zeit, sich neue Probleme zu suchen, haha.

Es dauerte etwa zehn Minuten, dann kam Zofia hinzu.

„Klappt es nicht?", fragte Thomas und biss sich im selben Moment auf die Lippe.

„Mein Cousin sagt, erster Schritt ist Lexikon darüberlaufen lassen", erklärte Zofia und griff nach einem Handtuch. „Haben wir heruntergeladen. Jetzt setzt der Computer alle Wörter aus den Lexikon als Passwort ein. Duben oder so ähnlich."

„Duden", verbesserte Thomas und war froh, dass er auch mal etwas wusste.

Im nächsten Moment machte es *pling* und Zofia stürzte nach drüben.

„Ich kann nicht sicher sagen", plapperte sie aufgeregt, als Thomas langsam folgte, „aber vielleicht er hat schon gefunden." Zofia tippte auf ihrem Laptop herum, kurz darauf war ihr Cousin wieder da.

Sie erklärte aufgeregt, was sie auf dem PC-Bildschirm sah, hielt sogar den Laptop so, dass der Vetter über die Kamera den PC-Bildschirm sehen konnte. Es wurde hin und her debattiert. Zofia gab auf der PC-Tastatur etwas ein, schimpfte, besprach sich, gab wieder etwas ein – und dann öffnete sich plötzlich der Bildschirm.

Thomas ließ den Spülschwamm fallen.

„Wie lautete das Passwort?", fragte er heiser.

„Es ist mit A, deshalb ging es so schnell", die Polin strahlte ihn an. „Amanda", sagte sie dann.

Die Atmosphäre war freudig erregt. Zofia holte eine Flasche Wasser und zwei Gläser heran. „Weil wir müssen arbeiten", erklärte sie und stellte die halbleere Rotweinflasche weg. Er selbst war aufgeregt, weil er kein Computerkünstler war. Er nutzte den PC nur als Gebrauchsgegenstand, ein richtiger Nerd war er nicht. Er konnte sich vor Zofia ziemlich blamieren.

Die setzte sich jetzt neben ihn an den Tisch und er schob den Bildschirm so, dass sie beide draufschauen konnten. Es hatte etwas Gemütliches, so mit ihr zu sitzen.

Browserverlauf – das kriegte er noch hin. Vor ihm tat sich eine Endlosliste auf, die am 20. September endete. War Michelle schon über einen Monat von zu Hause fort? Er klickte den aktuellsten Eintrag an und landete auf einer Seite namens *„Babyboom"* – genauer auf der Unterseite: *„Notfallgeburt"*. Erklärt wurde, *„was Sie tun können, wenn Sie Ihr Kind allein bekommen müssen"*. Die *„Vorkehrungen bei einer Notfallgeburt"* reichten von sterilen Unterlagen über eine Waschschüssel bis zu dem Hinweis, dass man als Mutter bei der Geburt *„selbst den Kopf des Kindes unterfassen sollte"*. Thomas wurde es ganz flau im Magen. Zofia schaute mit großen Augen auf den Bildschirm und sagte nichts. Thomas klickte den nächsten Eintrag an – eine ähnliche Seite, diesmal mit dem Hinweis, welche Körperstellung bei der Geburt am sinnvollsten war.

„Das Mädchen hat sich über Spontangeburten informiert", sagte Thomas verhalten. „Offenbar war sie schwanger und stand kurz vor der Geburt. Das würde auch erklären, warum sie untergetaucht ist. Vermutlich hat sie das Kind inzwischen woanders bekommen."

Plötzlich weiteten sich Zofias Augen. Sie wurden noch größer, als sie ohnehin schon waren. „Ich weiß", platzte sie heraus. „Ich weiß etwas, was da ganz genau passt. Dr. Scholz war hier bei Ihrem Vater. Und Ihr Vater hat nach Gabriela gefragt. Und Dr. Scholz hat gesagt, dass Gabriela hat gefragt nach einem Gynäkologen."

„Was?" Thomas fiel fast vornüber.

„Wir haben gedacht, dass Gabriela hatte selbst einen Problem für den Gynäkologen, aber jetzt ich glaube, sie hat für das Mädchen gefragt."

„Das kann gut sein."

Thomas scrollte durch die nächsten Beiträge, ohne sie einzeln aufzurufen. Vieles war Musik und YouTube, dann natürlich Facebook, da konnten sie sich später einlesen, außerdem hatte Michelle intensiv *Final Fantasy* gespielt. Irgendwann im August waren Seiten mit Babynamen aufgeführt. Darüber hinaus Ratgeber zum Thema Geburt, Erziehung und unzählige Websites mit Babyfotos. Dazwischen immer wieder *Final Fantasy*, und dann im Mai und Juni plötzlich etwas ganz anderes. *„Abtreibung"* und *„wie lange möglich?"* waren als Suchbegriffe eingegeben. Die Suche führte zu einer Reihe von Aufklärungsseiten. Bis zur 12. Schwangerschaftswoche war eine Abtreibung in Deutschland legal, las Thomas nach. Die nächste Suche war krasser. Michelle hatte *„selber abtreiben"* eingegeben und sich dann durch Seiten gezappt, in denen hausmittelartige Selbstversuche aufgeführt waren. Mal wurden Globuli empfohlen, mal *„Alkohol bis zum Abwinken"*, meist wurde natürlich von diesen gefährlichen Formen des Abbruchs abgeraten und eine klassische Abtreibung empfohlen. Thomas spürte, dass Zofia neben ihm konzentriert las. Er hätte gern gewusst, was sie von all dem verstand. Und noch lieber hätte er gewusst, was sie dazu dachte.

„Halten wir fest", begann er ein Gespräch, „Michelle ist mit ihren achtzehn Jahren schwanger und will das Kind loswerden. Zumindest sieht es hier im Mai so aus. Entweder sie hat die Zeit für eine legale Abtreibung bereits überschritten und informiert sich deshalb über alternative Methoden – oder sie will nicht zu einem Arzt oder in ein Krankenhaus und stattdessen die Sache alleine durchziehen. Dann stellt sich die Frage: warum?"

„Mir stellt sich ganz andere Frage", sagte Zofia und klang richtig zittrig. „Was ist mit diesen Mädchen los – warum ist sie so allein mit diesen ganzen Problemen?"

„Ihre Mutter ist tot", erklärte Thomas, „ihr Vater Alkoholiker. Möglicherweise hat sie keine Bezugspersonen gehabt."

„Aber gibt es doch einen Vater", meinte Zofia empört, „einen Vater von diesen Baby. Warum ist er nicht in ihren Verlauf?"

„Vielleicht finden wir ihn", sagte Thomas, „wer weiß, wie sie mit ihm kommuniziert hat. Aber wichtig ist für uns: Im Mai will Michelle abtreiben. Im September beschäftigt sie sich mit der Geburt. Sie hat also nicht abgetrieben."

„Das Baby ist irgendwo", flüsterte Zofia, „hoffentlich geht es ihm gut."

Thomas betrachtete die Polin einen Moment. Sie war eine so emotionale Person – kam man mit einem solchen Menschen zurecht?

Er scrollte weiter. Websites mit Promis, aber nicht selten Promis, die ein Kind auf dem Arm hatten. Und dann ein neues Schlagwort: *„Vergewaltigt"*. Michelle hatte es Ende Januar in eine Suchmaschine eingespeist. Damit war sie auf verschiedenen Foren gelandet. *„Mädchennetz"* – *„Kummerfragen"* – *„Frauenwerk"*. Etliche Geschichten zu dem immer gleichen Verbrechen. Verletzte Seelen. Schreckliches Leid.

Thomas wusste plötzlich nicht mehr, ob er Zofia all das zumuten sollte.

„Sie ist vergewaltigt worden", sagte Zofia traurig, als hätte sie seine Gedanken erraten.

„Das erklärt, warum sie sich niemandem mitteilen will. Ein häufiges Phänomen. Die Frauen schämen sich, obwohl sie Opfer männlicher Gewalt geworden sind."

Zofia lehnte sich nach hinten. Sie wirkte mitgenommen.

„Im Januar informiert sie sich über Vergewaltigung", fasste Thomas zusammen, „im Mai über Abtreibung, im September über Geburten – eine Zeitleiste des Schreckens."

„Und ihren eigenen Vater hat davon gar nichts gewusst?", fragte Zofia entsetzt nach.

Thomas ließ die Frage wirken. Hatte der Kerl davon nichts gewusst? Gut möglich. Eine Schwangerschaft ließ sich vertuschen. Er hatte schon häufiger gehört, dass das Umfeld nichts mitbekommen hatte. Viel interessanter aber: War Michelles Vater an der Sache beteiligt? Thomas kannte genug Geschichten von Vätern, die sich über ihre Töchter hergemacht hatten. Michelle hatte sich aus dem Staub gemacht, anstatt zu Hause Hilfe zu suchen. Vielleicht, weil genau dort die Quelle allen Schreckens war.

„Das kann ich nicht sagen", meinte Thomas knapp.

„Vielleicht sie wurde von ihren Vater vergewaltigt", meinte Zofia.

„Ja, das ist möglich."

Thomas scrollte weiter durch den Verlauf. Bilder von Australien. Phantastische Aufnahmen, Sehnsuchtsrecherchen, wie es Thomas schien. Mit dem Jahreswechsel endete der Verlauf, das Vorjahr war nicht mehr enthalten.

„Puh!", meinte er und lehnte sich wie Zofia zurück. „Das ist alles ziemlich frustrierend."

„Wenn diesen Mädchen –"

„Michelle."

„Wenn sie war so allein mit diesen allen – vielleicht sie war deshalb froh, dass Gabriela sich um sie gekümmert hat."

„Hat sie sich wirklich gekümmert?", fragte Thomas nach. „Bislang wissen wir nur, dass Michelle dort einmal beim Zeitungsaustragen ein Glas Wasser bekommen hat."

„Das war in Sommer", ergänzte Zofia, „da sie war schon sehr schwanger. Gabriela muss gesehen haben, dass sie war in Umständen."

„Als Einzige?", gab Thomas zu bedenken. Dann rückte er auf seinem Stuhl nach vorn. „Wir wissen noch zu wenig. Es wird Freunde gegeben haben, eine Clique. Wir müssen bei Facebook nachschauen."

„Ist gut", Zofia schenkte Wasser in ihre Gläser. „Schauen wir bei Facebook."

Unten in der Leiste war das f von Facebook zu sehen. Thomas klickte es an. Eine Seite öffnete sich, ein Passwort wurde verlangt.

„Vielleicht hilft Amanda uns noch mal", versuchte er es. Treffer. Die Seite öffnete sich. Er musste sich erst einmal orientieren.

„Ja?", meinte Zofia von der Seite.

„Ich bin nicht bei Facebook", gab er zu. „Wie geht das denn hier?"

„Nicht bei Facebook?", Zofia klang überrascht. Dann zog sie die Maus zu sich herüber.

„Viele neue Nachrichten", sagte Zofia. „Wollen wir diese sehen oder was sie hat gehabt an Kontakt vorher?"

Thomas überlegte kurz. „Erstmal, was neu eingegangen ist, vielleicht ergibt sich daraus, wo sie sich gerade befindet."

Es waren unendlich viele Nachrichten. Nein, es waren überhaupt keine Nachrichten. Es waren Infos wie *Janine P.*

hat ihren Beziehungsstatus gewechselt", was offenbar so viel hieß wie *„sie hat Kevin abgeschossen und ist jetzt wieder zu haben."*

Man konnte lesen, dass Marina ihr Profilbild aktualisiert hatte. Dass Marius Geburtstag gehabt hatte. Dass Maike den Kontakt blockiert hatte.

Der Einblick bestätigte alles, was Thomas über Facebook dachte. Nur Müll, der einem die Zeit stahl.

„Das bringt uns nicht weiter", meinte Thomas entnervt.

„Vielleicht doch ein bisschen", wandte Zofia ein. „Warum hat diese Maike den Kontakt blockiert?"

„Kann man nachschauen, was sie sich früher geschrieben haben?"

„Naturlich." Zofia klickte zweimal, dann hatten sie den Chat.

Der letzte Eintrag kam von Maike. Und er war kurz.

„was willstu plözlich du bitch? Für mich gibt's dich nicht mehr! LMIR ihdi fu"

„Was bedeuten diese Buchstaben?", fragte Zofia.

„Ich kenne nur das Letzte", erklärte Thomas. *„Fuck you.* Ich nehme an, die anderen Kürzel haben ähnlich charmante Bedeutungen."

Zofias Laptop war immer noch hochgefahren, sie gab dort jetzt etwas ein. Thomas wartete geduldig ab.

„Das Erste sagt *„Lass mich in Ruhe!"*, das zweite *„Ich hasse dich"*.

„Bei Erwachsenen würde ich sagen, da hassen sich zwei Leute aufs Blut, bei Jugendlichen handelt es sich möglicherweise nur um eine leichte Verstimmung."

Zofia sah ihn fragend an. Er hatte zu kompliziert gesprochen.

„Sie meint es wahrscheinlich gar nicht so ernst", fasste Thomas zusammen.

„Aber das Mädchen danach hat Michelle blockiert. Also doch vielleicht ernst."

„Stimmt", gab Thomas zu. „Schauen wir mal weiter!"

Der Buchstabenausbruch war eine Reaktion auf eine schlichte Anfrage von Michelle gewesen: *„Wie isses?"*

„Das war Ende August", meinte Thomas, „also vor der Geburt. Eine Zeit, in der Michelle verzweifelt war. Offenbar hat sie an alte Kontakte anknüpfen wollen."

„Und dann sie bekommt so eine Antwort."

Sie lasen weiter den Chat. Den ganzen Sommer über war Funkstille gewesen. Im April eine Nachricht von Maike: *„was los bitch? stalive?"* Still alive? Lebst du noch?

Keine Antwort von Michelle. Daraufhin ein *„lemic"* von Maike. *Leck mich.*

Im Januar war mehr los gewesen. Maike fragte, warum Michelle nicht mehr in die Schule komme. Michelle antwortete erst auf die dritte Nachricht, und zwar nur mit *„Kein Bock."*

„Eyh Alte erzähl mir doch nix", war Maikes Reaktion. Später schrieb sie: *„Vor paar tagen hat du sagt von wegen Abitur und jetzt kein Bock? Will dein Mister X lieber ne Hausfrau?"*

„Das ist interessant", murmelte Thomas. „Es gibt da jemanden. Einen *Mister X.*"

„lemic", hatte Michelle zurückgeschrieben, mehr nicht.

„dumica", anschließend Maike – *du mich auch.* „*Laber nie wieder rum von wegen Studieren und Göttingen und Ausland und dem ganzen Scheiß. All bullshit!"* Danach Funkstille zwischen den beiden.

„Michelle ist irgendwann nicht mehr zur Schule gegangen", fasste Thomas zusammen. „Wahrscheinlich war sie nach der Vergewaltigung traumatisiert."

„Und sie hatte niemand zum Sprechen." Zofia klang resigniert.

„Wer ist Mister X?", fragte Thomas. „Und warum gibt diese Maike ihm diesen komischen Namen?"

„Weil niemand durfte den echten Namen wissen", mutmaßte Zofia. „Vielleicht wollte das so Mister X."

„Gut möglich", stimmte Thomas zu. „Vielleicht ein verheirateter Mann." Er wandte sich wieder dem Bildschirm zu. „Kann man mehr über diese Maike herausfinden? Eine Telefonnummer oder so?"

Zofia schaute ins Profil. Thomas rutschte vor, um ihr Profilbild genau zu studieren. Mädchen um die achtzehn, langes blondes Haar, Piercing in der Nase. Sie sah sehr selbstbewusst aus.

„Telefonnummer steht hier nicht. Steht nie", erklärte Zofia. „Genau wie Adresse. Aber wo sie geht zur Schule."

„Okay", meinte Thomas. „Berufsschule, die kenne ich. Da kann ich mich erkundigen. Die Anzahl an Maikes wird überschaubar sein."

„Wir können ihr schreiben", sagte Zofia.

Thomas überlegte. „Ich glaube, ich versuche besser, persönlich mit ihr zu sprechen", sagte er schließlich. „Dann kann ich sie überrumpeln."

„Überrumpeln?", fragte Zofia.

Thomas lachte. „Das klingt schlimmer, als es ist."

Sie hatten eine Pause gemacht. „Mal durchatmen", wie der Sohn es formuliert hatte. Erst hatte er noch einmal nach dem Fenster gesehen. Angeblich wollte in den nächsten Tagen jemand von der Schreinerei kommen und sich darum kümmern. Jetzt war er mit dem Kamin beschäftigt. Er wollte ein Feuer anzünden und hatte schon Holz hereingeholt.

Zofia stand in der Küche und schaute nach draußen. Es

war dunkel geworden, gleich 20 Uhr. Das Mädchen ging ihr nicht aus dem Kopf. Vor allem die Frage, wo sie jetzt war. Und da stellten sich seltsame Bilder ein. Dieses Mädchen hatte kein Zuhause. Vielleicht hatte sie Zuflucht bei Gabriela gesucht. Vielleicht suchte sie jetzt ein neues Zuhause, da Gabriela tot war. Schlich *sie* nachts ums Haus? Hatte *sie* die Tasse genommen? Wollte sie Teil dieser Hausgemeinschaft sein? Das war ein verrückter Gedanke. Aber vielleicht war es so – vielleicht wurde Zofia gerade verrückt!

„In Gedanken?"

Sie fuhr herum. Der Sohn war in die Küche gekommen.

„Ja", gab sie zu. „Ich denke an die Tasse. Warum war sie weg und ist jetzt wieder da?"

„Die Tasse …"

„Sie glauben mir nicht", meinte Zofia erneut. „Von Anfang an haben Sie mir nicht geglaubt."

„Ich habe gesagt, dass wir der Sache auf den Grund gehen", widersprach er.

„Und – gehen Sie auf den Grund?" Sie sprach heftiger, als sie beabsichtigt hatte. Aber es tat seine Wirkung. Er überlegte.

„Ich gehe jetzt zu Harald", entschied er. „Vielleicht kann er mir irgendwas sagen."

Zofia wusste nicht, ob das eine gute Idee war. Auch der Wirt hielt sie schließlich für verrückt.

„Schauen Sie derweil nach dem Feuer?", sagte Thomas und griff schon nach seiner Jacke.

„Naturlich", meinte Zofia.

Erst als die Tür ins Schloss fiel, merkte sie, dass sie nun wieder allein im Haus war.

———

Es war ungemütlich draußen. Starker Wind war aufgekommen, der Thomas von vorne traf und ihm die Locken in die Stirn drückte. Er musste dringend zum Friseur. Zügig ließ er die Stichstraße hinter sich, in der sein Elternhaus lag, und bog in die Hauptstraße ein. Fast überall waren die Rollladen heruntergelassen. Es war gerade mal Tagesschau-Zeit, doch das Dorf schien bereits zu schlafen. Vor dem Rennebaumschen Haus blieb er stehen. Der Baucontainer war immer noch da. Offenbar wurde hier nicht kontinuierlich gearbeitet, sondern immer nur, wenn Martin Zeit fand, sich darum zu kümmern. Das kleine Haus stammte aus einer anderen Zeit. Winklig und schief mit zu kleinen Fenstern. Kein Wunder, dass Martin es nicht für sich hergerichtet hatte. Daraus ließ sich kein schickes Einfamilienhaus machen, bestenfalls ein Hutzelhäuschen für Liebhaber.

Thomas ging weiter – der Gasthof immerhin war noch beleuchtet. Durch die Butzenscheiben der Bierstube drang gedämpftes Licht. Hier hatten sie den 70. seines Vaters gefeiert. Hier hatte der Beerdigungskaffee seiner Mutter stattgefunden. Wahrscheinlich hatte man hier vor 41 Jahren auch auf seine Geburt angestoßen. Dieser Dorfgasthof gehörte zu seinem Leben, Thomas öffnete die Tür.

Man konnte nur hoffen, dass hier auch heute noch ab und zu gefeiert wurde, denn viel war nicht los an diesem Abend. Gerade mal zwei Tische waren besetzt.

Inge stand hinterm Tresen und kam sofort auf ihn zu. „Thomas!" Überraschung und bange Erwartung. „Wie geht es Anton?"

„Ein bisschen besser", erklärte Thomas, „wir hoffen, dass es ihm bald wieder gutgeht."

„Alte Leute und Lungenentzündung", meinte Inge und machte eine Handbewegung, die alles Mögliche andeuten konnte.

Zum ersten Mal fragte sich Thomas, wie alt Inge eigentlich war. Sie gehörte in die Zeitlos-Kategorie. Um die sechzig, schätzte Thomas, aber wahrscheinlich hatte er das auch schon als Jugendlicher gedacht.

„Ich wollte Harald etwas fragen", wagte Thomas sich vor. „Ist er zu Hause?"

Inge schaute kariert. „Ist was Besonderes?"

„Nee, überhaupt nicht."

„Er ist oben, ich rufe mal rauf."

Sie verschwand durch eine Tür hinterm Tresen, kam aber sofort zurück. „Komm ruhig gleich mit nach oben!"

Es ging ein dunkles, enges Treppenhaus hinauf. Nun sah Thomas den Unterschied. Zu Hause alles Echtholz, hier billiges Furnier.

„Abends arbeitet Harald in der Regel nicht mehr mit", hörte Thomas Inge sagen, während sie die Treppe hochstiegen. Wahrscheinlich waren die beiden doch älter als geschätzt. Oben ein kleiner Flur, in dem bereits ein Fernseher zu hören war. Inge klopfte nicht, sondern öffnete gleich die Wohnzimmertür. Ein enges Zimmer mit Schrankwand. Harald im Sessel, die pantoffelten Füße auf dem Sesselhocker davor.

„Antons Junge ist da. Er hat eine Frage an dich."

Harald fuhr hoch, er hatte nur Inge erwartet. „An mich?"

„Sonst hätte er sich wohl kaum die Mühe gemacht, nach oben zu kommen."

Thomas musste schmunzeln. Viele traute Ehejahre hatten offenbar diesen herzlichen Tonfall geprägt.

Thomas quetschte sich an Inge vorbei, stand jetzt mitten im Zimmer und vor Günther Jauch. *„Wer wird Millionär".*

„Thomas, was ist los?"

„Nichts Schlimmes", er hob beruhigend die Hand und warf einen Blick zu Inge hinüber. „Hauptsache, ich halte euch nicht auf."

Die Wirtin stand noch einen Moment unschlüssig da. Dann drehte sie ab. „Ich bin dann wieder unten." Sie klang unzufrieden mit der Entwicklung.

Thomas suchte sich einen Platz auf dem Sofa, das ansonsten offenbar Inge zustand. Er musste zwischen Strickzeug und einer Klatschzeitung Platz nehmen. Harald stellte den Fernseher lautlos, Günther Jauch war trotzdem noch immer präsent.

„Es ist doch nichts mit Anton?"

„Nein, so weit alles normal. Geht langsam besser."

„Schlimm, wenn mit dem Vater was ist."

Haralds Satz machte sich in Thomas' Kopf breit. War das schlimm, wenn mit seinem Vater etwas war? Würde er ihn sehr vermissen, wenn er einmal starb? Es war dann keiner mehr hier, im Dorf. Er und Sabine mussten das Haus verkaufen. Seine Wurzeln wären gekappt.

„Das ist schlimm, ja."

Thomas betrachtete Harald. Er hatte seine verbliebenen Strähnen wenig elegant über seine Pläte gekämmt. Und er schien Thomas nervös. Weil er es nicht gewohnt war, in dieser Kammer Besuch zu empfangen? Oder aus anderen Gründen?

„Es geht um die Haushaltshilfe meines Vaters", erklärte Thomas. „Du hast ja selbst erlebt, wie aufgeregt sie in den letzten Tagen war."

Harald sah ihn unsicher an. „Ist vielleicht unheimlich für eine Frau alleine im Haus. Vor allem bei uns auf dem Lande."

„Kann sein, ja. Aber Zofia beharrt darauf, dass eine Tasse verschwunden ist, die auf dem Tisch stand. Und sie behauptet, später sei sie wieder da gewesen. Ich weiß, das klingt alles ziemlich verrückt, aber ich habe versprochen, die Sache ernst zu nehmen und danach zu fragen."

Harald zuckte linkisch die Achseln. „Eine Tasse – was

soll ich da sagen?"

„Du warst ja gestern Abend am Haus. Hast du dort jemanden gesehen?"

Jetzt war deutlich eine Reaktion zu erkennen. Harald war kein guter Schauspieler. Er verbarg etwas, ganz klar.

„Nein", sagte er trotzdem.

Thomas beugte sich vor.

„Du hast niemanden gesehen?"

„Nein." Harald sah komplett unglücklich aus.

„Weißt du, Harald, diese Polin, die mein Vater angestellt hat, scheint ihre Sache ganz ordentlich zu machen. Aber was sie erzählt, ist schon ziemlich schräg. Wir wissen nicht, ob wir sie behalten können, wenn sie solche Anwandlungen hat."

„Ich glaube auch, dass sie okay ist."

Harald sagte „Okee", das klang irgendwie nett. Auf jeden Fall schien Thomas jetzt die richtige Taste zu drücken.

„Eben", bestätigte er, „und dennoch – das mit den Tassen ist schon verrückt. Und da weiß ich nicht, ob wir meinem Vater das zumuten können."

„Sie war aufgeregt", platzte Harald heraus, „ich hab sie ja selber erlebt. Sie wird sich verguckt haben. So einfach ist das. Deshalb muss man die Frau nicht entlassen."

„Sie läuft im Nachthemd durchs Dorf und rettet sich in euren Gasthof", stellte Thomas klar. „Sie bedroht dich mit einer Erbsenpistole. Das ist mehr als ein bisschen aufgeregt, oder?"

Harald starrte vor sich hin. Er kämpfte mit sich. Thomas kannte das. Aussagen – oder lieber nicht?

„Ich habe den Eindruck, Harald, du weißt etwas über diese Sache. Oder du hast zumindest eine Vermutung."

Jetzt blickte er hoch. Verzweifelt, wie es Thomas schien.

„Wenn ich dir sage, Thomas, dass die Polin recht hat,

aber dass dahinter nichts Schlimmes steckt, reicht dir das dann?"

Thomas fühlte eine Leichtigkeit im Bauch, die er nicht erklären konnte. Hier offenbarte sich gerade ein Riesenscheiß, und dennoch, irgendetwas in ihm wurde leicht.

„Ehrlich gesagt – nein."

Harald seufzte auf, als würden ihm Schmerzen zugefügt. „Es ist nichts Schlimmes, aber Fremde könnten denken, es sei schlimm, deshalb möchte ich nicht, dass es rumgeht."

„Wieso könnten *Fremde*", Thomas betonte das Wort, vor allem, weil er nicht wusste, ob damit er gemeint war, „denken, es stecke etwas Schlimmes dahinter?"

„Himmelherrgott, wegen diesem Mord!" Harald war jetzt aus der Balance. „Da ist doch diese andere Polin erstochen worden, von Hannes Mertens, wie es heißt. Aber wenn jetzt rumgeht, dass jemand aus dem Dorf jungen Frauen nachschleicht, dann denken alle, die beiden Dinge hingen zusammen."

„Moment!" Thomas legte die Hände aneinander. „Du weißt, dass jemand aus dem Dorf jungen Frauen nachsteigt, vermutlich auch Gabriela, und du willst, dass es nicht bekannt wird, obwohl damit möglicherweise ein Mörder gedeckt wird?"

„Aber er ist kein Mörder!" Haralds Stimme überschlug sich beinahe.

„Das weißt du?"

„Ja, das weiß ich genau."

„Woher?"

„Weil ich es weiß." Harald fiel in sich zusammen. Dann aber richtete er sich wieder auf. „Thomas, du bist bei der Polizei. Du musst das weitergeben, aber das darfst du in diesem Fall nicht, ich habe es versprochen. Ich habe versprochen, dass ich die Tasse zurückbringe und den Mund halte."

„Moment, zum Mitschreiben. Du bist heimlich ins Haus gegangen, um die Tasse zurückzustellen?"

Harald war jetzt völlig von der Rolle. „Heimlich ins Haus – das klingt ganz furchtbar. Die Kellertür war auf. Ich wollte doch nur Schlimmeres verhindern."

„Was ist denn Schlimmeres?"

„Wenn Ludger in die Klapsmühle kommt!" Er hielt sich die Hand vor den Mund.

Thomas sah Harald einfach nur an. Freundlich, wie er hoffte. Aufmunternd.

Harald legte jetzt beide Hände vors Gesicht. „Ich hatte Ludger mit dem Fahrrad vorbeifahren sehen, kurz bevor das Mädchen angerannt kam. Deshalb bin ich am Tag darauf zu ihm hin und hab ihn vor vollendete Tatsachen gestellt. Ich hab gesagt: *Wenn du es nicht zugibst, dass du dem Mädchen auf den Pelz rückst, dann kommt die Polizei. Und die nehmen dein Haus auseinander und dann ist Schluss mit zu Hause leben, glaub mal. Die hängen dir diesen Mord an!*"

„Was macht dich so sicher, dass er nicht der Mörder ist?"

„Ach, Ludger", Harald atmete tief aus, „der kann keiner Fliege etwas zuleide tun – aber er schaut gern. Er hat mal hier gearbeitet, aber wir mussten ihn rausnehmen, weil er manchmal von der Theke aus die Frauen angestarrt hat."

„Er ist also ein Spanner."

Harald wand sich. „Das klingt so schlimm. Als würde er auch seinen Mantel öffnen und so. Aber so ist Ludger nicht. Er ist eher wie ein großer Bruder für diese Frauen. Er beobachtet nur."

„Harald, er geht heimlich in fremde Häuser und klaut Tassen. Das ist ziemlich krank."

„Er geht nur ein einziges Mal, um etwas zu holen. Ein Erinnerungsstück. Er will den Frauen keine Angst machen, das musst du mir glauben."

„Bist du sein Psychologe?"

„Seit gestern habe ich das Gefühl."

„Dann erklär mir, wie er tickt", Thomas sah den Wirt herausfordernd an.

Harald suchte nach Worten. „Er ist im Grunde ein ganz feiner Kerl."

Thomas schluckte eine Bemerkung herunter.

„Du darfst nicht nur den Ludger sehen, der sich unter dem Rockzipfel seiner Mutter verkriecht. Er hat auch eine andere Seite."

Thomas hörte aufmerksam zu.

„Wenn er für sich ist, dann ist er ein ganz anderer Mensch. Ich habe ein Gedicht von ihm gelesen, als er bei uns gearbeitet hat. Das war sensationell." Harald sah Thomas an, als erwartete er, dass der in Begeisterung ausbrach.

„Er benutzt ganz ausgesuchte Worte – und findet Bilder, auf die Leute wie du und ich niemals kämen."

Thomas war überrascht, aber nicht gerade beruhigt. Das klang, als wäre der Typ schizophren. Harald schien seine Skepsis zu bemerken.

„Auf jeden Fall hat er mit dem Mord nichts zu tun", sagte er knapp.

Thomas schnaubte. „Und das kannst du so sicher sagen?"

„Das kann ich tatsächlich!" Harald richtete sich auf. „Er ist am Sonntagabend zu seinem Onkel, weil er am Montag beim Holzmachen helfen sollte. Er hat für die Mordnacht ein Alibi, wie man so sagt."

„Dann muss er die Polizei ja nicht fürchten."

„Eigentlich nicht, aber wenn bekannt wird, dass Ludger nachts herumgeschlichen ist, dann kommen die Zeitungen und dann geht das in die ganze Welt. So etwas kann man niemandem wünschen."

„Man kann auch keiner Frau wünschen, dass sie von einem wie Ludger verfolgt wird."

„Er macht es nicht wieder!"

„Auch das weißt du offenbar genau."

„Ich habe nicht nur mit Ludger, sondern auch mit seiner Mutter gesprochen. Sie hat mich angefleht, nichts von Ludgers Angewohnheit zu sagen. Und sie hat versprochen, dass so etwas nicht noch einmal passiert."

Thomas lagen tausend Dinge auf der Zunge. Dass man der Sache nachgehen musste. Dass man Ludger helfen musste. Dass das so nicht ging.

„Thomas, du bist doch von hier", – mein Gott, was kam jetzt? –, „du weißt, dass wir die Dinge im Dorf klären. Wenn von Ludger Gefahr ausginge, dann würde ich nicht zögern, etwas zu tun. Aber das ist nicht der Fall. Leute wie Ludger, die hat es immer schon gegeben. Damit werden wir fertig. Aber die Vorstellung, dass er in die Geschlossene kommt – das wäre unmenschlich, findest du nicht?"

„Möglicherweise müssen das andere entscheiden", Thomas stand auf.

„Das heißt, du gibst das weiter?" Harald sah ihn entsetzt von unten an – wie einen Verräter.

„Ich weiß es noch nicht", Thomas ging um den Tisch. „Fakt ist, dass Zofia recht gehabt hat."

Harald saß vorgebeugt in seinem Sessel, wie ein Häufchen Elend.

„Danke, dass du mit mir gesprochen hast."

Der Wirt antwortete nicht.

„Was war los?", fragte Inge, als Thomas in den Thekenraum kam.

„Nichts Besonderes", sagte er knapp. „Dorfgeschichten."

Als ihm draußen der Wind ins Gesicht blies, stellte sich das leichte Gefühl wieder ein. Zofia war definitiv nicht verrückt. Im Gegenteil, sie war taffer als alle Frauen, die Thomas sonst kannte.

———

Jemand klingelte Sturm! Zofia hatte eine halbe Stunde lang vorm Kamin gesessen und sich Mut zugesprochen. Sie würde sich nicht einschüchtern lassen! Sie konnte allein im Haus bleiben– auch wenn es dunkel draußen war. Aber dann klingelte es plötzlich Sturm. Der Sohn hatte einen Schlüssel – wer stand da vor der Tür? Dann hörte sie, wie die Tür geöffnet wurde – und überschwänglich die Stimme vom schrecklichen Sohn: „Es gibt was zu feiern!"

Sie schoss ihm entgegen.

„Gute Nachrichten!" Er sah sehr zerzaust aus, aber er strahlte sie an. „Sie haben recht gehabt, es war jemand im Haus. Jemand hat die Tasse zurückgebracht, die vorher gestohlen worden ist."

Eigentlich verstand Zofia alles, andererseits verstand sie kein Wort.

Und dann erzählte der Sohn – von Ludger und dass er Frauen beobachtete. Und von Harald, der ihn in Schutz nahm. Das war alles sehr schrecklich. Die Vorstellung, dass Ludger immer draußen herumgelaufen war, machte sie ganz krank. Aber dann dachte sie an Ludger und wie er dagesessen hatte neben seiner Mutter und da dachte sie, er war viel mehr krank als sie.

„Nu ja", sagte sie, als er geendet hatte.

„Sie müssen sich überlegen, wie Sie damit umgehen wollen", erklärte der Sohn. „Sie können Ludger anzeigen. Das ist Ihr gutes Recht. Und wahrscheinlich ist es klug, denn wir wissen nicht, wie gefährlich er wirklich ist."

„Umgehen?", fragte Zofia.

„Wir sollten das der Polizei melden", erklärte der Sohn.

„Die müssen dann prüfen, ob Ludger noch mehr verübt hat."

„Verübt?"

„Gabriela", sagte der Sohn und sah sie vielsagend an.

„Aber gerade haben Sie gesagt, dass er ein Alibi hat, dass er war bei seinen Onkel."

„Das sagt Harald, weil Ludgers Mutter es sagt. Aber so etwas muss man überprüfen. Dafür gibt's die Polizei."

„Ich muss überlegen", sagte Zofia, „das muss ich gut überlegen."

„Überlegen Sie morgen!", rief der Sohn. „Jetzt gibt es Anlass zu feiern. Lassen Sie uns den Rotwein weiter trinken. Am besten aus der verschwundenen Tasse."

Zofia musste lachen. Der Sohn sprach wie ein Kind.

Schon lief er in die Küche und holte zwei der Tassen mit dem Rosenmuster heran. Er schenkte Rotwein ein und hielt seine Tasse hin, damit sie anstoßen konnte.

„Auf alle Tassen im Schrank", sagte er. „Und dass sie wieder da sind. Sagen Sie Thomas zu mir!"

Sie verschluckte sich beinah. „Tomasz?"

„Thomas!"

„Tomasz."

„Genau, Tomasz! Sagen Sie Tomasz zu mir! Und ich sage Zofia, ist das in Ordnung?"

Sie zögerte. Der schreckliche Sohn – wollte sie das alles? Dann gab sie sich einen Ruck. „Naturlich", sagte sie. „Heiße ich Zofia."

Und dann fragte er. Wo sie geboren war. Ob sie Geschwister hatte. Ob ihr Vater auch so schwierig sei wie seiner. Sie protestierte, denn Herr Anton war der beste Mann überhaupt. Sie stritten sich ein bisschen, aber sie stritten sich mit Lachen und dann fragte er nach Polen und den Seen in ihrer Region und den Speisen, die man dort aß, und den Fischen, die man dort briet. Er fragte nach allem und jedem und sie erzählte in einer Tour. Als sie erzählte, dass ihr Vater ursprünglich aus Lodz stammte, sprang er plötzlich auf. „Aus Lodz?", rief er aufgeregt und sie hatte den Eindruck, er war ganz schön beschwipst. „Da gab es einen Schlager, kennen Sie den?" Dann berührte er lachend ihren Arm. „Kennst *du* den?" verbesserte er sich und sang etwas vor. „Theooo, wir fahr'n nach Lodz." Dann machte er ein Geräusch, als würde er ein Pferd reiten. „Das ist ein Lied aus den 70er Jahren. Du kennst es bestimmt."

„Nein, kenne ich nicht", sagte Zofia. „Zu der Zeit habe ich noch gar nicht gelebt. Wenn ich es kennen würde, bestimmt ich hätte es mir gemerkt."

„Wir hatten es als Platte – wahrscheinlich haben wir es sogar noch heute – warte mal kurz!" Und dann stürmte er davon, nach oben. Zofia ging ein paar Schritte hinterher und hörte ihn in das zweite Kinderzimmer gehen. Er brabbelte die ganze Zeit vor sich hin. Zofia ging zurück und setzte sich an den Kamin. Sie hatte zu viel Rotwein getrunken, ganz klar. Sie musste aufhören damit. Sogar in Polen trank man nicht Alkohol aus Tassen. Und dann hörte sie ihn rufen. „Ich hab sie!", schrie er und kam heruntergestürzt. Er hatte nicht nur die Single dabei. Er trug den ganzen Apparat in den Händen, der im zweiten Kinderzimmer gestanden hatte. Begeistert stellte er ihn aufs Sideboard und steckte den Stecker in die Dose.

„Dieser alte Schlager", brabbelte er, „dass ich den noch mal höre."

Es dauerte ein Weilchen, dann schepperte eine Frauenstimme los. Sie sang immer wieder diesen Theo an – und dass sie nach Lodz mit ihm wollte.

„Vicky Leandros, das war damals der Hit", sagte Tomasz. „Ich meine, eigentlich war das noch vor meiner Zeit, aber ich kenne es trotzdem."

„Aber ist schrecklich", sagte Zofia. „Warum schreit sie so – und *was* schreit sie?"

Tomasz lachte und sang wieder mit. Dass man die Landluft satt sei und solche Sachen.

„Das heißt, sie will nach Lodz, weil im Dorf ist es blöd?"

Tomasz nickte. „Deshalb passt es ja so wunderbar hierher, das Lied."

„Diesen Frau kennt Lodz nicht", sagte Zofia. „Lodz ist ganz furchtbar. Ist besser auf den Land."

Das Lied war zu Ende, aber Tomasz war schon dran, das Lied neu aufzulegen.

„Darf ich bitten?", fragte er, als die Stimme wieder loslegte.

„Bitten?"

„Wollen wir tanzen?"

Zofia schoss die Röte ins Gesicht, aber Tomasz fasste sie schon um und drehte sie sanft. Dazu sang er laut und schräg immer wieder von Theo – und dass sie rauswollten Richtung Lodz.

Zofia fühlte sich wie eine Puppe, die im Kreis gedreht wurde, dann konnte sie endlich locker lassen und machte mit, sogar als in einer der Strophen irgendwas von Liebe gesungen wurde. Am Ende kam komisches Hufgetrappel – das hatte er also eben nachgemacht – dann war das Lied zu Ende.

Er hielt sie noch einen Moment und schaute sie an. Zofia wollte ausweichen, aber irgendetwas hielt sie ab. Sie schaute zurück und da lag etwas in der Luft. Etwas aus dem Lied. Etwas zwischen ihnen.

„Vielleicht fahren wir einmal zusammen nach Polen", sagte er.

Ihr fehlte eine Antwort.

„Ich finde es sehr schön hier", sagte sie schließlich.

„Na, das ist ja auch was", er lächelte und ließ sie los. „Du musst also nicht *raus* – wie Vicky Leandros."

„Noch nicht", wich sie aus.

„Bei mir war das so", sagte Tomasz. „Als ich Abitur hatte, konnte ich es gar nicht abwarten, das Dorf zu verlassen. Für junge Leute ist hier nicht viel los."

„Bei Michelle war es auch so", sagte Zofia. „Wenn es stimmt, was die Freundin sagt, dann wollte Michelle studieren und in Ausland oder in die Stadt."

„Es war von Göttingen die Rede", bestätigte Tomasz.

„Göttingen?", wiederholte Zofia. „Wollte sie nach Göttingen?"

„Das stand doch in dem Chat", Tomasz zeigte zum PC hin, der noch auf dem Esstisch stand. „Hat sie dieser Maike geschrieben."

„In Göttingen studiert der Sohn von den großen Hof."

„Welcher Hof?" Tomasz zog die Stirn kraus. „Meinst du die Holzmers? Siggi und Gitte – mit Alex und –?" Im Satz hielt er inne und starrte sie an. „Alex! Ist er Mister X?"

15

Thomas bekam keinen Parkplatz – Berufsschule, die meisten Schüler kamen mit dem Auto zur Schule. Am Ende stellte er seinen Wagen an die Straße. Auf dem Weg zum Gebäude kam er an einer Schülergruppe vorbei, die Hälfte von ihnen mit einem Smartphone in der Hand. Er fragte nach Michelle Hartmann, keiner kannte sie. Aber immerhin konnten sie ihm sagen, wo das Lehrerzimmer war.

Eine große Schule, erstaunlich gut in Schuss. Die Flure waren leer, es fand gerade Unterricht statt. Hinter der Glastür des Lehrerzimmers waren Bewegungen zu sehen. Thomas klopfte und sofort schob jemand den Kopf heraus. Ein Lehrer um die sechzig, Halbglatze, leicht übergewichtig, sympathisch.

„Guten Morgen, Thomas Wieneke mein Name, ich hätte ein paar Fragen zu einer Schülerin von Ihnen."

„Aha." Sein Blick war fragend, skeptisch.

„Kommissariat Bielefeld. Es geht um den Verbleib einer Person."

„Ach so", er öffnete die Tür. „Dann kommen Sie rein."

Das Lehrerzimmer war groß, bestimmt 40 Personen hatten an den langen Tischen Platz. Es waren aber nur zwei weitere Personen im Raum, die jetzt neugierig schauten.

„Sie sind eine große Schule", sagte Thomas.

„Das stimmt. Fast 2.000 Schüler. Dies ist eins von drei Lehrerzimmern."

Thomas pustete aus. Tatsächlich eine Riesenschule.

„Wie war der Name der Schülerin?", wollte Thomas' Gesprächspartner wissen.

„Michelle Hartmann. Vermutlich ist sie seit Anfang des Jahres nicht mehr zur Schule gekommen. Es würde mir helfen, wenn ich mit einem ihrer Lehrer sprechen könnte oder mit Klassenkameraden."

„Michelle Hartmann, der Name sagt mir irgendetwas", der Lehrer legte die Stirn in Falten. Dann reichte er Thomas abrupt die Hand. „Ich hab mich gar nicht vorgestellt. Wertschneider, ich bin Stellvertretender Schulleiter, da kriegt man ja eine ganze Menge mit." Er überlegte noch eine Weile. „Nee, ich komme nicht drauf. Finden wir besser heraus, in welcher Klasse sie war." Er ging zu einem Telefonapparat und wählte eine einzelne Nummer.

„Birgit, suchst du mir eine Schülerin heraus? – Ja, ist wichtig, bitte sofort. Michelle Hartmann." Er sprach den Namen laut und überdeutlich aus. Dann dauerte es eine Weile. Anschließend ein paar Fetzen. „Ja, ich bin noch da. – Ja. – Seit wann? Gründe? – Okay, das hilft, danke!"

Er legte den Hörer auf und wandte sich Thomas zu.

„Wie Sie schon sagten. Michelle Hartmann hat zum letzten Halbjahr die Schule verlassen. Vorher war sie in der Berufsfachklasse von Frau Köchling."

„Berufsfachklasse bedeutet was?"

„Die Schüler machen den Mittleren Schulabschluss, da sie ihn in der Regelschule noch nicht abgelegt haben."

„Und diese Frau Köchling – ist die vielleicht zu sprechen?"

Der Stellvertretende Schulleiter warf einen Blick auf seine Armbanduhr. „Dauert noch, bis die Stunde vorbei ist. Aber in einem so wichtigen Fall kann ich sie aus dem Unterricht holen." Er stutzte einen Moment. „Vielleicht sagen Sie mir noch einmal, worum es genau geht. Und vielleicht könnten

Sie mir auch Ihren Ausweis einmal zeigen."

„Selbstverständlich!" Thomas zog seinen Ausweis heraus. Er konnte nur hoffen, dass Wertschulte sich nicht von sich aus nach Bielefeld wandte, dann hatte er ein Problem. Wertschneider warf nur einen kurzen Blick auf den Ausweis.

„Michelle Hartmann ist derzeit nicht auffindbar", erklärte Thomas. „Natürlich muss das überhaupt nichts heißen, sie ist volljährig. Aber der Vater macht sich Sorgen und wir nehmen jede Vermisstenmeldung ernst."

„Und warum ist die Polizei Bielefeld zuständig?" Herr Wertschneider ließ sich nicht so leicht belabern.

„Es gab zunächst Hinweise, dass sie sich bei uns aufhält. Das hat sich leider bislang nicht bestätigt."

„Aha", Wertschneider wirkte nur halb überzeugt. Zeit zu handeln.

„Sie meinten, ich hätte vielleicht die Möglichkeit, mit der Lehrerin, Frau Köchling, zu sprechen?"

„Natürlich", Wertschneider wandte sich um, ging zu einem Tisch und blätterte in einem Ordner, schließlich fand er, wonach er suchte. „Sie hat in ihrer eigenen Klasse Unterricht, das trifft sich. Gehen wir mal rüber."

Weit mussten sie nicht laufen. In den weitläufigen Fluren hätte man sicher auch fünf Minuten von einem Raum zum anderen unterwegs sein können, das war in diesem Fall nicht nötig. Frau Köchling unterrichtete am Ende des Lehrerzimmerflurs.

Wertschneider klopfte und steckte sofort seinen Kopf in den Raum.

„Darf ich einen Augenblick stören? Dorothee, kannst du kurz rauskommen?"

Man hörte Gemurmel von drinnen, dann eine Anweisung.

„Lesen Sie den Text leise zu Ende, wir besprechen ihn

später."

Kurz darauf kam eine kräftige Frau um die fünfzig heraus. Dunkle Zopffrisur, alternative Wallebluse, Leinenhose.

„Was ist los?" Sie wirkte besorgt. „Ist was bei mir zu Hause?"

„Alles in Ordnung", beruhigte Herr Wertscheider sie. „Das hier ist Herr Wiemann von der Polizei." Thomas korrigierte seinen Nachnamen nicht. Frau Köchling warf ihm einen irritierten Blick zu. „Es geht um eine Schülerin. Michelle Hartmann. Irgendwie sagt mir der Name auch was."

„Michelle? Was ist mit Michelle?"

„Sie ist länger nicht zu Hause gewesen", erklärte Thomas. „Der Vater sucht nach ihr."

Die Lehrerin sah Thomas nachdenklich an. „Verstehe", sagte sie dann. „Vielleicht können wir einen Moment in Ruhe sprechen." Sie sah hilfesuchend zu Wertschneider hinüber. „Kannst du vielleicht kurz für mich in den Unterricht gehen?"

Ein kurzes Zögern. „Wenn du meinst, dass das notwendig ist."

„Naja, *ihr* sagt ja immer, dass auch die Oberstufe nicht ohne Aufsicht sein soll."

Kleiner Hieb vor Augenzeugen.

„Natürlich", sagte Wertschneider etwas zu artikuliert. Ohne ein weiteres Wort verschwand er im Klassenraum.

„Okay", sagte Frau Köchling, „dann gehen wir mal."

Sie führte Thomas zu einem Raum gegenüber dem Lehrerzimmer. Ein kleiner Besprechungsraum, darin ein Tischchen mit drei Stühlen.

„Es wundert mich nicht, dass ich von Michelle noch einmal höre", sagte Frau Köchling bedrückt, als sie beide Platz genommen hatten.

„Warum?"

Sie nahm ihren Zopf in die Hand. „Es war seltsam, dass sie plötzlich wegblieb. Ihr Abgang kam so abrupt – als wäre etwas passiert."

Gute Menschenkenntnis, dachte Thomas.

„Nach den Weihnachtsferien sprach Michelle mich an und erkundigte sich, wie das mit dem Abitur sei. Ich war erstaunt. Michelle ist nicht dumm, aber sie wirkte immer wenig motiviert. Ich habe ihr erklärt, welche Schritte sie zum Abitur machen müsste, aber kurz darauf ist Michelle dann einfach nicht mehr zur Schule gekommen."

„Wussten ihre Mitschüler etwas?"

„Überhaupt nicht. Sie meinten, mit ihnen habe sie auch nicht gesprochen. Ich fand das seltsam, andererseits scheint Michelles Hintergrund sehr problematisch. Wahrscheinlich muss man dann immer mit solchen Ausbrüchen rechnen."

„Was wissen Sie über ihren Hintergrund?"

„Michelle hat selbst nichts erzählt, aber von ihrer Freundin Maike habe ich einiges erfahren. Die Mutter ist tot, der Vater ein Trinker. Am meisten hängt sie am Bruder, der irgendwann von zu Hause abgehauen ist. Angeblich lebt er in Berlin auf der Straße."

„Könnte es sein, dass Michelle sich zu ihm aufgemacht hat?"

„Wenn Sie sagen, dass Michelle nicht mehr hier ist, halte ich das für gut möglich."

„Hier vor Ort wohnt Michelle schon länger nicht mehr", erklärte Thomas. „Sie ist im Sommer mit ihrem Vater nach Hagen verzogen. Aber dort ist sie eben auch nicht mehr."

„Nach Hagen?" Frau Köchling wirkte ehrlich überrascht. „Das habe ich nicht gewusst. Vielleicht hat Michelle deshalb in der Schule keinen Sinn mehr gesehen."

„Das glaube ich nicht. Nach den Weihnachtsferien hat

Michelle von dem Umzug noch nichts gewusst. Es muss andere Gründe geben."

„Ob sie an Drogen geraten ist?", spekulierte Frau Köchling.

„Hatte sie in dieser Richtung Kontakte?"

„Keine Ahnung. Hier in der Klasse ist sie mit Maike zusammen gewesen. Von der glaub ich das nicht. Aber möglicherweise ist sie in den Einfluss anderer Kreise geraten. In einer Situation wie der von Michelle ist das gut möglich."

Thomas kannte als Drogenfahnder genug Biographien und fragte nicht weiter nach. „Sie sagten eben, Michelle habe sich nach dem Abitur erkundigt. Können Sie sich denken, was sie dazu veranlasst hat? Hatte sie ein bestimmtes Ziel? Einen Beruf, den sie gern ausüben wollte?"

„Das weiß ich nicht genau. Aber sie wirkte – ermutigt. Fröhlich. Als wollte sie ihr Leben endlich in die Hand nehmen. Leider hat's nicht lange angehalten."

„Sie haben mit Michelle nie wieder Kontakt gehabt?"

„Doch, ich habe ihr eine E-Mail geschrieben. Ich hab sie ermuntert, wieder zu kommen, aber sie war nicht zugänglich. Sie habe es sich anders überlegt, sie sei volljährig, das Thema Schule wäre für sie erledigt. Angeblich wollte sie ins Ausland gehen, aber das hab ich nicht geglaubt."

„Das war's dann?"

„Im Prinzip haben wir dann keine Möglichkeiten mehr", Frau Köchling hatte jetzt offenbar das Gefühl, sich verteidigen zu müssen. Das war gar nicht Thomas' Absicht gewesen.

„Ich habe noch zweimal mit Maike gesprochen, aber da sie auch nichts wusste, war das Thema irgendwann durch."

„Ist Maike noch hier auf der Schule?"

„Oh ja, in meiner Klasse. Soll ich sie holen?"

„Das wäre nett, wo ich schon mal hier bin."

„Okay", Frau Köchling stand auf. „Bleiben Sie sitzen, ich

hole sie her."

An der Tür wandte sie sich noch einmal um.

„Mit Michelle ist irgendwas, stimmt's? Sie ist nicht nur einfach verschwunden."

„Das weiß ich noch nicht", sagte Thomas wahrheitsgemäß. „Ich weiß bislang fast überhaupt nichts."

Es dauerte keine drei Minuten, dann stand Frau Köchling mit einem Mädchen in der Tür. Blonde, lange Haare, oder besser: blond gefärbte, lange Haare, stark geschminkt, enge Klamotten – wie sie halt so aussahen in dem Alter. Ihr Nasenpiercing war noch das Interessanteste an ihr. Thomas stand auf.

„Ist es okay, wenn ich in die Klasse zurückgehe?", fragte Frau Köchling. Thomas war nicht ganz klar, ob der Satz an Maike oder an ihn gerichtet war. „Der Kollege wartet sicher schon."

„Klar ist das okay", sagte das Mädchen.

Thomas nickte Frau Köchling zu, dann wandte er sich an Maike. „Können wir uns einen Augenblick setzen?"

„*Ich* kann schon." Maike war cool. Sehr cool. Sie pflanzte sich hin.

„Danke, dass Sie sich Zeit nehmen."

Maike nahm eine Haarsträhne in die Hand und spielte damit. „Sie müssen mich nicht siezen. Sie sind doch kein Lehrer."

Thomas zögerte kurz. „Wenn dir das lieber ist –"

„*Ist* mir lieber", Maike rollte die Haarsträhne um ihren Finger. „Sie sind wegen Michelle da?"

„Genau, sie ist deine Freundin?" Thomas fielen die Nachrichten ein, die Maike an Michelle geschickt hatte.

„War mal – ist vorbei." Maike sprach so abgehackt, wie sie auch ihre Nachrichten schrieb.

„Du hast keinen Kontakt mehr zu ihr?"

„Nee, sag ich doch. War plötzlich vorbei."

„Habt ihr euch gestritten?"

„Nicht dass ich wüsste. Sie ist einfach irgendwann nicht mehr gekommen."

„Nach den Weihnachtsferien?"

„Nicht direkt danach. Erst war sie noch ein paar Tage in der Schule. Da laberte sie plötzlich von Studieren und Ausland und so. Das war vorher nie. Naja, und ein paar Tage später ist sie dann einfach nicht mehr gekommen."

„Und sie hat dir nicht erklärt, warum?"

„Ich hab sie angeschrieben tausendmal, ich meine, ist ja voll untreu sowas, aber sie hat nur rumgelabert und nix gesagt."

„Hatte Michelle einen Freund?"

Maike bewegte sich, eine Reaktion. „Sie hatte wohl in den Weihnachtsferien was laufen mit 'nem Typen, aber sie hat da voll das Geheimnis rausgemacht. Von wegen was Besonderes, von wegen sie wüsste noch nicht – voll dumm."

„Weißt du trotzdem, wer es war?"

„So'n Typ aus ihrem Dorf, der irgendwo studiert. Wahrscheinlich auch deshalb der ganze Scheiß mit Abitur und so. Aber es kann nicht lange gehalten haben, danach war sie voll depri."

„Hast du sie noch mal gesehen?"

„Ich hab sie noch mal angerufen, auf ihrem Handy, da war sie völlig besoffen."

Thomas stutzte. „Wann war das?"

Maike überlegte. „Mai oder so."

„Sonst weißt du nichts?"

„Sie hat kein Smartphone, nur so'n altes scheiß Handy. Kein Whatsapp und so. Dann ist es total schwer, Kontakt zu halten."

„Hast du ihre Nummer?"

„Nee, hab ich gelöscht, als ich sauer war. Weiß ich noch genau."

„Keine Chance, noch dranzukommen?"

Maike hob theatralisch die Hände. „Wenn ich zaubern könnte, würd ich's machen. Ohne zaubern geht's leider nicht."

Thomas versuchte seine Enttäuschung zu verbergen. „Weißt du etwas über ihre Familie?"

„Nur dass ihr Alter säuft. Michelle hat mich nie nach Hause eingeladen. Wir haben uns eigentlich immer nur in der Schule gesehen."

„Kennst du den Bruder?"

„Nur vom Erzählen. Er ist von zu Hause abgehauen, hat Michelle gesagt. Hat's nicht mehr ausgehalten. Aber Michelle hat ihn gemocht." Zum ersten Mal schimmerte bei Maike etwas Menschliches durch. Sie sah Thomas an. „Frau Köchling hat eben gesagt, Michelle wär verschwunden. Dann ist sie bestimmt zu ihrem Bruder."

„Aber sicher weißt du das nicht?"

„Wie denn, wenn ich seit Monaten keinen Kontakt zu ihr hab?"

„Hast du eine Ahnung, warum Michelle plötzlich nicht mehr zur Schule gekommen ist?"

„Wahrscheinlich wegen dem Typen. Sie hatte da voll viel Hoffnung reingesetzt, glaub ich. Dann hat er wahrscheinlich Schluss gemacht und sie hatte auf nichts mehr Bock."

„Kennst du Michelle schon lange?"

„Häh, wie denn? Michelle hat doch früher ganz woanders gewohnt. Wir haben uns erst hier in der Klasse kennengelernt."

„Kennst du andere Freunde von Michelle? Leute, die vielleicht später noch Kontakt zu ihr hatten?"

„Also, aus unserer Klasse jedenfalls keiner. Die hat so ihr

Ding gemacht, die hatte nicht viele."

„Du hast also keinen Namen, wo ich noch etwas herausfinden könnte?"

„Nur den Bruder. Der heißt Marius. Bei dem hängt sie bestimmt rum."

„Okay", Thomas zog eine Karte aus der Tasche. „Hier ist meine Nummer. Wenn dir noch irgendetwas einfällt, dann ruf mich bitte an. Aber unter der Handynummer, im Büro bin ich praktisch nie zu erreichen."

Maike guckte auf die Karte. „Was soll mir noch einfallen – ich hab alles gesagt."

„Behalt sie einfach, vielleicht hat jemand anderes aus der Klasse Michelle später noch gesehen."

Das Mädchen unterdrückte ein Seufzen. „Glaub ich zwar nicht –"

Dann blickte sie auf. „Wenn mit Michelle was ist, dann sagen Sie Bescheid, ja? Ich meine, wenn sie tot ist oder so."

Thomas war fassungslos. *Wenn sie tot ist oder so.*

———

Als Anton die Augen öffnete, saß Zofia an seinem Bett. Er freute sich sie zu sehen. Ihr schien es besserzugehen. Sie wirkte ausgeschlafen und sie wirkte gutgelaunt.

„Na endlich Sie werden wach", sagte sie. „Sie sind eine Langeschläfer, es ist schon elf Uhr."

„Ich war schon mal wach", verteidigte er sich wie ein Kind. „Die wecken einen hier schon morgens um sechs."

„Ach so", sagte sie und klang heiter dabei. „Dann Sie schlafen sicher wegen Langeweile. Das ist jetzt nicht mehr nötig." Sie zog eine große Einkaufstasche heran. „Ich habe Ihnen Bücher mitgebracht."

Sie zog zwei Bildbände hervor, außerdem eine Reihe von Fotoalben.

„Lege ich sie hier auf den Tisch", sagte Zofia. „Vielleicht Sie haben einmal Lust."

„Wie geht es zu Hause?", wollte Anton wissen.

„Alles in der Ordnung", sie sagte es sehr schnell.

Er überlegte, ob er weiterbohren sollte, aber er entschied sich dagegen. „Ich denke viel über Gabriela nach", sagte er stattdessen. „Wenn es ein anderer Täter als Hannes war, wie ist er ins Haus gekommen?" Zofia antwortete nicht. Was sollte sie auch sagen?

„Im Fernsehen sieht man oft Leute mit einer einfachen Bankkarte eine Haustür öffnen. Ist das wirklich so einfach?"

„Ich habe nicht probiert", meinte Zofia.

„Das beruhigt mich", sagte Anton und schaute zu seinem Zimmernachbarn hinüber. Das Bett war leer, der Bursche offenbar unterwegs.

„Ich glaube, bei alten Häusern ist es sehr leicht, Türen und Fenster zu öffnen", meinte Zofia.

„Das mag sein, in meinem eigenen Schlafzimmer hängt das Fenster auch auf halb acht." Zofia schaute irritiert. „Es muss repariert werden", erklärte Anton, „ich werde mich darum kümmern, sobald ich zu Hause bin."

„Ihren Sohn hat schon gekümmert", sagte Zofia. „Es wird bald gemacht. Und ist gut, dass es gemacht wird, solange Sie in Krankenhaus sind."

Anton war überrascht. „Thomas?", fragte er. Einen Moment war er unsicher, ob er es lieber hätte selbst machen wollen. Aber Zofia hatte völlig recht. Besser, dass sie es jetzt reparierten, da er nicht da war. „Sehr gut", sagte er. Dann fiel ihm noch etwas ein. „Sie müssen nicht für meinen Sohn kochen, das ist mir ganz wichtig."

„Tue ich nicht", Zofia klang amüsiert. „Er hat selber gekocht. Und ich muss sagen: Er macht richtig gut."

„Sorry, dass ich das so direkt sage, aber du nervst!"

Thomas saß im Auto am Straßenrand mit Blick ins Tal. Er war auf eine kratzbürstige Begrüßung gefasst gewesen, aber dies hier überschritt seine Erwartungen um Längen.

„Ist wirklich nett, dass du mir einen Hinweis gegeben hast, aber jetzt ist es gut."

„Ich habe neue Hinweise", schluckte Thomas seinen Ärger hinunter. „Es geht um ein Mädchen –"

„Ein Mädchen", echote Conni genervt.

„Sie war mit Gabriela bekannt. Und sie war zum Erntedankfest im Dorf."

„Und was bitte schön hatte sie für ein Motiv?"

„Das weiß ich nicht. Aber jetzt ist sie verschwunden. Ihr solltet sie zur Fahndung ausschreiben."

„Sag mal, merkst du eigentlich, was du da redest?" Conni kam jetzt in Fahrt. „Du weißt praktisch nichts über sie und wir sollen sie zur Fahndung ausschreiben? Thomas, ich habe gleich eine Vernehmung. Wir versuchen, die Arnolds gegeneinander auszuspielen. Ich habe Besseres zu tun, als mich mit so einem Senf aufzuhalten."

„Ich glaube, du verbeißt dich in etwas. Es gibt noch mehr Neuigkeiten. Über Ludger Kissmer zum Beispiel, den Nachbarn."

„Er hat ein Alibi!", dröhnte Conni. „Er war bei seinem Onkel!"

„Möglicherweise wird er von seiner Familie gedeckt. Ich will ja nur, dass –", plötzlich tutete es. Thomas starrte sein Handy an, Conni hatte ihn aus der Leitung geschmissen.

Als er zehn Minuten später den alten Gutshof anfuhr, hatte sich Thomas' Zorn nur wenig verflüchtigt. Er blieb noch einen Moment im Auto sitzen. Das war das letzte Telefonat mit Conni gewesen, so viel war schon mal klar.

Angefressen blickte er sich um. Der Hof war gut in Schuss,

Alexander würde einen gepflegten Besitz übernehmen. Der Junge hatte Hodenkrebs gehabt, hatte sein Vater ihm vor Jahren erzählt. Wie war der Stand jetzt? War der Bursche geheilt? Und wie sah es seitdem in seinem Inneren aus? War es denkbar, dass er der Vergewaltiger war – vielleicht, um auf diesem Wege sein Selbstbewusstsein zurückzuerlangen? Ein Geräusch unterbrach seine Gedanken. Hufgeklapper. Tatsächlich näherte sich jemand mit einem Pferd. Brigitte Holzmer führte einen Schimmel über den Hof. Sie blickte fragend zum Auto herüber, Thomas öffnete die Tür.

„Thomas", rief sie, als er sich langsam näherte. „Das ist ja mal eine Überraschung." Dann stutzte sie plötzlich. „Ist mit Anton alles okay?"

„Naja, er liegt im Krankenhaus", erklärte er, „mit einer Lungenentzündung."

Brigitte war stehen geblieben und hielt das Pferd jetzt an der Trense. Thomas hatte nicht viel Ahnung, aber es sah nach einem Rassepferd aus.

„Ist es ernst?" Eine Falte hatte sich über Gittes Nasenwurzel gelegt. Überhaupt war sie deutlich gealtert. So war das nun mal, wenn man sich nur selten sah.

„Es geht ihm schon besser. Ich würde sagen, er hat das Schlimmste überstanden."

Brigitte wirkte erleichtert. „Dann ist ja gut."

Das Pferd machte einen Ausfallschritt, Brigitte korrigierte ihren Griff. „Ich führe die Dame gerade in den Stall. Willst du nicht mitkommen?"

„Gern", Thomas hielt einen guten Schritt Abstand. „Ich wusste gar nicht, dass ihr Pferde ins Programm genommen habt."

„Patti zuliebe. Pferdezucht ist ihre große Leidenschaft. Deshalb ist sie ja in Australien. Der Stall, in dem sie ihr Praktikum macht, bringt einige der bekanntesten Renngrößen hervor."

Brigitte führte das Pferd zum ehemaligen Kuhstall, der zu Thomas' Erstaunen vollständig umgebaut war. Mehrere Boxen waren eingelassen, alles war hell, freundlich und sehr professionell. Eine braune und eine schwarze Stute standen in ihren Boxen und trappelten unruhig, als sie sich näherten.

„Respekt!", meinte Thomas anerkennend. „Und hier will Patti demnächst ihre eigenen Rennpferde züchten?"

„Naja, ganz so ist es nicht. Aber wir interessieren uns beide für das Thema und wollen ein bisschen experimentieren."

„Das klingt nach einem Hengst mit zwei Köpfen."

Brigitte feixte. „Mist, hat sich das schon rumgesprochen?"

Sie hatte inzwischen das Pferd in seine Box geführt, ihm die Zügel abgenommen und schloss nun das Gatter hinter ihm zu.

„Wir wollen einfach gute Tiere auf den Weg bringen. Denn darum geht's bei der Zucht: die guten Eigenschaften fortpflanzen, die schlechten ausmerzen."

„Dann muss bei mir einiges falsch gelaufen sein."

Brigitte lachte. „Bist du dir sicher? Ich hab den Eindruck, bei dir sind durchaus ein paar gute Eigenschaften vorhanden."

War das der Versuch eines Flirts? Nein, nur charmante Unterhaltung.

„Diese Lady hier ist jedenfalls schon mal ein guter Anfang. Wir haben sie kürzlich bei meinem Bruder in Eberswalde abgeholt. Nächstes Jahr werden wir sie decken lassen, wenn Patti wieder hier ist." Brigitte streifte ihre Lederhandschuhe ab und steckte sie in die Weste. Mit Stolz betrachtete sie den Schimmel, der jetzt Kontakt zur Kollegin in der Nachbarbox aufnahm.

„Schöne Tiere", sagte Thomas anerkennend, „aber eigentlich bin ich hier, um mich nach einem jungen Mädchen zu erkundigen. Sagt dir der Name Michelle Hartmann etwas?"

„Michelle?" Gitte wandte sich ihm erstaunt zu. „Natürlich, sie war um den Jahreswechsel öfter hier auf dem Hof."

„Sie wohnt jetzt nicht mehr im Dorf", erklärte Thomas. „Weißt du, warum?"

Gitte runzelte die Stirn. „Ich glaube, das hatte mit ihrem Vater zu tun. Michelle lebte in schwierigen Verhältnissen. Wahrscheinlich war sie deshalb so gern hier bei uns auf dem Hof. Im Sommer wollte ihr Vater nach Hagen zurück. Da musste sie wohl mit."

„Hattet ihr seitdem noch Kontakt?"

Die Stute in der Nachbarbox trat gegen die Abtrennung. Gitte ging zu ihr hinüber und lockte sie an.

„Kontakt", sagte sie, während sie dem Tier den Kopf tätschelte. „Ehrlich gesagt nein. Es endete schon nach wenigen Wochen, als die Kinder nicht mehr hier waren. Danach habe ich von Michelle nicht mehr viel gehört."

„Hatten deine Kinder noch Kontakt?"

Gitte ließ das Pferd los und sah Thomas jetzt direkt an. „Darf ich fragen, warum du das so genau wissen willst?"

„Klar, entschuldige", Thomas hob die Hand. „Ich unterstütze die Ermittlungsarbeit im Fall Gabriela Wisnieska. Du weißt schon, die Pflegerin von Hannes Mertens. Dabei ist uns diese Michelle untergekommen. Sie hat angeblich ein-, zweimal Kontakt zu dem Opfer gehabt, aber jetzt ist sie spurlos verschwunden."

„Aha, verstehe." Gitte strich sich die Haare aus der Stirn. Sie wirkte abwesend.

„Ich frage noch mal: Hatten deine Kinder später noch Kontakt?"

„Nein, hatten sie nicht." Die Antwort kam sehr schnell.

„Bist du sicher?" Thomas sah Gitte aufmerksam an. „Wir

wissen, dass sie schwanger geworden ist."

Gittes Augen flackerten. Ob aus Überraschung oder Unsicherheit, konnte Thomas nicht sagen. Einen Moment schien sie zu überlegen, ob sie antworten sollte. Dann hatte sie sich entschieden. „Ich weiß von der Schwangerschaft. Um ehrlich zu sein, hatte Alex später noch eine recht dramatische Begegnung mit ihr."

„Was meinst du damit?"

Gitte verschränkte die Arme, als fröre sie. Was jetzt kam, war offenbar unangenehm. „Es ist so – Alex hatte tatsächlich für kurze Zeit einen intensiveren Kontakt zu Michelle – und darauf hat sie nicht gut reagiert."

„Erläuterst du mir das?"

„Die beiden haben – miteinander geschlafen. Es war eine einmalige Sache – und bei Alex leider auch nicht mit der großen Liebe verbunden – aber für Michelle war es wohl anders."

„Sie war in ihn verliebt?"

„Offenbar ja. Sie hat sich später immer wieder nach Alex erkundigt, er wiederum war da schon in einer ganz anderen Welt. Es war natürlich nicht in Ordnung von ihm, sich auf so etwas einzulassen. Ich hoffe, das hat er inzwischen kapiert."

„Er wollte keine feste Beziehung?"

„Nein, auf keinen Fall. Und intuitiv hat er da wohl auch richtig gelegen."

„Warum?"

„Naja", Gitte wirkte jetzt sehr aufgewühlt. „Alex hat erzählt, dass Michelle Ostern hier gewesen ist. Sie hat ihm weismachen wollen, sie sei von ihm schwanger. Das war für ihn ein ziemlicher Schock. Nicht, weil er Angst haben musste, wirklich der Vater zu sein – sondern weil sie so dreist war. Es ist so – aufgrund seiner Krankheit kann er keine Kinder mehr zeugen. Zumindest nicht auf natürliche Weise."

Thomas versuchte zu verstehen – und tatsächlich, jetzt machte plötzlich alles Sinn. Michelle hatte eine kurze Liaison mit Alex gehabt. Als sie vergewaltigt worden war, hatte sie gehofft, er sei der Vater ihres Kindes, nicht der Kerl, der sich über sie hergemacht hatte. Als sie schließlich die Wahrheit erfahren hatte, war es zu spät für eine Abtreibung gewesen. Aber irgendetwas hakte da noch: Hodentransplantate? Merkte man so etwas nicht beim Sex?

„Noch mal zum Mitschreiben – auch wenn es ein bisschen delikat ist", Thomas bemühte sich um vorsichtige Worte. „Alex und Michelle haben miteinander geschlafen. Und Michelle hat nicht gemerkt, dass Alex eine OP hinter sich hatte? Ich meine –" Thomas begann zu stottern. „Hodentransplantate …?"

„Die Hoden sehen genauso aus wie vorher", erklärte Gitte sachlich, obwohl ihre Stimme an Festigkeit eingebüßt hatte. „Sie werden mit einem Ersatzstoff gefüllt. Und auch eine Ejakulation findet statt. Sie enthält eben nur keinen Samen."

„Verstehe", Thomas wollte sich das nicht länger vorstellen. „Und Michelle hat sich nach dem Drama nie wieder an Alex gewandt? Auch nicht in den letzten Tagen oder Wochen?"

Gitte sah ihn nachdenklich an. „Nicht dass ich wüsste, aber ich kann Alex gern noch mal fragen."

„Da wäre ich sehr dankbar."

Gitte griff in ihre Daunenweste und zog ein Handy hervor. Kurz darauf hatte sie einen Kontakt ausgewählt und die Anruftaste gedrückt. „Wäre natürlich Zufall, wenn ich ihn jetzt erwische. Er ist wahrscheinlich an der Uni. Außerdem trägt er sein Handy selten mit sich herum. Wegen der Strahlung." Sie machte eine diffuse Bewegung Richtung Unterleib. Thomas verstand.

Kurz darauf schien sich doch jemand zu melden. Ganz so selten trug Sohnemann das Handy also doch nicht mit sich herum.

„Ja, ich bin's – Mama."

Gitte nickte Thomas zu, drehte sich dann aber weg, als wäre sie so ein bisschen privater.

„Alex, eine wichtige Frage: Hat sich Michelle in der letzten Zeit bei dir gemeldet?" Gitte hörte eine Weile zu. „Nein, nein, ich wollte es nur wissen", sagte sie dann. „Die Polizei hat sich nach ihr erkundigt. – Weiß ich nicht. – Jaja. – Ich rufe noch mal an!"

Gitte drehte sich zurück. „Seit Ostern keinen Kontakt", sagte sie. Dann schob sie noch etwas hinterher. „Der Bruder ist drogenabhängig. Er lebt auf der Straße. Es würde mich wundern, wenn man Michelle so leicht fände."

———

Die Enttäuschung war so groß, weil die Vorfreude so groß gewesen war. Zofia hatte gehofft, den Duft eines Abendessens zu schnuppern, wenn sie das Haus beträte – gar nicht wegen des Essens, sondern weil es so schön gewesen war, dass jemand für sie kochte. Sie hatte gehofft, sie würden wieder planen. Und reden. Und lachen. Stattdessen hielt sie jetzt diesen Zettel in der Hand.

„Musste nach Bielefeld. Dringend. Melde mich. T."

Die Enttäuschung saß wie ein dicker Kloß in ihrer Brust. Hunger hatte sie jetzt nicht mehr. Sie schaute sich um. Sie konnte ihren Laptop nehmen und ihre Familie oder Kaja anschreiben. Sie konnte versuchen ein Buch zu lesen. Aber dann fiel ihr plötzlich ein, worüber sie mit dem alten Mann gesprochen hatte. Sie würde einen Spaziergang machen – und das Ziel stand schon fest.

Sie lief nach Gefühl, schließlich wusste sie die Richtung, aber sie wollte nicht an der Straße entlang, sondern Feldwege laufen. Für ihre gelben Turnschuhe war das nicht so besonders, für sie selber aber war das viel besser. Der Kloß in ihrer Brust wurde schon ein bisschen kleiner und die frische Luft machte sie munter. Vielleicht war das ihr neues Leben: Freude erleben, Enttäuschung erleben – all das weit weg von zu Hause.

Als die Schreinerei in der Ferne auftauchte, ging sie noch einmal durch, was sie herausfinden sollte. Bei Herrn Anton drehte sich auch im Krankenhaus alles um den Mord. Um den Schlüssel zum Beispiel. Sie sollte den neuen Chef danach fragen. Er war mit den modernen Schlössern vertraut, meinte Herr Anton.

Zofia mochte eigentlich nicht mit dem neuen Chef sprechen, aber vielleicht gehörte ja auch das zu ihrem neuen Leben: dass sie Dinge tat, die sie eigentlich nicht mochte.

Die Schreinerei sah kein bisschen belebt aus. Es wurde schon dunkel, trotzdem war nirgendwo Licht. Waren die Leute um sechs Uhr schon zu Hause? Als Zofia näher kam, sah sie, dass noch ein einziges Auto vor der Schreinerei stand: der Geländewagen vom neuen Chef.

Es gab keine Klingel, Zofia klopfte laut an die Tür. Nichts rührte sich. Vorsichtig drückte sie die Klinke hinunter und lugte hinein: ein großer Arbeitsraum mit Maschinen, aber kein Mensch zu sehen. „Hallo?", rief sie. „Hallo?" Immer noch nichts, sie machte ein paar Schritte in die Werkstatt hinein.

Dann ging eine Tür. Und da kam er, der neue Chef.

„Ach!", sagte er in einem seltsamen Ton. „Habe ich doch richtig gehört." Er trug Arbeitskleidung und er hatte einen sehr roten Kopf. Als er näher trat, wusste Zofia, warum. Er hatte getrunken.

„Ich wollte nur etwas fragen", beeilte sich Zofia zu sagen, „von Herrn Anton."

„Anton ist im Krankenhaus, hat mir Inge erzählt. Sie sind

also im Moment ganz allein?" Der neue Chef grinste unangenehm. Zofia hätte am liebsten auf dem Absatz kehrt-
gemacht. Aber sie riss sich zusammen. „Ich soll fragen, wie
das ist mit Schlössern. Ob man in Herrn Hannes' Haus
hereinkommen kann ohne einen Schlüssel?"

„Besprechen wir das doch in meinem Büro", der neue
Chef fasste ihren Oberarm. Sie trat einen Schritt zur Seite,
aber er ließ sie nicht los, sondern kam einfach den Schritt
hinterher. „Da ist es wärmer als hier in der Werkstatt. Sie
frösteln ja richtig."

Jetzt ließ er sie doch los und ging zu seinem Büro. In
Zofias Kopf purzelte alles durcheinander. Sollte sie abhauen
oder ihm hinterher? Dann sammelte sie sich. Sie musste
keine Angst haben, sie war eine erwachsene Frau!

Als er die Tür hinter ihr schloss, kam ihr ein Gedanke, der
weniger schön war. Ein Mädchen im Dorf war vergewaltigt
worden. Und man wusste noch überhaupt nicht, von wem!

„Möchten Sie einen Schluck trinken?" Auf dem Schreib-
tisch des neuen Chefs stand ein Schnapsglas. Es stand keine
Flasche dabei, die hatte er offenbar irgendwo versteckt.
„Ein Bier vielleicht oder ein Wasser?"

„Ich will nur fragen wegen dem Schloss", sagte Zofia und
ärgerte sich, dass sie klang wie ein Kind.

„Wenn ich richtig sehe, haben Sie es kein bisschen eilig",
sagte der Chef und stellte ihr einen Stuhl zurecht, bevor er
sich auf seinen Bürostuhl fallen ließ. „Oder wartet jemand
auf Sie?"

„Ich habe Herr Anton versprochen, dass ich noch tele-
foniere, dass ich ihm sage, wie es ist mit dem Schloss." Zofia
setzte sich nicht. Besser, sie blieb auf dem Sprung.

„Das Schloss, das Schloss, das Schloss", sagte der neue
Chef und klang jetzt weniger freundlich. „Was hat er immer
mit diesem Schloss? Ich habe die Tür vor zehn Jahren

eingebaut. Vielleicht erinnert er sich. Die alte Tür war nicht mehr zu retten. Die Tochter wollte etwas Neues. Sie meinte, die Leute würden sonst reden."

Zofia hatte bei weitem nicht alles verstanden. Der Chef hatte von der Tochter gesprochen und dass er eine neue Tür eingebaut hatte.

„Kann man mit einen Karte diese Tür öffnen?", fragte sie schüchtern.

„So wie im Fernsehen?", der neue Chef grinste. „Nein, kann man nicht."

„Und kann man neuen Schlüssel davon machen – von den alten?"

„Den Schlüssel nachmachen, natürlich kann man das. Aber manchmal ist das gar nicht nötig. Ich habe damals mehrere Türen dieser Machart bestellt. Und zwei davon hatten zufällig den gleichen Zylinder."

Zofia hatte nicht verstanden. Sie schaute den Chef fragend an.

„Die Hersteller machen tausende Türen", sagte er, „aber sie haben nur wenige Schlosstypen. Das heißt, gelegentlich passen Schlüssel in mehrere Schlösser, nur merken das die Leute meist nicht."

Zofia kapierte immer noch nicht.

„Ich habe das gleiche Schloss wie Hannes", sagte er nun laut, stand auf und zog seinen Schlüsselbund heraus. „Hier, dieser Schlüssel zur Werkstatt passt auch bei Hannes – weil ich eine Tür mit dem gleichen Schlosstyp bei mir eingebaut habe. Ich habe das Hannes damals gesagt und wir haben darüber gelacht. ‚Solange du nicht bei mir einbrichst …‘, hat er gesagt."

Zofia starrte ihn an, den neuen Chef. Wenn sie das richtig verstanden hatte, hatte er einen Schlüssel zu Hannes' Haus!

Er schien ihren Blick zu bemerken. „Denken Sie jetzt, ich

hätte seine Polin umgebracht?" Er kam einen Schritt auf sie zu. „Warum sollte ich das tun?" Er schaute ihr nicht in die Augen, er schaute auf ihre Brust. Zofia trat zurück.

„Sie haben doch nicht etwa Angst?" Er näherte sich. „Das müssen Sie nicht."

In Zofias Kopf setzte sich ein Gedanke fest. *Er hatte einen Schlüssel, einen Schlüssel zu Hannes' Haus!*

Sie machte einen weiteren Schritt zurück und spürte die Tür im Rücken.

Das Mädchen, Michelle, war oft auf dem Gutshof gewesen – und er hatte hier seine Schreinerei!

Er hob die Hand, berührte ihre Wange. Zofia erstarrte. „Wissen Sie, ich bin im Moment ziemlich traurig. Bei mir zu Hause ist keiner mehr."

Ihm gehörte das Haus, in dem das Mädchen gewohnt hatte! Er hatte die Familie gekannt!

Zofia stand da wie gelähmt. Ihre Gedanken rasten durch den Kopf und ihr Herz pochte wie wild. Seine Hand glitt derweil weiter nach unten, an ihren Hals, rutschte noch tiefer Richtung Brust – und dann plötzlich formte sich in Zofia wieder dieses Gefühl: *Sie wollte das nicht!* Deshalb tat sie es einfach. Sie ging einen Schritt zur Seite, griff gleichzeitig die Türklinke und zog die Tür mit voller Wucht auf. Er wurde am Handgelenk getroffen und zog den Arm mit einem Schmerzensschrei weg. Im selben Moment stürmte Zofia nach draußen. Sie war schon an der Tür, die ins Freie führte, als sie noch einmal umdrehte und zurücklief. Der neue Chef stand noch immer im Büro und hielt sich das Gelenk.

„Nein!", rief Zofia und hatte dabei kein bisschen Angst. „Ich will das nicht und das sage ich jetzt nicht noch ein weiteren Mal!"

Sie ist wie in Trance. Schon seit Wochen ist sie wie in Trance. Sie lebt, aber sie lebt auch wieder nicht. Liegt nur da und kriegt dieses Bild nicht aus dem Kopf. Dieses leblose Wesen, die Augen, die sich nicht öffnen. Und dann dieses einzelne kurze Wimmern, als würde es selbst nicht glauben, dass es leben kann. Immer öfter denkt sie daran, zu ihm zu gehen. Zu ihrem Kleinen. Sich vor den Zug zu werfen – oder von einer Brücke. Stattdessen wählt sie den langsamen Tod. Nicht essen, nur trinken – und Stoff. Sie sieht aus wie Sau. Nein, sie sieht aus wie ihr Kind – krank, ohne Farbe, verzagt. Und das möchte sie zeigen. *Ihm* möchte sie das zeigen. Alex soll sehen, was all das aus ihr gemacht hat.

Auf seiner Facebook-Seite ist ein Post. Alex hat sein Profilbild geändert und ein Waldbild eingestellt. Ein Kumpel hat das kommentiert. *„Mal wieder im Sauerland? Wir sehen uns Erntedank in der Halle! Die anderen kommen auch."* Und Alex hat geschrieben: *„Jau, bin dabei!"*

Sie hat nachgeforscht. Tatsächlich – in seinem Dorf ist eine Party. Da kann jeder hin. Da wird sie ihn treffen.

Aber falsch gedacht, er ist nicht da. Sie ist einmal durch die ganze Halle gelaufen, hat auch eine Clique mit jungen Typen gesehen – aber er nicht dabei.

Sie kennt das, dass sie enttäuscht wird, aber diesmal ist es kaum auszuhalten. Sie muss da weg, sie braucht einen Schuss.

Sie will rüber zu ihrem alten Haus, aber auf dem Weg dorthin ist da plötzlich die Polin, die ihr mal ein Glas Wasser angeboten hat.

Sie ist auch auf dem Weg nach Hause und sie quatscht sie sofort an: „Alles in Ordnung bei Ihnen?"

Und als Michelle nicht antwortet: „Wie geht es Ihrem Kind?"

Michelle ist geschockt und dann kann sie plötzlich nicht mehr. Sie erzählt. Alles erzählt sie – von der Vergewaltigung und was mit dem Kind ist. Sie heult und die Polin will sie in den Arm nehmen, aber das kann Michelle nicht. Sie kann keine Umarmung ertragen. Sie läuft und läuft zu ihrem alten Haus. Hinten ist keine Tür mehr drin. Und jemand hat ihre restlichen Sachen auf einen Haufen geworfen. Da setzt sie sich einen Schuss, da pennt sie, nur so hält sie es aus.

———

Er fuhr mit dem Fahrstuhl nach oben. Kaum jemand im Polizeipräsidium fuhr mit dem Fahrstuhl. Deshalb schaffte er es halbwegs unbemerkt in sein Büro. Okay, Ecki hatte ihn gesehen, Ecki an der Pforte. Aber Ecki war nicht im Bilde. Deshalb war es egal.

Sein Büro wirkte bereits verlassen und verstaubt. Als wäre er gestorben oder lange krank gewesen. Als würde der Raum nicht mehr gebraucht, sondern demnächst ausgeräumt werden. Ein interessanter Gedanke!

Er setzte sich an den Schreibtisch und dachte nach. Schon auf der Hinfahrt hatte er alle Möglichkeiten durchdacht. Schließlich stand er auf. Es nützte nichts, er musste an die Front.

Matthes wollte gerade sein Büro verlassen, als Thomas klopfte. Der Kollege guckte kariert.

„Keine Sorge, bin gleich wieder weg!", sagte Thomas zur Begrüßung und drängte Matthes in sein Büro zurück. „Ich brauche deine Hilfe."

„Wobei?" Matthes' Stirn hatte sich in dicke Falten gelegt. Kein gutes Zeichen.

„Ich muss mit unserem Dealer sprechen, mit Kern."

„Das geht nicht!" Matthes' Antwort kam prompt. „Er

wird heute aus der U-Haft entlassen."

„Das ist nicht dein Ernst!"

Matthes wedelte mit der Mappe in seiner Hand. „Ich bin gerade auf dem Weg nach Brackwede. Der Typ hat einen festen Wohnsitz. Und die zu erwartende Strafe wird nicht hoch genug sein, um ihn länger festhalten zu können. Der Kerl kommt heute raus."

Thomas überlegte, fieberhaft. „Kannst du noch ein kleines bisschen warten?"

„Nein, kann ich nicht."

„Ist der Staatsanwalt hier?"

„Ist schon weg, deshalb soll ich mich kümmern." Im selben Moment schien Matthes seine Antwort zu bereuen. „Aber ich habe ihm zugesagt, dass ich die Entlassung einleite. Und das werde ich auch tun!"

„Aber nicht sofort! Lass mich erst mit ihm sprechen!"

„Thomas, du bist beurlaubt. Du darfst da nicht hin!"

„Matthes, ein Wort!" Thomas ging einen Schritt auf seinen Kollegen zu. „Wer hat den Zeugen ungeschützt nach Hause gehen lassen? Wer hat diese ganze Scheiße verbockt? Du!" Er deutete mit dem Zeigefinger auf Matthes' Brust. „Jetzt wiederum kannst du etwas Sinnvolles tun. Etwas *sehr* Sinnvolles. Gib mir zwei Stunden Zeit!"

„Was soll das, zwei Stunden Zeit, bist du verrückt?"

„Du sollst nichts Verbotenes tun. Warte einfach ab – zwei Stunden, dann lässt du ihn gehen."

„Was hast du vor?"

„Ich brauche eine Info, mehr nicht."

Matthes dachte nach. Dann hob er den Kopf. „Du rührst ihn nicht an!"

„Natürlich nicht, was denkst du von mir?"

„Du drohst ihm nicht!"

„Matthes, ich bin Profi."

Noch mal nachdenken. „Ich riskiere meinen Arsch", sagte er dann. „Du bist aus der Ermittlung raus und du hast keinen Vernehmungsschein von der Staatsanwaltschaft."

„Du riskierst überhaupt nichts, weil du nichts weißt. Wenn es herauskommt, was sehr unwahrscheinlich ist, sagst du, du seiest aufgehalten worden. Was in der Zwischenzeit passiert ist, davon weißt du schlichtweg nichts. Zwei Stunden, Matthes, das ist nichts."

Der Feigling brauchte eine weitere Minute Bedenkzeit. Dann endlich war er so weit. „Von mir aus. Zwei Stunden."

Geht doch, dachte Thomas. Dann war er aus dem Zimmer.

Eine halbe Stunde später saß er Kern gegenüber. Er wirkte nicht mehr so feist und selbstsicher wie beim letzten Mal. Die U-Haft schien ihm gut zu bekommen.

Thomas winkte Uli, dass er allein zurechtkam. Man kannte sich aus Zeiten, als Thomas noch regelmäßig Sport gemacht hatte. Gefühlte hundert Jahre her. Der Justizbeamte machte eine Handbewegung, dass er eine rauchen gehen würde.

„Auch zwei", sagte Thomas.

„Was wird das?", meinte Kern, als Uli weg war.

„Ein Vier-Augen-Gespräch."

Kern sah ihn aufmerksam an.

„Ich biete dir etwas an. Einen Deal. Du besorgst mir eine Info. Ich sorge dafür, dass du hier rauskommst."

Kern zögerte. „Warum machst du das?"

„Weil ich die Info brauche."

„Du kannst keinen Deal machen."

„Weil?"

„Weil du nicht die Macht dazu hast."

Thomas sah den Dealer durchdringend an. Versuchte nicht daran zu denken, dass er ihm hier und jetzt am liebsten die Fresse polieren würde. „Ich meine es ernst. Wenn du mir eine Info besorgst, setze ich bei der Staatsanwaltschaft durch, dass du noch heute hier rauskommst. Ansonsten lassen wir dich hier drinnen noch eine Weile schmoren. Und du weißt, dass mit jedem Tag deine Marktanteile draußen schwinden."

Kern zog die Nase hoch, überlegte. „Was für eine Info?"

„Nichts Kompliziertes. Ein Junkie. Ich muss wissen, wo er sich aufhält."

„Ihr kennt doch die Plätze."

„Nicht hier in Bielefeld, sondern in Berlin."

Kern lachte. Ein tiefes, fettes Lachen. „Berlin. Berlin ist groß. Da findet man nicht mal eben jemanden."

„Eigentlich schon – wenn man über die richtigen Kontakte verfügt." Thomas stand auf. „Aber okay, dann eben keinen Deal."

„Ich kann es versuchen."

Thomas setzte sich wieder.

„Aber dafür brauche ich mein Handy."

Thomas grinste. „Nein, du brauchst nur die Nummern von deinem Handy." Er zog das Tütchen aus der Asservatenkammer hervor, darin Roland Kerns Smartphone. Der Dealer griff danach. Thomas zog es schnell genug weg.

„Langsam, mein Freund! Wir nutzen nur deine Nummern."

Fünf Minuten später hatten sie Marius Hartmanns Bild von Thomas' Handy aus an acht Kontakte verschickt. Zusammen mit einer Sprachnachricht von Kern.

„Das war mein Part", sagte Kern und fixierte Thomas genau. „Jetzt bist du dran! Egal, ob sich jemand meldet – du bringst mich hier raus."

„Mach ich", sagte Thomas und stand auf.

Kern stand ebenfalls auf, so abrupt, dass beinahe sein Stuhl umgekippt wäre. „Wenn du mich gelinkt hast, mache ich dich fertig."

„Ich weiß!" Thomas betätigte den Summer. Es dauerte einen Moment, dann war der Justizbeamte zur Stelle. Thomas boxte ihm gegen die Schulter. „Danke – und rauch nicht so viel!"

Die erste Nachricht kam bereits nach einer Viertelstunde. Thomas war aufgeregt – aber nicht lange. *„Kenn die Fresse nich".*

Zehn Minuten später die nächste Meldung: *„früher öfter am Stutti"* Thomas gab *Stutti* ein – der Stuttgarter Platz.

Irgendwann kam *„kauft in marokko",* dann lange nichts. Thomas guckte immer wieder auf sein Handy und fragte sich, ob es von Nachteil war, dass die Berliner Halbwelt jetzt seine Handynummer hatte. Er nutzte die Zeit und löschte die Ansage auf seiner Mailbox. Besser keine Namen.

„früher bei mir gekauft. hängt mit diesem Langen zusammen, diesem Benno. wohnt da vlt, irgendwo moabit"

Das war viel. Mehr konnte er kaum erwarten. Jetzt war es Zeit, Jochen zu verständigen, seinen Berliner Kontakt. Jochen war ihm noch etwas schuldig. Das konnte er jetzt wiedergutmachen. Irgendwie war es ja doch wie auf dem Dorf. Wer eine Spaltmaschine brauchte, ging mal eben zum Nachbarn.

16

Er hatte Zofia gebeten, heute nicht ins Krankenhaus zu kommen. Am Tag zuvor hatte sie wieder viel zu lange bei ihm im Zimmer gesessen und das war nicht gut. Sie war jung, sie war aktiv, sie musste an die Luft. Soweit die Theorie. Allerdings – jetzt langweilte er sich. Dennis, der Junge im Nachbarbett, hatte schon wieder seine Kopfhörer auf. Anton beängstigte das. Wie sollte das Leben funktionieren, wenn alle sich nur noch mit sich selbst beschäftigten? Gelangweilt nahm er das Fotoalbum zur Hand, das Zofia ihm tags zuvor mitgebracht hatte. Er schlug es willkürlich auf und bekam seinen Henry zu sehen. „Eine Mutter verteidigt ihre Jungen bis aufs Blut", hatte Brigitte Holzmer damals erklärt, als der Hund vom Wildschwein blutig gebissen worden war. Vielleicht war das so. Vielleicht setzte bei Müttern etwas aus, wenn sie ihre Kinder in Gefahr sahen. Gerda Kissmer kam ihm in den Sinn. Hatte sie etwas dagegen gehabt, dass Ludger mit der polnischen Nachbarin in Kontakt war? Weil sie tatsächlich fürchtete, sie könnte ihr den Sohn wegnehmen? Oder weil sie vielmehr ahnte, dass sie nichts von ihm wollte? Dass Ludger ihr blind hinterherlief, während sie sich mit Bernd Arnold abgab.

Anton wurde plötzlich nervös. Gerdas Beziehung zu Ludger war irgendwie krank. Vielleicht war Gerdas Verhalten insgesamt irgendwie krank. *Eine Mutter verteidigt ihre Jungen bis aufs Blut.* Was, wenn Gerda die Notbremse gezogen hatte? Wenn sie doch noch einen Schlüssel zum Nachbarhaus hatte und Gabriela nachts aufgesucht hatte?

Anton musste telefonieren. Er musste mit Thomas telefonieren. Warum verflixt hatte er sich den Apparat am Bett nicht freischalten lassen? Er sah zu Dennis im Nachbarbett hinüber. Der hörte wie immer Musik. Er hörte mit seinem Handy Musik. Aber vielleicht konnte man mit diesem Handy ja auch telefonieren.

———

„Ich hab ihn!"

Sofort schnellte Thomas' Puls in die Höhe. Es hatte tatsächlich geklappt. Er fasste sein Handy fester, als könnte er dadurch das Telefonat intensivieren.

„Ist er allein oder ist seine Schwester bei ihm?"

Thomas hörte Jochen am anderen Ende schmunzeln. „Im Prinzip ist er allein, aber er ist so breit, dass er wahrscheinlich nicht wirklich allein ist."

„Kann man ihn befragen?"

„Naja, seinen Namen hat er eben rausgekriegt, ansonsten – ich kann es nicht sagen."

„Hast du ihm schon etwas erzählt – warum wir mit ihm sprechen wollen und so?"

„Nein, ich hab ihn bislang nur identifiziert. Dann wollte ich erstmal Kontakt mit dir aufnehmen."

„Wo seid ihr? Draußen oder in seiner Wohnung?"

„In *einer* Wohnung. Hat dieser Benno gemietet. Zwei abgefuckte Zimmer in einem heruntergekommenen Haus. Nebenan liegt auch noch jemand in einem Schlafsack."

„Wahnsinn, dass du ihn gefunden hast. Ich bin dir sehr dankbar."

„Wie geht es jetzt weiter? Ich hab keine Lust, länger als nötig in dieser Bude herumzustehen. Willst du vielleicht selbst mit ihm sprechen?"

Thomas überlegte. Befragungen per Telefon waren so eine Sache. Man sah nicht, wie das Gegenüber reagierte. Ob es heftiger atmete. Ob es zu schwitzen anfing. Man war auf einen einzigen Sinn reduziert.

„Okay, versuchen wir's mal. Behalt ihn im Auge."

„Okay." Thomas hörte Jochen reden. Und dann ein gequältes Gejammer. Wenn das Bürschchen zu einer einzigen vernünftigen Antwort in der Lage war, hatte er Glück.

„Ja?" Eine verwaschene Stimme.

„Thomas Wieneke hier, spreche ich mit Marius Hartmann?"

„Wieso?"

„Es geht um Ihre Schwester."

Keine Reaktion. Entweder der Typ überlegte oder er war in einer ganz anderen Sphäre.

„Was ist mit meiner Schwester?" Mit einem Schlag klang er wacher.

„Wir suchen sie."

„Warum?"

„Sie hat nichts ausgefressen – wir möchten sie nur etwas fragen."

„Das sagt ihr immer."

„Wissen Sie, wo Ihre Schwester ist?"

„Ist sie nicht zu Hause?"

Thomas stutzte. War das echt? Wusste er tatsächlich nicht, dass sie schon vor Wochen abgehauen war?

„Dort können wir sie nicht erreichen. Haben Sie Kontakt zu ihr gehabt?"

„Nee, wieso?"

„Sie hat sich bei Ihnen gemeldet, nehme ich an. Ist sie in Berlin?"

„Woher soll ich das wissen?"

„Sie ist nicht bei Ihnen aufgekreuzt?"

„Wie sollte sie – sie weiß gar nicht, wo ich bin."

„Hat sie nicht angerufen?"

„Sie hat keine Nummer von mir. Aber ich will auch nicht, dass sie kommt. Sie soll zu Hause bleiben, das habe ich ihr tausendmal gesagt."

„Wann haben Sie das letzte Mal mit ihr gesprochen?"

„Weiß nicht genau."

Thomas stöhnte innerlich. Das brachte überhaupt nichts! Er entschied sich, aufs Ganze zu gehen. „Wissen Sie von der Schwangerschaft Ihrer Schwester?"

„Was? Welche Schwangerschaft – Sie spinnen ja total."

„Nein, ich spinne kein bisschen! Ihre Schwester hat ein Kind zur Welt gebracht und ich will wissen, wo es ist. Nebenbei ist in dem Dorf, in dem Ihre Schwester gelebt hat, eine Polin umgebracht worden und auch da würde mich interessieren, was Ihre Schwester damit zu tun hat."

„Sie Wichser, Sie spinnen ja total. Es gibt kein Baby und keine Polin – Sie reden doch Müll!"

„Wie wollen Sie das wissen, wenn Sie mit Ihrer Schwester seit Ewigkeiten keinen Kontakt gehabt haben?"

„Meine Schwester ist in Ordnung", der Junge brüllte jetzt. „Meine Schwester ist als Einzige in unserer verfickten Familie in Ordnung."

„Dann sagen Sie ihr, dass sie sich mit uns in Verbindung setzen soll."

„Ihr seid doch Arschlöcher! Ihr wollt uns fertigmachen, was anderes wollt ihr doch nicht!"

Ein lautes Geräusch. Dann war die Leitung tot. Thomas starrte auf sein Handy.

Zwei Minuten später klingelte es. Jochen war dran. „Der Scheißer hat mein Handy auf den Boden geschmissen."

„Aber scheint ja noch in Ordnung zu sein."

„Von wegen. Das Display ist gesprungen. Der Arsch!"

„Schick mir die Rechnung. Und du kannst ihn jetzt laufen lassen, von mir aus."

„Okay", man hörte ihn gedämpft reden, offenbar mit dem Jungen, dann war er wieder da. „Der machte anfangs den Eindruck, er sei total breit, aber du hast ja richtig ordentlich mit ihm gesprochen. Hast du rausgekriegt, was du wolltest?"

„Irgendwie schon – aber leider war das verdammt wenig."

„Ich hoffe, ich muss jetzt nicht noch das Mädchen suchen?"

Thomas schüttelte den Kopf, auch wenn Jochen das nicht sehen konnte. „Nee, lass mal. Das hat keinen Zweck."

———

Michelle erwachte gegen zwölf. Sie fühlte sich daneben, zu viel genommen am Abend zuvor. Kiki war nicht da, sie war meistens nicht da um diese Zeit. Sie war dann unterwegs. Schnorren, sagte sie. Aber Michelle war sicher, dass sie das Geld nicht nur mit Schnorren reinholte.

So ging das nicht weiter. Sie konnte nicht auf Kikis Kosten leben. Andererseits – im Schnorren war sie nicht gut. Sie hatte es schon versucht. Und bei allem anderen – sie durfte gar nicht dran denken. Sofort kamen die Bilder in ihr hoch. Sein Geruch. Sein keuchender Atem. Der kräftige Arm, mit dem er sie festgeklemmt hatte. Manchmal wachte sie schweißgebadet auf, weil sie die Szene im Traum wieder und wieder erlebte. Wenn sie genug Stoff genommen hatte, dann war es weg. Dann war da nur noch warmes Licht und warme Musik. Weiche Bewegungen und ein angenehmes Gefühl. Aber das hielt nicht lange an – sobald der Trip vorbei war, war alles wieder da. Sein Atem, das Wimmern ihres Babys, die Stille danach.

Michelle schleppte sich zur Toilette, pinkelte, schleppte

sich zurück. Dabei fiel ihr Blick auf ihr Handy, das sie gestern Abend zum Aufladen angeschlossen hatte. Zwei Anrufe und eine Nachricht auf der Box, bestimmt Kiki, die irgendwas wollte. Falsch, es war eine unbekannte Nummer. Sie überlegte, ob sie die Mailbox überhaupt anrufen sollte, das kostete bei ihrem scheiß Handy, aber dann entschloss sie sich doch. Michelle wurde aufgeregt, als sie die Stimme hörte. Es war nicht Kiki, es war Marius. Er redete alles Mögliche durcheinander. Er regte sich auf, dass er ewig lange ihre Nummer hatte suchen müssen. Und er wollte wissen, wo sie war. Warum sie nicht zu Hause war. Dass die Bullen bei ihm gewesen waren. Dass sie nach ihr gefragt hatten – und nach einem Baby. Dass sie von einer Schwangerschaft gefaselt hatten und von einer ermordeten Polin. *Von einer ermordeten Polin?* Michelle fing an zu keuchen. Was sollte das alles? Was redete er da? Sie hörte die Nachricht noch einmal. Und noch mal. Er sagte es wirklich. Dass die Bullen sie suchten. Und dass eine Polin ermordet worden war. Sie konnte es nicht fassen. War das alles wahr – oder war sie auf einem Trip? Sie kniff sich. Kniff sich noch mal. Es tat schweineweh. Das alles war passiert! Es war wirklich passiert.

Damals am Sonntag nach Erntedank war sie hingegangen und hatte gefaucht und gebrüllt. Sie hatte gesagt, sie hätte der Polin alles erzählt. Von der Vergewaltigung – und dass das Baby noch gelebt hatte nach der Geburt. Danach war sie abgehauen. Nach Hamburg, wo Kiki jetzt lebte, die Einzige, die auf ihre Nachricht zurückgeschrieben hatte. Michelle war untergetaucht und eingetaucht in einen wochenlangen Trip. Aus dem sie jetzt mit einem Schlag erwachte!

Was hatte sie getan? Die Polin war tot. Nur weil sie, Michelle, rumgequatscht hatte. Sie fing an zu schreien.

Nichts hatte sie hingekriegt in ihrem Leben! Ihr Baby war tot – und jetzt hatte sie auch noch diese Polin auf dem Gewissen! Ausgerechnet diejenige, die sich nach ihr erkundigt hatte. Die ihr nur gutgewollt hatte! Michelle trat gegen die Wand, immer wieder trat sie gegen die Wand. Bis sie niedersackte vor lauter Schmerzen. Sie brauchte Stoff! Unbedingt brauchte sie Stoff! Dann ein neuer Gedanke: Sie musste ins Sauerland! Irgendwie musste sie ins Sauerland kommen! Rache nehmen! Für ihr Baby und für diese Polin. Vielleicht war das das Einzige, was sie in ihrem Leben auf die Reihe kriegen würde – Rache zu nehmen!

———

Diesmal wurde die Tür schneller geöffnet. Dabei hatte Thomas mit allem gerechnet: Dass Hartmann ihn zwar angerufen hatte, aber dann plötzlich nicht anzutreffen war. Dass er seinen Entschluss, „ihm etwas Interessantes zu zeigen" zurückgenommen hatte. Dass er Geld dafür wollte. All das war nicht der Fall. Im Gegenteil: Hartmann war nüchtern und er sah aus, als hätte er tatsächlich geduscht. Sogar die Wohnung wirkte einen Tick besser in Schuss. Im Flur zumindest lag nichts auf dem Boden.

Sie hielten sich nicht lange mit einer Begrüßung auf, Hartmann führte ihn sofort in Michelles Zimmer und deutete auf ihr Bett. Nein, nicht aufs Bett, auf die Wand an der Längsseite des Bettes.

„Ich wollte das Bett frisch beziehen, dabei habe ich das da entdeckt."

Gekritzel auf der Tapete knapp oberhalb der Bettkante. Offenbar hatte jemand im Liegen an die Wand gemalt und geschrieben. Mehrere Fratzen, gar nicht schlecht gezeichnet. Dann drei kurze Sätze. *Ich mache ihn fertig. Irgendwann besiege ich ihn. Dann bleibt nichts von ihm übrig.* Das Ganze war martialisch umrandet.

Thomas zog die Bettdecke weg, um die Wand rund ums Bett in Augenschein nehmen zu können. Am Fußende noch eine Zeichnung. Ein Feuer, wenn er es richtig erkannte. Er nahm sein Smartphone heraus und machte Aufnahmen von allen Kritzeleien.

Hartmann stand abseits und sah zu.

„Ich hab versucht, mein Handy wiederzubekommen", sagte er, als Thomas fertig war. „Wegen der Nummer. Wegen Michelles Nummer. Aber ich krieg es nicht mehr." Seine Stimme klang ehrlich verzweifelt. „Haben Sie schon etwas erreicht?"

„Wir sind dran", sagte Thomas und hatte ein schlechtes Gewissen, weil das so überhaupt nicht stimmte. „Aber vielleicht ist es nicht schlecht, wenn Sie rein formal eine Vermisstenanzeige aufgeben."

„Aber ich habe Ihnen doch alles gesagt."

„Wir ermitteln in einer anderen Angelegenheit. Besser, Sie gehen zusätzlich den formalen Weg – am besten, ohne unsere Ermittlungen überhaupt zu erwähnen. Dann haben Sie zwei Teams, die an der Sache arbeiten, das ist besser für Sie."

Hartmann schien zu überlegen. Thomas konnte nur hoffen, dass ihm die Konzentrationsfähigkeit fehlte, um festzustellen, wie seltsam Thomas' Hinweise waren.

„Diese Sätze", sagte Hartmann plötzlich und drehte sich zum Bett um, „diese Sätze an der Wand, die machen mir Angst."

„Kann ich verstehen. Haben Sie eine Ahnung, wer damit gemeint sein könnte?"

„Eben nicht. Ich weiß viel zu wenig über Michelle."

„Da haben Sie recht." Thomas machte sich auf. Als er über die Schwelle ins Treppenhaus trat, drehte er sich aber doch noch einmal um. „Halten Sie es für möglich, dass *Sie* gemeint sind?"

„Ich?" Hartmann schreckte zurück. „Wie kommen Sie denn darauf?"

„Naja, Sie hatten kein besonders gutes Verhältnis zu Ihrer Tochter, hab ich nicht recht?"

Die Wohnungstür knallte mit solcher Wucht zu, dass Thomas instinktiv nach hinten auswich.

———

Zofia wirkte aufgewühlt. Vielleicht hatte er sie zu sehr überrumpelt. Sobald sie zur Tür hereingekommen war, hatte Anton ihr seine neue These erörtert – noch konnte er nicht entscheiden, ob sie sie teilte.

„Ich finde es nicht normal, wie Gerda ihren Sohn unter ihre Fittiche nimmt."

„Nein, ist nicht normal", bestätigte Zofia.

„Außerdem finde ich es auffällig, wie sie immer wieder Bernd Arnold ins Spiel bringt. Als wollte sie den Verdacht auf ihn lenken."

„Hmh", sagte Zofia und Anton merkte schon, dass sie etwas einwenden wollte.

„Aber gibt es noch einen anderen Spur", sagte sie leise und warf einen prüfenden Blick zur Seite. Dennis hatte wie immer seine Kopfhörer auf. „Und diesen Spur hat mit den Mädchen zu tun."

Und dann erzählte sie. Was sie und Thomas herausgefunden hatten. Über das Mädchen, über die Vergewaltigung und über ein Baby, das nicht auffindbar war. Dass Thomas zur Berufsschule gefahren war und auch zum Hof. Dass er jetzt in Bielefeld war, um von seinem Büro aus weitere Erkundigungen zu machen. Anton wäre vom Hocker gefallen, wenn er auf einem gesessen hätte. Das war so viel Neues. So viel Schreckliches. Jetzt senkte Zofia noch weiter die Stimme.

„Ich war gestern bei Ihren neuen Chef", flüsterte sie. „Das war keinen schönen Begegnung. Er hat einen Schlüssel zu Hannes' Haus, weil er hat die Tür eingebaut, und diesen Tür hat dasselbe Schloss wie seinen eigenen Tür."

Anton kam nicht so schnell mit. Eine neue Tür? Stimmt, jetzt fiel es ihm ein. Martin hatte vor Jahren bei Hannes eine neue Haustür eingebaut. Warum hatte Anton das vergessen – wurde er dement? Und dann das mit dem Schlüssel. Hatte Martin das auch erwähnt? Oder vielleicht Hannes?

„Eine Dopplung?", sagte er matt.

„Der neue Chef sagt, das kommt manchmal vor mit gleichen Schlössern."

„Jaja, das stimmt", murmelte Anton. „Nur merkt das in der Regel kein Mensch."

„Was mir noch mehr Angst macht: Der neue Chef kennt den Mädchen sehr gut, weil sie hat ja gewohnt in seinen alten Haus."

„Was wollen Sie damit sagen?", fragte Anton nach.

„Vielleicht er hat mit den Vergewaltigung zu tun", sagte Zofia.

„Wie bitte?"

„Sein Büro ist bei den Hof. Und das Mädchen immer ging auf den Hof, denn es war mit der Gutsfamilie befreundet, besonders mit Alexander."

„Aber das muss doch nichts heißen." Anton merkte, dass er ärgerlich wurde. „Deswegen kann man doch nicht so eine Beschuldigung aussprechen."

„Ich will nicht beschuldigen, ich denke nur herum. Der neue Chef hat keine Frau mehr. Sie ist weggegangen von ihn. Das macht ihn wütend."

„Aber deshalb fällt man doch nicht über Jugendliche her."

„Normaler Mann nicht, aber vielleicht neuer Chef."

„Mit Verlaub, Zofia, das geht zu weit. Martin ist ein rechtschaffener Mann." Anton hatte sich ereifert. Was war das für eine Art, einfach so etwas zu behaupten?

„Können Sie das beweisen?", fragte er wutentbrannt.

„Kann ich nicht", Zofia klang ein wenig verängstigt, aber dann schob sie doch noch etwas hinterher. „Aber haben Sie Beweisen bei Ludgers Mutter?"

Anton legte trotzig den Kopf nach hinten, er wollte allein sein.

„Ich kenne Martin", sagte er. „Ich kenne ihn fast so gut wie meinen Sohn."

Er merkte, dass Zofia aufstand. Er schaute ihr nicht hinterher.

An der Tür schien sie sich noch einmal umzudrehen. „Vielleicht kennen Sie nicht alles an ihn", sagte sie. „Zum Beispiel, wie er sich bei Frauen verhält."

Dann wurde die Tür geschlossen, Anton spürte einen Windzug, dann spürte er nichts mehr.

———

Zum Nachdenken hatte Zofia einen Gartenstuhl aus dem Keller geholt und sich unter den Apfelbaum gesetzt. Es war draußen nicht gerade warm, aber mit zwei Pullovern und ihrer dicken Winterjacke war es okay. Außerdem hatte sie auf der Garderobe eine *czapka z pomponem*, eine Bommelmütze gefunden. Die hatte sie auf, sie war ja allein.

Ihr Vater hatte einmal gesagt, Gedanken müsse man ordnen wie alte Nägel. Die verbogenen solle man aussortieren und in eine Extrakiste packen, die guten müsse man von allen Seiten betrachten, um zu sehen, was man mit ihnen noch anfangen könnte. In Zofias Kopf gab es nur rostige, verbogene Nägel. Sie hatten sich in ihrem Kopf verhakt und machten ihr Kopfweh. Da mussten unbedingt einige hinaus.

Was war zum Beispiel mit diesem Ludger? Tat er wirklich nichts anderes, als Frauen hinterherzuschleichen? Stimmte es, dass er am Tag des Mordes bei seinem Onkel gewesen war? Und am schwierigsten: Sollte Zofia seinetwegen zur Polizei gehen?

Ein anderer rostiger Nagel war der neue Chef! Er hatte Probleme zu Hause, er trank am Nachmittag Schnaps und er hatte sich ihr genähert – konnte es sein, dass er sich auch an Gabriela herangemacht hatte? Er hatte immerhin auf dem Fest mit ihr getanzt. Und er hatte einen Schlüssel zum Haus! Konnte es sein, dass Gabriela sich verweigert hatte und dass der neue Chef dann in der Nacht gekommen war, um sich zu nehmen, was er wollte? So, wie er es womöglich schon bei dem jungen Mädchen gemacht hatte? Der Gedanke ließ Zofia erschauern. *O niebo!* Wo war sie hier gelandet? Andererseits: Wäre er bei ihr nicht aggressiver gewesen, wenn er tatsächlich ein Vergewaltiger war? Er hatte selbst erschrocken gewirkt, als Zofia noch einmal hereingekommen war. Außerdem fiel Zofia der alte Mann wieder ein. *„Ich kenne ihn fast so gut wie meinen Sohn."*

Zofia kratzte sich unter ihrer Mütze. Es war nicht schön, im Streit mit Herrn Anton zu sein! Besser, Zofia hätte gesagt, dass der neue Chef sie angefasst hatte. Aber über so etwas zu sprechen, war gar nicht so leicht! Das junge Mädchen hatte tausendmal Schlimmeres erlebt und trotzdem mit niemandem darüber gesprochen. Sie kam aus einer schwierigen Familie. Bestimmt hatte sie gedacht, dass niemand ihr glauben würde. Oder sie hatte sich geschämt – für etwas, woran sie keinerlei Schuld trug.

Ein Geräusch schreckte Zofia auf – ein Auto war vor Herrn Antons Garage gefahren. Langsam stand sie auf. Wer konnte das sein? Der neue Chef? Dann wurde plötzlich die Terrassentür geöffnet und Tomasz stand da.

Er schaute eine Weile. „Doch kein Gartenzwerg!", sagte er dann.

Manchmal verstand sie ihn einfach nicht.

———

Thomas wusste nicht, wann er sich in seinem Elternhaus zuletzt so wohlgefühlt hatte. Er hatte Zutaten mitgebracht und sofort zu kochen begonnen. Ein indisches Gericht, schön scharf. Zofia hatte derweil den Ofen angemacht, den Tisch gedeckt und Musik herausgesucht.

„Es muss nicht wieder diese Trallala-Tante sein", hatte sie mit verdrehten Augen gesagt und stattdessen eine LP mit französischen Chansons aufgelegt.

„Passt ja perfekt zum indischen Essen", hatte er ironisch gemeint.

„Finde ich keine indische Musik bei euren Platten."

Jetzt schaute sie ihm beim Kochen zu und begann zu erzählen. Ganz schüchtern. Ganz verhalten. Und irgendwann sehr erbost. Als sie berichtete, wie sie Martin die Tür vors Handgelenk gedonnert hatte, fiel Thomas beinah der Löffel aus der Hand.

„Wahnsinn!", rief er begeistert. Und einen Augenblick später: „Trotzdem, ich möchte am liebsten hin und ihn verprügeln."

„Das möchte ich nicht", sagte Zofia bestimmt. „Regele ich so etwas selbst. Ich bin eine erwachsene Frau. Außerdem ist diesen Martin viel stärker als du. Das wird nichts als einen blutigen Nase." Übergangslos schaute sie auf die Küchenuhr an der Wand. „Oh, ist schon sieben Uhr. Wir sollten anfangen. In Deutschland die Leute essen sehr punktlich."

Thomas nickte nur. Er wusste nicht, wann er zuletzt so folgsam gewesen war.

———

Der neue Fahrer war okay. Der vorherige dagegen war eklig gewesen. Er hatte sie angebaggert, kaum dass sie in seinem Lkw gesessen hatte. Ob sie heute schon was Aufregendes erlebt hätte. Auf was sie so stünde.

Sie hatte daraufhin eine Nachricht an Kiki geschrieben. Nein, sie hatte nur so *getan*, als hätte sie eine Nachricht an Kiki geschrieben.

„Machst du da?", hatte er sie angefahren.

„Ich hab nur meiner Freundin dein Nummernschild geschickt."

Da hatte er endlich die Klappe gehalten. Bis Kamen hatte sie gepennt. Dort hatte er sie rausgeschmissen, ziemlich grob.

Der hier war nett. Sie hatte ihn auf dem Rastplatz angequatscht. Er fuhr auf Heimaturlaub ins Sauerland, sagte er. Eltern besuchen, alle paar Wochen müsste das sein. Seine Eltern wären schon alt, lange ginge das nicht mehr so. Irgendwas müsste er sich einfallen lassen, polnische Pflegerin oder so. Ihr zog sich der Magen zusammen.

Was sie denn vorhabe, wollte er wissen.

„Auch die Familie besuchen", sagte sie. „Ich war in Australien. Bin in Hamburg gelandet, jetzt geht's nach Hause. Bin total müde, Jetlag und so."

Das kapierte er und quetschte sie nicht länger aus.

Er brachte sie trotz Umweg bis ins Dorf. So ganz dringend wollte er also auch nicht nach Hause.

„Total nett", sagte sie, „aber die letzten Meter geh ich zu Fuß. Muss mir noch überlegen, wie ich die zu Hause begrüße."

„Überraschungsankunft?", fragte er und grinste.

„Überraschungsankunft", sagte sie, „sie erwarten mich nicht."

Man konnte Zofia nicht vorwerfen, dass sie wie ein Vögelchen aß. Die anderen Frauen in Thomas' Leben hatten immer im Essen gepickt und von Kalorien geredet. Zofia dagegen aß mit Hunger und Genuss. Thomas konnte ihr stundenlang zusehen.

Am Ende schob sie aber doch den leeren Teller zur Seite. „Das war der beste indische Essen, den ich gegessen habe bisher."

„Hast du in Polen häufig indisch gegessen?"

„In meinen ganzen Leben noch nie."

„Ah." Thomas lehnte sich frustriert zurück. Dann zog er sein Smartphone heraus. „Ich hab da noch was. Michelles Vater hat mich angerufen. Er hat an der Tapete in Michelles Zimmer ein paar Kritzeleien entdeckt." Er ging um den Tisch und hielt ihr die Aufnahmen hin. Um besser sehen zu können, zog sie seine Hand in die richtige Position – und ließ sie netterweise nicht sofort los.

„Das ist ein Feuer", sagte sie mit Blick auf die erste Zeichnung.

Für die Betrachtung der hingeschmierten Sätze brauchte sie länger. *„Ich mache ihn fertig"*, las sie vor. *„Irgendwann besiege ich ihn. Dann bleibt nichts von ihm übrig. –* Das ist gegen den Vergewaltiger."

„Das denke ich auch."

Sie schaute weiter auf das Display. Thomas wollte schon weiterwischen, um ihr die Fratzen zu zeigen, als sie ihn aufhielt. „Da ist was", murmelte sie. „Da ist ein Strich unter ein Wort."

Thomas ging näher an das Display heran. Ihre Köpfe lagen jetzt direkt aneinander, das war ein schönes Gefühl.

„Da – siehst du? Unter *besiege*, nein, nicht unter den ganzen Wort, nur unter *sieg*."

Thomas versuchte zu sehen, was sie sah. Die Sätze waren

mit einem seltsamen Rahmen umgeben, aber Zofia hatte recht. Der Wortteil *sieg* war noch mal extra unterstrichen. Wegen des Rahmens fiel es kaum auf, aber wenn man es wusste, war es unbestritten zu sehen.

„Was soll das bedeuten?", murmelte er.

„Ja, was soll das bedeuten?", sprach sie ihm nach.

„Sie will es betonen", versuchte es Thomas. „Sie will Rache nehmen, das Spiel umkehren, als Sieger hervorgehen."

„Sieg- ", plötzlich packte Zofia sein Handgelenk fester. „Ich glaube, ich weiß, was das soll bedeuten." Sie sah ihn mit großen Augen an. „Das ist ein Hinweis. So heißt den Mann, der sie hat vergewaltigt." Thomas verstand nicht. „Siegbert", sagte sie eindringlich, „so heißt der Mann. Der Mann von den Gutshof und der Vater von ihren Freund. Deshalb sie wollte es niemandem sagen. Sie hat gehofft, dass der Freund sie immer noch nimmt."

Thomas war irritiert. Wegen Siegbert. Wegen Zofia. Weil das schlimmstenfalls alles so war.

„Das gibt's nicht", sagte er. „Das *kann* einfach nicht sein."

Zofia schob das Bild weiter, jetzt waren die Fratzen zu sehen. „Kann doch sein", sagte sie und deutete auf eine der Fratzen. Ein breites Gesicht, volles Haar, ein etwas zu langer Bart – wenn man es wusste, war es eindeutig. In der Fratze war Siegbert Holzmer zu sehen.

———

Michelle fröstelte auf den letzten Metern zum Hof. Wie oft hatte sie gefröstelt auf diesem Weg, als sie diese verfickte Zeitung ausgetragen hatte! An der Scheinerei vorbei – kein Licht, klar, es war Abend, alle zu Hause, kuschelkuschel und schön. Nun hatte sie den Hof vor sich liegen. Im Innern war Licht. Im Wohnzimmer, in der Küche, im Flur. Michelle schaute durch keines der Fenster, bloß keine Gesichter!

Lieber zur Kornkammer hinüber. Sie nahm den Schlüssel unter dem Stein hervor, öffnete die Tür. Drinnen war es duster, gut so. So konnte sie wenigstens die Gespenster nicht sehen.

Denn hier waren Gespenster, das wusste sie genau, *ihre* Gespenster.

Sie ging an der Wand entlang, ertastete die Holzbalken, die in der Ecke lagerten, hockte sich nieder. Langsam gewöhnten sich ihre Augen an die Dunkelheit. Dort hinten die Paletten mit dem provisorischen Bett. Da hatte sie mit Alex geschlafen, aber da war auch das andere passiert, das Schlimme, damals, als Alex nicht da war. Sie hatte nach ihm fragen wollen. Fragen, ob er am Wochenende kam. Schon auf dem Hof war sie Siegbert in die Arme gelaufen.

„Du suchst Alex, nicht wahr?", hatte er gefragt und seltsam gegrinst. „Kannst es wohl nicht abwarten, es noch mal mit ihm zu machen."

Michelle hatte nichts gesagt. Ihr war das peinlich gewesen. Andererseits – wahrscheinlich hatte Alex von ihnen beiden erzählt. Das war ein gutes Zeichen oder etwa nicht?

„Er hat was für dich geschickt", hatte Siegbert als Nächstes gesagt. „Soll ich dir geben."

Aber statt zum Haus hatte er sie zur Kornkammer geführt. Das war komisch, aber vielleicht auch ganz normal. Vielleicht hatte Alex das gesagt. Dass seine Eltern es Michelle in die Kornkammer legen sollten, denn da hatten sie schließlich …

Aber dann ging die Tür zu und der Schlüssel drehte sich im Schloss. Siegbert hatte sie beide eingeschlossen und grinste sie an. Spätestens da hatte sie gewusst, dass etwas nicht stimmte. Sie war nach hinten gewichen, aber Siegbert war stark. Hatte sie am Oberarm gepackt und zu den Paletten gezerrt. Vielleicht hatte sie sich ja zu wenig gewehrt.

„Hat er's dir besorgt, der Kleine, hat er's dir besorgt? Warte mal ab, der Papa kann es noch besser! Bei dem ist nämlich noch alles echt." Sie hatte das damals nicht kapiert – erst als Alex seine OP erwähnt hatte, hatte sie die Bemerkung gecheckt.

„Du ziehst dir doch extra diese dünnen Fummel an", hatte er gekeucht und dabei gerochen wie ihr Vater – nach Schnaps. „Mitten im Winter – du willst doch, dass man es dir macht."

Sie hörte seine Stimme noch heute. Jede Nacht hörte sie sie.

Ganz am Anfang hatte sie sie noch wegblenden können. Hatte Alex und die Zeit mit ihm vorschalten können. Später ging das nicht mehr. Alex weg, das Baby weg, nur das Schlimmste war geblieben.

Michelle zitterte am ganzen Körper. War das die Kälte – waren es die Bilder? Vielleicht brauchte sie aber auch einfach nur Stoff. Sie zog das Päckchen heraus, Kikis eiserne Ration. Sie hatte sie im Badezimmer hinter dem Schränkchen gefunden. Jetzt war die richtige Zeit.

––––––

Tomasz lief im Esszimmer auf und ab wie ein aufgescheuchtes Tier und wuschelte sich durch die Haare. Er machte Zofia ganz verrückt.

„Es gibt nur eine Möglichkeit", rief er nun aufgeregt, „und zwar, dass Michelle Gabriela von der Vergewaltigung erzählt hat. Sie war ja zu Erntedank hier. Sie war auf dem Fest und hat Gabriela getroffen."

„Und wie wusste Siegbert, dass sie es Gabriela erzählt hat?", fragte Zofia. Sie lief nicht herum. Sie konnte besser im Sitzen nachdenken. „Hat das Mädchen auch noch Siegbert besucht?"

„Möglicherweise", stimmte Tomasz zu, „oder sie hat ihn angerufen."

„Und dann Siegbert ist zu Gabriela gefahren und hat sie ermordet, damit sie nichts sagt."

„So könnte es gewesen sein", Tomasz war stehen geblieben. „Fragt sich nur, wie er ins Haus gekommen ist. Hat sie ihm die Tür aufgemacht?"

„Nein, anders", jetzt konnte auch Zofia sich nicht mehr halten. Sie sprang auf. „Der neue Chef ist doch Mieter von dem Gutshof oder nicht?" Tomasz sah sie verständnislos an. „Martin" rief sie, „der neue Chef von der Schreinerei, er hat doch das Haus gemietet, das Haus für die Schreinerei."

„Er hat die Tenne gemietet, das stimmt", bei Tomasz kam etwas in Gang. „Als Vermieter hatte Siegbert natürlich einen Zweitschlüssel zur Schreinerei. Und dieser Schlüssel passte durch Zufall in Hannes' Schloss, das hast du erzählt." Thomas boxte sich mit der einen Hand in die andere. „Siegbert und Martin werden darüber gesprochen haben – über diesen Zufall. Vielleicht auch Siegbert und Hannes."

Tomasz starrte vor sich hin, es sah aus, als ginge er noch einmal alles durch.

Zofia ließ ihn, dann aber kam ihr ein Gedanke, den sie nicht zurückhalten konnte. „Wenn er hat Gabriela umgebracht", meinte sie mit schwankender Stimme, „dann musste er ängstlich sein, dass Michelle noch eine andere Person etwas sagt. Dann er hat Michelle auch umgebracht."

Tomasz starrte sie an. „Ich fahre hin", sagte er dann, „ich fahre auf der Stelle zum Gutshof."

Zofia antwortete nichts. Sie holte einfach ihre Jacke.

———

Anton hatte einige Stunden dagelegen und gegrübelt. Zofias Bemerkung am Schluss, dass er nicht wüsste, wie Martin sich gegenüber Frauen verhielt ... Konnte das wahr sein? Hatte Martin Zofia tatsächlich bedrängt?

Anton wurde es heiß und kalt bei dieser Vorstellung! Er wollte einfach nicht, dass das stimmte! Und dann diese Vergewaltigung! Das überstieg sein Fassungsvermögen. Es durfte nicht wahr sein, dass solche Dinge passierten. Und schon mal überhaupt nicht in seinem Dorf! Verflixt noch mal, konnte es nicht sein, dass das arme Mädchen diese Vergewaltigung im Ruhrgebiet erlebt hatte, in einer Disko?

Unwillig griff er nach seinem Fotoalbum. Er wollte an all das nicht mehr denken. Wieder öffnete sich das Album auf der Seite mit seinem Hund. Anton betrachtete Henrys treue Augen. Sie hatten ihn im Wald an Ort und Stelle erschossen. Gitte hatte das gemacht, sie war das gewohnt.

„Kranke Geschöpfe sind in der Natur nicht gewollt", hatte sie damals gesagt. „Ohne Hilfe würden sie sofort verenden." Und als Anton nicht sofort zugestimmt hatte: „Anton, einen Hund, der allein nicht zurechtkommt, kannst du nicht wollen. Du tust ihm was an."

Das hatte den Ausschlag gegeben. Anton hatte seinen Hund nicht quälen wollen, nur weil er sich selbst nicht trennen konnte. Er hatte genickt, kurz darauf hatte Gitte den Gnadenschuss gesetzt.

Gitte hatte klare Vorstellungen, wenn es um Leben und Tod ging, das hatte Anton auch an anderer Stelle gemerkt. Wenn sie von ihrer geplanten Pferdezucht sprach, dann ließ sie keinen Zweifel daran, was sie herausbilden wollte. Sie wollte Qualität – und die Tiere, die die gewünschten Eigenschaften nicht brachten, hatten bei ihr keine Chance.

„Man muss sich entscheiden", hatte sie Anton erklärt. „Für mich ist nur das Genoptimum interessant."

Das Genoptimum, das hatte auch bei Alex' Krankheit eine Rolle gespielt. „Er kann keine Kinder mehr kriegen", hatte sie einmal unter Tränen geflüstert. „Jedenfalls nicht auf herkömmlichem Wege." Anton musste kariert geguckt haben, er wusste nicht, was das bedeutete. „Wir haben sein Sperma einfrieren lassen", erklärte sie hinter vorgehaltener Hand. „Die Vorstellung, dass er uns keine geeigneten Enkel schenken kann, hat mich fast umgebracht. Jetzt bin ich einigermaßen beruhigt."

Anton hatte sich damals gefragt, was „geeignete Enkel" waren, aber nachgehakt hatte er nicht. Er selbst hatte sich über die Qualität seiner Enkel keine Gedanken gemacht. Sabines Kinder waren einfach gekommen und das fand er gut. Gitte dagegen hatte Dünkel, das wusste er. So patent sie sonst war, auf ihre Familie bildete sie sich jede Menge ein. Ihr Bruder hatte sich den Hof im Osten zurückgeholt und dort ein großes Gestüt aufgebaut. Sie selbst tat alles, um die Bedeutung des Gutshofs herauszustreichen. Anton war das manchmal ein bisschen zu viel.

Plötzlich kam ihm ein sonderbarerer Gedanke. Dieses Mädchen, Michelle, war doch angeblich mit Alex befreundet gewesen. Warum hatte Gitte nie davon erzählt? Hatte ihr das Mädchen nicht gepasst? Ein weiterer verrückter Gedanke: Vielleicht war das Mädchen gar nicht vergewaltigt worden. Vielleicht war sie einfach schwanger geworden. Von Alex, obwohl man allgemein glaubte, dass das nicht ging. Was hätte Gitte dazu wohl gesagt? Ein Kind von einem Mädchen, das ihren Erwartungen nicht entsprach? Was hätte Gitte getan, um einen solchen Spross zu verhindern?

Dann fiel Anton noch etwas ein: Gitte hatte behauptet, Hannes habe über seine Polin gemeckert. Sie war die Einzige gewesen, die das behauptet hatte. Und auch Siegbert hatte den Eindruck entstehen lassen, es könnte sein, dass zwischen Hannes und Gabriela nicht alles stimmte. Hatten sie das mit Absicht getan? Hatten sie den Verdacht auf Hannes lenken wollen?

Anton klappte das Fotoalbum zu. Ein flaues Gefühl hatte sich in seiner Magengegend breitgemacht. Es gab für diese Spinnereien keine Beweise. Und trotzdem machten sie ihm jede Menge Angst.

———

Es ging jetzt besser. Sie war ruhig geworden. Sie sah jetzt alles ganz klar. Was passiert war – was *jetzt* passieren musste.

Das Kind war gekommen, als ihr Vater nicht da war. Vielleicht, *weil* ihr Vater nicht da war. Eine Schlägerei vor einer Kneipe. Er musste drei Tage im Krankenhaus bleiben. Es geschah am ersten Abend. Sie wollte nur aufs Klo, aber dann war plötzlich alles nass. Das war anders, als sie es sich vorgestellt hatte, jetzt kriegte sie Panik und wusste nicht, was tun. Das war der Punkt, da sie Gitte anrief. Gitte musste ihr helfen. Und Gitte war am Telefon ganz ruhig.

„Bist du allein?", wollte sie wissen. „Okay, dann komm ich vorbei."

Michelle musste ihre Adresse sagen und tatsächlich, nach einer knappen Stunde war Gitte da. Sie hatte Bettlaken mitgebracht in einer riesigen Tüte und einen Koffer, der wie ein Arztkoffer aussah. Michelle ging es gleich etwas besser, obwohl die Schmerzen inzwischen kaum auszuhalten waren.

„Fruchtblase geplatzt", sagte Gitte, „das ist ganz normal."

Und dann ging plötzlich alles ganz schnell. Vielleicht weil Gitte da war. Vielleicht, weil sie jetzt endlich loslassen konnte. Es tat saumäßig weh, aber es dauerte nicht lange, sie musste immer wieder pressen, Gitte schrie sie an und dann flutschte es raus und die Schmerzen waren sofort vorbei.

Komisch war, dass da unten gar nichts schrie. Michelle hatte das überall gelesen, dass ein Kind schrie, wenn es auf die Welt kam. Dass es schreien *musste*. Ihr Kind schrie nicht, es wimmerte bloß – ein einziges Mal.

„Da stimmt was nicht", sagte Gitte.

„Stimmt nicht?", fragte Michelle, obwohl total erschöpft. „Ist es ein Mädchen?"

„Ein Junge, aber er atmet nicht richtig."

Ein Junge, das konnte nicht sein. Michelle hatte sich so sehr auf ein Mädchen gefreut.

Gitte machte irgendwas mit dem Kind.

„Zeig mal", flüsterte Michelle. Gitte hielt es nur hin. Ein zerknautschtes Gesicht, eine seltsame Farbe, verkrampfte Fäustchen. Gitte hatte recht, da stimmte was nicht.

„Vielleicht kann ich den Atem unterstützen", sagte Gitte und ging raus mit dem Kind.

Michelle dachte nur eins: Sie hatte sich ein Mädchen gewünscht. Das war das Einzige, was sie sich wirklich gewünscht hatte: ein Mädchen. Und jetzt war ein Junge gekommen.

Später hatte sie oft gedacht, dass das gemein war. Dass er deshalb nicht leben wollte. Weil sie ihn eigentlich nicht wollte. Gitte kam nicht wieder. Lange kam sie nicht wieder. Und dann irgendwann doch. Und da war dann Gitte ganz bleich.

„Es konnte nicht leben", sagte sie mit zittriger Stimme.

„Der Junge?", fragte Michelle, obwohl das eine Schwachsinnsfrage war.

„Die Sauerstoffzufuhr muss unter der Geburt gekappt gewesen sein, er hatte kaum Leben in sich." Und dann hatte Gitte noch etwas gesagt: „Das Kind war insgesamt schwach. Hast du Drogen genommen? Alkohol getrunken?"

Sie hatte nicht geantwortet. Michelle hatte einfach nicht geantwortet. Vor Scham. Vor Schmerz. Weil das einfach alles so scheiße war. Überhaupt hatte sie danach alles nur noch unter einem Schleier wahrgenommen. Dass Gitte sie untersucht hatte. Dass sie sie gewaschen hatte. Dass sie gesagt hatte: „Alles in Ordnung!". Dass sie ihre Bettlaken eingesammelt hatte. Dass sie sauber gemacht hatte. Dass sie irgendwann gegangen war. Mit einem Riesenstapel Bettlaken. Und mit ihrem toten Kind.

„Ich nehme es mit", hatte sie gesagt. „Ich kümmere mich. Versuch du, einen neuen Anfang zu machen. Lebe so, als wäre überhaupt nichts passiert!"

Der Satz ging Michelle heute noch nach. *Lebe so, als wäre überhaupt nichts passiert.*

Sie hatte zwei Tage im Bett gelegen danach. Einmal hatte sie kurz überlegt, noch einmal Gitte anzurufen. Aber dann wollte sie doch nicht. Als ihr Vater zurückgekommen war, war sie in die Stadt gegangen und hatte sich Stoff besorgt. Hatte auf dem Bett gelegen und gedöst. Hatte das Gesichtchen gesehen, zerknautscht und mit dieser seltsamen Farbe. Hatte den Widerling gespürt, seinen alkoholisierten Atem gerochen, sein Stöhnen und dieses Röhren, als er schließlich kam. Zwischendurch hatte sie an Alex gedacht. Immer wieder hatte sie an Alex gedacht. Und in ihr wuchs das Bedürfnis, ihm alles zu sagen. Warum es ihr so schlechtging. Dass es sein Vater gewesen war. Dass sie Alex hasste. Und dass sie ihn liebte. Dass sie ganz neu anfangen konnten. Irgendwo weit weg. Vielleicht in Australien. Bei Facebook hatte ihm ein Freund geschrieben von wegen Erntedank in der Halle. Da war sie hin, aber Alex war nicht da gewesen. Nur mit der Polin hatte sie gesprochen – das war der Fehler gewesen: *Sie hatte mit der Polin gesprochen!* Danach hatte sie sich einen Schuss setzen müssen, um in ihrer alten Bude schlafen zu können. Einen Schuss, der sie fast ins Aus geknockt hätte. Viel zu viel für einen einzigen Schuss. Beinahe wäre sie bei ihm gewesen. Bei ihrem Kleinen. Aber dann war sie doch wach geworden am Nachmittag. Mit einem trockenen Mund, mit einem dröhnenden Kopf. Und sie war hingegangen zum Hof. Um Alex zu treffen. Um zu brüllen, was man ihr angetan hatte. Aber es war nur Gitte dagewesen und die hatte gesagt, sie solle verschwinden. Alex habe eine neue Freundin, das habe doch alles keinen Zweck. Das war zu viel gewesen. Das hatte sie nicht erwartet.

„Wo ist mein Kind?", hatte Michelle gefragt. „Wo hast du mein Kind hingebracht?"

„Welches Kind?", hatte Gitte gesagt und das war seltsam gewesen.

„Mein Kind!", hatte Michelle geschrien. „Sag, wo mein Kind ist!"

„Wovon redest du denn?"

Lebe so, als wäre überhaupt nichts passiert. Für Gitte gab es kein Kind. Es war überhaupt nichts passiert. Sie hatte nicht gewollt, dass das Kind lebte.

„Du hast es umgebracht!", hatte Michelle gebrüllt.

In dem Moment hatte Gitte sie fest an den Armen gepackt. „Nicht ich, *du* hast es umgebracht!", hatte sie gezischt – so, dass es Michelle Angst gemacht hatte. „Du hast es mit Alkohol vergiftet. Dieses Kind hatte keine Chance."

Michelle hatte sich losgerissen. „Es hat noch gelebt, als es zur Welt kam. Man hätte es retten können. Das hat auch die Polin vom alten Förster gesagt. Ich habe ihr gerade alles erzählt. Wer mich vergewaltigt hat und was mit meinem Kind passiert ist!"

Dann war sie gerannt, hatte geheult und geschluchzt und war nie wieder zurückgekehrt zu ihrem Vater.

Michelle lehnte sich erschöpft zurück. An ihren Vater hatte sie lange nicht gedacht. Sie hatte ihn gelöscht. Es gab ihn nicht mehr. Und bald würde es auch sie nicht mehr geben. Sie griff nach ihrem Rucksack. Drei Flaschen Terpentin hatte sie im Keller in Hamburg gefunden. Plus zweimal Brennspiritus und eine Flasche von einem anderen brennbaren Zeug. Wichtig war, dass es an mehreren Stellen gleichzeitig brannte. Wichtig war, dass sie nichts davon merkten. Wichtig war, dass nichts blieb, wie es war.

———

Diese paar Minuten vorm Einschlafen waren das Problem. Ansonsten hatte sie ihr Leben im Griff. Gitte nahm inzwischen zwei Schlaftabletten abends, um die Einschlafzeit zu verkürzen, aber die kurze Frist, bis die Chemie ihre Wirkung tat, war manchmal schon zu viel. Dann kamen nämlich Bilder. Bilder, die sie nicht wollte. Dieser armselige Wurm in ihren Armen, der noch ein paarmal Luft zog, bevor er blau anlief. Siegbert, der sie immer öfter anbrüllte, er halte es nicht mehr aus mit ihrer herrischen Art. Gitte wusste, woher diese Ausbrüche kamen. Sie war mit jemandem verheiratet, der eine Zeitbombe war. „Es kann zu Verhaltensänderungen kommen", hatte der Arzt ihr im Krankenhaus gesagt. „Ein kleines Areal im Gehirn ist nicht mehr durchblutet, das hat manchmal Auswirkungen." Zunächst hatte sie nichts gemerkt. Dann aber war es unübersehbar gewesen. Er ließ sich nichts mehr gefallen. Er trank immer mehr. Er rastete gelegentlich aus. Nur seinetwegen war alles aus dem Ruder gelaufen. Nur seinetwegen gab es dieses Kind. Nur seinetwegen hatte sie zu Hannes Mertens fahren müssen, um mit der Polin zu sprechen. Die Vorstellung, dass die alles wusste – eine Katastrophe. Alles, was Gitte aufgebaut hatte – der Gutshof – die Zukunft ihrer Kinder – all das hing plötzlich am seidenen Faden.

Natürlich war es schon ein Fehler gewesen, sich gemein zu machen mit diesem Mädchen. Gittes Mutter hatte es ihnen eigentlich richtig gezeigt. Man konnte solche Leute unterstützen – aber man stellte sich nicht mit ihnen auf eine Stufe. Gitte hätte das beherzigen müssen. Dann hätte das Mädchen sich nie an Alex herangewagt. Dann wäre sie nicht weiter auf den Hof gekommen, wo Siegbert sich von ihr ein Kind hatte andrehen lassen! So aber hatte Michelle die Familie in der Hand!

Als das Mädchen sich aus Hagen gemeldet hatte, um durch den Hörer zu tröten, sie brauche Hilfe, denn Siegbert habe ihr Gewalt angetan, hätte Gitte ihrem Mann am liebsten die Augen ausgekratzt. Aber im letzten Moment hatte sie sich gezügelt. Siegbert hätte mit der Wahrheit weiteren Unsinn getrieben. Er war nicht verlässlich. Besser, sie hielt ihn da heraus. Sie hatte ihm nichts von der Schwangerschaft gesagt. Wie immer hatte sie allein die Kohlen aus dem Feuer geholt. Sie war zur Geburt nach Hagen gefahren, sie hatte das Baby entsorgt und sie hatte sich erneut mit der Sache herumschlagen müssen, als das Mädchen am Erntedanksonntag plötzlich auf dem Hof gestanden hatte. Da war alles kurz vorm Zusammenbruch gewesen. Nur noch ein Ausweg: hin zu der Polin. Aber die hatte sie nicht ins Haus hineingelassen. Gitte war tatsächlich gezwungen gewesen, zwischen Tür und Angel mit ihr zu sprechen.

„Ich glaube, es gibt da etwas zu klären", hatte Gitte gesagt, als diese Gabriela die Tür nur einen Spaltbreit aufgemacht hatte. Die Polin hatte sie nur angeblitzt.

„Möglicherweise hat Ihnen ein junges Mädchen eine Menge Unsinn über meine Familie erzählt."

„Was Unsinn ist, entscheide besser ich selbst."

Gitte hatte an sich halten müssen, um diesem Luder nicht

die Tür ins Gesicht zu stoßen, aber sie hatte sich alle Mühe gegeben, die Contenance zu wahren.

„Sie wissen hoffentlich, dass das Mädchen drogenabhängig ist?"

„Das habe ich gedacht", hatte die Polin trotzig gesagt. „Aber ich weiß nicht, welchen Rolle das spielt bei eine Vergewaltigung."

Gitte hatte gezuckt und gehofft, dass dieses Gespräch keiner hörte. „Sie sagt die Unwahrheit, weil sie sich davon Vorteile verspricht", hatte sie gezischt. „Unsere Familie ist nicht gewillt, sich das gefallen zu lassen."

In dem Moment waren von drinnen Geräusche zu hören gewesen. Hannes machte offenbar Rabbatz.

„Ich habe keinen Zeit", hatte die Polin gemeint und die Tür zuziehen wollen. Aber Gitte hatte schnell einen Fuß in den Spalt geschoben. „Ich würde gerne in Ruhe mit Ihnen sprechen. Kann ich morgen vorbeikommen?"

Die Polin hatte ihn angestarrt, den Fuß in der Tür.

„Es geht um meine Familie", hatte Gitte hinzugefügt. „Sie wissen doch, was Familie bedeutet. Glauben Sie mir, ich kann alles widerlegen."

Ein letzter Moment des Zögerns. Und wieder Geräusche von drinnen.

„In Ordnung", hatte die Polin gesagt. „Kommen Sie morgen um zehn."

„Noch eine Bitte", hatte Gitte eingeworfen. „Sprechen Sie mit keinem Menschen über die Lügen des Mädchens. Es bleibt mir sonst nichts anderes übrig, als Sie beide wegen Verleumdung bei der Polizei anzuzeigen."

Ein erschrockener Blick. Dann ein kurzes Nicken, kaum sichtbar.

„Um zehn." Im nächsten Moment war die Tür ins Schloss gefallen. Ins Schloss, zu dem sie, Gitte, Gott sei Dank einen

Schlüssel besaß.

Gitte hatte schon im Auto gewusst, dass sie in der Nacht hinfahren musste. Es war das Blitzen in den Augen der Polin gewesen. Sie würde sich nicht dauerhaft einschüchtern lassen.

Gitte hatte alles hundertmal durchdacht und dann das Notwendige getan – hatte den weißen Schutzanzug aus ihrem Tierarztfundus geholt, hatte verzweifelt nach Einmalhandschuhen gesucht – sogar in den Verbandskästen der Autos – und sich verflucht, weil sie nicht rechtzeitig für Nachschub gesorgt hatte, hatte stattdessen auf Lederhandschuhe zurückgreifen müssen, nur um diese anschließend rückstandslos zu verbrennen, war zum Forsthaus gefahren, zu einer Zeit, als die ganze Welt schlief und die Zeitungsboten noch nicht unterwegs waren, war, vermummt wie die Spusi-Leute im Fernsehen, ins Forsthaus geschlichen, hatte sich ein geeignetes Küchenmesser gegriffen – und dann das Notwendige getan. Sie hatte sich vorsichtig bewegt und alles optimal zum Abschluss gebracht – dann jedoch, als sie den Weg zurück durch den Flur genommen hatte, hatte plötzlich Hannes im Pyjama auf dem Treppenabsatz gestanden und auf sie heruntergestiert. Eine Hundertstelsekunde war Gitte vor Schreck erstarrt, dann hatte sie gewusst, dass er sie unmöglich erkennen konnte. Nicht in dem Anzug, in dem sie wie eine Astronautin aussah, nicht mit der Kapuze über dem Kopf. Dann war sie verschwunden, leise und schnell – sie hatte wirklich alles richtig gemacht.

Und was hatte sie nun davon? Jede Menge Bilder im Kopf. Und einen Mann, der nicht dankbar war, sondern immer mehr versumpfte. Auch das würde sie noch regeln müssen. Sie konnte ihren Kindern einen solchen Vater nicht auf ewig zumuten. Das machte sie kaputt.

Kurz bevor Gitte wegnickte, nahm sie noch einen Geruch wahr. Der Duft des Ofens zog durchs Haus. So hatte alles angefangen. Mit einer Tasse Kakao hatten sie mit dem Mädchen um den Ofen gesessen. Was für ein Fehler!

Wo sie jetzt war? Irgendwo in Berlin wahrscheinlich, auch wenn Gitte sie dort nicht aufgespürt hatte. Es gab Menschen, die verschwanden einfach. Und mit ihnen ihre Geschichte.

———

„Sie haben Verwandtschaft in Eberswalde, nahe bei Berlin", fiel es Thomas ein. „Gitte hat erzählt, dass sie kürzlich dort war, um ein Pferd abzuholen. Wenn sie ihren Mann deckt, hat sie womöglich die Gelegenheit genutzt, um in Berlin nach Michelle zu suchen und mit ihr sonst was anzustellen. Gitte hat nämlich so eine komische Bemerkung gemacht. Es würde sie wundern, wenn man Michelle fände. Möglicherweise hat sie es ja selbst schon probiert."

„Oder sie *haben* sie gefunden", Zofia schaute ernst, „und nun sie versuchen zu erklären, warum niemand anders sie findet."

Thomas griff ihre Hand. „Wir müssen nicht vom Schlimmsten ausgehen. Möglicherweise hat Siegbert gar keine Gefahr in dem Mädchen gesehen. Sie hat getrunken, sie hat Drogen genommen, sie lebte auf der Straße. Vielleicht dachte er, das Problem erledigt sich von selbst."

„Vielleicht", flüsterte Zofia.

Thomas zog seine Hand zurück, um noch schneller fahren zu können. Er raste den Weg entlang, nahm die nächste Biegung – und sah dann etwas, das ihn auf die Bremse treten ließ.

„Nein!", hörte er Zofia neben sich schreien.

Ein Feuer – aber ein gewaltiges Feuer! Der Hof stand in Flammen.

Michelle wusste, dass es gleich vorbei war. Sie lag auf dem Bett aus Paletten, sie hustete immer wieder, sie war kurz davor, das Bewusstsein zu verlieren. Aber sie hatte es geschafft. Sie hatte es wirklich geschafft. Gitte und Siegbert waren irgendwann nach oben verschwunden. In beiden Schlafzimmern war das Licht angegangen, kurz darauf war dann alles dunkel gewesen. Da hatte sie zugeschlagen. Und darauf geachtet, dass die beiden später nicht aus dem Haus gekommen waren.

Bilder zogen an ihr vorbei. Sie sah ihren Kleinen, sie sah Marius, sie sah auch die Polin. Und sie sah, wer ihr das Schlimmste angetan hatte. Sie waren schuldig. Sie mussten weg. Keiner konnte leben, als wäre das alles nicht passiert. Sie sah Alex. Und dann sah sie noch einmal ihr Kind. Sie musste husten, klammerte sich an das Bild ihres Jungen. Machte sich endlich zu ihm auf.

Die Sirene ging, als sie aus dem Auto sprangen. Irgendjemand musste einen Notruf abgesetzt haben. Hilflos sahen sie sich um. Das Haupthaus stand vollständig in Flammen, außerdem einige der Nebengebäude. Nur der Stall schien nicht zu brennen. Man hörte allerdings ein panisches Wiehern, die Pferde hatten das Feuer gerochen. Thomas lief auf das Haupthaus zu. Schon in zwanzig Metern Entfernung war die Hitze so immens, dass er abrupt stehen blieb. Zofia lief an ihm vorbei, zwei Meter weiter stoppte aber auch sie. „Den Haus, die Menschen!", weinte sie.

Thomas zog sie zurück. „Keine Chance, wir können nicht rein!"

Eine Windböe sorgte für Funkenflug. Thomas nahm

Zofia an die Hand und lief mit ihr ein ganzes Stück davon. Erst als er sich sicher fühlte, zog er sie eng zu sich heran und ließ sie hemmungslos weinen.

Es dauerte nur wenige Minuten, bis man das Martinshorn hörte. Die Freiwillige Feuerwehr des Dorfes, drei Wagen. Thomas ging auf den ersten Wagen zu. Ein paar Männer sprangen heraus, die Thomas nicht kannte.

„Ach du Scheiße!" war das erste, was er verstand. Jemand sprach in sein Funkgerät. „– aus dem gesamten Stadtgebiet –", konnte Thomas verstehen. Die ersten rannten schon los, andere zogen die Schläuche aus dem Wagen.

„Haben Sie angerufen?", wurde Thomas gefragt.

„Nein, wir wollten einen Besuch machen."

„Wissen Sie, wie viele Leute dadrin sind?"

„Zwei wohnen dort, Brigitte und Siegbert Holzmer."

„Aber wahrscheinlich ist noch jemand drin", Zofia war herangetreten. „Einen jungen Mädchen, Michelle."

Der Feuerwehrmann sah Thomas an. Der nickte.

Zehn Minuten später die nächsten Wagen, dann noch welche. Bestimmt achtzig Leute im Einsatz. Zwei Drehleitern wurden ausgefahren, um besser löschen zu können, und viele hundert Meter Schlauch ausgelegt. Aber man erreichte nicht viel. Das Feuer war zu weit fortgeschritten. Der trockene Herbst ließ den Hof brennen wie Zunder und der leichte Wind fachte das Ganze optimal an. Irgendwann kam ein Rettungswagen, kurz darauf noch einer, aber für sie gab es nichts zu tun.

Zofia stand neben Thomas. Sie weinte nicht mehr. Sie starrte nur auf den brennenden Hof. Manchmal schüttelte sie den Kopf. Thomas konnte es aus den Augenwinkeln sehen.

Nach einiger Zeit stürzte der Dachstuhl ein. Keiner hatte noch in eines der Gebäude hineingehen können. Es gab

Brände, da konnte man nur zusehen, was sich das Feuer nahm.

Nur die Pferde hatte man herausführen können. Der Stall war als einziges Gebäude verschont geblieben. Das war so gewollt, dachte Thomas. Die Tiere tragen keine Schuld.

Irgendwann gegen elf fuhr ein Auto heran und ein junger Mann sprang heraus. Alex!

Er wollte auf das Wohnhaus zurennen, wurde aber von zwei Feuerwehrleuten gestoppt.

„Das ist mein Hof!", brüllte er. „Dadrin sind meine Eltern!"

Sie redeten auf ihn ein. Sie wüssten noch nichts. Er dürfe nicht näher heran. Schließlich winkte einer von ihnen zum Rettungswagen hinüber.

Thomas ging auf das Grüppchen zu. „Alexander?", fragte er.

Der Junge drehte sich um.

„Thomas Wieneke, ich bin Antons Sohn."

Es war nicht erkennbar, ob die Information angekommen war oder ob sie irgendetwas bewirkte. „Papa und Mama sind dadrin!", schrie Alexander. „Ich muss da unbedingt rein."

„Niemand kann da rein", erklärte Thomas ruhig. „Nicht zum jetzigen Zeitpunkt."

Einer der Sanitäter kam mit seinem Koffer.

Unter Schock starrte Alex zum Hof. Dann drehte er sich plötzlich um. „Das ist Brandstiftung!", rief er. „Da brennen fast alle Gebäude. Das muss jemand angesteckt haben."

„Das wird man nachher feststellen", sagte Thomas ruhig.

„Das muss man nicht feststellen. Ich weiß das!" Der Junge war jetzt total aus dem Häuschen. „Ich weiß, wer das war. Michelle Hartmann, hier aus dem Dorf. Meine Mutter hat sich um sie gekümmert, aber sie ist verrückt. Sie wollte mir etwas anhängen und zu meiner Mutter hat sie unmögliche Sachen gesagt. Sie wird von der Polizei gesucht, meine Mutter hat mich mittags angerufen, ich hab mir deshalb Sorgen gemacht und bin nach Hause gekommen. Ich wusste, dass was Schlimmes passiert, und jetzt *ist* es passiert. Sie hat den Hof angesteckt – glauben Sie mir!"

„Man wird das untersuchen", sagte Thomas ruhig, „alles wird sich aufklären."

Und dann rannte der Junge plötzlich los. Thomas reagierte sofort. Er spurtete hinter ihm her und hatte ihn nach wenigen Metern. Mit einem Sprung warf er ihn zu Boden.

„Lass mich!", brüllte Alex. „Ich bringe sie um! Sie lügt und betrügt – und jetzt hat sie unseren Hof angesteckt." Er heulte nun ungehemmt. „Sie hat behauptet, ich hätte sie geschwängert. Sie hat mit tausend Männern geschlafen und dann kommt sie her und –"

„Nein!", rief Thomas wütend. „Das stimmt nicht!" Gern hätte er noch mehr gesagt. Dass Alex ihr Unrecht tat. Dass Siegbert sie vergewaltigt hatte. Dass sie lediglich gekommen war, um das Unrecht zu sühnen. Doch Thomas sagte nichts. Er war schließlich Profi.

17

Sie schliefen nur wenig, Thomas auf der Couch im Wohn-
zimmer, Zofia in ihrem Zimmer. Schon um acht hörte er
Zofia wieder in der Küche. Was er als Nächstes wahrnahm,
war der beißende Geruch, der in der Luft lag. Brandgeruch.
Er war tief in die Kleider gezogen, er verpestete jetzt das
ganze Haus. Thomas hatte oft genug erlebt, dass man
Leichengeruch nicht so schnell aus der Nase bekam. Bei
Brandgeruch war es nicht anders.

„Guten Morgen!" Zofia stand in der Tür und hielt eine
Tasse dampfenden Kaffees in der Hand. Sie war ein bisschen zerstrubbelt, sie sah unglücklich aus, aber unglaublich schön.

„Guten Morgen!" Er setzte sich auf.

Sie kam auf ihn zu und reichte ihm die Tasse. „Ich würde
gern noch mal hin."

Er nickte. Sie würde keine Ruhe haben, ehe sie nicht
wusste, was mit dem Mädchen passiert war.

Eine Stunde später wussten sie es. Zumindest hatten sie
eine Ahnung. Zwei Leichen im ersten Stock des Wohn-
hauses, eine in der Kornkammer, wo sich der Sohn des
Hauses angeblich ein Zimmer eingerichtet hatte.

Es war nicht viel übrig von diesen Menschen. Das sagte
zumindest der Kollege, den Thomas zu fassen bekam.

„Ich hab da was für Sie", meinte Thomas und zeigte aufs
Auto. „Den PC des Mädchens, das in der Kornkammer liegt."

Sie schauten noch eine Weile auf die schwarzen, qualmenden Haufen, die vom Gutshof übrig geblieben waren. Auf die Mengen von Schaum, die wie eine Schneelandschaft diese Haufen umgaben.

Dann gingen sie, Zofia weinte den ganzen Heimweg neben ihm.

Zu Hause klingelte das Telefon, als sie sein Elternhaus betraten. Zofia ignorierte es und ging stattdessen gleich durch in den Garten. Als Thomas abnahm, hörte er die Stimme seines Vaters. Sie klang nicht so vergnügt wie sonst.

„Ich hab da eine Theorie", brummelte er. „Möglicherweise hat Gitte mit der ganzen Sache zu tun."

„Möglicherweise", sagte Thomas, „möglicherweise."

Später ging er nach draußen in den Garten, wo Zofia immer noch saß. Durchgefroren und mit roten Augen.

„Es tut mir leid", sagte Thomas und setzte sich neben sie. „Es tut mir leid, dass du das alles hier erlebst."

Sie antwortete nicht sofort. Stattdessen legte sie ihren Kopf an seine Schulter. „Ja", sagte sie irgendwann, „ja."

———

Zwei Wochen später

Ein Hupen! Sie schaute aus dem Fenster – es war das richtige Hupen. Herr Anton im Auto von Tomasz. Sie lief zur Haustür, dort sah sie, dass der alte Mann nicht allein aus dem Auto herauskam, Tomasz musste helfen.

„Diese niedrigen Karren", schimpfte Herr Anton. Aber das stimmte nicht. Er war schwächer geworden. Auf dem Weg zum Haus musste Tomasz aufpassen, dass er nicht fiel.

„Endlich", sagte er, als sie ihn schließlich am Esstisch sitzen hatten. „Auf diesen Anblick habe ich mich die ganzen Tage gefreut."

Zofia schaute, wo er hinschaute – auf den Baum mit den hängenden Zweigen, den man vom Fenster aus sah. Er hatte inzwischen alle Blätter verloren.

„Ich habe einen Apfelkuchen gebacken", sagte sie. „Und Tee gekocht für uns alle."

Sie lief in die Küche, um alles zu holen. Aber sie hörte den alten Mann trotzdem noch mit ihr reden.

„Ich habe überlegt, ob wir heute Abend essen gehen wollen, aber Thomas meint, er wolle lieber selbst etwas kochen."

Tomasz grinste, als sie mit dem Kuchen zurückkam. „Mal gucken, ob mein Bigos mit deinem Kuchen mithalten kann."

„Naturlich nicht", Zofia legte Tomasz ein Stück Apfelkuchen auf. Der grinste sie an.

„Bist du eigentlich wieder bei der Arbeit?", fragte Herr Anton jetzt seinen Sohn.

„Ausgeliehen", Tomasz hatte schon ein Stück Kuchen im Mund. Er musste kräftig schlucken, um wieder sprechen zu können.

„Ich unterstütze die Dortmunder Kollegen bei ihrer Arbeit. Ganz offiziell."

„Ach", die Augen vom alten Mann leuchteten auf. „Dann habe ja womöglich ich dir diese Stelle besorgt?"

Tomasz lachte auf. Zofia konnte nicht einschätzen, was für eine Art Lachen das war. Ob bitter oder vergnügt. „Ich glaube nicht. Der Staatsanwalt hat mich angefordert, als er mitbekommen hat, wie viel ich in diesem Fall weiß."

Herr Anton wollte etwas sagen.

„Hat Tomasz herausgefunden sehr viel", schob Zofia schnell ein. Jetzt nicht noch einen Streit zwischen Vater und Sohn, das war nicht gesund!

„Ein Nachbar hat Brigitte Holzmer am Abend des 19. September aus Michelle Hartmanns Wohnung kommen sehen. Nach unseren Vermutungen kam an diesem Abend Michelles Baby zur Welt. Laut Telefon-Auswertung hat das Mädchen Gitte angerufen, wahrscheinlich hat sie um Hilfe gebeten. Gitte ist tatsächlich hingefahren, gegen 23 Uhr hat sie die Wohnung aber wieder verlassen. Der Zeuge sagt aus, sie habe eine Arzttasche dabeigehabt und eine riesige Plastiktüte, in der Decken oder ein Kopfkissen waren." Tomasz schob seine Kuchengabel beiseite, obwohl er noch nicht fertig war mit seinem Essen. „Möglicherweise war auch das tote Baby in dieser Tasche. Vermutlich hat Gitte es anschließend irgendwo begraben – oder anderweitig – entsorgt."

Keiner sagte etwas. Den Apfelkuchen würden sie ein andermal essen.

„Mein Gott!" Der alte Mann sprach ganz langsam und stockend. „War das Baby denn tot, als es zur Welt kam?"

„Das wird sich nicht mehr klären lassen – wie viele andere Dinge in diesem Fall."

„Und Frau Gabriela?"

„Wir haben eine Gegenüberstellung gemacht", erklärte Tomasz, „keine echte, sondern eine inszenierte." Zofia schaute hin und her. Sie hätte das alles nicht verstanden, wenn Tomasz und sie nicht schon zigmal darüber gesprochen hätten.

„Eine Frau in einem Schutzanzug, wie ihn auch Tierärzte tragen, um Infektionen zu vermeiden. Hannes hat sie gesehen und aufgeregt „*Schneemann*" gerufen."

„Hannes?" Anton beugte sich vor. „Er wurde einbezogen in diesen Fall?"

„Wir mussten alles versuchen. Dadurch, dass die Hauptbeschuldigten nicht mehr leben, blieb uns nichts anderes übrig."

„Was ist jetzt mit Hannes?"

„Er wird die Klinik bald verlassen. Beate hat sich um einen Heimplatz bemüht. Im „Landhaus" – immerhin liegt das direkt am Wald."

Zofia sah dem alten Mann an, dass er all das erst verarbeiten musste. Vielleicht war es zu viel für den ersten Tag.

„Möchten Sie ein bisschen ausruhen?", fragte sie. „Wollen Sie ein wenig allein sein?"

Er nickte und Zofia verstand. Sie wussten inzwischen voneinander, was der andere brauchte.

„Und du fährst gleich nach Bielefeld zurück?", fragte der alte Mann nun seinen Sohn.

„Ach so – gut, dass du fragst –", Tomasz ging sich verlegen durchs Haar, „ich habe die letzten Tage hier übernachtet, wegen Dortmund, da hab ich's nicht so weit. In Sabines Zimmer steht ja noch ein Bett. Also, ich weiß nicht, ob das stört – ansonsten würde ich gerne – fürs Erste –"

Zofia brachte den Kuchen in die Küche. Besser, sie regelten das unter sich. Trotzdem lauschte sie den Worten vom alten Mann.

„Sieh mal einer an. Manchmal ist es doch schön, wenn sich die Dinge verändern."

Dann hörte sie nichts mehr. Vielleicht umarmten sie sich. Wahrscheinlich schauten sie aber nur aus dem Fenster.

Kathrin Heinrichs im Blatt-Verlag:

Vincent Jakobs' 3. Fall:

Bauernsalat

ISBN 978-3-934327-02-3   9,20 €

Ex-Kölner Vincent Jakobs entdeckt das Landleben der besonderen Art: Bauer Schulte-Vielhaber wurde von der Leiter gestürzt. Natürlich kann Vincent seine Nase nicht aus Schweinestall und Heuschober heraushalten und muss feststellen, dass die Lösung des Falls tief unter dem Misthaufen der Vergangenheit verborgen liegt ...

◆

Vincent Jakobs' 4. Fall:

Krank für zwei

ISBN 978-3-934327-04-7   9,20 €

Vincent Jakobs ist krank. So krank, dass er in einem sauerländischen Provinz-Krankenhaus operiert werden soll. Dumm nur, dass am Tage seiner OP der Chefarzt der Chirurgie tot aufgefunden wird. Zwischen Insulinflaschen und Urinproben entpuppt sich die Mördersuche als gar nicht so einfach. Am Ende ist Vincent zwar seinen Blinddarm los, aber um eine Erkenntnis reicher: Nicht hinter jedem weißen Kittel verbirgt sich auch ein reines Gewissen ...

www.Kathrin-Heinrichs.de

Kathrin Heinrichs im Blatt-Verlag:

Vincent Jakobs' 9. Fall:

Heimatrausch

ISBN 978-3-934327-14-6   9,80 €

Ein feucht-fröhlicher Silvesterabend im Kreis von netten Menschen – Vincent Jakobs scheint endlich angekommen im Sauerland. Als dann jedoch der Sohn einer befreundeten Familie spurlos verschwindet, beginnt ein Albtraum, den man seinen schhlimmsten Feinden gönnt ...

www.Kathrin-Heinrichs.de

Kurzgeschichten von Kathrin Heinrichs:

Tot überm Zaun

Das Sauerland & andere Regionen
in 12 Kurzkrimis

ISBN 978-3-934327-11-5 · 9,20 EURO

Zaunphantasien mit tödlichem Ausgang – ein Sauerländer Seniorentrio, das den ultimativen Banküberfall plant – die Suche nach einer Vermissten auf dem Rothaarsteig: Kathrin Heinrichs' Kurzkrimis sind mal humorvoll und leicht, mal düster und spannend geschrieben.

❧

Um die Ecke gebracht

Das Sauerland & andere Regionen
in 12 Kurzkrimis

ISBN 978-3-934327-13-9 · 9,80 EURO

Eine Senioren-WG, die aus den Fugen gerät – drei Metalldiebe auf Höllentour durchs Sauerland – eine Dorfgemeinschaft, die zum Äußersten greift: Kathrin Heinrichs entführt mal in zutiefst komische, mal ausweglos tragische Situationen.

www.Kathrin-Heinrichs.de

Alltagssatiren von Kathrin Heinrichs:

Nelly und das Leben

Süß-saure Geschichten

ISBN 978-3-934327-03-6 · 8,80 EURO

Warum zwei rosa Streifen das Leben verändern können. Warum in Krabbelgruppen gelegentlich ein Mord passiert. Warum Besuche im Spaßbad nicht wirklich spaßig sind. Warum die erste Tupperparty ein Wendepunkt im Leben ist.
Nellys Leben ist voller Fragen. Und Nellys Geschichten sind voller Antworten.

⚫

Nelly und das Leben geht weiter

Neue süß-saure Geschichten

ISBN 978-3-934327-07-8 · 8,80 EURO

Es sind weiterhin die großen Fragen des Alltags, die Nellys Leben bestimmen: Wie ein Schafwollpullover das große Glück verhindern kann. Warum man gelegentlich in einem T-Shirt Größe XS steckenbleibt. Wieso manche Weihnachtsbäume noch beim Abholen peinlich sind.
Nelly schlägt sich durch. Und macht dabei immer wieder die Erfahrung: Das Leben ist hart. Aber manchmal auch lustig.

www.Kathrin-Heinrichs.de